U0056860

【臺灣現當代作家
研究資料彙編】18

周夢蝶

國立台灣文學館
出版

主委序

　　近年來，臺灣文學創作與出版的旺盛能量，可說是國內讀者與華人文化圈有目共睹的事實；然而，文學之花要開得繁麗燦爛，除了借助作家們豐沛文思的澆灌，亦需仰賴評論者的慧眼與文學史料的積累。是以，國立臺灣文學館「臺灣現當代作家研究資料彙編計畫」第二輯的出版，格外令人振奮。

　　為具體展現臺灣現當代文學的發展與既有研究成果，奠定詳實、深入的臺灣文學史料基礎，國立臺灣文學館於 2010 年規劃並執行「臺灣現當代作家研究資料彙編計畫」，秉持堅毅而勤懇的馬拉松精神，在卷帙繁浩的文獻史料中梳理 50 位臺灣現當代重要作家的生平資料、年表、評論文章，各自彙編成冊，以期呈現作家完整的存在樣貌、歷史地位與影響。此計畫首先在 2011 年完成第一階段，包括賴和等 15 位作家的研究資料彙編，歷經將近一年的悉心耕耘，在眾人引頸期盼中，於 2012 年春天再度推出 12 位臺灣文學前輩作家：張我軍、潘人木、周夢蝶、柏楊、陳千武、姚一葦、林亨泰、聶華苓、朱西甯、楊喚、鄭清文、李喬的研究資料彙編。

　　這群主要出生於 1920 年代的作家，雖然時間座標相近，然因歷史軌跡、時代局勢與身處地域的殊異，而演繹出不同的生命敘事；無論成長於日治時期的臺灣，或是在 1949 年前後由中國大陸渡海來臺者，他／她們窮畢生之力，筆耕不輟，在詩、散文、小說、戲劇、兒童文學、文學評論等方面作出貢獻，共同形塑出臺灣文學紛繁多姿的面貌。

　　由於有執行團隊地毯式蒐羅及嚴謹考證，加上多位專家學者的戮力協助，我們才能懷抱欣喜之情，向讀者推介這一套深具實用價值的臺灣文學工具書，提供國內外關心、研究臺灣文學發展者參考使用；我們期待以此為基礎，滋養臺灣文學綻放出更為璀璨亮麗的花朵。

行政院文化建設委員會主任委員　龍應台

館長序

　　作家是文學的創作主體，他在哪些主客觀因素的影響下，走上了寫作之路？寫出了什麼樣的作品？而這些作品，究竟對應著什麼樣的心靈狀態以及變動中的客觀環境？一般所說的作家研究，即是要解答這些問題。進一步說，他和同時代，或同世代的其他作家之所作，存有什麼樣的異同？和前行代的作家之所作，又有什麼樣的繼承與創新？這些則是有關文學史性質的討論。著名的、重要的作家，從其自身的文學表現，到文壇地位，到文學史的評價，是一個值得全方位開挖的寶庫。

　　現當代臺灣文學的討論，原本只在文壇發生，特別是在文藝性質的傳媒上，以書評、詩話、筆記、專訪等方式出現；隨著這個文學傳統形成且日愈豐厚，出版市場日漸活絡，媒體編輯也專業化了，於是我們看到了各種形式的作家專（特）輯，介紹、報導且評論他的人和文學，而如何介紹？如何報導？如何評論？所形成的諸多篇章形式，竟也逐漸規範化：包括小傳、年表、著譯書目（提要）；人和作品的總論、分期和分類的作品群論、單一作品集和個別獨立文本的個論；其他更有比較分析，或與他人合論等，都有相對比較嚴謹的學術要求。

　　將臺灣現當代作家的研究資料加以彙編，應是文壇及學界很多人的期待。2010 年，在《臺灣現當代作家評論資料目錄》（16 開，8冊）的基礎上，國立臺灣文學館再度委託臺灣文學發展基金會組成

顧問群及工作小組，進行《臺灣現當代作家研究資料彙編》的工作，準備出版 50 位作家的研究資料彙編（一人一冊），第一批計 15 冊於 2011 年 3 月出版，包含賴和、吳濁流、梁實秋、楊逵、楊熾昌、張文環、龍瑛宗、覃子豪、紀弦、呂赫若、鍾理和、琦君、林海音、鍾肇政、葉石濤。我仔細看過承辦單位的期中、期末報告書，從其中的工作手冊、顧問會議的紀錄等，可以看出承辦諸君是如何的敬謹任事。

　　現在，第二批 12 冊也將出版，他們是：張我軍、潘人木、周夢蝶、柏楊、陳千武、姚一葦、林亨泰、聶華苓、朱西甯、楊喚、鄭清文、李喬。由於有工作小組執行資料的蒐集整理，且又由對該作家嫻熟者主編，各書都相當完整，所選刊的評論文章皆極富參考價值；我個人特別喜歡包含影像、手稿、文物的輯一「圖片集」，以及輯三的「研究綜述」，前者頗有一些珍品，後者概括性強，值得參考。這是臺灣文學研究界的大事，相信有助於這個學科的擴大和深化。

國立臺灣文學館館長　李瑞騰

編序

◎封德屏

緣起

　　1995 年 10 月 25 日，在臺灣師範大學教育大樓的 201 室，一場以「面對臺灣文學」為題的座談會，在座諸位學者分別就臺灣文學的定義、發展、研究，以及文學史的寫法等，提出宏文高論，而時任國家圖書館編纂張錦郎的「臺灣文學需要什麼樣的工具書」，輕鬆幽默的言詞，鞭辟入裡的思維，更贏得在座者的共鳴。

　　張先生以一個圖書館工作人員自謙，認真專業地為臺灣這幾十年來究竟出版了多少有關臺灣文學的工具書，做地毯式的調查和多方面的訪問。同時條理分明地針對研究者、學生，列出了十項工具書的類型，哪些是現在亟需的，哪些是現在就可以做的，哪些是未來一步一步累積可以達成的，分別做了專業的建議及討論。

　　當時的文建會二處科長游淑靜，參與了整個座談會，會後她劍及履及的開始了文學工具書的委託工作，從 1996 年的《臺灣文學年鑑》起始，一年一本的編下去，一直到現在，保存延續了臺灣文學發展的基本樣貌。接著是《中華民國作家作品目錄》的新編，《臺灣文壇大事紀要》的續編，補助國家圖書館「當代文學史料影像全文系統」的建置，這些工具書、資料庫的接續完成，至少在當時對臺灣文學的研究，做到一些輔助的功能。

　　2003 年 10 月，籌備多年的「台灣文學館」正式開幕運轉。同年五月《文訊》改隸「財團法人台灣文學發展基金會」，為了發揮更大的動能，開

始更積極、更有效率地將過去累積至今持續在做的文學史料整理出來，讓豐厚的文藝資源與更多人共享。

於是再次的請教張錦郎先生，張先生認為文學書目、作家作品目錄、文學年鑑、文學辭典皆已完成或正在進行，現在重點應該放在有關「臺灣現當代作家評論資料目錄」的編輯工作上。

很幸運的，這個計畫的發想得到當時臺灣文學館林瑞明館長的支持，於是緊鑼密鼓的展開一切準備工作：籌組編輯團隊、召開顧問會議、擬定工作手冊、撰寫計畫書等等。

張錦郎先生花了許多時間編訂工作手冊，每一位作家的評論資料目錄分為：

（一）生平資料：可分作者自述，旁人論述及訪談，文學獎的紀錄。

（二）作品評論資料：可分作品綜論，單行本作品評論，其他作品（包括單篇作品）評論，與其他作家比較等。

此外，對重要評論加以摘要解說，譬如專書、專輯、學術會議論文集或學位論文等，凡臺灣以外地區之報刊及出版社，於書名或報刊後加註，如中國大陸、香港、新加坡等。此外，資料蒐集範圍除臺灣外，也兼及中國大陸、香港、新加坡、日本、韓國及歐美等地資料，除利用國內蒐集管道外，同時委託當地學者或研究者，擔任資料蒐集工作。

清楚記得，時任顧問的學者專家們，都十分高興這個專案的啟動，但確定收錄哪些作家名單時，也有不同的思考及看法。經過充分的討論後，終於取得基本的共識：除以一般的「文學成就」為觀察及考量作家的標準外，並以研究的迫切性與資料獲得之難易度為綜合考量。譬如說，在第一階段時，作家的選擇除文學成就外，先考量迫切性及研究性，迫切性是指已故又是日治時期臺籍作家為優先，研究性是指作品已出土或已譯成中文為優先。若是作品不少而評論少，或作品評論皆少，可暫時不考慮。此外，還要稍微顧及文類的均衡等等。基本的共識達成後，顧問群共同挑選出 310 位作家，從鄭坤五、賴和、陳虛谷以降，一直到吳錦發、陳黎、蘇

偉貞，共分三個階段進行。

　　張錦郎先生修訂的編輯體例，從事學術研究的顧問們，一方面讚嘆「此目錄必然能成為類似文獻工作的範例」，但又深恐「費力耗時，恐拖延了結案時間」，要如何克服「有限時間，高度理想」的編輯方式，對工作團隊確實是一大挑戰。於是顧問們群策群力，除了每人依研究領域、研究專長認領部分作家外（可交叉認領），每個顧問亦推薦或召集研究生襄助，以期能在教學研究工作外，為此目錄盡一份心力。

　　「臺灣現當代作家評論資料目錄」專案計畫，自 2004 年 4 月開始，至2009 年 10 月結束，分三個階段歷時五年六個月，共發現、搜尋、記錄了十餘萬筆作家評論資料。共經歷了三位專職研究助理，近三十位兼任研究助理。這些研究助理從開始熟悉體例，到學習如何尋找資料，是一條漫長卻實用的學習過程。

接續

　　「臺灣現當代作家評論資料目錄」的專案完成，當代重要作家的研究，更可以在這個基礎上，開出亮麗的花朵。於是就有了「臺灣現當代作家研究資料彙編暨資料庫建置計畫」的誕生。為了便於查詢與應用，資料庫的完成勢在必行，而除了資料庫的建置外，這個計畫再從 310 位作家中精選 50 位，每人彙編一本研究資料，內容有作家圖片集，包括生平重要影像、文學活動照片、手稿及文物，小傳、作品目錄及提要、文學年表。另外每本書分別聘請一位最適當的學者或研究者負責編選，除了負責撰寫五千至一萬字的作家研究綜述外，再從龐雜的評論資料中挑選具有代表性的評論文章，全文刊載，平均 12～14 萬字，最後再附該作家的評論資料目錄，以期完整呈現該作家的生平、創作、研究概況，其歷史地位與影響。

　　由於經費及時間因素，除了資料庫的建置，資料彙編方面，50 位作家分三個階段完成。第一階段出版了 15 位作家，此次第二階段出版了 12 位作家的資料彙編。體例訂出來，負責編選的學者專家名單也出爐了，於是

展開繁瑣綿密的編輯過程。一旦工作流程上手，才知比原本預估的難度要高上許多。

　　首先，必須掌握每位編選者進度這件事，就是極大的挑戰。於是編輯小組在等待編選者閱讀選文的同時，開始蒐集整理作家生平照片、手稿，重編作家年表，重寫作家小傳，尋找作家出版品的正確版本、版次，重新撰寫提要。這是一個極其複雜的工程。還好有認真負責的宇霈、雅嫻、蕙婷，以及編輯老手秀卿幫忙，讓整個專案維持了不錯的品質及進度。

　　在智慧權威、老練成熟的學者專家面前，這些初生之犢的年輕助理展現了大無畏的精神，施展了編輯教戰手冊中的第一招——緊迫盯人。看他們如此生吞活剝地貫徹我所傳授的編輯要法，心裡確實七上八下，但礙於工作繁雜，實在無法事必躬親，也只好讓他們各顯身手了。

　　縱使這些新手使出了全部力氣，無奈工作的難度指數仍然偏高，雖有第一階段的經驗，但面對不同的編選者，不同的編選風格，進度仍然不很順利，再加上整個進度掌控者雅嫻遭逢車禍意外，臥病月逾，工作小組更是雪上加霜。此時就得靠意志力及精神鼓舞了。我對著年輕的同仁曉以大義，告訴他們正在光榮地參與一個重要的文學工程，絕對不可輕言放棄。

成果

　　雖然過程是如此艱辛，如此一言難盡，可是終究看到豐美的成果。每位編選者雖然忙碌，但面對自己負責的作家資料彙編，卻是一貫地認真堅持。他們每人必須面對上千或數百筆作家評論資料，挑選重要或關鍵性的評論文章，全面閱讀，然後依照編選原則，挑選評論文章。助理們此時不僅提供老師們所需要的支援，統計字數，最重要的是得找到各篇選文作者，取得同意轉載的授權。在第一階段進度流程初估時，我們錯估了此項工作的難度，因為許多評論文章，發表至今已有數十年的光景，部分作者行蹤難查，還得輾轉透過出版社、學校、服務單位，尋得蛛絲馬跡，再鍥而不捨地追蹤。有了第一階段的血淚教訓，第二階段關於授權方面，我們

更是如臨深淵、如履薄冰，希望不要重蹈覆轍。

除了挑選評論文章煞費苦心外，每個作家生平重要照片，我們也是採高標準的方式去蒐集，過世作家家屬、友人、研究者或是當初出版著作的出版社，都是我們徵詢的對象。認真誠懇而禮貌的態度，讓我們獲得許多從未出土的資料及照片，也贏得了許多珍貴的友誼。遠在中國大陸的張我軍的長子張光正；潘人木的女兒黨英台及在她身後一直持續整理她的遺作及資料的周慧珠；陳千武的長子陳明台、後輩友人吳櫻；姚一葦的女兒姚海星；林亨泰女兒林巾力、兒子林于竝；遠在美國的聶華苓、女兒王曉藍；朱西甯的夫人劉慕沙、女兒朱天文；住得很近卻常常被我們打擾的鄭清文、女兒鄭谷苑；在苗栗的李喬，以及幫了很多忙的許素蘭……，我們和他們一起回憶、欣賞他們或父祖、前輩，可敬可愛的文學人生。

研究綜述部分，許俊雅敘述在中研院臺史所楊雲萍數位典藏建置完成後，她才讀到一封 1946 年 5 月 12 日張我軍在上海給楊雲萍的一封信，不僅感受到一位離家 20 年的臺灣遊子，熱切盼望返鄉的心情，也印證了張我軍與楊雲萍早在 1920 年代相識，1943 年再度於京都相逢。林武憲在〈縱橫於小說創作與兒童文學之間〉一文中，對潘人木研究資料的謬誤提出細部的更正及檢討，對她小說創作、兒童文學的貢獻及價值再度給予肯定；曾進豐寫周夢蝶，已超越一個學者的研究論述，情動於中而發為文，情理交融，令人動容。

林淇瀁論柏楊，短短一萬字，對其豐富的創作類型、多樣的文風、浩瀚如海的研究概述，鞭辟入裡；阮美慧揭示陳千武一生的文學志業及作品精神樣貌，讓陳千武那種質樸、更貼近普羅大眾語言風格的特殊價值彰顯出來；王友輝將姚一葦的研究分為「人、文、理、育」四方面來檢視、探索的同時，也充分顯示姚一葦一生春風化雨、提攜後進，並專注尋找自己創作和研究上新出路的特質。

呂興昌在〈林亨泰研究綜論〉中，特別舉出劉紀蕙〈銀鈴會與林亨泰的日本超現實淵源與知性美學〉一文所言：紀弦為林亨泰提供延續銀鈴會

現代運動的管道，而林亨泰則成爲紀弦發展現代派的支柱，此觀察「可謂
機杼別出，言人之所未言」；應鳳凰將聶華苓研究的三個時期，與聶華苓文
學事業的三個時期，相互呼應與比較，也凸顯了聶華苓研究領域幅員遼
闊，有待來者；陳建忠開宗明義即謂「朱西甯及其文學在臺灣當代文學史
上的定位，仍有待重估」，當抽絲剝繭的評析朱西甯研究不同的研究路徑
後，期待「朱西甯研究的進展，也實在到了朝更有彈性而務實的方向轉變
的時機」。

　　須文蔚在〈唱出土地與人們心聲的能言鳥──臺灣當代楊喚研究資料
評述〉一開始，就將 24 歲楊喚遇難當天驚悚的故事錄下，從此許多年輕早
慧的心靈中，在閱讀楊喚天才的、靈巧的詩篇同時，也都記得了詩人早夭
與不幸的命運。楊喚留下的作品不多，須文蔚認爲他的作品得以傳世，除
了友人的幫忙與努力，楊喚真誠的創作與動人的人格，應該是另一項重要
的原因；李進益寫鄭清文，一句「他所有作品都在寫臺灣」，道盡鄭清文一
生創作，所描繪與建構的文學世界，正是來自他立足的臺灣；彭瑞金在細
分李喬研究概述後，輕輕帶上一筆「欲知李喬文學究竟，得閱讀近千萬字
文獻」，真實反映出李喬評論及創作的豐盛，但他最終希望選文能「掌握李
喬創作脈絡，反映李喬各階段的重要作品成果」。

　　1987 年 7 月臺灣解嚴，臺灣文學研究的風潮日漸蓬勃。1990 年 4 月
23 日，《民眾日報》策劃「呂赫若專輯」，標題爲〈呂赫若復出〉；1991 年
前衛出版社林文欽出版「臺灣作家全集・短篇小說卷・日據時代」；1997
年自真理大學開始，臺灣文學系所紛紛成立，臺灣文學體制化的脈動，鼓
舞了學院師生積極從事日治時期臺灣文學史料的蒐集。這股風潮正如陳萬
益所言，不只是文獻的出土，也是一種心態的解嚴，許多日治時期作家及
其家屬，終於從長期禁錮的氛圍中解放。許俊雅認爲，再加上當初以日文
創作的作家作品，也在 1990 年代後被逐漸翻譯出來，讀者、研究者在一個
開放的空間，又免除語文的障礙，而使臺灣文學研究開始呈現多元的風
貌。

　　1990 年開始，各地縣市文化中心（文化局），對在地作家作品集的整理出版，以及台灣文學館成立後對日治時期作家以迄當代重要作家全集的編纂，對臺灣文學之作家研究，也有了很好的促進作用。《龍瑛宗全集》、《吳新榮選集》、《呂赫若日記》、《楊逵全集》、《葉石濤全集》、《鍾肇政全集》，如雨後春筍般持續展開。「臺灣意識」的興起，使本土文學傳統快速的納入出版與研究行列。

　　經過近二十年的努力，臺灣文學的研究與出版，也到了可以驗收或檢討成果的階段。這個說法，當然不是要停下腳步，而是可以從「臺灣現當代作家評論資料目錄」所呈現的 310 位作家、10 萬筆資料中去檢視。檢視的標的，除了從作家作品的質量、時代意義及代表性去衡量外、也可以從作家的世代、性別、文類中，去挖掘還有待開墾及努力之處。因此在這樣的堅實基礎上，這套「臺灣現當代作家研究資料彙編」，每位編選者除了概述作家的研究面向外，均有些觀察與建議。希望就已然的研究成果中，去發現不足與缺憾，研究者可以在這些不足與缺憾之處下功夫，而盡量避免在相同議題上重複。當然這都需要經過一段時間、去發現、去彌補，因此，有關臺灣文學研究的調查與研究，就格外顯得重要了。

期待

　　感謝台灣文學館持續支持推動這兩個專案的進行。「臺灣現當代作家評論資料目錄」的完成，呈現的是臺灣文學研究的總體成果；「臺灣現當代作家研究資料彙編」套書的出版，則是呈現成果中最精華最優質的一面，同時對未來的研究面向與路徑，做最好的建議。我們可以很清楚的體會，這是一條綿長優美的臺灣文學接力賽，我們十分榮幸能參與其中，我們更珍惜在傳承接力的過程，與我們相遇的每一個人，每一件讓我們真心感動的事。我們更期待這個接力賽，能有更多人加入。誠如張恆豪所說「從高音獨唱到多元交響」，這是每一個人所期待的。

編輯體例

一、本書編選之目的，爲呈現周夢蝶生平、著作及研究成果，以作爲臺灣
　　文學相關研究、教學之參考資料。

二、全書共五輯，各輯內容及體例說明如下：

　　輯一：圖片集。選刊作家各個時期的生活或參與文學活動的照片、著
　　　　　作書影、手稿（包括創作、日記、書信）、文物。

　　輯二：生平及作品，包括三部分：

　　　　　1.小傳：主要內容包括作家本名、重要筆名，生卒年月日，籍
　　　　　　貫，及創作風格、文學成就等。

　　　　　2.作品目錄及提要：依照作品文類（論述、詩、散文、小說、
　　　　　　劇本、報導文學、傳記、日記、書信、兒童文學、合集）及
　　　　　　出版順序，並撰寫提要。不收錄作家翻譯或編選之作品。

　　　　　3.文學年表：考訂作家生平所進行的文學創作、文學活動相關
　　　　　　之記要，依年月順序繫之。

　　輯三：研究綜述。綜論作家作品研究的概況，並展現研究成果與價值
　　　　　的論文。

　　輯四：重要文章選刊。選收國內外具代表性的相關研究論文及報導。

　　輯五：研究評論資料目錄。收錄至 2011 年 6 月底止，有關研究、論述
　　　　　臺灣現當代作家生平和作品評論文獻。語文以中文爲主，兼及
　　　　　日文和英文資料。所收文獻資料，以臺灣出版爲主，酌收中國
　　　　　大陸、香港、日本和歐美國家的出版品。內容包含三部分：

　　　　　1.「作家生平、作品評論專書與學位論文」下分爲專書與學位
　　　　　　論文。

　　　　　2.「作家生平資料篇目」下分爲「自述」、「他述」、「訪談」、
　　　　　　「年表」、「其他」。

　　　　　3.「作品評論篇目」下分爲「綜論」、「分論」、「作品評論目
　　　　　　錄、索引」、「其他」。

目次

輯一◎圖片集

影像◎手稿◎文物

1959年，周夢蝶開始於臺北市武昌街設置書攤，專賣詩集與文哲書籍。（文訊資料室）（左圖）

1960年12月，美駐華大使莊萊德舉行酒會慶祝《中國新詩集》英譯本出版，與入選詩人合影。左起依序為鄭愁予、夏菁、羅家倫、鍾鼎文、覃子豪、胡適，立其後者為莊萊德大使、莊萊德夫人、立其後者為紀弦、羅門、余光中、范我存、蓉子、立其後者為楊牧、周夢蝶、夏菁夫人、立其後者為洛夫。（文訊資料室）（下圖）

1962年3月30日，與藍星詩社部分同仁於臺北市水源路中國觀光飯店宴請菲律賓文藝訪問團。前排左起：覃子豪、蓉子、范我存；後排左起：周夢蝶、羅門、余光中、向明（向明提供）

1965年2月，周夢蝶於臺北市武昌街書攤留影。（徐宗懋提供）

1968年，周夢蝶於臺北國際照相館留影。（曾進豐提供）

1968年，周夢蝶於凌雲畫廊留影。（曾進豐提供）

約1960年代，周夢蝶於明星
咖啡廳前書攤留影。（明
星咖啡廳提供）

約1960年代，周夢蝶（右）與王潤華合影於
臺北市武昌街書攤前。（曾進豐提供）

約1960年代，周夢蝶於明星咖啡廳前書攤留影。
（翻攝自《周夢蝶──詩壇苦行僧》，時報文化出
版公司）

約1960年代，周夢蝶（後排右三）與青年學生合影。前排
中為趙喬，二排右二為陳庭詩。（曾進豐提供）

1977年5月1日，周夢蝶（前排右一）出席河南省立開封師
範旅臺校友會成立大會，與校友合影。（曾進豐提供）

1984年7月25日，周夢蝶應邀出席聯合報及雲門舞集研究會於國
立藝術館舉辦的「散文朗誦會」，朗讀「風耳樓小牘」4則。
（曾進豐提供）

1985年10月25日，藍星詩社同仁於臺北市小統一牛排館聚會。前
排左起：周夢蝶、蓉子、羅門、余光中；後排左起：陳素芳、
蔡文甫、范我存、張健、向明、黃用。（文訊資料室）

約1980年代，周夢蝶（右）與司
馬中原（左）、黃永武（中）合
影於南園。（曾進豐提供）

約1980年代，周夢蝶（左）與簡媜合影於南
園。（曾進豐提供）

1990年1月6日，周夢蝶（左）獲《中央日報》文學成就
獎，右為余光中。（曾進豐提供）

1992年9月，周夢蝶出席陳庭詩畫展，與文友合影。前排左起：張默、彭邦楨；
後排左起：陳庭詩、周鼎、曹介直、洛夫、陳瓊芳、張拓蕪、商禽、周夢蝶、
辛鬱、管管。（翻攝自《周夢蝶——詩壇苦行僧》，時報文化出版公司）

1996年7月，周夢蝶（右二）返鄉探親，與長子周榮西
（左一）及孫子女合影。（曾進豐提供）

1997年8月21日，第一屆國家文藝獎得主至國家文化藝術
基金會，拜訪執行長陳國慈。前排右起：劉鳳學、周夢
蝶、陳國慈；後排右起：鄭善禧、杜黑、李國修。（財團
法人國家文化藝術基金會提供）

1998年6月28日，周夢蝶（坐者）與曾進豐合影。（曾進豐提供）

1998年12月10日，周夢蝶（右）與鹿橋合影於
「鹿橋來臺暨《市廛居》新書發表會」。（曾
進豐提供）

1999年11月14日，周夢蝶（右）與奚密合影。
（曾進豐提供）

2000年1月1日，於屏東曾滿郎宅留影。
（曾進豐提供）

2001年12月24日，周夢蝶留影。（曾進豐提供）

2005年10月，周夢蝶應邀出席文訊雜誌社主辦的「文藝界重陽敬老聯誼活動」。（文訊資料室）

2009年3月10日，周夢蝶（中）應邀出席於明星咖啡廳舉辦的《武昌街一段七號——他和明星咖啡廳的故事》新書發表會。

2009年10月，周夢蝶（左二）與張默（左一）、《文訊》總編輯封德屏（左三）、葉維廉（右）合影於文訊雜誌社主辦的「文藝界重陽敬老聯誼活動」。（文訊資料室）

2010年3月21日，周夢蝶於中山堂堡壘咖啡廳留影。
（目宿媒體公司提供）

2010年5月24日，周夢蝶於臺北慧日講堂留影。
（目宿媒體公司提供）

2010年7月20日，周夢蝶（左）與張香華合影於碧潭。
（目宿媒體公司提供）

2011年4月6日，周夢蝶出席「他們在島嶼寫作──文學大師系列電影」聯合發表會。左起：楊牧、鄭愁予、周夢蝶、余光中、夏祖焯、王文興。（目宿媒體公司提供）

2011年4月21日，周夢蝶（右）與導演陳傳興合影於「他們在島嶼寫作──文學大師系列電影」之「化城再來人」首映會。（目宿媒體公司提供）

2011年，周夢蝶於明
星咖啡廳留影。（明
星咖啡廳提供）

周夢蝶（中）與張健（左）、曹介直（右）合影，拍攝時
間不詳。（文訊資料室）

周夢蝶（中）與向明夫婦（左一右二）、曹介直夫婦（左
二右一）合影，拍攝時間不詳。（曾進豐提供）

六行　　周夢蝶

都冷到耳邊來了！
欲說不敢甚至
欲聽亦不忍——：

江南的雨打在江北乃至
打在無量劫前劫後
垂垂的荷葉上。

周夢蝶〈六行〉手稿。（曾進豐提供）

以寫寔寫虛寫實
以非寫實寫寫寔是

此從昔自我期許之誓也難矣其
夢蝶 □□□
公元一九九七之冬十一月

周夢蝶手稿。（曾進豐提供）

急雨即事
—— 周夢蝶

誰說雨不識字?
未解說法?

煩熱的午後。好一陣急雨!
也不知打誰的手裏掠掠來來
一時高高平低處低平
一時所有的溝渠皆滿
所有的稻麥皆回黃轉綠
而紛紛於夢裏敲園庭那側
紅白石榴久久斷無消息的
一時灼灼也爍破了簾幕……

信知一滴之凜,可解
百千億叔之熱。誰說
誰說雨不識字,
未解說法?

周夢蝶〈急雨即事〉手稿。（曾進豐提供）

無題
牛年有初九歡喜勢日
再貽黑米子
周夢蝶

每一滴雨,都滴在它
本來想要滴的所在,
而每一朵花都開在
它本來想要開的枝頭上。

誰說偶然與必然,突然與當然
多邊而不相等?

周夢蝶〈無題〉手稿。（文訊資料室）

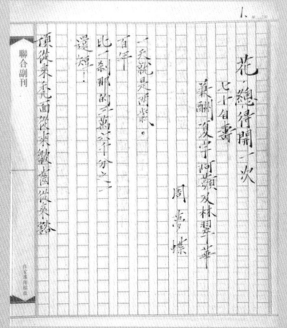

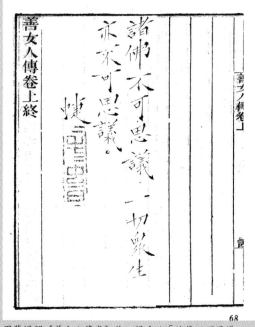

周夢蝶〈花，總得開一次〉手稿。
（國立臺灣文學館提供）

周夢蝶閱《善女人傳卷》後心得手跡「諸佛不可思議，
一切眾生亦不可思議」手稿。（曾進豐提供）

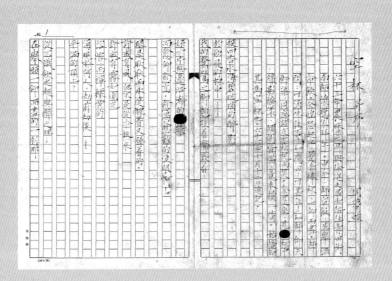

周夢蝶〈空杯并序〉手稿。（國立臺灣文學館提供）

周夢蝶〈拾唾集七則，僅以
就正於廖老師暨法如學會諸
大德〉手稿。（曾進豐提供）

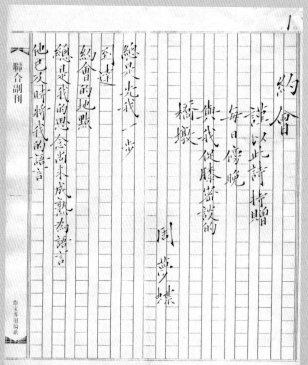

周夢蝶〈約會〉手稿。（曾進豐提供）

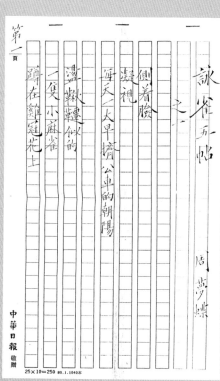

周夢蝶〈詠雀五帖〉手稿。（曾進豐提供）

輯二◎生平及作品
小傳◎作品◎年表

小傳

周夢蝶（1921～）

　　周夢蝶，男，本名周起述，籍貫河南淅川，1921 年 2 月 10 日生，1948 年來臺。

　　河南省立開封師範、河南宛西鄉村師範肄業。曾任圖書管理員、小學教師、中學教師等職，1948 年參加青年軍，同年年底隨軍渡海來臺，曾於軍中主編《成城》半月刊，1955 年從軍中退役，曾任臺北「四維書屋」店員，後開始擺書攤，書攤地點流動不定，1959 年始取得營業許可證，在武昌街一段明星咖啡屋騎樓下售書，1980 年因胃病而結束營業，1997 年曾應聘為中山大學駐校藝術家。曾獲中國文藝協會新詩特別獎、笠詩社詩創作獎、中央日報文學成就特別獎、國家文藝獎、中國詩歌藝術學會詩歌藝術貢獻獎，詩集《孤獨國》於 1999 年獲選為「臺灣文學經典」。

　　周夢蝶創作文類以詩為主。1953 年於《青年戰士報》發表第一首詩作〈皈依〉，1956 年加入藍星詩社，1958 年開始接觸余光中與其他詩友，並吸收許多文學理論，詩藝漸趨成熟，於 1959 年出版處女詩集《孤獨國》，奠定詩壇地位。1962 年開始禮佛習禪，逐漸形成帶有禪意的詩風，展現於 1965 年出版的第二本詩集《還魂草》。早期詩作悲苦、寂寞，抒難能而難譴之情，造境多於寫景，用典頻繁而好用矛盾語法。晚期，尤在 1980 年大病之後，對生命有全新體悟，詩作較之從容生動、出神入化，鎔鑄儒、釋、道、耶之思想，境界愈發圓滿和諧，帶有諧趣。不變處是其詩始終用

情真摯、深切,且蘊含哲思,散發不為人間煙火所染的孤高與潔淨。如余光中所言:「其悲苦來自純情,所以能從純情的悲苦裡提煉出禪理哲思,而把感情提升到抽象與明淨的境地。」

　　創作超過半世紀,詩作將近 400 篇,周夢蝶不僅以詩名於文壇,其澹泊、簡樸、堅定的人格特質亦備受尊敬。在明星咖啡屋騎樓下擺設書攤時期,趺坐街頭的靜定身影曾被視為「臺北一景」;而他大隱隱於市、安貧樂道的清簡生活方式,更使之擁有「孤獨國國父」、「詩壇苦行僧」、「今之顏回」等稱號,詩人張默認為:「從來沒有一個人像周夢蝶那樣贏得更多純粹心靈的迎擁與嚮往。周夢蝶是孤絕的,周夢蝶是黯淡的,但是他的內裡卻是無比的豐盈與執著。」詩風與人格的高度統一,使之成為臺灣現代詩壇中具有指標性的典範。

作品目錄及提要

【詩】

孤獨國
臺北：藍星詩社
1959 年 4 月，32 開，63 頁
藍星詩叢

本書爲詩人第一本詩集，封面雕塑爲楊英風作品，詩風悲苦淡漠，寧靜孤絕，退縮冷肅，觀照個人內在精神，抒發現實困境與心靈孤寂。全書收錄〈寂寞〉、〈孤獨國〉、〈川端橋夜坐〉、〈刹那〉等 41 首詩作。

文星書店

還魂草
臺北：文星書店
1965 年 7 月，40 開，153 頁
文星叢刊 163

臺北：領導出版社
1977 年 1 月，32 開，206 頁

Torrance, California
1978 年 7 月，新 25 開，57 頁
高信生英譯
The Grass of Returning souls

領導出版社

本書爲詩人 1960 年代的作品結集。書中詩句具韻律與古典美，蘊含禪思與哲理，情感較前作浪漫，詩域更爲開闊。全書分「山中拾綴」、「紅與黑」、「七指」、「焚麝十九首」四部分，收錄〈菩提樹下〉、〈還魂草〉、〈囚〉、〈孤峯頂上〉等 47 首詩作。正文前有葉嘉瑩〈序周夢蝶先生的《還魂草》〉，正文後有洛冰贈詩〈那老頭〉。

1978 年高信生英譯爲 *The Grass of Returning souls*，無前序後記。

1984 年領導版改版重排，更爲 32 開，封面爲席德進畫作。正

Torrance

文前新增周棄子〈周序〉，正文後新增翁文嫻〈看那手持五朵
蓮花的童子——讀周夢蝶詩集《還魂草》〉、皇甫元龍〈非蝶亦
非夢〉、溫小如〈推不倒又扶不起的〉、商略〈河岸〉、周夢蝶
〈兩封信〉，並附錄原《孤獨國》47 首詩中的 22 首節錄。

周夢蝶世紀詩選

臺北：爾雅出版社
2000 年 4 月，25 開，151 頁
世紀詩選 1・爾雅叢書 501

本書分「孤獨國」、「還魂草」、「約會」三卷，收錄〈孤獨
國〉、〈還魂草〉、〈約會〉、〈秋興〉等 47 首詩作。正文前有蕭
蕭〈「世紀詩選」編輯弁言〉、〈周夢蝶小傳〉、〈周夢蝶手稿〉、
〈周夢蝶詩話〉、曾進豐〈周夢蝶詩導論〉，正文後附錄〈周夢
蝶評論索引〉。

周夢蝶短詩選／張默主編

香港：銀河出版社
2002 年 6 月，17.7x12.5 公分，61 頁
中外現代詩名家集萃・臺灣詩叢系列 3

中英對照。全書收錄〈菱角〉、〈虛空的擁抱〉、〈囚〉等 16 首
詩作。正文前有〈出版前言〉、〈作者簡介〉。

九歌出版社 2002

約會

臺北：九歌出版社
2002 年 7 月，25 開，192 頁
九歌文庫 638

臺北：九歌出版社
2006 年 11 月，25 開，208 頁
九歌文庫 638

九歌出版社 2006

本書爲詩人 1983 至 1999 年的作品結集，書中詩作多取材自生活，以簡單純淨的文字傳達一己之醒悟。全書分「陳庭詩卷」、「爲曉女弟作」、「約會」、「遠山的呼喚」四部分，收錄〈約翰走路〉、〈用某種眼神看冬天〉、〈約會〉、〈細雪〉、〈七月四日——梭羅湖濱散記二十年後重讀二首〉等 57 首詩作。正文前有〈約翰走路〉手稿，正文後有〈筆述趙惠謨師教言二則〔代後記〕〉、臨摹歐陽詢〈九歌〉手稿。

2006 年九歌增訂新版，正文後新增余光中〈一塊彩石就能補天嗎？周夢蝶詩境初窺〉、羅任玲〈雷霆轟發，這靜默〉二篇文章。

十三朵白菊花
臺北：洪範書店
2002 年 7 月，25 開，214 頁
洪範文學叢書 296

本書與《約會》同時出版，爲詩人 1965 至 1989 年的作品結集。書中字句清明，對禪思體悟益發深刻。全書分「臙脂流水」、「登樓賦」、「外雙溪雜詠」、「山泉」四卷，收錄〈月河〉、〈十三朵白菊花〉、〈九宮鳥的早晨〉、〈白西瓜的寓言——賦得下弦月〉等 47 首詩作。正文後有作者〈歲末懷人六帖代後記〉。

周夢蝶集／曾進豐編
臺南：國立臺灣文學館
2008 年 12 月，25 開，139 頁
臺灣詩人選集 6

本書分爲「孤獨國」、「還魂草」、「十三朵白菊花」、「約會」、「花心動」五輯，收錄〈剎那〉、〈垂釣者〉、〈無題〉、〈約會〉、〈偶而〉等 52 首詩作。正文前有黃碧瑞〈主委序〉、鄭邦鎮〈騷動，轉成運動〉、彭瑞金〈「臺灣詩人選集」編序〉、〈臺灣詩人選集編輯體例說明〉、〈周夢蝶影像〉、〈周夢蝶小傳〉，正文後有曾進豐〈解說〉，並附錄〈周夢蝶寫作生平簡表〉、〈閱讀進階指引〉、〈周夢蝶已出版詩集要目〉。

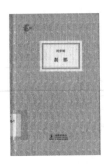

剎那／曾進豐編

北京：海豚出版社
2010 年 11 月，32 開，143 頁
海豚書館 001

本書分「孤獨國」、「還魂草」、「十三朵白菊花」、「約會」、「有一種鳥或人」五輯，收錄〈讓〉、〈九行〉、〈焚〉、〈詩與創造〉、〈潑墨〉等 66 首詩作。正文後有曾進豐〈周夢蝶——時間在身上作著夢〉。

【散文】

不負如來不負卿——《石頭記》百二十回初探

臺北：九歌出版社
2005 年 9 月，25 開，255 頁
九歌文庫 737

本書收錄周夢蝶對曹雪芹《紅樓夢》一書的逐回點評，共 120 篇，皆為富發哲理的「蜻蜓點水」式評論。全書為作者手稿及印刷體文字對照。正文前有作者〈不負如來不負卿——《石頭記》百二十回初探有序〉。

【合集】

周夢蝶詩文集——孤獨國／還魂草／風耳樓逸稿

臺北：印刻文學出版公司
2009 年 12 月，25 開，322 頁

本書收錄《孤獨國》、《還魂草》、《風耳樓逸稿》三部詩集，《風耳樓逸稿》為周夢蝶多年來散逸各處未曾結集的詩作。全書分「孤獨國」、「還魂草」、「風耳樓逸稿」三部分，收錄〈讓〉、〈天窗〉、〈水牛晚浴〉、〈詠蝶〉、〈梅雨季〉等 140 首詩作。正文前有書影、手稿、照片、〈編輯弁言〉，正文後有周夢蝶〈蝸年與武侯椰（附跋）〉。

周夢蝶詩文集——風耳樓墜簡

臺北：印刻文學出版公司
2009 年 12 月，25 開，325 頁

本書爲詩人 1970 至 2007 年的書信、札記、隨筆結集，依寫作
年代分「上篇：悶葫蘆居尺牘」、「中篇：風耳樓小牘」、「下
篇：未發表之尺牘」三部分。上篇內容曾發表於《幼獅文
藝》，中篇內容曾發表於《聯合報》副刊，全書共 97 篇。正文
前有手稿、照片、〈編輯弁言〉。

周夢蝶詩文集——有一種鳥或人

臺北：印刻文學出版公司
2009 年 12 月，25 開，143 頁

本書爲詩人 2000 至 2009 年的詩作結集，風格與心境上皆返樸
歸真，時有諧趣。全書分「擬作」、「酬答九題」、「再也沒有流
浪可以天涯了」、「出門便是草」四輯，收錄〈山外山斷簡六帖
——致關雲〉、〈賦格——乙酉二月廿八日黃昏偶過台北公
園〉、〈在墓穴裏——讀華副九十一年四月十一日硯香詩作有
感〉、〈偶爾〉等 37 首詩作，正文後附錄〈我選擇——仿波蘭
女詩人 Wisslawa Szymborska〉、〈遙寄張巧居士香江——試爲詩
偈四言一十二韻。兼示道普。〉二首詩作。正文前有手稿、照
片、〈編輯弁言〉。

文學年表

1921 年	2 月	10 日，生於河南淅川縣馬鐙鄉陳店村，本名周起述。出生前四個月，父親周懷清即因病逝世，爲遺腹子，上有兩姊，由母親龔氏獨力撫養長大。
1923 年	本年	經由大姑母作媒，與苗姓女子訂親。
1931 年	本年	隨大舅父龔龍光學習《三字經》、《龍文鞭影》。
1936 年	本年	隨族兄周誠齋學習《四書》、《詩經》。
		取莊子《齊物論》「昔者莊周夢爲蝴蝶」典故，取名「夢蝶」。
1937 年	本年	與苗姓女子結婚，長子周榮西出生。
1939 年	本年	以 19 歲之齡考入河南省開封第一小學，自三年級下學期開始就讀，一學期之後跳級入六年級，後以第二名成績畢業。
		小學六年級，初次嘗試創作詩作〈春〉，共四節 16 行。
1940 年	本年	考入河南安陽初中，期間曾因經濟拮据休學一年，於學校圖書館擔任館員。接受和臨軒私下授業中國古典文學。
1942 年	本年	創作第一首五絕舊體詩〈感遇〉。
1943 年	本年	次子周榮燾出生。
1944 年	本年	安陽初中畢業。考入河南開封師範學校。
1945 年	本年	抗戰勝利後，開封師範學校遷回開封原址，輟學，並於縣立小學擔任國文教員。
1946 年	本年	經由師長引介，至縣立中學擔任國文教員。

1947 年	本年	經宛西十三縣總司令陳舜德函介，插班進入宛西鄉村師範二年級下學期就讀，後因鄉梓淪陷，再次中斷學業。
		長女周喜鳳出生。
1948 年	7 月	得知湖北漢口設立一所中原臨時中學，專門收容河南流亡學生，並由國家供給生活所需。爲完成學業，決定離家前往漢口，從此與家人分離 49 年。
		抵達漢口後，乃知所謂中原臨時中學，僅存即將解散的學生自治會，由社會賢達、慈善家日施薄粥二餐。
		因無法順利復學，渡江至武昌黃鶴樓，投考青年軍二〇六師補充團。
	11 月	隨部隊自武漢搭乘「江平號」輪船至南京，當晚又搭乘「滬坑涌」火車至上海，於上海虹口停留二十多天。
	12 月	2 日，隨部隊離開上海。
		4 日，隨部隊抵臺，於基隆港登陸，後駐營於高雄鳳山，編入鳳山二〇六師工兵營第三連。
1949 年	本年	因水土不服，罹患瘧疾，病癒後受命擔任教官，負責講授國學。
1951 年	本年	駐營於高雄旗山，調至營部連，主編《成城》半月刊。
1952 年	8 月	20 日，發表〈一得之愚〉於《中央日報》副刊。
1953 年	5 月	20 日，首次發表詩作〈皈依〉於《青年戰士報》副刊。
	10 月	17 日，發表詩作〈無題〉於《中央日報》副刊。
1954 年	3 月	16 日，發表詩作〈水牛晚浴〉於《青年戰士報》副刊。
	5 月	27 日，發表詩作〈蝸牛〉於《青年戰士報》副刊。
		發表詩作〈剎那〉於《現代詩》第 6 期。
	6 月	21 日，發表詩作〈工作〉、〈灌溉〉、〈無題〉於《青年戰士報》副刊。

7 月	27 日，發表詩作〈今天〉於《青年戰士報》副刊。	
10 月	發表詩作〈露宿二首〉於《創世紀》第 1 期。	
11 月	4 日，發表詩作〈幸福者〉於《青年戰士報》副刊。	
	13 日，發表詩作〈永恆的微笑〉於《青年戰士報》副刊。	
12 月	18 日，發表詩作〈無題〉於《青年戰士報》副刊。	

1955 年 　2 月　20 日，發表詩作〈訴——爲李一鳴王得和兩烈士作〉於《青年戰士報》副刊。

發表詩作〈繩索〉於《創世紀》第 2 期。

3 月　31 日，發表詩作〈曉起〉於《青年戰士報》副刊。

5 月　1 日，發表詩作〈無題〉於《青年戰士報》副刊。

6 月　發表詩作〈寂寞〉於《創世紀》第 3 期。

7 月　1 日，發表詩作〈石頭人語〉、〈火箭〉於《青年戰士報》副刊。

30 日，發表詩作〈不亦快哉〉於《青年戰士報》副刊。

因病弱不堪任勞，於屏東退役。

8 月　11 日，發表詩作〈詠蝶〉於《青年戰士報》副刊。

9 月　13 日，發表詩作〈隘寮溪〉於《青年戰士報》副刊。

10 月　發表詩作〈四行七首〉於《文藝月報》第 2 卷第 10 期。

11 月　29 日，發表詩作〈晚虹〉於《青年戰士報》副刊。

12 月　於高雄左營正式解甲。

赴臺北，經由《青年戰士報》副刊主編潘壽康介紹，至羅雨田主持的四維書屋擔任店員。

1956 年 　2 月　〈無題〉二首詩作選入張默、洛夫主編的《中國詩作選輯》，由臺北創世紀詩社出版。

3 月　27 日，發表詩作〈距離〉於《青年戰士報》副刊。

發表詩作〈發覺〉於《創世紀》第 5 期。

4 月　19 日，發表詩作〈無題三首〉於《青年戰士報》副刊。

	5 月	29 日，發表詩作〈四行四首——答贈海上高噓雲中尉〉於《青年戰士報》副刊。
	9 月	發表詩作〈現在〉、〈無題〉於《創世紀》第 7 期。
	11 月	23 日，發表詩作〈無題〉於《藍星週刊》第 125 期。
	本年	加入藍星詩社。
1957 年	2 月	14 日，發表詩作〈有贈〉於《青年戰士報》副刊。
		26 日，發表詩作〈無題〉於《青年戰士報》副刊。
	3 月	30 日，發表詩作〈我願做一朵黃花〉於《青年戰士報》副刊。
		發表詩作〈獨語〉、〈鳥〉、〈螢〉於《創世紀》第 8 期。
	4 月	29 日，發表詩作〈無題〉於《青年戰士報》副刊。
	5 月	24 日，發表詩作〈我要〉於《藍星週刊》第 150 期。
	6 月	28 日，發表詩作〈霧〉於《藍星週刊》第 155 期。
	7 月	19 日，發表詩作〈消息〉於《藍星週刊》第 158 期。
	9 月	13 日，發表詩作〈讓〉於《藍星週刊》第 166 期。
		27 日，發表詩作〈冬天裡的春天〉於《藍星週刊》第 168 期。
	10 月	11 日，發表詩作〈霧〉於《藍星週刊》第 170 期。
	11 月	1 日，發表詩作〈冬至〉於《藍星週刊》第 172 期。
		8 日，發表詩作〈最最緊要的是〉於《藍星週刊》第 173 期。
		22 日，發表詩作〈聖善的詛咒〉於《藍星週刊》第 11 卷第 22 期。
	12 月	13 日，發表詩作〈第一班車〉於《藍星週刊》第 178 期。
		20 日，發表詩作〈輓詩〉於《藍星週刊》第 179 期。
	本年	因羅雨田負債入獄，四維書屋被迫歇業。開始於武昌街、新公園一帶，以流動攤販的方式販售書籍。

因「流動攤販，妨礙市容」遭警察取締，於臺北第五分局關禁閉一夜，促其完成詩作〈上鎖的一夜〉。

1958 年　1 月　發表詩作〈畸戀〉於《藍星週刊》第 181 期。

發表詩作〈默契〉於《藍星週刊》第 183 期。

4 月　4 日，發表詩作〈乘除〉於《藍星週刊》第 193 期。

20 日，發表詩作〈擁抱〉於《藍星週刊》第 195 期。

6 月　20 日，發表詩作〈除夕〉於《藍星週刊》第 203 期。

7 月　2 日，發表詩作〈鑰匙〉於《日月潭》第 2383 期。

6 日，發表詩作〈孤獨國〉於《藍星週刊》第 204 期。

8 月　24 日，發表詩作〈在路上〉於《藍星週刊》第 210 期。

9 月　發表詩作〈向日葵之醒〉於《文星》第 2 卷第 5 期。

12 月　發表詩作〈錯失〉於《藍星詩頁》第 1 期。

本年　結識余光中、夏菁、覃子豪、吳望堯等詩友，開始接觸西洋文學。

1959 年　1 月　13 日，發表詩作〈結〉、〈消息〉於《青年戰士報》副刊。

發表詩作〈晚安，剎那〉於《文星》第 3 卷第 3 期。

2 月　25 日，發表詩作〈菱角〉於《青年戰士報》副刊。

發表詩作〈行者日記〉於《文學雜誌》第 5 卷第 6 期。

發表詩作〈上了鎖的一夜〉於《藍星詩頁》第 3 期。

4 月　1 日，取得營業許可證，於臺北武昌街一段七號明星咖啡屋騎樓下擺設書攤，販售現代詩集、詩刊、現代文學、哲學、佛學等書籍。

發表詩作〈水龍頭〉於《藍星詩頁》第 5 期。

自費出版第一本詩集《孤獨國》，由臺北藍星詩社發行。

6 月　發表詩作〈落花夢〉於《藍星詩頁》第 7 期。

發表詩作〈海上〉於《海洋詩刊》第 2 卷第 8 期。

7 月　發表詩作〈季〉於《藍星詩頁》第 8 期。

發表詩作〈濠上〉於《創世紀》第 12 期。

發表詩作〈四月〉於《文星》第 4 卷第 3 期。

9 月　15 日，發表詩作〈枕石〉於《筆匯》革新號第 1 卷第 5 期。

發表詩作〈垂釣者———株岸柳底旁白〉於《藍星詩頁》第 10 期。

10 月　23 日，發表詩作〈十月〉於《聯合報》副刊。

11 月　發表詩作〈七月〉於《藍星詩頁》第 12 期。

12 月　2 日，發表詩作〈終站〉於《聯合報》副刊。

發表詩作〈十二月〉於《藍星詩頁》第 13 期。

1960 年　1 月　發表詩作〈九月〉於《藍星詩頁》第 14 期。

2 月　14 日，發表詩作〈二月〉於《聯合報》副刊。

發表詩作〈山中一夕〉、〈矮簷〉、〈天窗〉於《文學雜誌》第 7 卷第 6 期。

發表詩作〈十一月〉於《藍星詩頁》第 15 期。

3 月　發表詩作〈八月〉、〈朝陽下——山中拾掇之二〉於《藍星詩頁》第 16 期。

4 月　30 日，發表詩作〈梅雨季〉於《聯合報》副刊。

發表詩作〈十三月〉於《藍星詩頁》第 17 期。

5 月　發表詩作〈一月〉於《創世紀》第 15 期。

發表詩作〈十一月〉於《文學雜誌》第 8 卷第 3 期。

發表詩作〈守墓者——山中拾掇之三〉於《藍星詩頁》第 18 期。

發表詩作〈十月〉於《中外畫報》第 47 期。

6 月　發表詩作〈擺渡船上〉於《自由中國》第 22 卷第 5 期。

7 月　2 日，發表詩作〈七月〉於《聯合報》副刊。

發表詩作〈閏月〉於《藍星詩頁》第 20 期。

9 月　發表詩作〈六月〉於《藍星詩頁》第 22 期。

11 月　發表詩作〈六月〉於《中外畫報》第 53 期。

12 月　發表詩作〈剃〉於《藍星詩頁》第 25 期。

1961 年　1 月　10 日，詩作收錄於余光中英譯《中國新詩選》（*New Chinese Poetry*），由香港 The Heritage Press 出版。

出席於美國駐臺大使莊萊德官邸慶祝《中國新詩選》出版酒會，出席者有胡適、梁實秋、羅家倫與「藍星」詩人群。

發表詩作〈五月〉於《藍星詩頁》第 26 期。

3 月　11 日，發表詩作〈守墓者〉於《聯合報》副刊。

發表詩作〈尋〉於《藍星詩頁》第 28 期。

發表詩作〈無題〉於《文星》第 7 卷第 5 期。

4 月　發表詩作〈失題〉於《藍星詩頁》第 29 期。

6 月　發表詩作〈六月〉於《藍星季刊》第 1 期。

發表詩作〈還魂草〉於《中外畫報》第 60 期。

發表詩作〈菩提樹下〉於《現代知識》第 13 期。

8 月　發表詩作〈山〉於《藍星詩頁》第 33 期。

10 月　發表詩作〈行到水窮處〉於《藍星詩頁》第 35 期。

11 月　發表詩作〈駢指〉於《暮鼓》第 1 期。

12 月　發表詩作〈豹〉於《藍星季刊》第 2 期。

發表詩作〈托缽者〉於《藍星詩頁》第 37 期。

1962 年　2 月　發表詩作〈行到水窮處〉於《自由中國評論專刊》「文學專號」。

3 月　發表詩作〈六月之外〉於《文星》第 9 卷第 5 期。

發表詩作〈從這一剎那起〉於《藍星詩頁》第 40 期。

4 月　3 日，發表詩作〈你是我底一面鏡子〉於《聯合報》副刊。

5 月　發表詩作〈晚安！小瑪麗〉於《文星》第 10 卷第 1 期。

發表詩作〈穿牆人〉於《藍星季刊》第 3 期。

6 月　發表詩作〈死亡的邂逅〉於《藍星詩頁》第 43 期。

7 月	發表詩作〈虛空的擁抱〉於《文星》第 10 卷第 3 期。

　7 月　發表詩作〈虛空的擁抱〉於《文星》第 10 卷第 3 期。

　　　　發表詩作〈距離〉於《葡萄園季刊》第 1 期。

　　　　發表詩作〈逍遙遊〉於《獅子吼》第 2 期。

10 月　發表詩作〈失眠〉於《獅子吼》第 3 期。

　　　　詩作收錄於胡品清編譯《中國當代新詩選》（ *La Poesie Chinoise Contemporaine*)，Seghers Paris 出版。

12 月　發表詩作〈胡桃樹下的過客〉於《藍星詩頁》第 48、49 期合刊。

1963 年　1 月　發表詩作〈圓鏡〉於《作品》第 4 卷第 1 期。

　　　　　發表詩作〈車中馳思〉於《藍星詩頁》第 50 期。

　　　2 月　發表詩作〈一瞥〉於《文星》第 11 卷第 4 期。

　　　3 月　發表詩作〈樹〉於《現代文學》第 16 期。

　　　5 月　發表詩作〈關著的夜〉於《文星》第 12 卷第 1 期。

　　　　　發表詩作〈絕響〉於《藍星詩頁》第 54 期。

　　　6 月　發表詩作〈孤峰頂上〉於《作品》第 4 卷第 6 期。

　　　　　發表詩作〈聞鐘〉、〈夜雨〉於《中國勞工》第 303 期。

　　　7 月　發表詩作〈六月〉於《葡萄園季刊》第 5 期。

　　　8 月　發表詩作〈聞鐘〉於《文星》第 12 卷第 4 期。

　　12 月　發表詩作〈落櫻後，遊陽明山〉於《文星》第 13 卷第 2 期。

1964 年　3 月　發表詩作〈囚〉於《藍星詩頁》第 56 期。

　　　4 月　發表詩作〈燃燈人〉於《文星》第 13 卷第 6 期。

　　　　　發表詩作〈紅與黑〉於《葡萄園季刊》第 8 期。

　　　9 月　發表詩作〈月河〉於《中國一周》第 750 期。

　　12 月　發表詩作〈手〉於《文星》第 15 卷第 2 期。

　　本年　擔任由耕莘文教院主辦的「水晶詩展」評審。

　　　　　詩作選入美國文學雜誌「脈絡」季刊（ *Trace* ）出版的《中國現代詩特輯》（葉維廉譯）。

1965 年	6 月	7 日，發表詩作〈女侍〉於《中華日報》副刊。
	7 月	詩集《還魂草》由臺北文星書店出版。
1966 年	3 月	29 日，由《幼獅文藝》、《現代文學》、《笠》、《劇場》共同贊助的「現代詩展」，於臺北西門町圓環展出，以〈天窗〉一詩參展。
1967 年	1 月	發表詩作〈無題〉於《文學季刊》第 2 期。
	4 月	發表詩作〈再來人〉於《純文學》第 1 卷第 4 期。
	6 月	12 日，獲中國詩人聯誼會「特別獎」，於臺北國立藝術館大廳舉行頒獎典禮。
	本年	於臺北善導寺禮印順長老爲皈依師，法名普化。
1968 年	2 月	發表詩作〈「怪談」剪影四事〉於《文學季刊》第 6 期。
	6 月	發表詩作〈月河〉於《幼獅文藝》第 28 卷第 6 期。
	11 月	發表詩作〈折了第三隻腳的人〉於《文學季刊》第 7、8 期合刊。
1969 年	1 月	發表詩作〈聞雷〉、〈蛻——兼謝伊弟〉於《現代文學》第 36 期。
	6 月	15 日，出席笠詩社主辦的「創刊五週年紀念暨第一屆詩獎頒獎典禮」，並以《還魂草》獲笠詩社「第一屆詩創作獎」。
1970 年	4 月	開始於《幼獅文藝》發表「悶葫蘆居尺讀」。
	12 月	發表詩作〈焚〉於《現代文學》第 42 期。
	本年	開始寄居達鴻茶莊，至 1980 年開刀入院止。
1971 年	1 月	發表詩作〈迴音〉於《文學》第 1 期。
	4 月	發表詩作〈走在雨中〉於《文藝月刊》第 22 期。
		發表詩作〈一朵黃花〉於《中央月刊》第 3 卷第 6 期。
1972 年	本年	詩作收錄於白芝（Cyril Birch）主編的《中國文學選集·第二冊》（*Anthology of chinese Literature, Volume 2*）。

1973 年	11 月	10 日，應邀於國立歷史博物館舉辦的「現代詩畫聯展」參展。
1974 年	12 月	發表詩作〈秋興——催成二十二行〉於《藍星季刊》復刊號第 1 期。
1975 年	3 月	發表詩作〈人面石〉於《藍星季刊》復刊號第 2 期。
	9 月	發表詩作〈第九種風〉於《藍星季刊》復刊號第 4 期。
	12 月	發表詩作〈積雨的日子〉於《藍星季刊》復刊號第 5 期。
1976 年	6 月	發表詩作〈靈山印象〉於《藍星季刊》復刊號第 6 期。
1977 年	7 月	發表詩作〈好雪！片片不落別處〉於《藍星季刊》復刊號第 7 期。
1978 年	1 月	18 日，開始於《聯合報》副刊發表專欄「風耳樓小牘」。
		24 日，發表〈兩封信——小記《還魂草》重版因緣〉於《聯合報》副刊。
		發表詩作〈空杯並序〉於《藍星季刊》復刊號第 9 期。
		詩集《還魂草》由臺北領導出版社出版。
		詩集《還魂草》英文版（*The Grass of Returning souls*）於美國加州出版。（高信生翻譯）
	8 月	19 日，發表詩作〈十三朵白菊花〉於《聯合報》副刊。
	11 月	18 日，應邀出席於洪健全視聽圖書館舉辦的「詩歌之間討論會」。
	12 月	發表〈漫成三十三行——致林廣兼遺曾九思〉於《藍星季刊》復刊號第 10 期。
1980 年	2 月	9 日，發表詩作〈雪原上的小屋——師玄賀年卡速寫卻寄〉於《聯合報》副刊。
	5 月	5 日，罹患胃出血、胃潰瘍、高度貧血等多種病症，於天母榮民總醫院進行手術，割除四分之三的胃。

11 月　30 日，發表詩作〈九宮鳥的早晨〉於《聯合報》副刊。

12 月　27 日，發表詩作〈風荷〉於《聯合報》副刊。

　　　發表詩作〈於耳公寓所初識曇花〉於《創世紀》第 54 期。

本年　因需長期調養身體，結束 21 年的書攤生涯。

1981 年　1 月　23 日，發表詩作〈雨荷〉於《聯合報》副刊。

　　　17 日，發表詩作〈想飛的樹〉於《藍星季刊》復刊號第 12
　　　期。

6 月　發表詩作〈荊棘花〉於《藍星季刊》復刊號第 13 期。

8 月　發表詩作〈目蓮尊者〉於《陽光小集》冬季號。

10 月　詩作〈想飛的樹〉、〈九宮鳥的早晨〉收錄於《世界現代詩粹》
　　　（中英對照），香港：詩風出版社。

本年　遷居內湖，與翻譯家徐進夫夫婦共住。

1982 年　3 月　14 日，發表詩作〈不怕冷的冷〉於《聯合報》副刊。

5 月　發表詩作〈叩別內湖——擬胡梅子〉於《中外文學》第 120
　　　期。

1983 年　1 月　20 日，發表詩作〈兩個紅胸鳥〉於《藍星季刊》復刊號第 15
　　　期。

　　　26 日，發表詩作〈觀瀑圖〉於《聯合報》副刊。

　　　28 日，發表詩作〈絕前十行〉於《聯合報》副刊。

3 月　20 日，發表詩作〈牽牛花〉於《聯合報》副刊。

6 月　25 日，發表詩作〈四行四首〉於《創作》第 252 期。

10 月　發表詩作〈野菊之墓——日影片掃描二首之一〉於《藍星季
　　　刊》復刊號第 17 期。

本年　由內湖遷居外雙溪。

1984 年　4 月　6 日，發表詩作〈遠山的呼喚——日影片掃描二首之二〉於
　　　《聯合報》副刊。

| 7 月 | 25 日，應邀出席《聯合報》副刊、雲門舞集於臺北國立藝術館共同舉辦的「散文朗誦會」，並朗誦「風耳樓小牘」四則。 |

10 月　發表詩作〈白西瓜的寓言——賦得下弦月〉於《藍星詩刊》第 1 期。

1985 年　1 月　發表詩作〈所謂伊人——上弦月補賦〉於《藍星詩刊》第 2 期。

4 月　發表詩作〈聽月圖〉於《藍星詩刊》第 3 期。

5 月　14 日，發表詩作〈淡水河側的落日——紀二月一日淡水之行並柬林翠華與楊景德〉於《聯合報》副刊。

發表詩作〈疤——詠竹〉於《藍星詩刊》第 4 期。

10 月　發表詩作〈除夜衡陽路雨中候車久不至〉於《藍星詩刊》第 5 期。

11 月　發表詩作〈第九種風〉於《聯合文學》第 1 期。

1986 年　1 月　發表詩作〈紅蜻蜓〉於《藍星詩刊》第 6 期。

4 月　2 日，發表〈我為什麼要寫作〉於《聯合報》副刊。

發表詩作〈密林中的一盞燈——至胡慧慧代賀卡〉於《藍星詩刊》第 7 期。

7 月　發表詩作〈於桂林街購得大衣一領重五公斤 （之一）〉於《藍星詩刊》第 8 期。

由外雙溪遷居永和。

10 月　發表詩作〈藍蝴蝶之一——擬童詩：再貽鶩子〉於《藍星詩刊》第 9 期。

發表〈漏卮二十九滴〉於《聯合文學》第 24 期。

本年　詩作〈四行四首〉、〈失題〉、〈落櫻後，遊陽明山〉、〈迴音〉、〈絕前十行〉、〈白西瓜的寓言〉、〈牽牛花〉、〈除夜衡陽路雨中候車久不至〉、〈紅蜻蜓〉收錄於羅門、張健主編，為紀念「藍星」詩社三十週年所出版的《星空無限藍》，臺北：九歌

出版社。

1987 年　1 月　發表詩作〈於桂林街購得大衣一領重五公斤（之二）〉於《藍星詩刊》第 10 期。

2 月　發表〈耳食錄——廖慧觀居士開示七則〉於《聯合文學》第 28 期。

4 月　發表詩作〈藍蝴蝶之二〉於《藍星詩刊》第 11 期。

5 月　1 日，應邀參加皇冠藝文中心舉辦的「書房外的天空——作家藝展」。

7 月　發表詩作〈冬之暝——書莫內風景卡後謝答趙喬〉於《藍星詩刊》第 12 期。

21 日，由永和遷居新店。

9 月　發表〈二十歲大事紀略〉於《皇冠》第 68 卷第 1 期。

發表詩作〈鳥道——謝翁文嫻寄 Chagall 飛人卡〉於《藍星詩刊》第 13 期。

12 月　發表詩作〈蝸牛與武侯椰〉於《聯合文學》第 4 卷第 2 期。

1988 年　4 月　發表詩作〈老婦人與早梅〉於《藍星詩刊》第 15 期。

由新店遷居淡水外竿。

7 月　發表詩作〈偶然作〉於《藍星詩刊》第 16 期。

8 月　11 日，發表詩作〈讀柯定康攝影名作展有所思〉於《聯合報》副刊。

10 月　發表詩作〈詠嘆調〉於《藍星詩刊》第 17 期。

11 月　8～9 日，詩作〈吹劍錄（十三則）〉連載於《聯合報》副刊。

1989 年　1 月　發表詩作〈聽泉〉於《藍星詩刊》第 18 期。

4 月　發表詩作〈率然作〉於《藍星詩刊》第 19 期。

7 月　發表詩作〈血與寂寞〉於《藍星詩刊》第 20 期。

10 月　發表詩作〈半個孤兒——響應孟東籬「綠色和平運動」〉於

		《藍星詩刊》第 21 期。
	12 月	明星咖啡屋歇業。
1990 年	1 月	6 日，獲「第二屆《中央日報》副刊文學獎成就特別獎」，由余光中頒贈。
		發表詩作〈風——野塘事件〉於《藍星詩刊》第 22 期。
	2 月	17 日，應邀參加《中央日報》副刊舉辦的「全國作家書畫聯展」。
	4 月	發表詩作〈花，總得開一次——七十自壽兼酬夏宇阿蘋及林翠華〉於《藍星詩刊》第 23 期。
	7 月	發表詩作〈失乳記——觀音山即事二短句〉於《藍星詩刊》第 24 期。
	10 月	發表詩作〈重有感——借李義山詩題之一、之二〉於《藍星詩刊》第 25 期。
1991 年	1 月	發表詩作〈重有感——借李義山詩題之三、之四〉於《藍星詩刊》第 26 期。
	2 月	8 日，發表〈《小王子》讀後小記〉於《聯合報》副刊。
	4 月	發表詩作〈約會〉於《藍星詩刊》第 27 期。
	7 月	發表詩作〈即事〉於《藍星詩刊》第 28 期。
	10 月	發表詩作〈詠雀五帖〉於《藍星詩刊》第 29 期。
	本年	每周三下午六時至九時，固定至長沙街「百福奶品」與文友相聚，風雨無阻。
		獲第二屆中央日報文學獎成就特別獎。
1992 年	1 月	發表詩作〈未濟——七夕口占〉於《藍星詩刊》第 30 期。
	4 月	發表詩作〈香頌：書雲女弟賀年卡「雪梅爭春」小繪後〉於《藍星詩刊》第 31 期。
	7 月	發表詩作〈竹枕〉於《藍星詩刊》第 32 期。

	8 月	20 日，發表詩作〈為全壘打喝采——漫題耳公版畫編號第八十四〉於《聯合報》副刊。
	12 月	發表詩作〈集句六帖——遙寄曉女弟衡陽湖南〉於《臺灣詩學季刊》第 1 期。
1993 年	3 月	發表詩作〈既濟七十七行〉於《臺灣詩學季刊》第 2 期。
	9 月	發表詩作〈八行〉於《臺灣詩學季刊》第 4 期。
	12 月	發表詩作〈癸酉冬集曉女弟句續二帖〉於《臺灣詩學季刊》第 5 期。
	本年	得畫家陳月里、劉秀美母女之助，由淡水外竿遷居至淡水真理街附近小樓。
1994 年	3 月	發表詩作〈用某種眼神看冬天〉於《臺灣詩學季刊》第 6 期。
	5 月	發表詩作〈三個有翅的和一個無翅的〉於《幼獅文藝》第 79 卷第 5 期。
	6 月	發表詩作〈弟弟呀！——十行二首擬童詩〉於《臺灣詩學季刊》第 7 期。
	9 月	發表詩作〈七短句二闋〉於《臺灣詩學季刊》第 8 期。
	11 月	21 日，應邀出席臺灣詩學季刊於誠品書店敦南店舉辦的「挑戰詩人」系列活動，與翁文嫻進行對談。
	12 月	發表詩作〈七十五歲生日一輯〉於《臺灣詩學季刊》第 9 期。
1995 年	3 月	發表詩作〈四行〉於《臺灣詩學季刊》第 10 期。
	6 月	發表詩作〈細雪〉於《臺灣詩學季刊》第 11 期。
	9 月	發表詩作〈細雪之二〉於《臺灣詩學季刊》第 12 期。
	12 月	發表詩作〈細雪之三〉於《臺灣詩學季刊》第 13 期。
1996 年	3 月	發表〈鹿橋《人子》二十年後重讀〉於《臺灣詩學季刊》第 14 期。

	8月	發表詩作〈贈友四則〉於《聯合文學》第 142 期。
1997 年	5月	4 日～6 月 29 日，初次返回大陸探親，方知母親、妻子與次子周榮燾皆已亡故。長子周榮西於探親期間病歿，由周夢蝶親自辦理喪事。
	7月	27 日，發表詩作〈白雲三願〉於《聯合報》副刊。
	8月	18 日，發表詩作〈垂釣者之一、之二〉於《聯合報》副刊。
	9月	30 日，獲國家文化藝術基金會舉辦的「第一屆國家文藝獎文學類獎章」。
		發表詩作〈七月四日〉於《聯合文學》第 155 期。
	11月	28 日，發表詩作〈仰望三十三行〉於《中央日報》副刊。
	本年	獲聘為中山大學駐校作家，應余光中之邀，連袂進行文學講座。
1998 年	5月	14 日，發表詩作〈堅持之必要——光中詞兄七十壽慶〉於《中央日報》副刊。
	6月	發表詩作〈香讚〉、〈詩與創造〉於《創世紀》第 115 期。
	7月	14 日，由淡水真理街遷居新店。
	8月	30 日，發表詩作〈為義德堂主廖輝鳳居士分詠周西麟繪鴨雁圖卷〉於《聯合報》副刊。
	9月	發表詩作〈蝕之一、之二、之三〉於《中央日報》副刊。
		劉永毅著《藝術大師周夢蝶——詩壇苦行僧》由時報文化出版公司出版。（此書為國家文化藝術基金會所策畫之第一屆國家文藝獎五位得獎人傳記）
	11月	22 日，發表詩作〈雞蛋花——為美宜劉老師寫〉於《聯合報》副刊。
	本年	與文友至三峽「龍泉墓園」悼念藍星詩人創辦人之一的覃子豪，此活動由向明、辛鬱聯合發起。

1999 年　3 月　18 日，發表詩作〈詠野薑花九行二章——持謝薛幼春〉於《聯合報》副刊。

6 月　發表詩作〈鳳凰〉、〈約翰走路〉於《藍星詩學》第 2 期。

9 月　發表詩作〈斷魂記——五月十八日桃園大溪竹篙厝訪友不遇〉於《藍星詩學》第 3 期。

本年　《孤獨國》獲《聯合報》副刊票選為 30 本「臺灣文學經典」之一。。

獲中國詩歌藝術學會「第四屆詩歌藝術獎」。(獲獎者有周夢蝶、余光中、楊牧、鄭愁予、洛夫、瘂弦、商禽七位詩人)

2000 年　4 月　詩集《周夢蝶・世紀詩選》由臺北爾雅出版社出版。

5 月　發表詩作〈酩酊二十四行〉於《幼獅文藝》第 557 期。

2001 年　1 月　2 日，〈不負如來不負卿——讀《紅樓夢》札記〉連載於《中華日報》副刊，至 2 月 25 日刊畢。

4 月　22 日，發表詩作〈善意的缺席——遙寄南斯拉夫女作者 Marijana Bozin〉於《聯合報》副刊。

5 月　11 日，發表詩作〈擬作兩題——讀金曉蕾張香華譯南斯拉夫詩選〉於《中國時報・人間副刊》。

23 日，發表〈事求妥帖心常苦——答遠方友人問凡一十三則〉於《中央日報》副刊；發表詩作〈潑墨——步南斯拉夫女作者 Simon Simonovic 韻〉於《中華日報》副刊。

7 月　18 日，發表詩作〈門與詩——擬南斯拉夫作者 ZLako Krais 又二幅〉於《中國時報・人間副刊》。

9 月　發表詩作〈有一種鳥或人〉於《幼獅文藝》第 573 期。

發表詩作〈辛己蒲月讀徐悲鴻——試為十四行各一，即以其題為題〉於《藍星詩學》第 11 期。

12 月　20 日，發表詩作〈偶而〉於《聯合報》副刊。

2002 年　6 月　22 日，發表詩作〈我打今天走過〉於《中華日報》副刊。

29 日，發表詩作〈在墓穴裡──讀華副九十一年四月十一日硯香詩作有感〉於《中華日報》副刊。

詩集《十三朵白菊花》由臺北洪範書店出版。

詩集《約會》由臺北九歌出版社出版。

詩集《周夢蝶短詩選》由香港銀河出版社出版。

8 月　19 日，發表〈周夢蝶談鹿橋的《人子》〉於《中華日報》副刊。

10 月　21 日，發表詩作〈沙發椅子──戲答拐仙高子飛兄問諸法皆空〉於《中央日報》副刊。

26 日，應邀出席於臺北中山堂舉辦的「2002 臺北詩歌節」活動之「煉金術士的降靈會──詩人之會」。

12 月　30 日，發表詩作〈走總有到的時候──以顧昔處說等仄聲字為韻詠蝸牛〉於《中央日報》副刊。

發表詩作〈試為俳句六帖──帖各二十字遙寄 Miss 秦嵐日本東京都〉於《聯合文學》第 218 期。

本年　詩集《十三朵白菊花》獲選為誠品書店 2002 年文學類推薦書、《中國時報》開卷中文創作類十大好書、第十一屆《聯合報》讀書人年度最佳書獎。

2003 年　1 月　9 日，發表詩作〈無題十二行〉於《聯合報》副刊。

14 日，發表詩作〈人在海棠花下立──書董劍秋兄攝影後‧十八行代賀卡〉於《中國時報‧人間副刊》。

4 月　25 日，發表詩作〈靜夜聞落葉聲有所思十則──詠時間〉於《中華日報》副刊。

12 月　10 日，發表〈癸未霜降日遲奉莊祖煌及 Miss 詹七短句〉於《中華日報》副刊。

2004 年	4 月	24 日，發表詩作〈酬答兩首〉於《聯合報》副刊。
	5 月	24 日，發表詩作〈四月——有人問起我的近況〉於《中央日報》副刊。
	7 月	21 日，發表詩作〈我選擇——仿波蘭女詩人 Wisslawa Szymbor-ska 二十一行〉於《中華日報》副刊。
		發表詩作〈山外山斷簡六帖——致關雲〉於《聯合文學》第 237 期。
	8 月	10 日，發表詩作〈我選擇——仿波蘭女詩人 Wisslawa Szymbor-ska 又一十二行〉於《中華日報》副刊。
	11 月	26 日，發表詩作〈黑蝴蝶的三段論法〉於《聯合報》副刊。
	12 月	5 日，發表詩作〈遙寄張巧居士香江——試爲詩偈四言一十二韻。兼示道普〉於《中華日報》副刊。
2005 年	1 月	發表詩作〈十四行——再致關雲〉於《聯合文學》第 243 期。
	5 月	18 日，發表詩作〈賦格——乙酉二月廿八日黃昏偶過臺北公園〉於《聯合報》副刊。
	9 月	《不負如來不負卿——《石頭記》百二十回初探》由臺北九歌出版社出版。
	12 月	29 日，發表詩作〈四句偈〉於《中國時報·人間副刊》。
2006 年	1 月	2 日，發表詩作〈九行二首——讀鹿苹詩集扉頁有所思〉於《聯合報》副刊；發表詩作〈善哉十行〉於《中央日報》副刊。
	2 月	17 日，應邀出席臺北故事館舉辦的「繆思的星期五——文學沙龍 6」，並朗誦多篇新舊詩作，與會者有顏艾琳、鍾文音。
	3 月	28 日，發表詩作〈以刺蝟爲師〉於《聯合報》副刊。
	4 月	12 日，發表詩作〈兩個蜻蜓〉於《中國時報·人間副刊》。

	7月	12 日，發表詩作〈果爾十四行〉於《中國時報‧人間副刊》。
	8月	22 日，發表詩作〈夏至前一日於紫藤廬‧遲武宣妃久不至〉於《聯合報》副刊。
		29 日，發表詩作〈病起——四短句〉於《中國時報‧人間副刊》。
	10月	10 日，發表〈讀書箚記四則〉於《中華日報》副刊。
2007 年	3月	20 日，發表詩作〈急雨即事 〉於《中國時報‧人間副刊》。
		24 日，發表詩作〈花心動——丁亥歲朝新詠兩首〉於《聯合報》副刊。
	4月	3 日，發表詩作〈C 教授〉於《中華日報》副刊。
	5月	發表詩作〈情是何物？——莊子物語之一〉於《幼獅文藝》第 641 期。
	11月	2 日，應邀至臺北芝山國小舉行的「詩人進校園——讀我們的詩，唱我們的歌」音樂會活動朗誦詩作〈剎那〉。
2008 年	3月	12 日，發表詩作〈八十八歲生日自壽外一首〉於《聯合報》副刊。
	6月	12 日，發表詩作〈六行〉於《聯合報》副刊。
		14 日，發表詩作〈九行二首〉於《聯合報》副刊。
2009 年	3月	發表詩作〈止酒二十行——八十九歲生日遙寄劉敏瑛臺中兼示黑芽〉於《文訊》第 281 期。
	5月	發表詩作〈無題——牛年二月初九驚蟄日，再貽黑芽〉於《文訊》第 283 期。
	8月	21 日，應邀出席臺北故事館舉辦的「繆思的星期五——文學沙龍 46」，並朗誦詩作〈十三朵白菊花〉，與會者有許榮哲，主持人為陳義芝。

	12 月	20 日，臺灣明道大學、香港大學、武漢大學、徐州師範大學共同舉辦「周夢蝶與二十世紀華文文學兩岸三地國際學術研討會」。

12 月　20 日，臺灣明道大學、香港大學、武漢大學、徐州師範大學共同舉辦「周夢蝶與二十世紀華文文學兩岸三地國際學術研討會」。

曾進豐編《周夢蝶詩文集·孤獨國／還魂草／風耳樓逸稿》、《周夢蝶詩文集·風耳樓墜簡》、《周夢蝶詩文集·有一種鳥或人》、《周夢蝶詩文集·別冊》由臺北印刻出版公司出版。

2010 年　1 月　15 日，因心臟衰竭送入新店慈濟醫院急救，後漸漸康復，於26 日出院。

11 月　詩集《剎那》由北京海豚出版社出版。（繁體字版，該書為首次將周夢蝶詩作介紹給大陸讀者）

2011 年　4 月　6 日，應邀出席目宿媒體公司策畫製作的「他們在島嶼寫作──文學大師系列電影」聯合發表會，此系列共拍攝六部文學電影，分別以周夢蝶、王文興、楊牧、鄭愁予、余光中、林海音六位作家為主題。周夢蝶部分為「化城再來人」。

21 日，應邀出席於國賓影城長春廣場舉辦的「他們在島嶼寫作──文學大師系列電影：化城再來人」首映會。

本年　現居新店。

參考資料：

‧國圖當代文學史料系統──周夢蝶生平年表

‧曾進豐編《周夢蝶先生年表暨作品、研究資料索引》，臺北：印刻出版公司，2009 年12 月。

‧劉永毅，《周夢蝶：詩壇苦行僧》，臺北：時報文化出版公司，1998 年 9 月

輯三◎
研究綜述

周夢蝶研究綜述

◎曾進豐

前言：塵裡塵外說傳奇

周夢蝶，河南淅川縣人，1948 年隨青年軍渡海來臺，從此萍飄蓬轉，一生孤單漂泊。1954 年加入「藍星」詩社，與覃子豪、余光中、夏菁等人馳騁交響，以抒情解構現代。1959 年處女詩集《孤獨國》出版，開始跌坐孤獨詩國，經營「明星書攤」，垂釣有情世界；1965 年《還魂草》問世，攀登孤峰之巔，啞然俯視萬丈紅塵，以 21 年又 25 天的風雨為證，寧靜沉默地標誌了臺北的「文化風景」。

蝴蝶的心魂，宛如久米仙子跌落人間，周夢蝶每每在兼身與獨身、陷溺或拔脫間擺盪掙扎，《悶葫蘆居尺牘》、《風耳樓小牘》恰是蘭蕙賢淑走過的刻痕印記，足以作為探測詩人「情事」之線索。對於詩不曾忘情，卻由於一向寫得慢寫得少，直到 21 世紀初才又結集《十三朵白菊花》（收錄 1967～1989 年）與《約會》（收錄 1990～2000 年）。而浸淫《石頭記》積數十年之心得札記，珍貴手稿也於 2005 年出版，題《不負如來不負卿》。「不負」者俯仰無愧，天地人神無所虧欠；「不負」更是放下後的坦然與自在，書名寓意生命感受。2009 年底隆重推出《周夢蝶詩文集》，除了再現絕版數十年的《孤獨國》與《還魂草》，最新詩集《有一種鳥或人》、尺牘彙整《風耳樓墜簡》以及未曾收錄的近百篇詩作《風耳樓逸稿》都一併付梓。

　　從 1950 年代初發表第一首詩〈皈依〉[1]，到新世紀封筆詩〈無題〉[2]，周夢蝶創作時間近一甲子，詩作共三百多篇。他說：「將事實之必不可能者，點化爲想像中之可能：此之謂創造。」[3]現實的匱乏、磨難，人生的種種缺憾，在詩的世界裡尋得消解或者撫平彌合；夢蝶以生命追求藝術之不朽，慘澹經營，苦心琢磨，量少而質精緻，贏得普遍的肯定與讚賞。1990 年獲頒中央日報文學成就特別獎，1997 年更榮獲第一屆國家文藝獎「文學類」之殊榮。

　　周夢蝶的生活是清苦的，不比顏回或英國街頭詩人戴維斯（W. H. Davies, 1870～1940）好過；或許他未必樂在其中，但可以肯定的是他始終安之若素。「落花無言，人淡如菊」[4]，許爲「今之淵明」，實非過譽。性情閑淡靜默，止息爭競矯激之心，既不可能（不懂得！）委屈而與世俗周旋，對於常人趨之若鶩的榮寵名利，且避之唯恐不及，只因爲怕面對群眾。寡言的周夢蝶，歡喜獨處，嘗說：「非不得已，絕不讓自己這張臉在群體的臉與臉的交相輝映之下出現。……有功夫，我想還是在孤獨裡默默修補自己的好。」[5]無怪乎當「他們在島嶼寫作」文學紀錄片移赴香港放映宣傳，邀請傳主與會，他卻語氣堅決地說：「與其長途奔波勞累，又要面對太多喜歡或不喜歡的提問，我還是在家裡安安穩穩的睡覺比較好。」詩人在心靈深處安排了一個角落，專屬「愚人」、「罪人」、「無能的人」、不占面積如「一毛毛蟲耳」的所在，不論外界的眼光下是如何的邊陲，那肯定是他靈魂的棲居地。他不侈言遺世獨立或離群索居，只是自由自在地過活。

　　雪有溫度的。純淨似雪的周夢蝶，以溫熱襟懷包覆冰冷人世，很難被遺忘。作爲當代文壇的一頁傳奇，雲深飄忽、溫柔多情的人間形象，頗惹

---

[1]周夢蝶，〈皈依〉，《青年戰士報》，1953 年 5 月 20 日。
[2]周夢蝶，〈無題——牛年二月初九驚蟄日，再胎黑牙〉，《文訊》第 238 期（2009 年 5 月）。
[3]周夢蝶，《風耳樓小牘・致張信生》，《聯合報》副刊，1981 年 4 月 28 日。
[4]司空圖，《詩品・典雅》。見清・何文煥輯《歷代詩話》（北京：中華書局，1981 年 4 月），頁 39。
[5]征毅，〈「夢」裡不知身是客，「蝶」魂縹緲繫斯人〉，《今日生活》第 198 期（1983 年 3 月），頁 58。

人關注，舉凡握手力道、進城約會、咖啡加幾包糖等生活點滴，一一被捕捉記錄，或長或短的訪問、介紹與報導，層出疊現；至於風月莊禪，幽香蘊藉的詩篇，不僅橫渡海峽，鵲譽兩岸三地，且被譯成英、法、荷、韓等多國文字，遠播異域，學術界對於這位詩壇孤峰別流，探析論述也幾乎不曾停過。上一世紀 1960 年代蔚然風起的夢蝶熱潮，氤氳擴散，迄今方興未艾。以下分從幾個面向進行考述：

一、詩人素描與寫真

　　1959 年 4 月建立的孤獨國境，四年後正式被承認。1963 年 1 月，楊尚強報導〈市井大隱，簷下詩僧〉導其先聲，但清冷孤寂、窮困街頭的詩人果真「大隱」，兩年後（1965 年）的 1 月、4 月，才再度出現於報紙一隅。換言之，在 1965 年 7 月《還魂草》出版之前，只有三篇側寫，詩僧的邊緣性由此可見。然而，在此之後，大量採訪述介、對談交流的文字齊現，圍繞著詩人的流離生平、窮困生活、文學參與、詩想詩觀……，尤其聚焦於武昌街一段七號明星咖啡屋騎樓下的「街頭書齋」，好奇著在繁華喧鬧的現代都會裡，突兀扦格的「孤獨國」，會是如何的寧靜存有。類似性質的文章超過百篇，或生活動態報導，蜻蜓點水式的驚鴻一瞥，或小照一幀，文字數行，雷同重複者固然不少，亦偶有些廣泛談論詩人、詩作、詩觀及詩風，如管管〈苦行非僧，莊周夢蝶〉、皇甫元龍〈非蝶亦非夢〉、應鳳凰〈「書人」周夢蝶的祕笈〉、王保雲〈雪中取火‧鑄火為雪──訪詩人周夢蝶〉、吳英女〈仰望蒼天無語的人──周夢蝶先生採訪記〉、姚儀敏〈以詩的悲哀征服生命悲哀的周夢蝶〉、翁文嫻〈誰能於雪中取火──與周夢蝶對談〉、古蒙仁〈人間孤島──尋訪周夢蝶〉……，或解讀「夢蝶」二字，或涉及文學淵源，或寫其性情兼及詩歌風貌，皆近距離長時間觀察與理解。

　　1978 年，臺大高信生翻譯《還魂草》在美出版，周夢蝶詩名遂播揚於海外藝文界。所以，1980 年代初即有美國 *Orientations* 雜誌記者亞曼穚特（Fred S. Armentrout）專訪：〈峨嵋街上的先知〉（Oracle on Amoy Street），

1987 年 7 月又有韓國女詩人蔡鳳寶與之對談紀錄：〈孤獨，那個寧靜的大自由〉（韓文發表），二文皆跳脫中國或臺灣思維，以異國眼光觀看周夢蝶。由於民族文化的差異性，視角的不同，市廛詩僧成為古希臘時期代神發布神諭的先知，和穿越孤獨得其逍遙遊，「不知說生，不知惡死」的「真人」。二文前後相距七年，不約而同地賦予周夢蝶以神仙性格，或神化或幻化，而其所指涉的詩作，概不出《孤獨國》與《還魂草》。

獲頒國家文學獎後，原本的寧靜生活因此起了大變化，來自四面八方的邀約、專訪，信函、電話不絕如縷，各式各樣的訊息、剪影於報端披露，令人目不暇給，但大多具「新聞」性質，迅速地煙消雲散。唯老友劉雨虹〈超然灑脫的人──周夢蝶〉、夏菁〈君子之交四十年──我與夢蝶〉和陳書〈楓葉不是等閒紅起來的──與夢蝶周公對談瑣記〉等三文，揭示夢蝶瀟灑天真的性情，和許多不為人知的有趣故事；而陳惠齡、鯨向海、羅任玲等人，則以新世代的眼光款款凝視，再將純淨溫柔的「今之古人」直接嵌入心底。從「明星咖啡」到「百福奶品」的定點定時之約，以至於晚近十年流連／流浪在臺北各咖啡館間，周夢蝶總是濃縮再濃縮，低調又低調，似乎非常超現實，卻又何其真實。1990 年代初，曾進豐蒐羅、比對浩繁資料，同時吸納質性研究，進行深度訪談，以確認史料的正確性，著手整理纂編〈周夢蝶簡歷繫年〉、〈周夢蝶詩之編目編年〉及〈周夢蝶評論引得〉，至新世紀初更予以擴大補充，訂訛潤飾而成《周夢蝶先生年表暨作品、研究資料索引》[6]一冊。作為歷史時空的觀察對照，以及詩作風格的轉折變化之佐證，為後續相關之研究，提供不少的便利性。

二、單篇詩作的鑑賞與批評

有關周夢蝶詩作的分析，首推覃子豪於 1959 年 10 月《文學雜誌》第 7 卷第 2 期發表的〈現代中國新詩的特質〉，文章的結尾，作者檢視了當年

---

[6]此項作業肇端於 1994 年初識周公，初稿載錄於 1996 年碩論〈周夢蝶詩研究〉。其後，歷經多年增補、修正始告完成。

新出版的三本詩集，即周夢蝶《孤獨國》、白萩《蛾之死》和向明《雨天書》。認為周詩「是生活的又是冥想的，寧靜與超脫，是其作品的精神。」例舉〈索〉、〈消息之一〉、〈消息之二〉，強調其東方精神之表現；以〈孤獨國〉及〈畸戀之四〉，證得周詩出自於「深沉的觀照」、「生活的體驗，深厚的修養」。其次，1966 年李英豪《批評的視覺》代序：〈論現代詩人之孤絕〉，文中用去一半的篇幅談周夢蝶，並以〈孤峰頂上〉及〈燃燈人〉為例，評論夢蝶之孤絕是一種「禪」，一種「佛」，達到「無有」、「見性」、「淨化」的境界。[7] 再次，1968 年 8 月林錫嘉對於周、覃同題詩〈樹〉之比較，謂兩作雖同為生命的象徵，但周詩在靜觀之中加入繁複的意象，文字上更富有彈性張力，象徵性大。稍後周伯乃解讀〈豹〉詩，認為它既象徵著人性的情慾，也暗示著詩人的自我逃避，繼而歸納出周詩「常常帶有一種佛家的『淨化』的境界」。此時夢蝶的詩壇位置已然確立，然而，論者對於詩人充滿好奇，對於詩作則普遍望之卻步，在 1970 年代之前，類似的文章寥寥可數。

　　1973 年間發生「唐文標事件」[8]，強烈批判現代詩的抽象化與超現實傾向，以致於宣布「20 世紀不是詩的世紀」。前此一年，關傑明於《中國時報》發表〈中國現代詩人的困境〉（1972 年 2 月 28～29 日）及〈中國現代詩的幻境〉（1972 年 9 月 10～11 日）二文，沉痛地檢討了現代詩過分西化的弊病，但也不忘肯定少數詩人的「中國精神」，他說：「……除了余光中、周夢蝶和極少數幾個人外，很少能讓我們獲得讀李白、杜甫等人作品時所得到的那種滿足感。」[9] 反觀唐氏則全盤否定現代詩的成果，嚴厲批評周夢蝶耽於傳統詩，活在傳統文人的意識形態中，寫的是「舊詩固體化的

---

[7] 李英豪，《批評的視覺》（臺北：文星書店，1966 年）。

[8] 專攻數學的唐文標發表了〈什麼時候什麼地方什麼人──論傳統詩與現代詩〉，《龍族詩刊評論專號》（1973 年 2 月）、〈詩的沒落──臺港新詩的歷史批判〉，《文季》第 1 期（1973 年 8 月）、〈僵斃的現代詩〉，《中外文學》第 2 卷 3 期（1973 年 8 月），引發詩壇的不小波瀾，顏元叔謂之「唐文標事件」。

[9] 關傑明，〈中國現代詩的幻境〉，《中國時報》1972 年 9 月 10～11 日。

新詩」，缺乏深刻思想，無關社會時代。又說他的悲哀是「閒極無聊的人」的「自我虐待」，是加些禪語入婉約派，遂行「抒情的逃避」。33 年後，郭楓持相同論點，認爲周詩的文采藻飾是擷取自傳統詩詞語彙，從一開始即致力於古典風味的形式追求，而不謀求詩的題材內涵之擴大與精神境界之提高；與社會嚴重脫節，有古典還魂的病態傾向。（〈禪裡禪外失魂還魂的周夢蝶──解析〈還魂草〉並說周夢蝶詩技〉）唐、郭二氏之詰難，如出一轍，皆從文學載道觀出發，主張文學的現實功用。

　　1970 年代起，周夢蝶部分詩作被收入各式詩選集，末附編者按語、小評或簡析，三言兩語鉤玄提要，近似於傳統「詩話」。還有些被選入高中、大學用書作爲教材，如《不盡長江滾滾來：中國新詩選注》（陳義芝，幼獅版）選錄〈菩提樹下〉及〈孤峰頂上〉，《現代詩精讀》（游喚等，五南版）選錄〈還魂草〉，《臺灣現代文選》（向陽等，三民版）選錄〈孤峰頂上〉，《臺灣文學讀本》（曾進豐等，五南版），選錄〈詠野薑花〉，撰者都能針對素材選擇、情感表現及藝術手法，詳明分析解說。此外，羅青〈周夢蝶的〈十月〉〉，云：「其主題在闡釋時間的消逝，以及詩人通過時間，認知到死亡之意義與事物之真象的過程。」賞其「說理而不露，談禪而不顯」，蘊含深刻禪理哲思之特色；黃梁〈詩中的「還魂」之思──周夢蝶作品二闋試析〉，併讀比較〈還魂草〉和〈關著的夜〉，稱前作主題乃「生者迷魂歸返」，後作著眼於「死者離魂復位」，同爲死亡意識的流露；謝輝煌〈小黑傘的憂思──周夢蝶〈弟弟呀──十行二首擬童詩〉讀後〉則洞見「詩人不能已於言者的憂思」。以上諸文，詮解詩意詩情，剖釋詩藝技巧，頗能扣合詩旨，同感共鳴於詩人心靈。《十三朵白菊花》、《約會》出版後，較值得一讀的賞析文章，僅落蒂〈悲苦掙脫與妥協──從周夢蝶三首詩看他的詩情詩境〉、朱美黛〈偶開天眼覷紅塵，卻歉身是眼中人──周夢蝶〈斷魂記〉評析〉及林明理〈周夢蝶的詩〈垂釣者〉與藝術直覺〉而已。此外，《周夢蝶世紀詩選》（爾雅，2000 年）、《周夢蝶集》（國立臺灣文學館，2008 年）、《剎那》（北京：海豚，2010 年）等三本選集，擇取的詩作，涵

蓋創作的每一個階段，包括鮮爲人知的《有一種鳥或人》及《風耳樓逸稿》，書中各附錄解說導讀長文。

三、詩路進程或詩風論述

此類論文，系統宏觀創作風格、成就及價值者不少，細審微觀某本詩集、某個階段者更多，然相較於訪談述介篇章，數量仍稍嫌不足。以下略分國內、國外，評述研究情形。

（一）國內研究情形

富有現代主義色調，充滿孤絕意識的《孤獨國》，誕生在反共文學、戰鬥文藝當道的時代中，注定被邊緣化的命運。因此，除前述覃子豪的簡評外，僅見藍星社友夏菁專文〈詩的悲哀——《孤獨國》及《雨天書》讀後感〉，雖然還是合論兩本詩集，卻是論述周詩之濫觴。夏菁讚許夢蝶處於熙攘逐利之世，獨能堅持追求繆司的高尚情操，復肯定其詩「深具我國固有安貧樂道的精神，兼具佛禪的思想，可以說是非常中國的。」與覃文時間不分先後，論點亦相彷彿。可惜並未引起任何注意，直到《還魂草》出版後，魏子雲撰〈周夢蝶及其《孤獨國》〉，談「人」多過論「詩」；1969 年吳達芸〈評析周夢蝶的《孤獨國》〉一文，採取嚴謹學術觀點，觸探細膩敏感的創作心理；再隔 30 年（1999 年），才又孕育出洪淑苓〈橄欖色的孤獨——論周夢蝶《孤獨國》〉。換言之，《孤獨國》面世四十載，僅見論文四篇（正確地說僅三又二分之一篇），夢蝶之窮愁潦倒固然無限感慨，孤獨夢土的豐富蘊藏，或者說詩的醇厚思想性、宗教性，還被重重遮蔽著，無寧更讓人扼腕。然而，《孤獨國》在 1999 年膺選爲臺灣文學經典。

周夢蝶的真正被「發現」，是從《還魂草》出版後開始的。專研古典詩詞的葉嘉瑩教授，爲現代詩人作序，且從「感情的處理安排」之態度與方法，穿透時空接通古今詩人，稱周先生是「以哲思凝鑄悲苦的詩人」。序云：陶淵明之簡淨真淳，「是由於他能夠將其一份悲苦，消融化解於一種智慧的體悟之中」；李太白、杜甫、歐陽修、蘇東坡等人，對於悲苦似乎也都

有著一種足以奈何的手段；屈靈均、李商隱二人，對悲苦只是一味的沉陷和耽溺；謝靈運則是有心尋求安排與解脫，而終於未嘗得到的人。接著，比較周夢蝶與陶、謝二人之異同，認為就感情之不得解脫及時時「言哲理」而言，似頗近於大謝，然而其淡泊堅卓的人格與操守「更近於淵明」。[10]同時發覺夢蝶之悲苦源於「內心深處之孤絕無望」，而其對待悲苦的態度，似乎無可奈何，但也未嘗沉陷耽溺其中，有心尋求排解與消融，乃藉著習禪禮佛而得之於心的觸發和感悟，封藏、凝鑄悲苦。以詩言禪理哲思灌注深情，如此「於雪中取火且鑄火為雪」的結果，「其悲苦雖未嘗得片刻之消融，而卻被鑄煉得如此瑩潔而透明，在此一片瑩明中，我們看到了他的屬於『火』的一份沉摯的淒哀，也看到了他的屬於『雪』的一份澄淨的淒寒，周先生的詩，就是如此往復於『雪』與『火』的取鑄之間。」逆溯心源，深度掘發周夢蝶孤絕的隱微世界，精闢洞見，洵為不刊之論，且在《還魂草》融通禪境與詩境的艱澀地帶，提供了擺渡之津筏。

　　1960 年代結束之前，產生了三篇卓有見地的評論，即袁聖梧〈談夢蝶和他的《還魂草》〉、洛夫〈試論周夢蝶的詩境——兼評《還魂草》〉及蘇其康〈情采傳統・低調現代的周夢蝶〉。袁氏稱周詩「不僅詞藻美，意象更美。」創新語言，汲取傳統滋養，而表現為亦禪亦佛的哲理意味，且「多半得之於泰戈爾」。洛夫雖屬不同詩社，卻引以為超現實主義同道，呼應〈葉序〉進而指出：「周夢蝶的悲劇情感，當非源自政治牽涉，甚至也不是源自現實生活，而是一個現代人『自我追求』，『自我肯定』（"self-affirmation"）而不可得時所感到的一種內心深處的孤絕無告。」撫觸夢蝶的潛藏底蘊，完全契合其顫慄的靈魂。蘇文重在強調夢蝶有跨越傳統，撥奏現代的能力，發現其詩在結合抒情傳統意境與現代觀點及技巧方面，取得充分的平衡，而有完美的呈現。

---

[10]淵明人淡如菊，詩風簡淨真醇，夢蝶獨與菊花有緣，大隱市廛，人格操守相似。至於其詩風，《還魂草》第一輯「山中拾掇」，由於意境空靈，節奏輕快，「詩格省淨馨逸，神似或貌似於陶令當年者」，被譽為「白菊花主義」階段。見陳玲玲〈鳥到青天倦亦飛——管窺周夢蝶先生的詩境〉，頁 32、頁 39 附白。

　　1970 年代之後，周伯乃〈周夢蝶的禪境〉續之，闡述周詩與佛禪關係，謂周詩表現人生的境界，「接近於佛家的禪境」、借佛學典籍和佛教事物象徵或比喻，而且「常常帶有一種啓示性和暗示性的效果。」[11]翁文嫻〈看那手持五朵蓮花的童子——讀周夢蝶詩集《還魂草》〉，認爲周詩特重結構，擅用典；又說「整部《還魂草》，與其說是哲理詩，不如說是一本情詩集，是一份折射的感情，從另一方向橫生出來，在理的毀傷下，那情遂更深邃，更專注。」陳玲玲〈鳥到青天倦亦飛——管窺周夢蝶先生的詩境〉一文，首次談到夢蝶「三量」[12]詩觀，又解析十數篇詩作，震撼於情之濃烈，往復吟誦，直欲凄肺肝而裂金石。結尾引王靜安「天以百凶成就一詩人」，和尼采「余於文學，獨愛以血書者。」謂夢蝶一生爲詩流血流淚，注定與快樂絕緣。1980 年代以降至世紀末，知人論世、擲地有聲之論述亦夥，如戴訓揚〈新時代的採菊人——周夢蝶其人其詩〉，以眾聲喧嘩中更顯得「冷峻與孤絕」，浮雕周夢蝶「採菊」風姿；歸納夢蝶思想來源有三：莊子、聖經及佛學。認爲夢蝶既是哲人也是詩人，時時有浪漫的需要，卻又不斷地理性壓伏，所以在詩方面，呈現出悲苦和哲理的對峙交融。文末並肯定周詩的現實色彩與時代意義（隱而不顯），殆有不可抹殺的精神價值，有力地反駁唐文標的謾罵蔑污。

　　新世紀之初，《周夢蝶世紀詩選》及《十三朵白菊花》、《約會》相繼出版，前者有落蒂評介文，後者計有李癸雲、奚密、洪淑苓、羅任玲四文討論。李氏謂：「物我或人我不分的現象，構成《約會》和《十三朵白菊花》最獨特的美學。」又說這並非止源自莊子玄學或古典禪學，而是「有其西方的對應體」與影響（〈花雨滿天——評周夢蝶詩集兩種〉）。奚密亦有透徹

---

[11] 《自由青年》第 45 卷第 5 期（1971 年 5 月）。此爲首篇專門探討周詩「禪境」而且以之爲標題的論文，發表後不久即發生「唐文標事件」，批評周詩不外是「野狐禪」。見〈詩的沒落〉，同註 8。

[12] 「三量」有二種說法，一因明之三量，即現、比、聖教之三也。二就心心所量知所緣之境，而立三量之不同，即現量、比量、非量。見丁福保編《佛學大辭典》（台北：華嚴蓮社，1956 年）。周夢蝶採後一說。至於「三量」之意，詳參王夫之《相宗絡索》，見《船山全書・一三》，嶽麓書社，1993 年 8 月。

之觀察云：「周夢蝶對詩歌的態度其實並非來自中國傳統，而是深受西方文學影響的新詩。」而其作品動人之處，是他的「有我」，一個為情所苦，始終無法忘情的「我」。謂：「詩人深刻體會『情』是『溫馨的不自由』，他勇敢地承受，並喜悅地擁抱它。」（〈修溫柔法的蝴蝶──讀周夢蝶新詩集《約會》和《十三朵白菊花》〉）；洪文僅千字之譜，卻體切地感受到周詩中「那句句聲聲的人間深情與玄妙禪意」（〈禪意與深情：《十三朵白菊花》評介〉）；羅氏拈出「二元對立與和諧」之說，強調「『自然』不再是周夢蝶悲苦的代言人，而是『道』的化身，邁向溫暖、自由、美和愛的道路。」（周夢蝶詩中的二元對立與和諧──以《十三朵白菊花》、《約會》為例）夢蝶用情之深，溫柔之至，「有禪有情」構成詩的全部，也是艱難生命淬練後的瑩潔境界。

　　從 1960 年代末起，綜論周夢蝶詩風，除了前文所提及者外，還有張默、王保雲、馮瑞龍、余光中、朱炎、蕭蕭等，諸人分從靜觀、哲理、孤寂、隱逸、詩藝氣質及佛家美學等方面展開論述，而大抵以禪意、禪思、禪境為大宗，蕭蕭〈佛家美學特質與周夢蝶詩作的體悟〉著力甚深，例如解析〈行到水窮處〉、〈孤峰頂上〉及〈第九種風〉三詩，謂其符合「雲門三關」的推演程序：正、反、合；以〈守墓者〉、〈二月〉，闡述「無相」美學；以〈徘徊〉、〈行到水窮處〉，印證「無住」美學，並歸納周詩美學的體悟三進階：引佛語而寄佛理、苦世情而悟世理到窺禪機而見禪理，終而臻於妙悟，創造詩的無限可能。

　　目前坊間關於周夢蝶研究之專書，有曾進豐《聽取如雷之靜寂：想見詩人周夢蝶》、劉永毅《詩壇苦行僧周夢蝶》。前者為學位論文之擴展衍生，後者係以前者為藍本，再透過訪談、詩人口述的方式，於短短兩個月內倉促完稿，記錄其親友師長、一次返鄉行、輾轉來臺的經歷，以及武昌街的書攤風景。至於匯集研究評論而成的《娑婆詩人周夢蝶》一書，除去第四輯「目錄彙編」外，第一輯「縱剖橫切・解詩論文」，份量最重，聚焦於「詩」；第二輯「旁敲側擊・印象寫真」，形象描繪詩「人」為主；第三

輯「捕風捉影‧詩說心語」，彙整親疏遠近緣「情」生發的贈詩。此外，影音紀錄有二，即 2007 年國立臺灣文學館製作的《臺灣詩人一百》，和 2011年由陳傳興導演拍攝的《化城再來人》一片。後者爲文學大師系列電影之一，耗時一年有餘。以專業手法，從宗教觀點解讀周夢蝶，完整呈現詩人簡默而浩瀚的生命風景，兼具文學詩意與電影藝術美感，洵爲周夢蝶研究再闢新途徑。

（二）大陸、國際研究情形

　　香港、大陸方面，最早注意到周夢蝶的應屬丁平，在其《中國現代文學作家論‧卷一》（1986 年 9 月）書中，特闢兩章解詩說人，其一，〈修補破夢的蝶──且說周夢蝶半生〉，概括地敘說了夢蝶的人格特質、詩觀、詩境、結構及詩語言等特色，其二，〈尋夢者的低喚──淺析周夢蝶的詩作〉，略分《孤獨國》、《還魂草》前後兩期，謂前期多訴諸於「想像」與「概念」，冥想成分居多；後期則用典苦情，偏於世間寫實。之後，許以祺〈懷周夢蝶──一位現代詩的托缽者〉和陳耀成〈莊周誤我？我誤莊周？〉，一致同意夢蝶詩「總有洗刷心靈的感覺，不但潔淨，還能擴大。」此外，整個 1990 年代至世紀末，如劉登翰、黃重添等的《臺灣文學史》、《臺灣新文學概觀》，以及古繼堂、古遠清各式各樣的詩選本、新詩辭典等，或因資料的匱乏，或意識形態的左右，有誤讀誤判及好惡褒貶，流於空泛之失。

　　21 世紀初，陶保璽發表三萬字力作〈「垂釣者」走向「九宮鳥的早晨」──對周夢蝶晚近詩歌的賞鑒與沉思〉，摒除陳腔俗調，能見人所未見，允爲大陸相關研究論文之翹楚。以「垂釣者」形容周夢蝶，認爲他不僅是釣一個帝國，而是釣得人與大自然的和諧共處，展現了理想國的獨特風景，終究隨緣放曠，順其自然而「復歸於樸」，只要讀〈九宮鳥的早晨〉、〈老婦人與早梅〉，即欣然同意這兒真的「春色無所不在」。結尾引用

弘一大師的人生三層次說[13]，堅信周夢蝶早已進入「魂生活」，而「以詩爲心靈的宗教，痴迷而疾行。」稍後，年輕詩評家陳仲義探索夢蝶禪思的方法論（運作之手段），發覺夢蝶詩作之出色，源於思維的悖論：「價值的背忤，語義的牴牾，心物的『偷換』，語境的矛盾，無不指向邏輯意義上的嚴重『混亂』。」（〈禪思：「模糊邏輯」的運作〉），這種「混亂」之運作，也就是所謂的「模糊邏輯」。深度揭示周詩妙用反邏輯、非邏輯、模糊邏輯的思維運作，以此造成禪思的成功，創生其獨特的現代禪味。

在學位論文方面，1990 年 8 月，美國‧陳耀成（Evans Chan，1959～）〈周夢蝶的《還魂草》〉（*The Grass of Resurrection*）肇其端，1992 年 5 月，法國‧胡安嵐（Alain Leroux，1949～）〈禪與詩——當代詩人周夢蝶作品研究〉（CHAN ET POESIE CHEZ UN AUTEUR CONTEMPORAIN：ZHOU MENGDIE）激其聲。兩篇都是國外學者原文撰寫，所指涉的詩篇，以《還魂草》及其之前作品爲範疇，前者論述的核心在於周詩表現的情、慾困境及其變奏；後者重在掘發周詩流露的佛禪之思及出入悟證的層面，偏於哲思、宗教與詩的離合關係。國內則有 1996 年 6 月曾進豐〈周夢蝶詩研究〉續揚其波，其後，碩博士論文逐漸增多，至目前計有七篇。這現象說明了周夢蝶的被學院認識與研究，是 1990 年代才開始的，而且是從國外歸返國內的「發現」之旅。

胡安嵐於 2003 年 5 月發表〈一位歐洲人讀周夢蝶〉，延續博論的詮釋觀點，強調周詩常被視作道家或禪修者的修行日記，其詩中瀰漫的「孤獨與冷」，既是出發點也是結果，指出「他詩中的主要意象是『徑』」，同時，發現周詩中的死亡，並非結束，它「是超越生命的，它僅是在生命與輪迴之間等待。」角度新穎獨特，論點則深具啓發性。近幾年，跨海追蹤者還有荷蘭萊頓大學教授漢樂逸（Lloyd Haft，1946～），致力於夢蝶詩作的翻譯與研究。2004 年至國家圖書館漢學研究中心，進行「臺灣現代詩中之佛

---

[13]弘一大師的人生三個層次即：一層是俗生活，二層是靈生活，三層是魂生活。見吳思敬〈詩的宿命〉，《文藝報》，第 131 期，1999 年 11 月 9 日，第 3 版。

教元素」研究，就是以周詩為考察重點，10 月 27 日於國圖學術討論會上發表成果，主講〈從西方觀點看周夢蝶的詩〉，以圖象性的表現、佛洛伊德精神分析及胡塞爾現象學等觀點閱讀周詩，指出周詩特色在於融通佛學典故與西方哲思，且多「迴文」[14]句法。同年 11 月 8 日於「臺灣文學研究新途徑」國際研討會上發表〈人與虛無：周夢蝶詩作中的的身體與焦點〉，2008 年 10 月 15 日又於彰化師範大學講〈周夢蝶與歷史詩〉，援「身體」議題、「歷史」縱深於夢蝶詩的研究，寬闊的視野，提供多種可能之途徑。

此外，2009 年 12 月 20 日於明道大學舉行「周夢蝶與 20 世紀華文文學兩岸三地學術研討會」[15]，會後經審查收錄了 12 篇論文輯成《雪中取火且鑄火為雪——周夢蝶新詩評論集》，分作輯一：兩岸觀點，輯二：香港論述。平心而論，兩岸優於香港，島內又比大陸獨到，特別是蕭水順從後現代視境摸索「蝶詩道路」，謂其從孤冷而至溫潤的人情溫度，一生陷於深情，亦為善於知人品詩。

結語：研究的未來性

截至目前，對於周夢蝶的研究，還是停留在《孤獨國》、《還魂草》兩本詩集及時期，1970 年代以後的作品相對被漠視，尤其《有一種鳥或人》及《風耳樓逸稿》，迄今尚乏人問津，更不用說尺牘、小品文及詩作前後序跋文了。夢蝶詩的形式、語言語法及表現技巧，在在呈顯其現代性正典生成的過程；其詩作主題，不論是對於時間、生死的觀照想像，或是情慾的轉換變貌以及宗教義諦的體悟踐履，甚至是詩與宗教的隱約接軌或分合、詩與電影的對話、「枯墨」手稿與書法藝術等，皆有待全面探勘和深度掘發。此外，可與同時代詩人對照比較，以彰顯其重要性和在現代詩史上的意義。總之，周夢蝶研究有極大的發展空間。

---

[14]袁聖梧於 1966 年評《還魂草》時曾提出：「無可否認的在他的詩中，常常有一種近乎『回』的句法。」且例舉〈逍遙遊〉、〈落櫻後，遊陽明山〉、〈天問〉、〈圓鏡〉等作。〈談夢蝶和他的《還魂草》〉，《暮鼓》第 5 期（1966 年 1 月），頁 14～15。
[15]研討會係由臺灣明道大學及香港中文大學、中國武漢大學、徐州師範大學聯合舉辦。

輯四◎
重要評論文章選刊

兩封信
小說《還魂草》重版因緣

◎周夢蝶

一致周棄子先生

棄子先生淵鑒：

感於蘇小姐永安暨顧君俊王君清華之推誠相與，濁氣一湧，決定不顧一切，將《還魂草》這本不成其為書的書，交由他們再印一次。

縱然詩本身一無是處，序還是要有的。而且，此一「腐心的負擔」，想過來想過去又想過來，末了，還是歸結在先生這隻筆上。這一來由於擔心出版人（這三位有膽量而無經驗的年輕朋友），會賠得醋乾鹽盡；二來（更更重要的一點），是想讓花錢買這本東西的人人，不皺眉頭不叫屈——縱然詩本身一無是處，至少他們有一篇不厭千回的好散文可讀。還有，我一生孤露，愚拙；今且窮愁迫促，旦夕就滅。（乩仙說我 60 歲，即大大後年當走！）先生寧不顧念，而有以冠冕、沾溉、提斯、警策之耶？倘俯徇所講，則糞土朽木，生有餘榮，死無遺恨矣！

民國 65 年 10 月 2 日夢蝶頂禮

一致蘇永安小姐

永安女弟鏡次：

10 月 17 日這一天，恐怕會是我活了這麼大半輩子最歡喜也最慚愧的一天。

　　周棄子先生為我題的這首詩，要是在十多年前讀了我準會哭。於今淚腺雖已涸竭，依然抑止不住這份兒「深喜」——和平、廣大、細微、真切：相似於「夕死可矣」那一類的。

　　我想請棄子先生為我的書寫序，已非自今日始。民國 54 年 7 月《還魂草》初版之前三日，就冒冒失失一陣風似的去過周先生家裡一次（那時周先生住泉州街）。很不巧，他不在；問幾時回來？說「不一定」。傍晚時分，兜著一肚子惆悵，在中山堂背後下了車，信步邁到新聞大樓對面，在一根廊柱旁邊，攢眉、凝立，久久而又久久。猛抬頭，一朵灰雲，打從我頭頂高處，張張皇皇，直向新聞大樓那邊，箭也似的飛去。這時，新聞大樓的牆，忽然，彷彿為惡咒所推引，眼看著眼看著就要倒塌下來！衝著我，衝著廊柱這邊，淒涼無助的對待。就在這「生死之際，間不容緩」的一剎那，「嗨！」一記手掌，重重的落在我的肩上。是 C！幾乎天天都要見面碰頭的 C。他很注意的盯了我一眼說：「怎麼回事？你臉色這樣慘白！」我無語。回頭再看那樓牆，依舊安安生生，永恆似的站在那裡；而那朵雲，那朵興妖作怪的灰雲呢？則早已早已不知飛到何處去了。

　　周先生的文章第一次闖進我眼裡，是他為吳魯芹寫的雞尾酒會及其他序；第二篇是〈腳踏實地說老實話——讀《文學雜誌》創刊號〉。打這以後，只要那裡發現有周先生的文字，那怕是三十個字不到的「投書」也好，都趕著買了來，或讀或誦，不是一句一句，而是一個字一個字：啄木鳥似的。《未埋庵短書》預約消息一發布，書店還未開門，我人已老早在門口等著了。好容易等到了出版，書一到手，就一口氣讀了兩遍。之後，每隔一陣子（或三兩年，或五七個月），總要溫習一次。我規定自己，每天最多只許讀一篇，在一大早或黃昏，頭腦最清明、心境最寬閒的時刻。打從第三遍以後，我習慣於先讀第四輯，再由第一到第三；然後偃旗息鼓一二日，再出發，玩味那篇〈自序〉。這樣十幾年下來，斷斷續續，也不曉得讀了多少遍了。難怪我的朋友 C 常笑說我是「周棄子迷」；說我一向遲鈍、懶惰、冷淡、褊枯，「簡直一生下來就是個小老頭子」。唯一的例外，只有在

談起周先生這本「短書」的時候，人纔一下子活了過來！眼也亮了，說話的節奏加快，嗓門也提高了。「真是不可思議！」他說。

周先生說他每寫一篇文章，就等於生一場病。由此可見其執事之敬，用心之苦，與律己之嚴。基於這一點，「乞序」一事，一直展轉旁皇，忍而未發。今者，此一「宿願」，已因圓果滿，乃愴然憶及誰（好像是朱自清）寫的兩句白話詩：「顧得了我，就顧不得你了！」這實在也是「生存」無可奈何的「結繫」之一。普天之下，盡人都萬難逃免的吧！

我欲仁，斯仁至。「懸望」是一粒固執的，睜著眼睛睡覺的種子！只要它一天不死，它就隨時有抽芽開花結果的可能。不管它在雪叢下埋得怎樣久，怎樣深。

十二萬分感謝王君清華。沒有他，我決不敢向周先生開口。路不是一個人走出來的！蓬蓬的遠春，恰踵繼於破空而至的雷電之後。

民國 65 年 11 月 21 日夢

又，「五眼」新由進夫徐居士向慧炬月刊社請得了兩本。茲以其一，並徐公新譯《禪的公案探究》一冊，敬與閣下結緣。關於「五眼」，上次在「明星」，我千不該萬不該絡絡索索，對你說了那麼多，催淚彈似的，害得你好端端的傷起心來。不過，從另一方面說，你這表現，我一點也不意外。淚是世界性的！在你心裡眼裡燃激濺著的，同樣也會點燃激濺在別人心裡眼裡。記得民國 32 年秋天（我 21 歲），在省立安陽中學當圖書管理員時，某夕燈下，讀王國維《紅樓夢評論》，至第二章第二段「夫冥頑者既不幸而為此石矣，又幸而不見用，則何不游於廣漠之野，無何有之鄉，以自適其適，而必欲入此憂患勞苦之世界，不可謂非此石之大誤也！」不覺氣湧鼻塞，涕泗橫溢；厥後十年，在高雄旗山營房，讀嚴譯天演論真幻篇，又有過一次。幸而為時不久，就碰上了大圓寂、大佛頂等經，這纔漸漸從苦空、斷滅、伶俜、疾蹙的邊緣，給引渡了過來。現在，有時候，雖然依舊免不了要為一些「根本不值得消耗細胞」的菉豆芝麻大的日常瑣碎生悶氣，往往一生就是好幾分鐘，乃至好幾十分鐘。但畢竟，正如女詩人胡梅

子說的：「感傷是微微的了！像遠行的船，船邊的水紋。」

——選自周夢蝶《還魂草》

臺北：領導出版社，1973 年 10 月

二十歲大事記略

◎周夢蝶

（一）小學一年畢——由三下超級六下。

（二）第一次月考公民不及格——只有 50 分。

（三）被班上一名又矮又瘦又黑的小女生，指為「不老實」——說我甚至在上課的時候，也不時的拿眼睛看她。這是她的「膩友」（全校的籃球隊長，姓楊）偷偷告訴我的。

（四）嘗試第一首新詩——題目：「春」。共四節 16 行。第一節還依稀記得是這樣：

誰也沒有看見過春，

我也是一樣的。

但當蝴蝶在花叢中飛舞的時候

我知道，春來了！

詩當然很稚淺，並不比薛蟠仁兄「一個蒼蠅哼哼哼，兩個蜜蜂嗡嗡」高明多少。然而「級任」老師劉，卻對它很刮目，不惜過分誇大其詞的加以稱讚。著令傳示全班。

（五）「道藝兼修」——這是會計主任曹老師在畢業紀念冊上的題詞。何其「語重心長」！這四個字，46 年後之今日對之，猶眼花耳熱，手足無措；更無論當時。

（六）以第 24 名考入省立安陽中學。

（七）嘗試第一首舊詩（五絕）——題目：感遇。今只能憶其第一第

二第四句如次：

獨步山陰下，濛濛晚霧深；河落光難掩（五字今補），望斷月中人。

彼時尙不識四聲爲何物，居然仄平平仄，中規中矩；國文教師孫瑞庭幾疑其爲剽竊。

（八）全校六班（一上至三下）作文比賽居首。

（九）得清寒獎學金——金額不高，然得之不易：智德體美四育，都不得少於八十五分。我體質雖弱，卻從不生病，不請假，不曠課，不遲到早退；考試時投籃，三發三中。故仍得「險勝」耳。

（十）期末考總平均 93。

上所舉種種，或風光，或不風光，或不甚風光，或甚顧風光，茫茫歲月，此景此情，總付與「不可待」的「追憶」而已。

曾有詠蝶一偈自嘲，凡四韻 32 字；姑錄之，以終此記。偈曰：

生爲誰生？夢魂顛倒。
側翅若仙，中實枯槁。
香不留人，抱憂待曉。
日月逝矣，嗟予既老。

——選自《當我 20（上）》

臺北：皇冠出版社，1988 年 8 月

獲獎感言

◎周夢蝶

　　我最近常常夢到我的母親。我是個遺腹子，母親為了教養我，吃盡了千辛萬苦。有時候午夜夢迴，覺得愧對母親。因為她對我的最大希望，就是「揚名聲，顯父母」。

　　如果她還活著，應該有 106 歲了吧！生活在臺北，看我站在臺上，她一定喜歡；今天這個榮譽，我有一點歡喜，情緒有一點激動，可能說不下去了！」

（1997 國家文藝獎獲獎感言）

──節引自劉永毅《詩壇苦行僧》
臺北：時報文化出版公司，1998 年 9 月

周夢蝶詩話

◎周夢蝶

　　據說：「詩乃門窗乍乍開合時一笑相逢之偶爾」。此一偶爾，雖爲時至暫，但對深知冷暖之當事人（作者或讀者）而言，自亦可通於永恆；何以故？時空與人，三無涯際，了不可得故。

　　又，金聖歎有言：「欲畫月也，必先畫雲。意不在於雲也，意必在於雲焉。雲病，即月病也。」詩之「辭」與「意」之互爲依屬，不可分割，殆亦可作如是觀。

　　又，將事實之必不可能者，點化爲想像中之可能：此之謂創造。

——選自周夢蝶《周夢蝶‧世紀詩選》

臺北：爾雅出版社，2000 年 4 月

歲末懷人六帖代後記

◎周夢蝶

之一

　　曾文正公之生也，以嘉慶辛未年 10 月 11 日亥時。曾祖竟希封翁，年已 70，方寢，忽夢有神虯蜿蜒自空而下，憩於中庭，首屬於梁，尾蟠於柱，鱗甲森然，黃色燦爛，不敢逼視。驚怖而寤。則家人來報生曾孫矣。封翁喜。召公父竹亭封翁告以所夢。且曰：是子必大吾門，當善視之。是月有蒼藤生於宅內，其形夭矯屈蟠，絕似封翁夢中所見。厥後家人，每觀藤之枯榮，卜公之境遇，其歲枝葉繁茂，則登科第，轉官階，勦賊迭獲大勝。如在丁憂期內，或追寇致敗，屢瀕於危，則藤亦兀兀然作欲枯之狀。如是者歷年不爽。公之鄉人類能言之。饒州知府張灃翰，善相人，相公為龍之癲者。謂其端坐注視，張爪刮鬚，似癲龍也。公終身患癬。余在公幕八年。每晨起必邀余圍棋。公目注枰枰，而兩手自搔其膚不少息，頃之，案上肌屑，每為之滿。同治壬申 2 月 2 日申刻，公偶遊署中花園，世子劼剛侍公，忽連聲稱腳麻腳麻，一笑而逝。世子亟與家人扶公入室，蓋已薨矣。是時城中官吏來奔視者，望見西門火光燭天，咸以為水西門外失火。江寧上元兩縣令亟發隸役赴救；至則居民寂然，徧問遠近，無失火者。黃軍門翼升祭文有云：寶光燭天，微雨清塵。蓋紀實也。自後龐觀察際雲來自清江浦；成游戎天麟來自泰州，皆云：初二傍晚，見大星西隕，光芒如月，適公騎箕之夕云。

薛福成著《庸盦筆記》卷四述異一則

小房東螢雪齋主季魯曾進豐仁弟玄覽

之二

唐文宗嗜食蛤蜊,海民供應甚勞。一日,御廚走報,新得一蛤蜊大於掌,中夜不剖自開,神光煜耀,而觀音大士聖像宛然在焉。帝驚且喜且疑且駭,以問唯政禪師:此何祥也?師曰:臣聞物無虛應,此乃啓陛下之信心耳!妙蓮華經所謂應以大士身得渡,即現大士身說法也。帝曰:大士所說何法?朕何不聞?師曰:陛下爾後仍每食必以蛤蜊佐膳否?帝曰:不敢!蛤蜊雖微物,亦有佛性,而識痛癢。今大士已示警,朕雖薄德,寧忍以口腹之欲,傷天地之和,叢神人之怒,而自織自鑄無窮之恨與悔,苦網與禍階?師曰:善哉!此無上無邊微妙清淨慈悲平等之大法,陛下已信已聞,大士已說:雖隻字未吐,其聲如雷。

又,縉雲管師仁處士,元旦五鼓出門。遇一大頭鬼,貌甚獰惡。謂師仁曰:我瘟神也!然不爲君禍;以君家有善行。問何善?曰:無他!唯數世以來,不食牛肉耳。

上二則,書與普門雜誌老編潘秀玉賀歲

之三

經言:有生於無,無生於無無;無無之無,其有無盡!

又,王鑑自題畫松:倚天翠爲蓋,映日龍作鱗;千年風雨餌,誰是種松人?

新野高子飛大兄拐仙年禧!

之四

宋太祖問趙普:天地之間,何者爲大?普沉吟未及答。少間,祖復問。普曰:道理最大。祖稱善。

致戴胤伊。語見《夢溪筆談》

之五

上帝欲使人毀滅，必先使人瘋狂。

上帝的磨（去聲，名詞），也許轉得很慢；卻很仔細。

蜜蜂採集花粉的同時，也爲花粉作了傳播的服務。

夜愈深愈黑，星光也愈燦亮。

此四箴言，不識出自何人之口。或謂史學家 Gustave Tlaubart 如是說。

淡水純德幼稚園園長戴綵鳳睿照

之六

出書好比嫁女兒。吉期一日未屆，嫁妝永遠置不齊全；一旦花轎到門，鼓樂聲喧，再不齊全也只好齊全了。

明廷王慶麟兄及其細君橋橋一笑：

公元 2001 年辛巳小除夕，
弟夢蝶洗硯於北縣五峰山下。

——選自周夢蝶《十三朵白菊花》
臺北：洪範書店，2002 年 7 月

筆述趙惠謨師教言二則
代後記

◎周夢蝶

一曰

新體詩易學而難工。閣下既然不幸攪上了這一行，將錯就錯，索性孤注一擲，鞠躬盡瘁死而後已的攪下去。……

世或有無果之因，斷無無因之果。

冷板凳不白坐。老天爺有一千隻眼睛，至少有一隻是睜著的！

再曰

之外，很冒昧的問一句：閣下歷年來在《聯合報》發表過的，如〈好雪，片片不落別處〉等等加起來，可有百首或 50 首？

是誰說的？人生就像拿水桶到井裡打水，只有桶掉在井裡，沒有井掉在桶裡。

聽我的勸！趁著眼前，趁著眼前這口氣還在，趕緊印一本，不必誇說為社會國家，至少為自己，為至親好友，為已過世的祖先，多少留一點點足資紀念的東西。縱然遭時亂離，天涯淪落，也算不虛此生了。

公元 2002 年愚人節之又又次日，
夢蝶於新店五峰山下時年八十有二。

──選自周夢蝶《約會》
臺北：九歌出版社，2002 年

楓葉不是等閒紅起來的
與夢蝶周公對談瑣記

◎陳書[*]

　　周夢蝶有一個不到 50 歲的朋友，曾跟他說：「很難了解一個 80 歲人的心境」！當時周夢蝶是這樣回答他的，「我最好不要談，你最好也不要問，的確很難使你了解。因為雞不知鴨；鴨不知鵝；鵝不知魚鱉……」朋友直說夠了，夠了，不再問了。

　　在不知有這段有意思的對話之前，我也問了相似的問題，請問「周公都在想什麼，都想做些什麼？」因之，他在眾人面對，總是三緘其口，絕不談詩。有些老友，甚至很生氣，直說他「吝嗇」，小氣巴拉：「鴛鴦繡就從君看，不把金針度與人」。其實，周公說：這是很冤枉的，像晴雯一樣冤枉。其實，周公說：他只是恪遵「不知為不知」的古訓，擔心以盲引盲，誤人入於歧途而已。

不知為不知

　　周公朋友說周公除詩以外，什麼也不懂！錯了，周公說：在諸多「什麼」中，他最最不懂的是：詩！周公夢蝶每隔十天會到中華日報社買一次報紙，某一天午後巧遇周公，閒聊中表示想與周公聊聊人生的八十之美，周公想了想說他並不覺得人生的 80、90 有什麼「美」，當然，不覺得有什麼不美。在半帶強迫下，終於在獨立的辦公室中，請他當了一下午的「董事長」，我做「祕書」，聽他談談在他朋友們眼中的自己。

---

[*]本名陳紅旭，發表文章時為《中華日報》記者，現為自由撰稿作家。

「很羨慕一個人可以擁有這樣的空間，這麼大的桌子，有很自由的感覺。」周公坐在董事長椅上環視四周，雙手摸著冰涼的桌面說，神情很愉快的解釋他的住家在六樓，很熱，桌子也只有這桌子的三分之一，還是當時住在外雙溪時的二房東給的。雖喜歡大桌子，周公也不想換掉那敦實而厚重的木頭桌子。

隨手給周公帶上一杯滾熱的水，周公拿起就喝，並不顧我的叮嚀「很燙，喝慢點！」周公說他有個綽號叫「開水大王」。說他有天晚上在明星三樓，一口氣喝了十大杯熱開水。他的朋友 H 看在眼裡，大吃一驚說：「人家都說你詩寫得好，好不好，我不敢說；但是，你一口氣猛灌十大杯熱開水而不上洗手間，這一點，要我不佩服也難！」

大智若愚

周公有位同鄉劉君，襄城人。曾不只一次，當著好多人的面，稱讚周公「大智若愚」。周公苦笑。有一次，周公實在憋不住了，回敬一句：「大智若愚；大愚亦若智。毫釐千里，如何判別？」

周公說他自己 28 歲時逃離大陸來臺，當了七年的兵之後，在武昌街擺書攤 21 年，最簡單的想法是「不要餓死」；當餓死不是威脅時，周公油然而生第二個願望是「希望自由」，不管是上天堂或下地獄，都不要別人干涉；也許是賣書兼看書的生涯，周公也逐漸發現慾望雖然很低，但求知慾卻很強，雖已 40、50 歲了，依舊兢兢業業，手不釋卷，數十年如一日；有時，連吃飯，坐咖啡館，乘車等車，洗腳，蹲馬桶……也不例外。周公感歎自己的「學校教育破破碎碎」。其實雖是生逢戰亂，家境很苦，周公從小就是個書呆子，初中時就讀河南安陽初中，之後考上開封省立高級師範，一年半之後，抗戰勝利，學校遷回開封。因家貧親老，未忍遠遊，周公轉入家鄉宛西鄉村師範，最後一學期，才念一星期，晴天霹靂！他的老家（河南省淅川縣馬鐙鄉大周營），一夜之間變了顏色。這是民國 37 年 3 月的事。

生活如蚯蚓般，簡單而一無所有

　　才是幾天前的事，有朋友買周夢蝶的書而請他題字，周夢蝶當下把他才記在筆記本上的心得題給了朋友──「生活的憑藉（條件），決定了生活的性質或方式。」周公進一步解釋像蒼鷹以鉤吻，或像豺狼虎豹以利爪捕捉小動物，餵養自己的生命；而小蚯蚓沒有鉤爪，僅以「上食膏壤，下飲黃泉」的方式過活。周公，說他小時看戲，認得四句唱詞：「天上星斗朗朗稀，富穿綾羅窮破衣；十指伸出有長短，樹木琳瑯有高低。」又說，《華嚴經》有兩句偈語，也講得好：「欲除煩惱須無我，各有因緣莫羨人。」總而言之，一言蔽之，周公說：「人要本分，什麼樣人過什麼樣的生活，如此而已！」至於目前的心境，周公認為最新出版的新書《十三朵白菊花》中引了泰戈爾詩集的話當引言「我的，未完成的過去，使我難於死；請從那裡釋放我吧！」這句話最能代表他當下的心情。

逝者如斯，不舍晝夜

　　英國大詩人丁尼生云：爾若愛千古，爾當愛現在。生命如露易晞，如響速滅。雖具有詩人的浪漫，周公卻也感慨時間的流逝，自覺健康是愈來愈差，他語帶懊悔的說以前總是拖，於是周公記起林海音過世後，潘人木寫懷念林海音的文章中，有二句話讓周公大有感觸「……我以為還有很多，其實沒有了。」也許人在年少時，總覺來日方長，可以盡情的揮霍；步入中年雖懂得珍惜，但健康及體力都不允許了。周公說他三十多年前，曾在南部《新生報》副刊讀過柯俞先生執筆的一段文字，如受棒喝，久而不忘。文曰：最重要的，不是你晚上在什麼地方睡，而是你白天做些什麼事；生命是短暫的！時光滔滔流著，像從致命的瘡口流出來的血一樣。

敬者，德之聚也──《左傳》

　　周公一向惜墨如金，字字推敲。這也是他為什麼自《孤獨國》、《還魂

草》之後，隔了 37 年才出詩集的原因。對文字的要求如何，周公舉德國名家培根的話：「閱讀使人充實；言談使人詳盡；文字使人準確。」此三者，周公說，他最嚮往準確。周公又舉唱「小學集解」一則如次：明道（程顥）先生作字時甚敬，嘗語人曰：非欲字好，只此是學。

　　無論在室內，在車中，其實走在路上，周公的身影是令人熟悉的，一年四季總是一頂絨線帽、一身長袍、一把長傘，外加一個草綠色的背包，如此裝扮已二十餘年了。有一年出版社老闆送了周公一件長袍，因為太大了，穿著有一種空蕩蕩的感覺，周公只好用皮帶扎起來，這樣貼身，暖和多了。雖別人覺得怪異，周公記得有天晚上經過一家花店，花店老闆從店裡走出來，沖著周公直吼。說：你的詩我讀過不少，很佩服；但你的人我不敢恭維！又說人是人！大濕人大乾人也是人。人有人的本分，人不可太古怪！像你的這身打扮（他指著我的長袍說）不今不古，不中不西，在十字街頭，招招搖搖，人人為之側目──你自己一點也不覺得？一點也不覺得。是的！周公想起諸葛亮說過的二句名言：「我心如稱（名詞，去聲），不能為人作輕重。」周公對於花店老闆那套說辭，了然不以為意，依然我行我素，腰帶照扎不誤。直到三年之後，破綻百出，棉絮紛紛散落，這才「忍痛割棄」。周公說，眼下這樣的長袍家裡還有一件，全新，很少穿；罩衫（單層）有四件。看來 50 年之內，可以不必添置新衣了！和周公聊過天的人一定會驚訝於周公記憶力之好，這點他自己也不否認，常有人跟他說「怎麼你都記得，我都忘了！」詩人余光中也說過周公記憶力好是因為「生活單純」，而博文強記多半也是文人的特長之一。至今周公最常感慨「必須做，應該做，喜歡做的事太多，才力、能力、精力和體力又太少」，甚至有點懊惱自己「常常發了宏願，就沒有行動了！」周公分析自己的性格中最缺「剛毅果斷」的特質；天天被一些層出不窮的「偶發事件」攪得天昏地暗，焦頭爛額，如落湯螃蟹手忙腳亂，不知如何是好。其實周公常常對自己的表現不滿意，他總是以高標準督促著自己，這是他精進自己的力量，連以前訂報，他堅持一定付清報費才開始看報，派報生也不免說

「像你這樣的人太少了。」

「大人者，不失其赤子之心」者

是的，周公常說自己是「缺陷人」、「畸型」的人，卻是朋友眼中「富於包容性」的人，對此周公的解釋是因為個性不積極，只能消極容納的結果。不過周公有時也有驚人的舉動，譬如看到人家的名字美或很會演講的人，也會主動去認識，當然這對周公而言是「例外中的例外」，顯見他也有很熱情的一面。詩人豈能對人沒有溫度？

周公其實也是「大人者，不失赤子之心」的典範，從安貧不餓死的卑微願望中立足，到滋生莫名的求知慾到立志寫詩的追求，周公一生走一條最簡單也最艱難漫長的詩路。為了生活為了詩，在人生際遇中他錯失親情，愛情及友情；他被迫甘於寂寞；相對於其他如某甲某乙某丙……好友，財富、事業、愛情，什麼都有了，卻依舊這山望著那山高，惶惶汲汲，信如絕世才女張愛玲所謂：像荒野的風，為虛空所追趕，無處可停留……反觀周公天性淡泊，一步一腳印，從小小的願望開始，如草的卑微「給我一撮土，我便能生根！」如今經過時間的淬鍊終成詩的巨人。可是路，沒有走盡的時候。「轉頭已到青峰頂，更有青峰在上頭。」

閒談終了。周公從「董事長」的金交椅上坐起，舉手與我話別。我聽說周公手勁奇大，不敢接招，這時周公又拋下一句，「今年只剩五個月了，不能再浪費了。」周公匆匆去後，遶室徬徨，我又陷入沉思：想起很多年前他寫的很富啟發性的兩行詩句——：飲霜露如飲醍醐，楓葉不是等閒紅起來的！

——選自《中華日報》2003 年 10 月 1 日，23 版

事求妥貼心常苦

周夢蝶答客問

◎王偉明*

　　王偉明（以下簡稱王）：1970 年您在《幼獅文學》所刊的「悶葫蘆居
尺牘」和 1978 年在《聯合報》副刊撰寫的專欄「風耳樓小牘」均膾炙人
口。您為何選擇「尺牘」這種體裁來敘事論道？是否受晚明小品，特別是
張岱、陳眉公等影響？又這些尺牘您會否結集出版？

　　周夢蝶（以下簡稱周）：拙作「悶葫蘆」及「風耳樓」一系列書信體文
字，實由主編瘂弦先生「逼」出來的！決非如足下所擬想：出自作者理智
的選擇。記得當時有長長一陣子，不知為何方無名之風所吹，一頭栽進佛
經裡；詩久不作。感於編者的盛情，不得已而思其次，將多年來寫給海內
外朋友的信追討回來，小加裁汰潤飾，聊以報命，濫竽充數而已。印成鉛
字後，冷嘲熱諷，指著鼻子教訓我的，有；而一味昧著良心，猛說好好好
的，居然也有！如田航先生，如王澤亞，如張拓蕪、張佛千等等。

　　新購施蟄仔編《晚明小品二十家》一冊，已再讀。

　　王：葉嘉瑩認為您的詩貼近謝靈運，但我發覺陶淵明、王維、李賀、
李商隱、納蘭性德、龔自珍等，對您的創作似乎也有一定的影響。然則哪
幾位古典詩人對您有較大的啟發？又您的詩好用典故和矛盾語法，這和您
深受古典文學的薰陶，可有關連？

　　周：自來陶謝並稱。而靈運集，遲至前年仲秋，乃於商務印書館購得
黃節注本一冊，32 開本，凡 194 頁。如蟲蝕木，日讀若干首，並逐句加

---

*發表文章時為香港《詩網絡》編審，現為香港《詩風》及《詩網絡》編審。

圈，兼詩及註；費時經月。其本傳（沈約撰），讀之再三，令人悚然而驚，悄然而悲，頻欲墮淚。

龔定庵自珍案頭無書。其所製作，除「十有九回遭白眼，百無一用是書生」14 字，僅能誦其七言（押仄韻）一絕而已。詩曰：未濟終焉心飄緲，諸般唯有缺陷好；吟到夕陽山外山，古今誰免餘情繞？

王：1973 年～1977 年，您圈點了《高僧傳》、《大唐玄奘法師傳》、《維摩精舍叢書》、《天主要義》等書，達四年之久；1983 年至 1986 年，復圈點《綠野仙蹤》、《聊齋》、《八指頭陀》、《蒼虬閣詩》等書，亦達三年。您花那麼長的時間圈點這些典籍，意義何在？

周：「我與我周旋久，寧作我！」

我自 12、13 歲入私塾，已曾圈點過《四書集註》。

1979 年夏，我 59 歲，以胃潰瘍兼十二指腸堵塞，住院開刀。之後於外雙溪，賃屋獨處，身瘦似鶴，日長如年，乃取《高僧傳》、《八指頭陀》及《聊齋》等，逐句加墨，以手代口而讀之。未幾，大便下血，委屯三十餘日，幾不治。懲於前此過猶不及之失，圈點工作遂一廢永廢。近年來試行「四早四不」主義，「四早」者，早睡早起早出早歸；「四不」者，不久讀，不苦思，不高談及豪飲也。

王：奧登（Wystan Hugh Auden）認為「大詩人」的條件是「多產」、「廣度」、「深度」、「技巧」和「蛻變」，這與您所說的「才」、「識」、「學」、「養」的說法，是否一致？

周：點睛容易畫龍難！多年前偶與初學為詩之小友某君論及：點睛見才力，畫龍見學力與工力。

或問王荊公：老杜詩何以妙絕古今？公曰：老杜固嘗言之：讀書破萬卷，下筆如有神。

蝶案：讀書外，行路工夫似亦不可少。

王：您曾說過十分喜愛綠原的詩，據悉楊喚也同樣喜愛綠原。然則您們喜愛綠原的原因可有同異？又戴望舒、何其芳、艾青、卞之琳、馮至等

新詩作者，哪幾位對您有較大的影響？

　　周：〈想哭的時候〉

　　　弟弟呀！小黑菌的弟弟呀
　　　你這柄小雨傘，指甲那麼大的
　　　真能為你遮雨？

　　　雨下在頭上；更多的時候
　　　雨下在肚裡。

　　　下在頭上的雨
　　　弟弟呀！你有你的小雨傘；
　　　下在肚裡的雨
　　　下在肚裡的雨呢？

　　上拙製童詩擬綠原二短句之一。

　　鈍根薄福，擔不住富貴。話說某年月日中午，自附近郵局打一個轉，回到書攤，大驚失色：綠原不見了！可想而知，準是被某位窺伺已久，風雅而知音的過路君子，順手牽羊牽走了。

　　無巧不巧！那天被牽走的，不止綠原這一隻羊；何其芳。還有何其芳。就是能寫：

　　　有客自塞外來
　　　說長城是一隊奔馬
　　　正在舉頭怒號時
　　　變成石像了

　　這樣的奇句、警句的。

王：向明曾說過「藍星」同寅都是單打獨鬥，甚少互相吶喊助威。這樣一個鬆散的組織，居然可以凝聚覃子豪、余光中、夏菁、羅門等人，可算是異數。您認為覃子豪對「藍星」的貢獻是在哪幾方面？

周：覃子豪先生辭世三十餘年矣！生前曾不止一次語我：詩人，不可有驕氣，但不可無傲骨。又一再鼓勵我戀愛，說愛是世界的原動力，是詩的胚芽、火種。此外，還勸我學英文或法文，說古人平平仄仄那條絕路是萬萬不能走了！新一代作者必須睜大眼睛向前看，必須多吸收新東西；而多懂一種語言文字就等於多一副腸肚、多一副手眼云云。

天意微茫難識！先生以耳順之年，忽為肝癌小兒所欺。死之日，適逢雙十國慶。是日，我自臥龍街寓所午睡起，搭五路公車，擬趕往中山堂看電影《蝴蝶小姐》，巧與虞君質教授相遇於明星麵包店門口，十指交握，虞說：覃子豪走了！這位仁兄可真會挑日子。

公祭之日，周棄翁曾為長聯輓之，辭曰：「詩是不死的，愛是不死的，死的只是軀殼！在天之靈，應無遺恨」下聯壓軸 24 字，應更精彩、飛動。苦於記不起了。真該死！

王：我一直感覺您和弘一法師有很多相近之處。您的詩流露一般濃烈的宗教情愫，早期作品中便曾出現過「上帝」、「十字架」、「基督」等意象；其後您隨南懷瑾、道源法師學佛，詩中也曾出現儒、釋、道三家思想的混和。從西方回歸到東方，是人生閱歷改變所致？還是您對文學、宗教的態度，由混雜而走向澄明？不知您認為自己像釣於濮上的莊子？還是面壁的達摩？

周：不敢。一千個一萬個不敢。臺北有孫姓母女，都是弘一迷。有次在她家作客，居士的女兒（十來歲左右）忽然偏著頭問：周伯伯，媽媽說你像弘一，我看不對！人家弘一家裡有兩個老婆，外頭女朋友紅的綠的瘦的肥的不曉得有多少。周伯伯，你呢？還有，弘一一天只吃一頓；周伯伯你，據說一日三餐、四餐、五餐而不止。還有還有，人家弘一六十出頭就飛了！周伯伯，你看看你，一臉黑斑，又矮又禿，都七老八八九十多歲

了，爲什麼還不斷氣？

王：我有一個看法：您一生彷彿老是跟一個「逃」字扯上關係——年輕時逃難避亂，擺脫妻兒的羈絆；來臺退役後，您在武昌街一隅鬻書爲活，在滾滾紅塵裡淡泊自持，逃離世俗；您更鑽研宗教典籍，似乎是藉以逃脫物慾與感情的糾葛。不知您可認同我這個看法？

周：我是遺腹子。父於 1920 年夏曆八月棄世，我臘月 29 凌晨墜地。三歲定婚，虛歲 16 未滿而娶。育有二男一女：次男早夭，長男四年前病歿於淅川丹陽醫院。

《苦雨齋文集》載：希臘哲人某氏，曾自製墓銘。其辭曰：吾裸而來，裸而去，去來皆裸，夫何得何失，何憂何喜？

或有踵而效之者，自營生壙，自爲銘曰：吾長眠於斯，六十而未娶，且願吾父之亦未娶也。

王：您「早年喪父」、「中年喪妻」、「晚年喪子」，一生可說是備嘗艱苦。您覺得「苦」、「空」、「無常」這三個佛家語，是否適當地用來形容您這三段失落的感情？

周：人活著，髣髴只爲重複過去的錯誤。爲甚麼？算來算去，只有一個理由：地心吸力實在太大太大了！

王：1977 年《還魂草》由領導出版社重刊時，曾特別邀請周棄子先生寫序。周氏後來寫了一首舊體詩代序。又在您致蘇永安小姐的信中，也提到曾反反覆覆地看過周氏的《未埋庵短書》不知多少遍。然則是甚麼原因令您如此心儀周氏？他的文章對您又有何啓發？可否談談其人其文呢？

周：昨走郵局，已航掛《未埋庵》一冊，敬與足下結緣。

經言：諸佛不可思議，一切眾生亦不可思議。

區區與周先生雖小有往還，而所知不深。

或謂周棄子是狂人，是怪人，也是好人。

又或謂棄子之文，取徑於唐宋八大家；其運思謀篇、經營位置，儼然兵家所謂常山蛇勢：擊首則尾應，擊尾則首應，擊中則首尾俱應……

自來解人難得！流水高山，仁仁智智，惟足下自裁自詳之。

王：您的作品，除往復於「雪」與「火」的取鑄之外，紅白黑三色形容詞，每層出而疊見。何故？

周：我愛白色！其次黑色，甜死人不償命的黑色。又其次爲深紫、嫩黃、柔綠。至於紅，至於紅，則甜酸苦辣，遠近高低皆不是，仿若刺蝟之與刺蝟。

王：人莫不有死。面對死亡的衝擊，您又有些甚麼體會？

周：《徐志摩日記》：「我唯一的引誘是佛。它比我大得多，我怕它！」

區區不自度量，曾仿其句式口吻，貂續之曰：「我唯一的嚮往和追尋是死。它比我堅強得多，我愛它！」

王：據悉你在 1989 年已開始著手編輯第三本詩集，連長沙街「百福奶品」星期三的定期聚會也放棄出席，足見您對此事之專注。如今兩年已過，詩集尚未面世，原因何在？

周：春節前，曾將《還魂草》後所已發表者，剪輯爲二冊，冊各四十餘首，擬分題爲《十三朵白菊花》及《約會》。至於幾時面世？歸何家公司出版？優柔寡斷，尚舉棋未定。有勞懸注，罪罪！

按：《十三朵白菊花》已由洪範書店出版；而《約會》則已由九歌出版社出版。

——選自王偉明《詩人密語》

香港：瑋業出版社，2004 年 12 月

評析周夢蝶的《孤獨國》

◎吳達芸*

　　《孤獨國》是周夢蝶的第一本詩集。在這之後他還出了《還魂草》。也許在《還魂草》中，他已有了許多改變，但此文只預備就《孤獨國》這本民國 48 年 4 月初版的詩集，做一評論。

　　「哦，是一個夢把我帶大的！」（〈夢〉）一個夢，一個什麼樣的夢呢？當我把《孤獨國》看完以後，這句話盤桓於腦際，旋轉成一個實體，好像很清楚地周夢蝶的本身就是那個夢，或那個夢將他整個籠罩住了，凝聚在一起分不開。「生命——所有的，都在覓尋自己，覓尋已失落，或掘發點醒更多的自己……」（〈默契〉）在《孤獨國》裡，詩人究竟點醒了多少自己呢？翻開首頁便可以看到這些字句：「以詩的悲哀征服生命的悲哀——奈都夫人」。

　　我們既然最初對他尚一無所知，就會很快地抓住這兩個概念名詞的暗示——「孤獨」與「悲哀」；這「悲哀」也許就是一種「對生命的悲哀」，那麼就循著這個詩人自己所給的跡線來覓尋他吧。

　　　讓軟香輕紅嫁與春水，
　　　讓蝴蝶死吻夏日最後一瓣玫瑰，
　　　讓秋菊之冷豔與清愁
　　　酌滿詩人咄咄之空杯；

---

*發表文章時為成功大學中國文學系教授，現為臺南應用科技大學幼兒保育系教授。

讓風雪歸我，孤寂歸我，

如果我必須冥滅，或發光——

我寧願為聖壇一蕊燭花

或遙夜盈盈一閃星淚。

——〈讓〉

　　夢蝶喜歡用暗喻，在其他許多詩中亦可見出，他這種暗喻全非刻意造之，乃是一種自然的表現方法，用得十分貼切吻合。首段以對春夏秋三季景物的觀賞來形象自然的美好，人類的執著，以及詩人對世界的觸覺，短短四句就能把這麼些含混而膠著地隱含著悲劇的情愫表達了，這未始不是夢蝶技巧精鍊的表現。到了第二段不但能總結前述而且更能將它們落實且擴大：以聖壇上的燭及遙夜的星子來喻自己，形象十分準確——燭是一種燃燒自己以照亮別人的東西，而星子更是一塊一直在燃燒的光體。它們都是一邊在冥滅，一邊發光。可是「星」的形象是「燭」的形象的強化及距離的闊遠，給人以跳躍的感覺。這兩個比喻重疊在一起，只有更生動自然，毫不顯累贅。「聖壇」是一個與塵世相背的地方，而「遙夜」的「星」更是遠離塵寰，這種逃避塵世的企圖，究竟有什麼反感意味著呢，但他用的是「燭」——一枝在聖壇上點亮的燭，就更加深了「燃燒自己以照亮別人」的殉道意味了。他說「讓風雪歸我，孤寂歸我」；原來這種「燃燒」乃是一種內在的狂熱，就如同一顆燃燒的星體般又表現出那麼孤高而遺世獨立的情愫。「燭」所指的實是他內在的本質，而「星」才是他外在的表現，前面說過夢蝶詩慣用暗喻，這種暗喻乍看使人有自然熟通得令人嫌累贅無用的感覺。他的字眼也用得極精巧且不著痕跡，也許即是「極鍊如不鍊」吧，所以愈看才愈覺得比喻的巧妙與一絲不紊，這是他詩的特點之一。在這全首詩中，以「讓」字作每一音節的第一音符，表現出了一種人對造物的謙虛的心懷。

是誰在古老的虛無裡
撒下第一把情種？

從此，這本來是
只有「冥漠的絕對」的地殼
便給鵑鳥的紅淚爬滿了。

想起無數無數的羅密歐與朱麗葉
想起十字架上血淋淋的耶穌
想起給無常扭斷了的一切微笑……

我欲搏所有有情為一大渾沌
索曼陀羅花浩瀚的冥默，向無始！

　　　　　　　　　　　　　　　　──〈索〉

　　頭兩段是一氣連下來的，自古老的虛無裡撒下了第一把情種後，這地球上開始有了血和淚。「有情」乃是佛家用語，即「有情世間」代表眾生。這裡用「撒」、用「情種」，好像眾生是一粒粒種子，而「上帝」是那把撒種子的手。這形象運用得十分準確生動。這把種子被撒播於原本原始的地殼中，逐漸茁壯，眾生興起了，而望帝化成的「杜鵑鳥」所啼的「紅淚」──血與淚也爬滿了地殼。原來詩人心中，隨著眾生而來的是無限的苦渴，更加強了首段的疑問無奈語氣：到底是誰開的玩笑啊？讓這片地殼上竟因此布滿了淚血！第三段是高潮，以三個「想起」「想起」「想起」將心中的埋怨與無奈一步一步提升至最高點：這眾生的蔓延到底於這眾生本身有何好處呢？造成了羅密歐與朱麗葉因純情而互殉的愛情悲劇，及為世人釘在十字架上血淋淋的耶穌的殉道悲劇。更甚於此的：一切的情都是虛浮無根的──一切的微笑都被人類的無常扭斷了……。在這裡詩人將「有情」的意義更推衍了一下，成為「人心中的一種執著──情感」。使得整首

詩的範疇擴大了。

　　「曼陀羅花」見於佛經。佛說法時，天雨此花，以爲供養。「無始」亦爲佛語，指一種沒有過去，沒有未來的時間的永恆。與其說詩人對於「有情」的存在有了懷疑，有了反抗。毋寧說他賦予了自己一種脫眾生於苦海的責任。「我欲搏所有有情爲一大渾沌，索曼陀羅花浩瀚的冥默，向無始！」在這句裡，表現了一種英雄的勇氣，也表現了所有英雄所共有的寂寞。要將所有有情渾沌起來，向「上帝」索取那覺悟眾生的曼陀羅花，（這裡的「索」字與前面的「讓」字是同樣的含情深刻。）求取那浩瀚的冥默的恩寵，使眾生歸向無始！這真是滿腔的熱血。在〈禱〉中，詩人也更將自己這種獻身的熱忱具體地描出來。他說：願意將自己的骨、的肉、的心「分分寸寸地斷割，分贈給人間所有我愛和愛我的。」他說他將永無吝惜，悔怨，因爲「這些本來都不是我的！這些本來都是你爲愛而釀造的！」此處的「你」是指「上帝」，我們發現詩人的詩中有三種「角色」——上帝、我、眾生——所謂「上帝」在詩人的詩中，是一種父性的體，詩人依偎在「上帝」的懷裡，如子之對父一般，有孩童般的埋怨，又有孩童般的渴慕。將「上帝」視作了創造萬物的權力象徵，因爲祂而有了這眾生的苦渴。又將「上帝」視作一處永恆極樂的皈依處所。所謂「眾生」是詩人所厭惡摒棄的一片嘈雜，可是又是詩人滿腔熱血所欲覺悟的同胞。總是這三種「角色」的連鎖關係，是他整篇詩集關鍵所在。對上帝的渴慕，皈依與埋怨，對人世的排解不開糾纏的愛戀、悲憫、煩厭，造成他自身矛盾，難以驅遣抉擇的情懷。

　　這種孤獨，這種犧牲，是這麼容易了解，這麼容易就做到的嗎？詩人是人，一定還有許多牽纏拖連，使得他無法自眾生的紛囂上解開、拔出的。詩人在〈雲〉中的自白，就透露了他的無可奈何、憂鬱、與不爲人知的孤獨：

　　　永遠是這樣無可奈何地懸浮著，

我的憂鬱是人們所不懂的。

羨我舒卷之自如麼？
我卻纏裹著既不得不解脫
而又解脫不得的紫色的鐐銬；
滿懷曾經滄海掬不盡的憂患，
滿眼恨不得霑勻眾生苦渴的如血的淚雨，
多少踏破智慧的海空
不曾拾得半個貝殼的漁人的夢，
多少愈往高處遠處撲尋
而青鳥的影跡卻更高更遠的獵人的夢，
尤其，我沒有家，沒有母親
我不知道我昨日的根託生在那裡
而明天——最後的今天——我又將向何處沉埋……

我的憂鬱是人們所不懂的！
羨我舒卷之自如麼？

「雲」在晴空萬里的好天氣裡，給人的是爽朗，潔白及舒卷自如的形象，在陰鬱的天氣，給人的卻是灰濛濛，沉重及憂鬱的形象。這種人心中對雲的投射被詩人抓住了，好像藉著雲來喻一件具體的事物般，又像帶著讀者進入一個虛幻飄浮的境界。第二段單就形象來講，「雨」、「海空」、「高處遠處」、「青鳥的影跡」都是與雲有關的。他將一些心理就嵌在這些形象後，「紫色的鐐銬」就是將雨不雨時，灰壓壓的烏雲一塊塊濃重地堆砌在目前，真是紫顏色的，而且沉重地壓得人心喘不過氣來。以此來喻心中「既不得不解脫，而又解脫不得」的糾纏苦悶，十分妥貼，到底這苦悶是什麼呢？這是自己「滿懷」的「曾經滄海掬不盡的憂患」，以及「滿眼」恨不能「霑勻」眾生苦渴的「如血的淚雨」的仁愛心腸，以滄海也掬不盡的雲的

濃鬱比自己滿懷的憂患，（這個「掬」字用得好，好像廣布翻騰的海面是一雙手，捧著那灰壓壓沉重的濃雲，竟然是有些擎不住了！）以未化為雨之前的烏雲比自己，以雲的包含容忍綿綿的苦雨，比自己欲霑与眾生如血的淚雨。（這個「霑」字很有味道，好像棉花蘸滿了水般，形象了未雨之前的雲霑匀了雨。）這些事以「雲」來比喻得多麼周詳；更以雲寄身所在的「海空」比喻「智慧」範疇的廣大，而以漁人在海邊拾貝，前面是茫茫的藍海，頭上是茫茫的蒼空，一步一個步跡，浪湧上來了，一步一次幻滅，如夢般的迷濛虛渺，比自己追尋智慧而不得的空茫。後四句則更給我們一種沒有根，縹緲無依的悲哀。在流浪的「獵人」仰視中，由雲襯托著的它們的影跡，無疑似一個永遠抓不住的自己與家鄉的連繫，它們越飛越遠，越飛越高，消逝不見了，真似一串「更高更遠的夢」，它們成群結隊地飛回故鄉，飛回「尤其，我沒有家，沒有母親」的詩人現在所日夜思念而歸不得的家鄉。

當然我們不必很現實地說詩人在思念他在何處的家鄉，可是也未必不能如此想，因為有時這種說法可以使詩人的詩更時代更落實些。

這首詩中，詩人很技巧地將「雲」的形象具體化了，而且他的「角色」也用得很整齊，漁人、獵人，都是對眾生有所探尋，而生命是在探索與漂泊中度過的。由此處可見出詩人文字的功力。此外也表現出一個屬於有智識的中國現代詩人，心中的憂鬱與苦悶。看完這，令人也似有「解脫不得的紫色的鐐銬」「纏」在心頭。腦海裡似乎浮現出詩人孤坐在他設在熱鬧的武昌街上的報攤前，低頭苦思的影子，曾有多少次他自嘈嚷的行人中舉目向天，望斷青鳥的影跡啊！

〈菱角〉大概也是在武昌街角的詩吧！詩人望著小攤販上纍纍的菱角，似喃喃地對菱角們說：「偎抱著十二月的嚴寒與酷熱／（十二月是冷的，但在赤子心的詩人心中卻又是酷熱的，尤其在白晝的籠罩之下）你們睡得好穩、好甜啊你們，這群愛做白日夢的／你們，翅膀尖上永遠挂著微笑的」但是鏡頭一轉，他看到攤販「一隻隻手的貪婪，將抓走多少天真？」

「熱霧裊繞，這兒／正有人在蒸煮，販賣蝙蝠的屍體！」由菱角聯想到蝙蝠，這一轉已夠令人拍案叫絕──它們的形象十分相像不說，菱角是灰色的，蝙蝠是活的，這一轉，使這首詩的意象就活了，含義也深邃了。我們立刻被推動地想到「一隻隻手的貪婪」代表的是人世的欲望的不滿足，甚至「蝙蝠的屍體」也是一種「生存競爭、自然淘汰」下慘痛的犧牲者。「一襲襲鐵的紫絮外套，被斬落一雙雙黑天使的翅膀，被斬落／一瓣瓣白日夢，一彎彎笑影……」一連串的「一」和疊句，加強了氣氛心情的轉促。由這些聯想使人可以看出詩人「仁者的用心」，最後他慘呼：「**上帝啊，你曾否賦予達爾文以眼淚？**」從菱角的純真無邪，聯想到（可以說借譬）這個充滿陷阱與死亡的世界，詩人的淚湧出來了，達爾文其實何罪？只不過以他睿智的眼光看透了這一個世界，而殘酷地將這一個「生存競爭，自然淘汰」的自然法則點出來。詩人的心卻嚴重地被刺痛了。

　　一切都將成為灰燼，
　　而灰燼又孕育著一切──

　　櫻桃紅了，
　　芭蕉憂鬱著。

　　祂不容許你長遠的紅呢！
　　祂不容許你長遠的憂鬱呢！

　　「上帝呀，無名的精靈呀！
　　那麼容許我永遠不紅不好麼？」

　　然而櫻桃依然紅著，
　　芭蕉依然憂鬱著，
　　──第幾次呢？

　　我在紅與憂鬱之間徘徊著。

——〈徘徊〉

　　詩人對於生存的無可奈何，同樣可以在〈徘徊〉與〈乘除〉中見到。在〈徘徊〉裡，詩人望著窗外的園中：「櫻桃紅了，芭蕉憂鬱著。」這時他多感的心中，立刻，除了見到它們今日的熟透外，還預見了它們明日的腐敗、零落。又茫茫地戰慄外於「無常」了：「祂不容許你長遠的紅呢！／祂不容許你長遠的憂鬱呢！」這裡詩人把自己與「你」拉到了平等的地位，使人很清楚地會悟窗外的「櫻桃」、「芭蕉」在詩人眼中原都是和人站在同一個層次裡的「物」，都是在「上帝」的權下的，都是無可奈何地活著，因爲他接著代表櫻桃與芭蕉向上帝傾吐：「上帝呀，無名的精靈呀！／那麼容許我永遠不紅不好麼？」「然而櫻桃依然紅著，／芭蕉依然憂鬱著，／——第幾次呢？我在紅與憂鬱之間徘徊著。」在這裡我們很難把握住「紅」與「憂鬱」代表的究係何意？在這首詩的第一段中有言：「一切都將成爲灰燼，而灰燼又孕育著一切——」這是一句很讓人深思的話。若將這句所有「修飾」拆除來看，就是一句很悲很悲的話：「一切都將成爲灰燼，不管你曾經美好過，亦或歡樂過。」是的，「紅」與「憂鬱」就藏在這裡面，櫻桃「紅」了，就是櫻桃「孕育」成熟了。可是今日開放得如此興旺，焉知明日就不是黃花委地下場呢？故芭蕉在旁邊憂鬱著。可是今日櫻桃紅、芭蕉憂鬱，焉知明日就不是芭蕉紅，櫻桃憂鬱呢？詩人如此地在「紅」與「憂鬱」之間徘徊著，因爲人的際遇也往往如此呀，一切是都將成爲灰燼的。但是詩人真是這麼悲觀嗎？我們再審視他的第一段：

　　一切都將成爲灰燼，

　　而灰燼又孕育著一切——

　　這裡卻有真切地「生」的希望，我們發現第一二句排列的次序是絕不

能顛倒的——詩人實在是說：雖然一切都將成爲灰燼，但是一切又會由灰燼中孕育生長出來——只是詩人又敏感地忖度著：這種孕育生長，需要多少次的燃燒成灰燼又燃燒成灰燼呢？到此，這個「憂鬱」的內涵又加深了一層，除了感歎人世的無常外，又更加上了對生存目的的困惑，他在紅與憂鬱之間長久地徘徊著，有如惑於生、老、病、死的痛苦，坐於菩提之下苦思的釋迦一般。

　　這首詩不太好懂，有些「隔」，然而它的好處也就在「隔」上，使人玩味不已。「紅」、「憂鬱」、「灰燼」、「徘徊」的意義便是這首詩中很具意象的創造。

　　一株草頂一顆露珠

　　一瓣花分一片陽光

　　聰明的，記否一年只有一次春天？

　　草凍、霜枯、花冥、月謝

　　每一胎圓好裡總有缺陷孿生寄藏！

　　上帝給兀鷹以鐵翼、銳爪、鉤胭、深目

　　給常春藤以娬娜、纏綿與執拗

　　給太陽一盞無盡燈

　　給蠅蛆蚤虱以繩繩的接力者

　　給山磊落、雲奧奇、雷剛果、蝴蝶溫馨與哀愁……

——〈乘除〉

　　這首詩純是藉著層次的對比，以收到禱的效果。每一株小草尖上浮著那麼圓小清亮的露珠，每一片花瓣分到一小片徜徉和煦的陽光，寫得多麼纖小、細膩！使人由細見大，感到這世界是多麼美好、溫暖，雖是那麼一小範圍內的快樂都已達到了飽和。但是詩人提醒著：別太快樂了，這種時

候事實上一年只有一次，而除了這短暫的美好之外，尚有草凍、霜枯、花冥、月謝，這許多的缺陷──「每一胎圓好裡總有缺陷孿生寄藏」。可是詩人的感情總是這麼跌宕，心總是這麼細微的，他可以在美好中預見將來的衰敗，又可以從一片絕境中想像未來的生機美好。因此他又反過來想：「每一缺陷中，何嘗沒有圓好呢？」他想到兀鷹雖然是醜陋的，但牠的鐵翼、銳爪、鉤臚、深目就是牠的圓好。常春藤雖然柔弱、寄生，但它本質中的嬝娜、纏綿、執拗也是它的優點…但是詩人雖然這樣展開了心界，在本質上仍是哀感的，見到他最後一句「蝴蝶溫馨與哀愁」即可知。「蝴蝶」在周夢蝶的詩中是有象徵意味的。象徵一個如「夢」的生命。在〈默契〉裡他說：「每一閃蝴蝶都是羅密歐癡愛的化身，／而每一朵花無非朱麗葉哀艷的投影；／當二者一旦猝然地相遇，／便醉夢般濃得化不開地投入你和我，我和你。」蝴蝶本身是溫馨與哀怨的夾雜，但是它整個表現出來的，卻只是一個不知何處不知何往的謎樣的夢。不僅是蝴蝶，兀鷹、常春藤、太陽、蠅蛆、蚤、虱、山、雲、雷……萬物都是。這些夢都是上帝給予的，都不是自欲存在的。所以又是一個不欲有而有的無奈。我們觀察幾乎每一個詩人，他們對於生命總是有一種無奈的心，可是又很矛盾地執著著、熱愛著。在他們詩中以各種不同的手法表現出來。夢蝶這首詩題是〈乘除〉，為什麼叫〈乘除〉呢？我有一種想法：詩人天真地想與上帝斤斤計較一番，也就是以無感情的「乘除」來計算一下上帝所給予萬物的到底是什麼，結果發現，也是無感情的「乘除」而已──人類一切只是大乘除與小乘除而已。

可是這首詩寫得這麼纖細俏麗可愛，未始不包含著對生命的讚歎與熱愛。詩人原是以理智來觀世界，可是又不自覺地陷回自己多彩地感情的枷衣之中。這也是詩人的可愛與特點之一。

詩人如前所述，總自覺有一種責任鞭策著自己去憂天憫人，他將自己處於一個孤獨的狀態去面對眾生，思欲獻身。因此對於時光的匆促飛逝，也自然而然地會產生「逝者如斯夫，不舍晝夜」、「天不假以時日」的興

歎。在他詩中對於時光的感嘆，現在的須臾也有許多表現。在〈現在〉中，他說：「又趓過去了！／連瞥一眼我都沒有；／我只隱隱約約的聽得／他那種躊躇滿志幽獨而堅冷的腳步聲。」他說：「已沒有一分一寸的餘暇／容許你挪動『等待』了！／你將走向那裡去呢？成熟？腐滅？……」與〈雲〉、〈徘徊〉一起，這都是對於生命、人生、一種詩人的敏感，這絕不是一種狹隘的個人的失意，受挫折，而是一種擴大的，對全人類的悲哀。在〈烏鴉〉裡：「時間的烏鴉鳴號著：／人啊，聰明而愚蠢的啊！／我死去了，你悼戀我；／當我偎依在你身旁時，卻又不理睬我──／你瞳彩晶燦如月鏡，／唉，卻是盲黑的！／盲黑得更甚於我的斷尾……」

　　烏鴉在中國的傳統中是一種不吉的象徵，以「烏鴉」來比「時間」，就給予人一種不祥甚且恐懼的感覺。時間的逐漸消逝，就代表著死亡日益的接近。他說：「時間的烏鴉鳴號著，哽咽而愴惻！／我摟著死亡在世界末夜跳懺悔舞的盲黑的心。／剎那間，給斑斑啄紅了。」在詩人的眼中時間的盡頭就是死亡，而懺悔是與死亡俱來的。人既聰明又愚蠢，永遠是盲黑地在世上亂撞著，到最後永遠是泣著血地懺悔地死亡了。在我以為，詩人這首詩裡面含藏著一種宗教的「自我體認」，與他詩中所表現的人生哲學是一系列的，是責任，犧牲隨著而來的懺悔。同樣的迷惑在〈川端橋夜坐〉裡也表現出來。

　　渾凝而團圓的靜寂
　　給橋上來往如織劇喘急吼著的車群撞爛了

　　而橋下的水波依然流轉得很穩平──
　　（時間之神微笑著，正按著雙槳隨流蕩漾開去
　　他全身墨黑，我辨認不清他的面目
　　隔岸星火寥落，髣髴是他哀倦諷刺的眼睛）
　　「什麼是我？

什麼是差別，我與這橋下的浮沫？」
某年月日某某會披戴一天風露於此悄然獨坐

哦，誰能作證？除卻這無言的橋水？
而橋有一天會傾拆
水流悠悠，後者從不理會前者的幽咽…

　　以流水來喻人生，中國詩裡用的很多，以流水來象徵時間的一去不回
也很多，然而將流水賦於一個真體的人形生命，使這象徵更貼切，更刺人
的心魄，卻只見於他這首〈川端橋夜坐〉。時間之神微笑著，正按著雙槳隨
流蕩漾開去；緩緩而逝永不復返的水流就呈現在我們眼前。「他全身墨
黑」，多麼寫實又多麼有象徵意味呀！夜晚河邊的流水即是墨黑的，而時間
的流去殘酷無情，亦是墨黑般的鐵面無私。「**我辨認不清他的面目，／隔岸
星火寥落，髣拂是他哀倦諷刺的眼睛**」哀倦是對的，一刻不停的流去，流
去千年、萬年，划去千年、萬年，是得哀倦了。而橋上橋下的人，生了、
死了，遙遠的星火明了、滅了，時間給予了人，人還給時間什麼呢？時間
諷刺人的呆笨渾噩；星火的寥落，人世的淒愴、黯淡，還是這一切就代表
著時間的諷刺？

　　我覺得這首詩裡，這一段最傳神，而這一段的好在於他的技巧。利用
一個括弧，幾句對話，就烘托出神祕來。使人意味到更高一層的精神世界
的自白。仿佛在那個晚上，坐在那座橋邊的那個時候，真有那麼一瞬詩人
神通了這麼齣傳奇的事故，然後過去了，過去了，剩下的仍是一個「我」
坐在於橋上，孤獨地面對一川大千世界。

　　從〈讓〉起看到這首詩，就可以很明確地抓住夢蝶詩的方向了。一種
人生的無依、無奈，興起詩人宗教徒的仁者心腸，將自己處於孤獨的狀
態，悲天憫人，愁苦人寰，思欲尋一途徑解救此一大千世界。而由他對於
時間倏忽即逝的驚呼感歎，我們更肯定了詩人心中的責任感，一種「先天

下之憂而憂，後天下之樂而樂」，「以天下為己任」的儒者心懷。在〈行者日記〉中他說：「我是沙漠與駱駝底化身／我袒臥著，讓寂寞／以無極遠無窮高負抱我；讓我底蹄音／沉默地開黑花於我底胸脯上」。詩人的血是熱的，他願做沙漠，吸取一切，消解一切，願做駱駝載重負辛、忍飢耐渴，只沉默地背負十字架。而「天黑了！死亡斟給我一杯葡萄酒，／我在峨默瘋狂而清醒的瞳孔裡／照見永恆，照見隱在永恆背後我底名姓。」詩人在理智清醒的選擇之後，熱情瘋狂的賦予了一切，所求的只是一份對永恆的懷想，希翼那隱在永恆背後的自己的名姓。

〈在路上〉他說：「我用淚鑄成我的笑／又將笑灑在路旁的荊刺上。」這是一種愛的昇華，一種能犧牲的超越，在他看來，人生——「這條路上是一串永遠數不完的又甜又澀的念珠」，他孤獨的奮鬥、犧牲，原也不求什麼積極功效，只是滿懷期望地探望著「會不會奇蹟地孕結出蘭瓣一兩蕊？」這是對造物多麼卑順的心懷。在〈七首〉裡他說：「我想把世界縮成／一朵橘花或一枚橄欖／我好合眼默默觀照，反芻／當我冷時！餓時。」將自己提升成一個坐於世界之外的人，將世界比成一朵美麗可愛的橘花，一枚橄欖，即使是冷時，餓時，亦緊緊地繫住自己與世界間默默的關注，更顯示出詩人慈愛的哲人心腸，在現代詩人當中很少將整個世界放在自己手中賞愛的，詩人是少數中的一個。在〈四行（八首）〉的短詩〈司閽者〉中，詩人將他這種愛心表現的更具體：

我想找一個職業
一個地獄的司閽者
慈藹地導引門內人走出去
慈藹地謝絕門外人闖進來

將「地獄的司閽者」當作一個職業，好像詩人真要駕了屈原的馬車行到地獄門前向掌地獄的神祇祈求這個職業似的，這個起頭就很富神話的趣

味，短短四句話更把詩人的一片慈藹心腸表現得淋漓盡致。

我想將周夢蝶的詩分析至此，對詩人的思想體系與文學技巧有了一個概念。他的思想的脈絡約可分兩系，一類是專講他的孤獨、寂寞，是與世分隔的。另一類則是責任、是愛，是與人世相貼近不能分的。實際說來這兩系實在是一個脈絡上的，就形成了這個外冷內熱，悲觀悲到極點，熱情又熱到極點的獨特的周夢蝶了。我想再就他這兩系中各選出一首詩，分析之，以結束此文。

昨夜，我又夢見了
赤裸裸地趺坐在負雪山峰上。

這裡的氣候黏在冬天與春天的接口處
（這裡的雪是溫柔如天鵝絨的）
這裡沒有嬲騷的市聲
只有時間嚼著時間的反芻的微響
這裡沒有眼鏡蛇、貓頭鷹與人面獸
只有曼陀羅花、橄欖樹和玉蝴蝶
這裡沒有文字、經緯、千手千眼佛
觸處是一團渾渾莽莽沉默的吞吐的力
這裡白晝幽闃窈窕如夜
夜比白晝更綺麗、豐實、光燦

而這裡的寒冷如酒，封藏著詩和美
甚至虛空也懂手談，邀來滿天忘言的繁星……

過去佇足不去，未來不來
我是「現在」的臣僕，也是帝皇。

—— 〈孤獨國〉

　　以昨夜的夢開始了整首詩。夢是「日有所思」夜則必成的。所以夢渲染了一種深盼而不至的理想境界，最起碼，這個境界是至今猶未實現的。因此就為整首詩加上了一種虛幻，縹緲與絢麗，美爛的氣氛。尤其，夢醒後，總有一份杳不可尋之悵然，更為全詩加上了一種哀傷的氣氛。昨夜夢中的「我」，是「赤裸裸地趺坐在負雪的山峰上」的。就像所有原始而純潔的萬物一樣「赤裸裸地」，所「趺坐」沉思之地呢，則是一處極高遠潔白的「負雪的山峰」。頭一段短短兩句，把詩、人、地，全部佈置妥當，而且氣氛也預示了，十分精簡。

　　「冬天與春天的接口處」是嚴冬將去，柔春將發，帶著對新生命將萌發了的一種要來還未來的懸宕，有生活化的盼望後的失望，也有猜測中的情趣。這裡氣候就是「黏」在這麼一個時候的。這個「黏」字很有趣味，是跟著似天鵝絨般溫柔的雪來的，很像詩人正在安排一齣舞臺的布景，一切都是人工黏上去的，又像在追憶一個朦朧不明的景象；一切都記不得了，只能執著那份膠著渾沌的景象。用的字眼十分不實在，括弧裡的字更有藝術家布置畫面的天真，但也就因此更增加了「著意布景」的趣味。

　　這裡是安靜的，沒有嘈騷市聲，「只有時間嚼著時間的反芻的微響」，如果周遭單是一片死寂的沉默，就會憑添神祕恐怖的感覺。所以詩人在這麼一個美好的境界裡，連聽覺也沒有落空的安排了反芻的微響。給人的感覺，就像河邊流水的潺潺聲一般，有聲，但是無妨，甚至有親切之感。此外「反芻」這個詞句與整首詩籠罩的「去了又來了」的意象頗為一致。後面所有的「吞吐」的力，也是同一類的。這裡的用字十分精切新鮮，而會發現這整首詩裡，畫面、聲響、與後面所要提到的光線都很整齊地調著一種欲變未變、由渾沌將至清明的過渡色彩，這就象徵著一種心境上的盼望。說這裡沒有眼鏡蛇、貓頭鷹與人面獸，就暗示著這些東西在人間原是有的。不用說就了然，在詩人敏感的眼中，世間人所痛惡的，一切形形色色都是尖銳化了的，也許眼鏡蛇、貓頭鷹、人面獸都是世間的眾生相，為詩人所痛惡的，這些東西，在詩人的孤獨國都在不選之列，詩人的孤獨國

中，見不到他的犧牲，愛世人的心腸，但就真是如此嗎？連文字、經緯、千手千眼佛這些文明的觸媒，文化的產物都不要了。

所謂千手千眼佛，是能做一切事、照鑑四方、脫眾生於苦海的。在孤獨國中沒有眾生，焉得苦海？又，沒有苦海，又焉用「脫」？是故千手千眼佛在此地是絕用不著的了。詩人在此地也顯明地澄清了一件事：他並不是一個佛門弟子，他喜歡用佛經典故，只是對佛法的愛好，或只是一種表現技巧而已。詩人在這兒選擇的都是素靜而渾厚帶著啓示性的物；曼陀羅花、橄欖樹和玉蝴蝶，還有到處一團團渾渾莽莽沉默的吞吐的力。這「吞吐」原是與前面所提到的「反芻」一樣的。「吞吐的力」就像一種呼吸，力就是氣，就是精神；一種無始無終的渾莽的精神瀰漫各處，支撐一切。使一切物都開放到一種飽和的狀態，就像氣球被充滿了氣就勃勃地漲滿著，十分有彈性、有力。又像初開的花，每片花瓣都似被激怒地挺開著，充滿了力。詩人所說的「力」就是這種力。看到此，使人訝異於詩人思想的周密詳盡。而他用「渾渾莽莽」、「沉默」與「吞吐」來形容那力，使人能很清晰地聯想到那種興發蓬勃的仙家氣象。至於光線，這裡選擇了最絕色的：是白晝，就是單一安祥、潔白，具如夜般幽闃窈窕的永晝；是夜，則除了原有瀰漫於空間的所有黑色外，而且還更綺麗、更豐實、更光燦。這樣憬然地劃分開黑夜與白晝，且更加強落實地寫它們的特點，人若身歷其境，當有許多變幻、跌宕、生活永不平淡的幸福感。更何況，這裡的寒冷是如酒一般的清涼、溫馨、沁人心脾。「酒」字最精到，封藏著最純淨的文字：詩和一切事物的原相美。這裡再也沒有別「人」了，然而所有的「物」都是朋友，雖在孤獨國內，卻不再寂寞。連「虛空也懂手談，邀來滿天忘言的繁星……」。這種意象真有超然脫塵之慨。

第三段，總結全詩，把詩人的期望也表達出來了。這裡沒有過去，沒有未來，所有的只是現在。這個「現在」包含很深的意思：沒有年輕，沒有老去，只有生命的長春：永恆。詩人在此處掌握住了生命的永恆。

這首詩可以代表詩人心中潛藏的「冷」面，是很顯然的。然而這個

「冷」，未始不是「熱」的轉移。詩人以一個「夢」字烘托著，把一切心中的思念布入這幻境中，這種布局十分高明，而在這幻境中的為了要完成境界所用的字眼又很準確。此外，以一個「夢」字烘托著，更象徵著深一層含意，就是在這喜悅的幻景後面，也許多少還夾雜著一些對人世熱情後的悲哀、失望與急欲超越的矛盾！

（一）
上帝是從無始的黑漆漆裡跳出來的一把火，
我，和我的兄弟姐妹們——
星兒們，鳥兒魚兒草兒蟲兒們
都是從祂心裡迸散出來的火花。

「火花終歸是要殞滅的！」
不！不是殞滅，是埋伏——
是讓更多更多無數無數的兄弟姐妹們
再一度更窈窕更天矯的出發！
從另一個新的出發點上，
從然燒著絢爛的冥默
與上帝的心一般浩瀚勇壯的
千萬億千萬億火花的灰爐裡。

（二）
昨夜，我又夢見我死了
而且幽幽地哭泣著，思量著
怕再也難得活了
然而，當我鉤下頭想一看我的屍身有沒有敗壞時
卻發見：我是一叢紅菊花

在死亡的灰爐裡燃燒著十字

——〈消息〉

　　這一首與〈孤獨國〉那首詩是兩種不同的寫法。雖然它們都是創境，但〈孤獨國〉是靜的，寓意於景的。〈消息〉則是跳躍的，動盪的。

　　第一首的頭一句話就是一個突兀。「上帝是從無始的黑漆漆裡跳出來的一把火」；以火來比上帝，是一新耳目的寫法。火，是熱的，熱有熱量會生能、生力。所以說上帝是火，並不是空穴來風的，而詩人拈出一個「火」字來喻上帝卻別有用意在。因為用「火」，所以能引出一段特異的下文。這又是詩人慣用得很精的手筆。「我的兄弟姊妹們」，竟是些「星兒們、鳥兒魚兒草兒蟲兒們」。在這裡人們可以感受到詩人博愛的世界觀、齊物論。而「我，和我的兄弟姐妹們」「都是從祂心裡迸散出來的火花」，這裡把「火」創境落實了，而且十分自然。確實，依照宗教觀點，上帝依照祂自己的形象造了人，如果上帝是一把火，那麼「我們」當然可以而且絕對是「火花」。如果不依宗教觀點來說，那麼上帝是一種能，而我們則是那大能的許多小分化之一。詩人以詩的語言，及精闢的眼光，在頭一段的四句中，即將下文所要走的路線全鋪好了。

　　第二段頭一句是奇特的一轉，「火花是要殞滅的！」第二句又是轉：「不！不是殞滅，是埋伏——」好像一根帶子落在地上，突然它扭動了一下，又扭動了一下，它活了，原來卻是一條蛇，這條蛇身上的每一個節骨眼都是相關連的。「殞滅」與「埋伏」，含意是一個 180 度的轉變，而它們所表現的乍看起來卻又那麼相似。所以這種轉折一點也不生硬牽強。這兩句十分跌宕曲線，而三、四句則是整個曲線的最高峰。「是讓更多更多無數無數的兄弟姐妹們／再一度更窈窕天矯的出發！」這句話好像錢塘潮般，聲聲洶湧排山倒海而來。而後面幾句則如高潮之後的逐波奔騰，一瀉千里，「從另一個新的出發點上，／從燃燒著絢爛的冥默／與上帝的心一般浩瀚勇壯的／千萬億千萬億火花的灰爐裡。」多麼平坦壯闊。

　　這首詩由「火」來寫一個「消息」，這個消息是從縹緲而幽暗的「無始
的黑漆漆裡」所燃著的一把火傳出來的。這個意象很美，「黑」與「火」的
對比十分強烈，也就更加重了「火」的光明性。而「火」的出現用一個
「跳」字，把無始之好的一種神祕與特性表露出無遺。後面又將這種神祕
而偉大無止境的「付與工作」形容爲「燃燒著絢爛的冥默」與「浩瀚勇
壯」；詩人看到的總是常人所見不到的；他以「絢爛」來形容「冥默」。就
如同他在〈孤獨國〉裡以「綺麗、豐實、光燦」來形容「夜」一般，詩人
從冥默與安靜中，洞燭了比喧囂、熱鬧更充實的東西，那東西未始不就是
人內心裡無止境的精神領域的反爍。所謂「消息」我以爲代表著一種生的
希望，一種衝刺力量，一種能，一種精神，是從上帝那把火開始帶到人間
來的；而火所迸散出來的火花，則是分化的一個個小消息，從一個大的出
發點出發，向人間四處播散。這些消息，也就是一顆顆生命，無論是星
兒、鳥兒、魚兒、草兒、蟲兒，都被點上了生命。西方詩人說「從一粒細
沙見到一個世界」，夢蝶詩人則從每一個細微的物件上見到了生命與夫潛藏
其後的精神力量。這種力量是接續不斷永不殞滅的，如「千萬億千萬億的
火花」般外燦著。即使這些火花會殞滅成灰燼，然而這種消息卻是前仆後
繼地，仍要埋伏，仍要出發。由這首詩看出了詩人敏感的悲觀心靈中，一
種強烈的生命意志。

　　第二首則將詩人對永恆的價值觀與本身的責任感表達出來。雖然表現
技巧不如（一）首的跌宕、跳躍、完整，可是含意是深刻的。頭一段是
（一）首的引申，可以看出詩人強烈的生命慾，是用平鋪直敘的手法。第
二段的後兩句則有畫龍點睛之妙。當詩人想看一看自己的屍身是否敗壞
時——這句想得妙，正是因此而衍出兩句絕妙好詞來——卻發見：自己是
「一叢紅菊花」，在「死亡的灰燼裡燃燒著十字」。通常人死了以後都是用
白菊花點綴著靈堂與墳墓的，如果信奉宗教的，棺蓋上還會描著一個十
字。所以詩人說「發見我是一叢紅菊花，在死亡的灰燼裡燃燒著十字」就
寫實來說十分準確而美妙的——火葬中，白色的菊花被火烘成紅色，熊熊

的火焰中燃燒的只剩下一架十字，很高超，很神聖。然而詩人的本身絕非只如此淺狹，必定還有象徵意味在後面。我們看在（一）首裡，詩人將「我」及「我們」都比作火花。因此，「我是一叢紅菊花」的形象就有了著落，菊花多瓣，若被烘成血紅，正像是一叢閃爍的火花。原來紅菊花不是別的，就是「我」，菊花的高潔，把這一朵火花，這一個「我」的本質都顯露了。「十字」代表的是犧牲與復活，詩人以茲來喻自己這一叢火花在死亡裡燃燒著的，原來是犧牲後的復活，也就是永恆。至此，我們才領悟詩人心目中的死亡，原是要跟永恆銜接的，而這永恆乃是由生命的犧牲來的。既有強烈的生命慾，又能勇於割捨，正是詩人熱情的表現。最後這兩句詩在寫實後又有隱喻，且不著痕跡，正是詩人技巧的發揮至極。

由〈消息〉這首詩就很足以澄清了詩人在《孤獨國》裡所表現的孤絕封閉與遺世獨立，而恍然大悟詩人的熱情澎湃及志意超絕了。

——選自曾進豐編《娑婆詩人周夢蝶》

臺北：九歌出版社，2005 年 3 月

橄欖色的孤獨
論周夢蝶《孤獨國》

◎洪淑苓*

　　周夢蝶是孤獨的，周夢蝶的詩也是孤獨的。

　　周夢蝶喜用苦澀沉重的字眼入詩，必須經過咀嚼，才能領受其中清甘，此有如橄欖之於眾口，故以「橄欖色的孤獨」爲本文標題[1]，正文則將討論其《孤獨國》列爲經典的義涵，分析《孤獨國》的作品意境以及語言特色，彰顯其藝術成就。

一、《孤獨國》的「經典」義涵

　　《孤獨國》是周夢蝶的第一本詩集，民國 48 年（1959 年）4 月由藍星詩社印行，共收錄 57 首詩（其中有七個組詩）；以《孤獨國》爲書名，恰恰點出全書的主題精神。這「孤獨精神」的捻出，一方面是他個人生命歷程與內在心靈的呈現，另方面也是同時代人共同的心聲，因此才能引起共鳴，獲得讚賞。

　　據最近出版的《周夢蝶——詩壇苦行僧》，周夢蝶出生於民國 10 年（1921）2 月 10 日，也就是民國 9 年陰曆的 12 月 29 日；是個遺腹子，由寡母撫養成人。自幼體質孱弱，家境貧困，然敏慧好學，於中國古典文學、時興的白話新詩，皆能有所領會。但這份天賦才情，終因家境及世變

---

*發表文章時爲臺灣大學中國文學系教授，現爲臺灣大學臺灣文學研究所教授兼所長。
[1]周夢蝶，《孤獨國》曾二次用到「橄欖」：「用橄欖色的困窮鑄成個鐵門閂兒，／於是春天只好在門外哭泣了。」（〈冬天裡的春天〉）；「我想把世界縮成／一朵橘（案：疑爲「菊」之誤）花或一枚橄欖，／我好合眼默默觀照，反芻——／當我冷時，餓時。」（〈七首・三〉）個人以爲「橄欖色的孤獨」正可以結合二者：苦澀與芳甘，如其詩之表裡。

關係，履遭挫折中斷。日人侵華、國共爭戰，使得周夢蝶不得不離鄉背井，隨軍渡海來臺，承受「孑然一身」的孤獨寂寞：直到民國 86 年初返鄉探親，原以為得以骨肉團聚，孰料造化弄人，竟落得「無母、無妻、無子」的境況，除了女兒一家人，真的是孑然一身了。[2]

　　周夢蝶的孤獨，就是在這一連串經歷下愈堆愈高，以心理分析的「原型」看，父親早逝，師長（和臨軒先生）調遷，以及他被局勢所迫，背棄母親妻兒，也撤離生長的故土——無論是被人遺棄，或不得已而遺棄親人，這些經歷都可指向於《聖經》裡亞當和夏娃被逐出伊甸園的故事，所謂「存在遺棄」（"existential abandonment"）的原型。[3]這造成其心理內在深層的孤獨感，而企圖「以詩的悲哀，征服生命的悲哀」[4]，將生活上貧病的磨練，心理上愛欲的煎熬，通通化為文字的修煉，誠如葉嘉瑩云：

> 周先生之不得不解脫之感情，則近乎是源於其內心深處一份孤獨無望之悲苦。……周先生乃是一位以哲思凝鑄悲苦的詩人。……我們看到了他屬於「火」的一份沉摯的淒哀，也看到了他的屬於「雪」的一份澄淨的淒寒。[5]

　　葉氏此言，雖然是用於周夢蝶的第二本詩集《還魂草・序》，但所點出的內涵，卻是周夢蝶一貫的生命情調；例如吳達芸〈「孤獨國」掠影〉一文，也歸結出類似的意見。[6]可見周夢蝶及其《孤獨國》之感人深刻，正是這種悲苦孤絕的情感所致。

　　然而放回歷史的脈絡中，《孤獨國》所標舉的「孤獨精神」，並非僅限

---

[2]劉永毅，《周夢蝶——詩壇苦行僧》（臺北：時報文化出版公司，1998 年 9 月）。
[3]瓊安・魏蘭——波斯頓著；宋偉航譯，《孤獨世紀末》（臺北：立緒文化公司，1991 年 1 月一版），頁 41。
[4]見《孤獨國》扉頁引奈都夫人語。
[5]周夢蝶，《還魂草》（臺北：領導出版社，1984 年 10 月，3 版），頁 5。
[6]吳達芸，〈「孤獨國」掠影〉，附於《還魂草》（臺北：文星書店印行，1965 年）。

於周夢蝶個人的經歷與生命情調，他同時也是具有時代意義的。

　　回顧 1960 年代，由於對「現代化」的反思，存在主義的思潮對文學創作的衝擊是相當大的。存在主義迫使作家去探討人類處境的問題，從隔絕與疏離中，省視內在自我、唯一的真實。[7]不過現代詩選方面的研究，學者大多數把焦點放在創世紀詩社超現實主義的實驗手法上，譬如洛夫、瘂弦的作品。[8]周夢蝶因為個人形象太傳奇，反而使人忽略其作品和整個時代思潮的呼應，以〈孤獨國〉這首詩看，詩中所構設的，乃是一個孤獨而又馨和的情境，唯有把自己放置在這樣一個絕對的狀態中，人才得以省視自我，完成「獨特的存在」[9]。更進一步說，《孤獨國》集中經常出現的孤寂、無虛、憂鬱、幽獨、寂寞、哀愁等字眼，其實就是對於「存在」的思考，而且觸動同時代人對於現代文明的恐慌與不安之感；只不過周夢蝶的關注點不在於社會現實或政治的嘲諷，他牽引的，是最直接的「自我」之探索，並且企圖達到超越自我。

　　經典的確立，除了上述個人獨特的藝術成就，具有時代意義之外，第三個要件應是「永恆性」，也就是作品可以回歸整個文學藝術的傳統，和前代作品產生對話，共同挖倔、闡發宇宙人生的真理。

　　如同憂與死亡，「孤獨」也是文學上常見的主題。就中國文學的傳統看，古典詩詞表現孤獨寂寞者，不乏其例。除了葉嘉瑩在《還魂草・序》中以陶淵明、謝靈運的孤獨感和周夢蝶作比較之外，唐宋文人的作品中，或多或少也都會涉及「孤獨」的狀態與意識，雖然其中境界各有不同，但

---

[7]參見松浪信三郎著；梁祥美譯，《存在主義》（臺北：志文出版社，1992 年 5 月再版）。如果以沙特為代表，存在主義之宣告形成，是在 1945 年 10 月，沙特等人創辦了《現代雜誌》，提倡此思想運動。而在臺灣文學上，1950、1960 年代的文學作品，探討人生基本的存在意義者，不乏其例。參見柯慶明，〈六十年代現代主義文學？〉，收於《四十年來中國》（臺北：聯合文學出版社，1995年 6 月初版）。

[8]例如奚密，〈邊緣，前衛，超現實：對臺灣五、六十年現代主義的反思〉，《臺灣現代詩史論》（臺北：文訊雜誌社，1996 年 3 月初版），頁 247～264。

[9]松浪信三郎：「由於如此，所謂『獨特存在』就是以脫離自己、超越自己的狀態，在未知的地方，而非現存的地方不斷去完成自己。……這樣的超越絕不是有神論的超越，而是人的自我超越。」同註 7，頁 122。

對於卓越不群、遺世而獨立的文人而言，「孤獨」正是其內心永恆的「存在」，致使他一再檢視自己與外界群眾、自己與自我的接觸關係[10]。雖然《孤獨國》中，大多以基督教、耶穌或其他西方文學典故為喻，但是這應不妨礙我們將之納入中國文學傳統來討論，因為和其他現代詩人在創作形式上的標新立異，《孤獨國》抒情方式的手法，文言式的修辭，仍然是宗法於中國古典詩詞的。也因此，《孤獨國》所呈現的主題，是可以和傳統文學互相映照的，它讓我們看到，中國人一脈而下，對「孤獨」的不同映象。

　　《孤獨國》的「經典」意義，就在於這個人的、時代的、永恆的三重奏中。

二、《孤獨國》的境界

　　上文說過，《孤獨國》所標舉的是「孤獨精神」。一般探討「孤獨」，往往必須分辨其「孤獨」是形體上的孤單，或心理上的孤絕；是遠離繁華世界、不為人知的寂寞，還是遺世獨立的超越[11]。但是《孤獨國》中，「孤獨」顯然是一種精神的表徵，無法細分這些差異，因此逕以「孤精神」稱之。而觀察其作品，無論是描寫身處於鬧市之中，或與人接洽，或自我的沉思冥想，最後都會將目光折回內視，烘托出一個孤獨的境界；此境界之呈顯，這裡將繼續探究。

　　境界一詞，始自王國維《人間詞話》，也成為後人談論詩詞的重要術語。簡言之，境界是指作品中對時間、空間的處理，以及情感、思想的表達；既是外在環境的描寫，也是內在心理的投射，含有「入乎其內，出乎其外」的意味。[12]

---

[10]鄭騫，〈詩人的寂寞〉，《從詩到曲》，（臺北：科學出版社，1961年7月初版）。

[11]林文月，〈陶謝詩中孤獨感的探析〉曾對孤獨、寂寞之定義分析歸納。見其《山水與古典》，（臺北：純文學出版社，1976年10月初版）。

[12]參考劉若愚著；杜國清譯，《中國詩學‧下篇第一章做為境界和語言之探索的詩》（臺北：幼獅文化公司，1977年6月初版）、黃永武，《中國詩學鑑賞篇‧作品的詩境》（臺北：巨流圖書公司，1976年10月初版）、柯慶明，《境界的在生‧論王國維人間詞話的境界，有我之境、無我之境及其他》（臺北：幼獅文化出版公司，1977年5月初版）等書對「境界」的詮釋。

　　從周夢蝶的身世經歷看，他在現實生活是孤獨無依的，但這並不表示他也自願脫離人群，與世隔絕。相反的，他對於俗世，卻抱持相當大的熱情，而且兼容並包，和諧共存。

　　試觀這樣的句子：「鵬、鯨、蝴蝶、蘭麝，甚至毒蛇之吻，蒼蠅的腳……／都握有上帝一瓣微笑。」〈向日葵之醒·二〉；「上帝給兀鷹鐵翼、銳爪、鉤臆、深目／給常春藤以嬝娜、纏綿與執拗／給太陽一盞無盡燈／給蠅蛆蚤虱以繩繩的接力者／給山磊落、雲奧奇、雷剛果、蝴蝶溫馨與哀愁……」〈乘除〉。這些事物，美醜善惡剛柔並置，都分沾上帝的微笑，何異於《莊子·知北遊》「道無所不在」之語[13]，代表周夢蝶對「萬物一體」的體認。

　　再者，周夢蝶對這萬象世界，更表現出救贖、淑世的熱情理想。〈禱〉的開頭，即向上帝呼告，表示願意把自己的骨肉心，分割分贈給人間所有我愛和愛我的，而且永無吝惜、悔怨；〈索〉的第三段，「想起給無常扭斷了的一切微笑」，便發心：「我欲摶所有有情為一大渾沌／曼陀羅花浩瀚的冥默，向無始！」這裡的「有情」、「曼陀羅花」、「無始」等詞，乃借自家佛語，透露周夢蝶思想的另一線索；而這種普渡眾生的熱情，也就是他熱愛人世的明證。排在《孤獨國》的第一首詩〈讓〉，尤其發揮此意：

　　讓風雪歸我，孤寂歸我
　　如果我必須冥滅，或發光──
　　我寧願為聖壇一蕊燭花
　　或遙夜盈盈一閃星淚。

　　在這首詩裡，詩人寧願自承風雪、孤寂的磨難；燭花、星淚，其光幽微而溫暖，正是詩人謙卑誠摯的情感表露。

---

[13]《莊子·知北遊》莊子回答東郭子：「道無所不在，在螻蟻、在稊稗、在瓦甓、尿溺」。

　　然而這種承擔世俗的勇氣，在近距離的人際關係上，表現卻略有差異。當人我之相處，以個人個別的方式往來時，周夢蝶的孤獨意識便跟著抬頭：「狂想、寂寞，是我唯一的裏糧、喝采」〈第一班車〉；「我是從沙漠裡來的！」「我原是從沙漠裡來的！」〈無題・五〉，這種吶喊式的語言，代表了堅決的態度，謝絕外界人情，寧可沉浸在「幽夐寥獨」〈第一班車〉的自我世界。如同〈行者日記〉云：

　　我是沙漠與駱駝底化身
　　我袒臥著，讓寂寞
　　以無極無窮高負抱我；讓我底跫音
　　沉默地開黑花於我底胸脯上

　　沙漠原是熾熱的所在，卻荒寥無垠；駱駝負重遠行，有擔負之勇氣，行走於沙漠，仍是沉默孤獨！
　　如是，我們發現《孤獨國》中的熱情與寂寞乃是互相糾纏的，呈現外冷內熱的處事態度。值得注意的是，對於自己所堅持的寂寞或孤獨，周夢蝶同樣也是無所怨悔的。雖有〈雲〉詩者，吐露看似瀟灑實則憂鬱孤苦的心聲，但可貴的，卻是那份玩味孤獨，享受寂寞的心情。試以〈寂寞〉為例，當寂寞尾隨黃昏而來時，在缺月孤懸、溪面平靜如鏡的情境裡，偶爾點劃白雲與飛鳥的影子，正襯托此中寂靜的境界。而這時「我」雖孤單一人，卻可以與自己的水中倒影相視一笑；隨手拿起柳枝，在水面點畫「人」字的動作，是寂寞的感覺，也和前述寂靜的境界相融合，達到物我合一的境界。像這樣的句子：

　　我跌坐著
　　看了看岸上的我自己
　　在看看投映在水裡的

醒然一笑
……

跌坐的我、岸上的我、投映在水裡的我，三者都是我的「存在」，不同的面向，透過水的映照，以及內在的省思，終於「醒然一笑」，探觸了自我的本質；這「笑」，有如迦葉的拈花一笑，代表對「道」了然於胸，心境澄靜透明。

換句話說，這「醒然一笑」即透露了對生命的高度自覺，否則必然是醉生夢死、呼天搶地式的哭喊。在〈默契〉的開端：「生命——／所有的，都在尋覓自己／尋覓已失落，或掘發點醒更多的自己…」尋覓、掘發、點醒，這便是一連串探索自我的動作；而所謂的「默契」，乃如詩的末端所列舉的五種情況：兀鷹與風暴、白雷克與沙粒、惠特曼與草葉、曼陀羅花與迦葉的微笑、北極星與寂寞，兩兩之間的凝視、交會，是「默契」，也是掘發了生命的奧祕，透視了本質究竟——最後的句子「石頭說他們也常常夢見我」，也是呈現這種和諧寧靜的「默契」。透過〈默契〉，我們更清楚看到周夢蝶對生命的看法，以及自省自覺的態度。

當然，我們沒有忘記做為書名的〈孤獨國〉，這首詩的意境可謂圓融飽滿，無懈可擊。茲徵引前後諸句：

昨夜，我又夢見我
赤裸裸地跌坐在負雪的山峰上。

而這裡的寒冷如酒，封藏著詩和美
甚至虛空也懂的手談，邀來滿天忘言的繁星……

過去佇足不去，未來不來
我是「現在」的臣僕，也是帝皇。

　　「赤裸裸地」代表回復到赤子原始狀態，回復本來的真面目；「負雪的山峰」則指超越寰俗的孤高境地，是在這樣的心境與情境下，建造起「孤獨國」，咀嚼箇中滋味。而此王國中，沒有塵囂雜物，只有時間進行的聲音，與一切美好靈透的物事，以及一團原始的「渾沌」，非常近於道家的太虛之境。於是詩人彷彿「此中有真意，欲辯已忘言」，酒、詩、美，便成爲餵養靈魂身軀的甘泉。時間標誌「現在」的提出，更締造「剎那即永恆」的超越境界。

　　對於「時間」的思考，《孤獨國》的體認就是現在、或「剎那」。當哲學家說：

> 我一想到我生命的短暫，前後都被永恆吞沒；想到我佔有以及眼睛所見的小小空間，包圍在我不認識、而也不認識我的無盡的空間裡；這時我嚇壞了，並且奇怪爲什麼在這裡而不在那裡，爲什麼是此刻而不是彼時？

　　所透露的，乃是察覺了人的有限性，面對宇宙時空的浩瀚，更興起不可抑的焦慮[14]。據此，〈現在〉一詩也有類似的體會。本詩以「躊躇滿志幽獨而堅冷的腳步聲」比喻時間，時間並且向詩人喊話：

> 已沒有一分一寸的餘暇
> 容許你挪動「等待」了！
> 你將走向那裡去呢？
> 成熟？腐滅？……

　　這使得詩人怵目驚心，直打寒顫。題目「現在」，更加強了詩人在面對

---

[14] 前文爲巴斯噶之言，引自威廉・白瑞德著；彭鏡禧譯，《非理性的人》（臺北：志文出版社，1979年10月初版），頁112。焦慮之說，則以海德格爲代表，頁212。

時間之停格的一瞬時，那種深層的、不知何去何從的焦慮。同樣的，前引〈孤獨國〉：「我是『現在』的臣僕，也是帝皇。」句中「臣僕」之意，即表露人對時間現象的懼怕，知悉人之無法抗拒時間之洪流，因此甘爲臣僕。但是因爲詩的中段，顯示詩人所創造的超越境界，所以才能隨即又說「也是帝皇」，破解了這種困境，掌握住時間的片段性，視爲理所當然，因能從容自在，找回人的主體位置。

　　提到時間，令人不得不討論到「死亡」。死亡是生命的結束，更極端彰顯出人的有限性。但是哲學家卻把「死亡」視爲人的獨特存在，因爲「別人誰也不能替我死」；逼視死亡的真面目，顯然有助於人對自我的認識[15]。在《孤獨國》的〈烏鴉〉、〈消息（二首）〉，我們可以略窺周夢蝶對「死亡」的省思：

　　〈烏鴉〉中的烏鴉，是時間的化身，它爲人類悲憫，因爲人是盲目愚蠢的，不知珍惜時間，漠視生命的可貴。「時間的烏鴉鳴號著，哽咽而愴惻！／我摟著死亡在世界末夜跳懺悔舞的盲黑的心／剎那間，給斑斑啄紅了。」後二句即指出，當詩人靠近死亡，與之擁舞時，他那盲黑的心，因烏鴉的鳴號而驟然驚醒，給啄得血淚斑斑。這首詩透過對時間的省思，而指向死亡的國度，使人驚醒到人的愚昧與有限。

　　〈消息（二首）〉則以灰燼代表著生命的死亡，只不過這灰燼乃有「火盡薪傳」的意味。「卻發見：我是一叢紅菊花／在死亡的灰燼裡燃燒著十字」之語，明白揭示此理。可以這麼說，周夢蝶對「死亡」的思考，乃是突破有形生命的結束，重視精神的傳承創新；如同對時間的體認一樣，「現在」只是時間洪流的一個點，個人的死亡，亦不過歷史脈絡裡一個點罷了，毋須憂懼，點與點的相續，始構成莽莽滔滔的時間之流，如其〈消息·一〉：「不！不是殞滅，是埋伏」「從另一個新的出發點上，從燃燒著絢爛的冥默／與上帝的心一般浩瀚勇壯的／千萬億千萬億火花的灰燼裡。」[16]

---

[15]同上註，頁216。
[16]林海音寫周夢蝶，即以「默默的，燃燒著的灰燼」爲題，此亦本於周夢蝶語。見《剪影話文壇》

三、《孤獨國》的修辭

　　在詩歌創作藝術上，除了內容主題，外在的語言修辭技巧，也同樣重要，可促成作者作品的獨特風格。就《孤獨國》而言，在諸多詩歌的創作技巧上，意象、節奏、比喻、象徵等方法，最凸出者，乃是它在視覺意象上的表現，幾種顏色：紅、黑、雪（白），特別是黑色的廣泛運用，頗能襯托《孤獨國》苦澀沉重的風格，而且也和作者慣於黑色長袍打扮的形象吻合。此「黑色修辭法」，是為其恰當的修辭策略，使主題精神更為鮮明。

　　類似這種方法的運用，唐朝李賀與北宋晏幾道的詩詞，可謂成效顯著。方瑜〈李賀歌詩的意象與造境〉說李賀「喜用濃色如紅、綠，但卻常在這濃色之上，另加一個修飾字，如冷紅、老紅……不但削弱了紅、綠原有熱鬧喧嘩，反而製造出衰颯的效果。」[17]鄭騫〈小山詞中的紅與綠〉也說：「晏小山是門祚式微身世飄零的貴公子，又天生是個多情善感的風流才士，所以他的作品在高華朗潤的風度之外，顯示著無限悲涼情調，在濃豔的色澤之上，籠罩著一層黯淡的氣氛。他對於紅綠兩色的運用正好把上述的情形表現出來。」[18]

　　《孤獨國》也常用紅色，代表紅花、血淚，有時與黑色互相搭配，更點綴了悲涼的味道（見前引〈烏鴉〉），而對雪的意象經營，則見於〈孤獨國〉「赤裸裸地趺坐在負雪的山峰上」，〈冬天裡的春天〉以錦豹枕雪高臥，象徵高超的境界。至於黑色，出現次數最多，集中表現它的象徵意義，就是時間的化身。例如〈川端橋夜坐〉：「時間之神微笑著」、「他全身墨黑」；〈在路上〉：「黑色的塵土覆埋我，而又／粥粥鞠養著我」，此黑色塵土仍是指時間，既給人壓迫，也令人生長；〈行者日記〉：「讓我底跫音／沉默地開黑花於我底胸脯上」「黑花追蹤我，以微笑底憂鬱」，此黑花即時間之花；〈晚安！剎那〉：「我植立著，看蝙蝠蘸一身濃墨，在黃昏曇花一現的金紅

（臺北：純文學出版社，1984 年 12 月初版二刷），頁 53～55。
[17]方瑜，《中晚唐三家詩析論》（臺北：牧童出版社，1975 年 1 月初版），頁 25。
[18]鄭騫，（同註 10，頁 166。）

投影中穿織著十字」，蝙蝠色黑，在這裡也是時間的化身，「把黑夜的陰影投下大地」……等。黑色本身在視覺效果上，就是給人沉重、壓迫的感覺，運用黑色，更加重了對時間的焦慮感。

黑色，同時也讓人恐懼，因為它象徵死亡。前引〈烏鴉〉詩，黑色的烏鴉本就是不祥預兆，「我摟著死亡」之語，其實暗示了「時間的烏鴉」也就是「死亡的烏鴉」，就是死神的變身。〈在路上〉「黑色的塵土覆埋我」，用「覆埋」一詞，也是暗示著死神的降臨，只不過死而復生，在方生方死，方死方生的人生路上，有淚有笑，「這條路是一串永遠數不完的又甜又澀的念珠」。

由此看來，死亡在周夢蝶的心中，似乎並不那麼可怕。〈行者日記〉末云：「天黑了！死亡斟給我一杯葡萄酒／我在峨默瘋狂而清醒的瞳孔裡／照見永恆，照見隱在永恆背後我底姓名」在黑夜的背景下，與死神的交杯，卻使得詩人更洞悉永恆，以及自己的存在。

周夢蝶對於視覺意象的運用，在《孤獨國》也許不十分自覺，但到下一本詩集《還魂草》，則顯示了他已經相當在意。譬如雪的意象，〈菩提樹下〉：「誰能於雪中取火，且鑄火為雪」，「雪」在此意義更曲折深致。〈虛空的擁抱〉甚至結合黑色和雪：「擁抱這飄忽──黑色的雪／不可捉摹的冷肅和美／自你目中／自你叱吒著欲奪眶而出的沉默中」那超越世俗的虛空之境有如黑色的雪，冷肅而美麗。《還魂草》第二輯並以「紅與黑」為輯名，而用追尋與幻滅釋其主旨[19]。但這也使人聯想到法・斯湯達爾的小說《紅與黑》（1831 年出版），紅是當時軍人制服的顏色，代表革命與權勢；黑是僧袍的顏色，代表宗教與神聖。這裡「紅」的意義可能不合，但「黑」所代表的宗教與神聖，卻頗為相近。

總括而言，黑色是《孤獨國》中最醒目的色彩意象，但周夢蝶那一身「披掛著黑色的絕望寒鴉般的影子」（〈畸戀・二〉），卻始終貫穿在其所有

---

[19]其又引哈岱：「人生如鐘擺，在追尋與幻滅之間展轉、徘徊。」，同註 5，頁 25。

的作品中；黑色，神聖、莊嚴、冷肅、幻滅、絕望，時間的化身，死亡的凝視，這多般投射匯集，凝鑄成《孤獨國》乃至於周夢蝶的風格特色。

四、結語

　　杜甫〈樂遊園歌〉詩云：「此身飲罷無歸處，獨立蒼茫自詠詩。」馮延巳〈鵲踏枝〉詞云：「獨立小橋風滿袖，平林新月人歸後。」顯然各有孤獨，各有依託。而《孤獨國》的依託在哪裡呢？「孤獨國」之名或取自佛典《金剛經》，舍衛城長老給孤獨為釋迦牟尼佛購置「祇樹給孤獨園」，代慈善向佛之心；或意在取用《金剛經》四偈：「一切有為法，如夢幻泡影，如露亦如電，應作如是觀。」從「空」的觀點，體悟「孤獨」的本質。我個人則認為「以詩證詩」是可行的，如其〈孤獨國〉詩云：「*而這裡的寒冷如酒，封藏著詩和美。*」

　　詩和美，或將是周夢蝶根本而宿命的依託！

——選自曾進豐編《娑婆詩人周夢蝶》
臺北：九歌出版社，2005 年 3 月

序周夢蝶先生的《還魂草》

◎葉嘉瑩*

　　我是向來未嘗爲任何人任何書寫過序文的，然而兩天前，當周夢蝶先生要我爲他即將出版的詩集《還魂草》趕寫一篇序文時，我竟冒昧地答應了下來。其一，當然是有感於周先生的一份誠意；其二，則因爲我原是一個講授舊詩的人，而周先生居然肯要我爲這一本現代詩集寫序，則無論這一篇序文寫得如何，至少不失爲新舊之間破除隔閡步入合作的一種開端和嘗試；最後，一個更大的原因，則是因爲我對周先生之忠於藝術也忠於自己的一種詩境與人格，一直有著一份愛賞與尊重之意，因此，雖明知自己未必是爲此書寫序的適當之人選，也依然樂於做了這種「知其不可而爲之」的承諾。

　　周先生之要我寫序，也許因他曾偶在報刊中看到過我所寫的一些有關舊詩詞之評賞的文字，其實，批評古人的舊詩詞，與批評今人的現代詩，並不盡同，一則因爲舊詩詞的作者，已屬無可對質的古人，則我信口雌黃之所說，在讀者而言，縱未必盡信其是，然也不能必指其非，而對今人之作，則我在論評之間，就不得不深懷著一份唯恐其未必能合作者原意的惶懼；再者，對於舊詩詞的閱讀和寫作，我是早在 30 年前就已開始了的，而對於現代詩，則我不僅從來不曾有過寫作的嘗試和經驗，即使閱讀，也僅是近二三年來，偶然涉獵瀏覽過一些極少的作品而已，雖說美之爲美，天下有目之所共賞，我對於現代詩中的一些佳作，也極爲賞愛，但如說到論評，則刺繡之工既不盡同於編織，韁轡的控持，也必然不同於方向盤之操

---

*發表文章時爲臺灣大學中國文學系教授，現爲南開大學中華古典文化研究所所長。

縱，如今我欲以一向慣於論評舊詩詞的眼光來論評現代詩，則即使不致如扣槃言日之盲，似乎也頗不免於燕說郢書之妄了。

　　以我習慣於論評舊詩詞的眼光來看，我以為周先生詩作最大的好處，乃在於詩中所表現的一種獨特的詩境，這種詩境極難加以解說，如果引用周先生自己在〈菩提樹下〉一詩中的話「誰能於雪中取火，且鑄火為雪」，則我以為周先生的詩境所表現的，便極近於一種自「雪中取火，且鑄火為雪」的境界。

　　我在為學生講授舊詩詞的時候，常好論及詩人對自己感情的一份處理安排之態度與方法，由於其對感情之處理與安排的不同，因此詩人們所表現的境界與風格也各異。如果舉一些重要的詩人為例證，則淵明之簡淨真淳，是由於他能夠將其一份悲苦，消融化解於一種智慧的體悟之中，如同日光之融七彩而為一白，不離悲苦之中，而脫出於悲苦之外，這自然是一種極難達致的境界；其次則如唐之李太白，則是以其一份恣縱不羈的天才，終生作著自悲苦之中，欲騰擲跳躍而出的超越；杜子美則以其過人之強與過人之熱的力與情，作著面對悲苦的正視與擔荷；至於宋之歐陽脩，則是以其一份遣玩的意興，把悲苦推遠一步距離，以保持其所慣用的一種欣賞的餘裕；蘇東坡則以其曠達的襟次，把悲苦作著瀟灑的擺落，以上諸人其類型雖儘有不同，然而對悲苦卻似乎都有著一種足以奈何的手段。此外更有著一種從來對悲苦無法奈何的詩人，如「九死其未悔」的屈靈均，「成灰淚始乾」的李商隱，他們固未嘗解脫，也未嘗尋求過解脫，他們對於悲苦只是一味的沉陷和耽溺。另外更有一種有心尋求安排與解脫，而終於未嘗得到的人，那就是「言山水而包名理」的謝靈運，大謝之寫山水與言名理，表現雖為兩端，而用心實出於一源，他對山水幽峻的恣遊，與對老莊哲理的嚮往，同樣出於欲為其內心凌亂矛盾之悲苦，覓致得一排解之途徑。然而佛家有云：「境由心造」，若非由內心自力更生，則山水之恣遊既不過徒勞屐齒，老莊之哲理亦不過徒託言筌，所以大謝詩中的哲理，若非自其「不能得道」作相反之體認，而欲於其中尋覓「得道」的境界，就

未免南轅而北轍了。

至於周先生的詩作，則自其 1959 年出版的第一本詩集《孤獨國》，到今日準備出版的第二本詩集《還魂草》，其意境與表現，雖有著更為幽邃精緻，也更為深廣博大的轉變，然而其間卻有著一個為大家所共同認知的不變的特色，那就是周先生詩中所一直閃爍著的一種禪理和哲思。周先生似乎也是一位想求安排解脫而未得的詩人，因之他的詩，既不同於前所舉第一種之隱然有著對悲苦足以奈何的手段之詩人；也不同於第二種之對悲苦作著一味沉陷和耽溺的詩人；如果自其感情之不得解脫，與其時時「言哲理」的兩方面來看，雖似頗近於大謝，然而若就其淡泊堅卓之人格與操守來看，則毋寧說其更近於淵明。周先生之不同於大謝者，蓋大謝之不得解脫之感情，乃得之於現實生活之政治牽涉的一份凌亂與矛盾，而周先生之不得解脫之感情，則似乎是源於其內心深處一份孤絕無望之悲苦。再者，大謝之言哲理，只不過是在矛盾凌亂中的一份聊以自慰的空言，而其所言之哲理，並未曾在其感情與心靈之間發生任何作用，而周先生詩中的禪理哲思，則確實有著一份得之於心的觸發與感悟，雖然周先生並未能如淵明一樣，做到將悲苦泯沒於智慧之中，而隨哲理以超然俱化，但周先生卻確實已做到將哲理深深地透入於悲苦之中而將之鑄為一體了，故其詩境乃不屬於以上所舉之三種詩人的任何一類型之中，周先生乃是一位以哲思凝鑄悲苦的詩人，因之周先生的詩，凡其言禪理哲思之處，不但不為超曠，而且因其汲取自一悲苦之心靈而彌見其用情之深，而其言情之處，則又因其有著一份哲理之光照，而使其有著一份遠離人間煙火的明淨與堅凝，如此「於雪中取火且鑄火為雪」的結果，其悲苦雖未嘗得片刻之消融，而卻被鑄煉得如此瑩潔而透明，在此一片瑩明中，我們看到了他的屬於「火」的一份沉摯的淒哀，也看到了他的屬於「雪」的一份澄淨的淒寒，周先生的詩，就是如此往復於「雪」與「火」的取鑄之間，所以其詩作雖無多方面之風格，而卻不使人讀之有枯窘單調之感，那便因為在此取鑄之間，他自有其一份用以汲取的生命，與用於鎔鑄的努力，是動而非靜，是變而非

止。再者，周先生所寫之境界，多爲心靈之境，而非現實之境，如果我們可以把詩人的心靈比做一粒晶球，則當其閃爍轉動於大千世界之中的時候，此一粒晶球雖並不能包容大千世界的繁複博大之實體，而其每一閃爍之中，卻亦自有其不具形的隱約的投影，在周先生詩中，我們就可看到此一粒晶球的面面之閃爍，以上是我所見的周先生詩中的境界。

其次，我想再談一談周先生詩中文字的表現，我以爲周先生在文字的表現一方面，也有其極爲獨到的一種鎔鑄和運用的能力。我是一個一貫主張要把古今與中外交融起來的論詩者，而在周先生詩中，我就清楚地看到了這種交融運用的成功，在周先生詩中，有大似古樂府江南曲的極質拙而真切的排句，如其〈虛空的擁抱〉之後數句；有極近於宋詞的頓挫和音節，如其〈逍遙遊〉的前數句；至於其時時可見的對偶之工，與一些舊辭舊典的運用，更屬熟練之極，多不勝舉。其實，用舊並不難，而難能的是周先生所用之舊，都賦有著新感覺與新生命；既不迷於舊，亦不避其舊。而此外周先生更善於以其敏銳的感覺與精錬的工力，鎔鑄出極爲新穎而現代化的詩句，如其「縱使黑暗挖去自己的眼睛，蛇知道：牠仍能自水裡喊出火底消息」（〈六月〉）；「你將拌著眼淚，一口一口嚥下你底自己，縱然你是蟑螂，空了心的，在天國之外，六月之外」（〈六月之外〉）；「而泥濘在左，坎坷在右，我，正朝著一口嘶喊的黑井走去」（〈囚〉）……像這些詩句可說是頗爲費解的現代化之詩句了，然而不必也不須加解說，我們豈不都能自其中聆聽到一份呼號，感受到一份震撼，所以，求新穎與現代也並不難，而難能的在其中真正充溢著有一份詩人之銳感與深情。以上尚不過是我有心於古典與現代之兩面求相反的例證，如果不存此有心分別之成見，而在周先生詩集中尋求一些交融著古典與現代，交融著火的凄哀與雪的凄寒的詩句，則更屬俯拾皆是，隨處都可看到翠羽明珠之閃爍。總之，周先生的詩，無論就意境而言，無論就表現而言，其發意遣辭，都源於一份真切的詩感，如此，所以無論其篇幅之爲長爲短，其用典之爲舊爲新，其用字造句之爲古典爲現代，他都能以其詩人的心靈適當的掌握和表現，不故

意拖沓以求長，不故爲新奇以炫異。周先生之詩作，一直在現代詩壇上，
受到普遍的尊敬和重視，其成就原不是偶然的，而我以一個外行人竟然如
此曉曉，匆匆草畢此文，乃彌覺有多事之感。唯願此一詩集能早日與世人
相見，而一些其他外行人，或者因我這一些外行話，而反而留意於此一現
代詩集，則我之曉曉，或者也尚非全屬徒然。是爲序。

——選自周夢蝶《還魂草》

臺北：文星書店，1965 年 7 月

周夢蝶及其《孤獨國》

◎魏子雲*

南面而坐，階前之地大如國

現象輪迴著，永恆的謎面是鐘錶

世界在走著，我在坐著

將堅冷的水門汀坐成蒲團

將無根的電桿木叱成菩提樹

我是一尊者，飄葉而過海

孤獨是國，比臺北市大，比臺北市小

垂眉，盤坐，無視於許多鞋

許多鞋，過我的國界，留下塵埃

我的鞋卻泊著，喏，就是足前

有一種野渡無人的姿態

——摘錄余光中作《天狼星》中之〈孤獨國〉

　　在中國的現代詩人群中，生活得狷介的詩人，大概只有周夢蝶一人。這十餘年來，他一直靠售舊書爲生。在臺北，舊書的市場有三處，牯嶺街、衡陽街與中華路，這三處舊書的市場都是好買賣，每一個攤子的每天收入，多者總在兩百元上下。而詩人周夢蝶的舊書攤，則擺在僻靜的武昌街上，入晚，才移到重慶南路。說起來，像衡陽路合作金庫門前的舊書市

---

*魏子雲（1918～2005），安徽宿縣人，筆名半蠡、華文份、立一、阮娥，散文家、小說家、評論家，發表文章時爲國立藝術專科學校兼任教授（今國立臺灣藝術大學）。

場，他本可獲得一個攤位，在他以出賣舊書為業的時候，衡陽路還沒有形成買賣舊書的市場。後來在那裡擺舊書攤的人多起來，而他們往往干預售價太廉，此後，他竟放棄了衡陽路，選擇了僻靜的武昌街。為什麼呢？他曾回答過我：「免與人爭」。是的，在那一帶，確無第二家舊書攤。正因為那裡沒有第二家舊書攤相競爭，他的舊書攤才越發的不為人所注意了。尤其在商場上，每一門行業有每一門行業的特殊形式，舊書攤的特殊形式是「攤」；攤佈在地上。詩人周夢蝶的書攤形式，則是「攤」在書架上。那一扇房門寬的書架，靠著街坊騎樓的水泥柱上豎立著，往往被行人忽視了它的存在。加上他擺在書架上的書，大多數是新詩集，而又不售武俠，不賣流行小說，更無新出版的雜誌，所以，晨夕不發利市的日子，在他是司空」的。

他居住在每月以 70 元租金租來的一間小木屋中，一床一椅，過著苦行頭陀修真養性的生活。他以寫詩為樂，啃一隻麵包當三餐，也不以為苦。從不向朋友訴窮。真可以說是，一簞食，一瓢飲，居陋巷，不改其樂；更不移其志。曾有不少朋友們勸他改業，勸他改變擺攤方式，或兼售武俠及流行小說的出租，均未為其接受。第一，他說求職不易，縱能獲得一份糊口之職，售賣了自己的時間猶屬細事，但拿人家的錢，就得聽人家的大話小話，還得看人家的七顏八色。第二，兼租並兼售武俠及低級趣味的小說，固可以廣招徠，多賺些蠅頭微利，但有違心願，雅不欲為。第三，武昌街騎樓下的人行道不寬闊，擺地攤妨礙行人，縱警察不來干預，也於心不安。第四，他說他的志趣是讀書寫詩，在生活上的要求，只要能活下去就夠了。周夢蝶先生之所以能十年如一日這樣過著他的苦行僧的生活，正因為他從不奢望什麼；連「詩人」的頭銜都不曾奢望得到。當我告訴他要寫這篇散論時，他方表反對，他認為值得向讀者介紹的詩人太多了，不應是他，他說：「我還沒有寫出值得推薦給讀者的詩。」他問我，「你為什麼不評介瘂弦呢？」他坦誠地說：「直到今天，我還迷著瘂弦詩的風格。我的詩我受瘂弦的影響很多。」於是，他誠懇的向我建議，「你最好先寫別人，

像鍾鼎文、紀弦、瘂弦、羅門、蓉子、商禽、洛夫、葉維廉、夏菁……。」他向我建議了一大串。一再勸我不要先寫他。老實說，我對周夢蝶先生的詩，瞭解得遠沒有對紀弦、瘂弦、羅門、蓉子等人的詩瞭解得多，可是，周夢蝶先生則是一位時時激盪我湧起寫作衝動的一個人物。他的情操太值得讚美了。

儘管他的生活過得如此清苦——常有三餐不繼的情事，而他卻從未吐過一句怨言。當朋友們為他的清苦生活有所感嘆時，他就微笑著——總是美得那麼自然恬適而真摯——回答朋友們說，「這是一個苦難的時代，沒有耐苦的忍受力是渡不過的。而我的生活並不苦，」常常他會反問你，「你以為我的生活過得很苦嗎？」這問題自不是他的朋友可以回答的；人生苦樂，本就不能僅從物質視之。許多高官富賈，雖擁有物質文明的享受，精神未必快樂。在梁實秋先生為遠東圖書公司編的英文課本中，有一篇名為「快樂人的襯衫」（"The Shirt Of A happy Man"）的課文，敘述一位既有財富又有權力的國王，而他偏偏缺少快樂。因而憂傷成疾，百藥罔效。有一位醫生說，只有一種藥可以治好他的怪病，什麼藥呢？必須穿上一件快樂的襯衫。所有國中有財有勢的人都訪問到了，而他們全不快樂，問他們無不異口同聲的答說：「我們根本不知道快樂是什麼。」有一天，他們遇見一位勞苦的工人。他剛剛工作完畢。看到他的樣子很快樂，他們就問他，「你快樂嗎？」他答說，「嗨，我無憂無慮，當然快樂。」那幾位奉命找尋「快樂人的襯衫」的人，高興得什麼似的，不禁喊著說，「快，快些把你的襯衫脫下來給我們。」可是這個工人卻說，「對不起，我只有這一件襯衫。脫給你我就沒有的穿了。」這個小故事就說明了權勢與財富，均非人之快樂，因為人一有了權力與財富這兩樣東西，就會焦慮著它們的失去，更會期望著他們的權力要愈張愈大，財富愈積愈多。這兩種焦慮都會使人喪失去快樂。人的快樂是無憂無慮，可是，做到「無憂無慮」的人生境界，就得在修養上下工夫了。那麼，詩人周夢蝶的快樂，就是他修養上的工夫，已經做到了無憂無慮的境界了。

　　人生最大的苦惱，不過一端：不滿現實。人之不滿於現實，多由於太重視自己，總以爲自己有經天緯地之才，往往認爲國家、社會、朋友、全都忽視了他，成天「冰炭滿懷」，自然快樂不起來了。詩人周夢蝶先生誠是一位最能安於現實的人。十餘年來，機械地在貧困與寂寞中無怨無艾而又快快樂樂生活著的知識分子，確不多見。杜甫就是一位啼饑號寒的詩人。尤其，他之熱衷於仕途的意念，頗令人感到庸俗。他爲了想巴得官做，先向唐皇「進雕賦表」，從官宦書香之家世，吹到自己自七歲能詩，40 年來已寫了一千多篇詩了。可是，像他這樣好的出身，這樣豐富的文才，竟弄得衣不遮體，成天爲飢寒奔波，且常寄食於人，而賈馬之徒，都一個個做了官了，所以他要求唐皇能看在他祖先的份上，提拔他一下，免得他再在泥塗中久受屈辱。說著說著又吹起自己來了，「臣之述作，雖不足以鼓吹六經，先鳴諸子，至於沉鬱頓挫，隨時敏捷，而揚雄枚皋之流，庶可跂及也。有臣如此，陛下其舍諸？……」沒有下文，次年再上〈朝獻太清宮〉、〈朝享太廟〉、〈有事於南郊〉等「進三大禮賦表」，雖終獲諭命待制於集賢院，試過文章，送隸有司，參列選序，可是一待兩年，又沒有下文，又進了一篇〈封西嶽賦〉，語詞之間，比三大禮賦還要謙卑，說：「臣本杜陵諸生，年過四十，經術淺陋，進無補於明時，退嘗困於衣食，蓋長安一匹夫耳。」我們看杜甫的這種庸俗之氣，真是熏人欲嘔。有一次我和周夢蝶先生抵足長談，當我向他提起杜甫這幾篇求官的賦表，他曾喟然答說：「塵網就是各自吐出的名與利的經線與緯線結成的。所以佛家與耶家等宗教義諦，都勸人淡泊名利；尤其佛家，更以出家遁世的思想，要人解脫塵網的煩惱約束。」聽來像一個得道的老僧之語。於是我說，「你的思想是出世的？」他則斷然的答說，「不，我是入世的。」我說，「你有佛家的思想麼？」他說，「我更愛耶穌的博愛精神。」誠然，他的入世思想與博愛精神，概可從他的詩品中見之。譬如他在〈禱〉這首詩中說：

　　上帝呀？我求

你借給我你智慧的尖刀！

讓我把自己——

把我的骨，我的肉，我的心……

分分寸寸地斷割

分贈給人間所有我愛和愛我的

不，我永無吝惜，悔怨——

這些本來都不是我的！

這些本來都是你為我而釀造的！

——現在是該我「行動」的時候了，

我是一瓶渴欲流入

每顆靦腆地私語著期望的心兒裡的櫻汁

　　這首詩豈不純是基於耶穌博愛精神寫成的。固然，這首詩還埋藏著他潛意識中的一種自卑感——或自卑於己之業已失去「靦腆私語」的條件了吧，但詩人不以妒而出之以厭恨，復以愛而出之以犧牲，可以想知詩人周夢蝶先生的博愛心胸是多麼廣闊。在「四行八首」中的第二首〈司閽者〉這首詩中說：

我想找一個職業

一個地獄司閽者

慈藹地導引門內人走出去

慈藹地謝絕門內人闖進來

　　試想，這是一種多麼慈愛的襟懷，他不忍有任何人在地獄中受苦。假使，他的職業真的是一個地獄的司閽者，居然那麼「慈藹地」做出了「導引門內人走出去」的事情，而又杜絕門外人走進來，那麼，他必是那地獄

中代替別人受苦的唯一的人。愛是施予，不是接納，凡是能愛人的人，都
是能犧牲自我的人。詩人周夢蝶先生之所以能十年如一日的忍受飢寒而怡
然自得，正因為他有愛人的胸臆與犧牲自我的精神。所以儘管詩人周夢蝶
先生常在饑寒中生活，我們在他的詩裡面，決尋不出啼飢號寒的字眼，也
無向現實發牢騷的詩句。雖說，他在「孤獨國」詩中，懷有遁世之念，而
他仍不忍拋棄他的「現實」，寧願做「現在」的臣僕，更要做「現在」的帝
皇。想來，他對於他身處的現實境遇，仍懷有著非分的滿足。我們來看他
這首〈孤獨國〉。

　　昨夜，我又夢見我
　　赤裸裸地趺在負雪的山峰上。
　　這裡的氣候，黏在冬天與春天的接口處
　　（這裡的雪是溫柔如天鵝絨的）
　　這裡沒有囂騷的市聲
　　只有時間嚼著時間的反芻的微響
　　這裡沒有眼鏡蛇、貓頭鷹與人面獸
　　只有曼陀羅花、橄欖樹和玉蝴蝶
　　這裡沒有文字、經緯、千手千眼佛
　　觸處是一團渾渾莽莽的沉默的吞吐的力
　　這裡白晝幽闃窈窕如夜
　　夜比白晝更綺麗、豐實、光燦
　　而這裡的寒冷如酒，封藏著詩和美
　　甚至虛空也懂手談，邀來滿天忘言的繁星

　　過去佇足不去，未來不來
　　我是「現在」的臣僕，也是帝皇。

　　一下筆就說明「孤獨國」是他夢中的一個世界；當然囉，更是他理想中的一個世界。他理想著那裡的氣候是冬春之交——冬春之交自是一年中最美好的時候，「孤獨國」的氣候如果四季都是那樣，那真是太誘人了；他希望那裡沒有嬲騷的市聲——十餘年來，他一直在嬲騷的市聲中討生活，必然已經非常厭惡了；他希望那裡沒有噬人致死的毒蛇，也沒有儘在暗中活動的貓頭鷹，更沒有人其面而獸其心的動物；尤其希望那裡沒有文字，沒有經緯，沒有千手千眼佛；當然，沒有文字的人民與沒有經緯的世界，也許不會發生相爭吧，自也用不著千手千眼佛的慧眼與大手來處理人間的善惡了。看起來他理想中的「孤獨國」，像幽冥似的，從這首裡，我們可以吟味到周夢蝶先生在現實中的苦楚心情。當然，他知道他所夢見的那個「孤獨國」只是一個夢，因為「過去佇足不去，未來不來」。怎不是呢？白天，他孤獨地在武昌街守著他的書攤，任嬲騷的市聲向他圍攻；晚上，他孤獨地在和平東路守著人家的半間小木屋，還得和潮濕、霉臭、蟲豸、以及更嬲騷的市聲們肉搏。所以，他必須勇敢地生活在他最現實的「現在」的「孤獨國」中，不但要做「現在」的「臣僕」，更得做「現在」的「帝皇」；如不做「帝皇」就會被「現在」的最殘酷的現實所主宰了。我們可以說，詩人周夢蝶先生的成功，即在於他的這種面對現實的勇敢戰勝了他的「現在」，於是，他做了「現在」的帝皇。要不然，誰能在他那種「現在」的情況下，寫出那麼一篇篇純淨得像水晶樣的詩篇來？

　　我們僅僅從他收在「孤獨國」中的六十餘首短詩來看，他慨嘆時光消逝，自責己之未能緊緊地把握住「現在」的詩，約三分之一。如「徘徊」，雖說他明白「一切都將成為灰燼，而灰燼又孕育著一切——」；生命的終始就是這樣的，種籽必須犧牲了自己，然後才能產生出更多的種籽出來。可是，人們總不喜歡成熟——衰老，「上帝呀，無名的精靈呀！那麼容許我永遠不紅不好麼？然而櫻桃依然紅著，芭蕉依然憂鬱著，——」詩人自怨著說。「我在紅與憂鬱之間徘徊著。」乃悵惘於自己的無主與徬徨。在「現在」這首詩中，詩人感於時光之無情，愧於自己未能完成什麼的心情，益

見積極。他看到「現在」——

又躒過去了！
連瞥一眼我都沒有；
我只隱隱約約聽得

他那種躊躇滿志幽獨而堅冷的腳步聲。聽到「現在」質問他——

已沒有一分一寸的餘暇
容許你挪動「等待」了！
你將走向那裡去呢？
成熟？腐滅？……

於是，他猛醒著想——

這聲音沉默地撞擊著我如雪浪
我邊打著寒噤邊問自己：
我究曾讓他蠶食了我生命多少！

　　在〈行者日記〉中，他詛咒昨日是「曾給羅亭、哈姆雷特底幽靈浸透了的」，憤滿於他的昨日都在優柔寡斷中把它們打發騰。所以他要「以滿缽冷冷的悲憫送走它們。」但，送走昨日而不跟著今天中的現在前行，只是「我袒臥著，讓寂寞以無極遠無窮高負抱我；」也只有讓跫音沉默地開黑花於胸脯上，讓「黑花追蹤我，以微笑底憂鬱」，讓「未來誘引我，以空白底神秘」，但空白無盡，憂鬱亦無盡，等到天黑了！死亡便斟給你一杯葡萄酒，於是，今天又變成了昨天，而自己的名字，還隱在永恒的背後。這首詩寫得幽夐而雅麗，境界比「現在」那首詩高明多了。首段藉羅亭與哈姆

雷特的性格，來指責昨日之我；二段寫抱負的無極遠與無窮高之不務實際；三段寫空想之憂鬱與未來之空白；末段寫空想者之終於失敗——當死亡到來時，自己的名字還隱在「永恆」的背後哩！古諺說：「為者常成，行者常至。」A·紀德說：「抬起頭來，不要看天空，要看地平線。」都含有同樣的哲義。凡事，只要去做，才能獲得成功；路，只要去走，才能達到目的。紀德之所以要人不要看天空，只要看地平線，也就是說，天空雖美雖高，那只是一個達不到的理想，視界中的地平線雖近，那卻是一處我們必須一步步走去的現實。在初中國文教科書上，還有一篇清彭端淑作的〈為學一首示子姪〉，其中舉了一個例子說：「蜀之鄙，有二僧：其一貧，其一富。貧者語於富者曰：「吾欲之南海，何如？」富者曰：「子何恃而往？」曰：「吾一瓶一缽足。」富者曰：「吾數年欲買舟而下，猶未能也。子何恃而往？」越明年，貧者自南海還，以告富者，富者有慚色。西蜀之去南海，不知其千里也；僧富者不能至，而貧者至焉。人之立志，顧不如蜀鄙之僧哉？」這都在說明，人之立志也易，而行也艱。我們總是常常立計劃，發誓言，「以前種種譬如昨日死，今後種種譬如今日生。」許多人為了要改過自新，愛把這句誓言寫好放在案頭，於是，這句誓言便成了這個人的每天必發的誓言，結果，天天是「以前種種譬如昨日死」一句立志改過的誓言，反而變成了諷刺了。那麼，周夢蝶先生的這首「行者日記」，題目就帶有幾分諷喻的意味。在詩情上，寫他徒尚空談而不付諸力行的自責心情，表現得益其清新。在「烏鴉」這首詩中，對於人之未能好好利用時間更感幽傷——

　　哽咽而愴惻，時間的烏鴉鳴號著：
　　「人啊，聰明而愚鈍的人啊！
　　我死去了，你悲悼我；
　　當我依偎在你身旁時，卻又不理睬我——
　　你的瞳彩晶燦如月鏡，

唉，卻是盲黑的！
盲黑得更甚於我的斷尾……

時間的烏鴉鳴號著，哽咽而愴惻！
我摟著死亡在世界末夜跳懺悔舞的盲黑的心
剎那間，給斑斑啄紅了。

　　詩人以如此感傷幽怨的心情，悲嘆人們之不惜時間，可以想見這位詩人之如何的在珍惜他的時間。在「第一班車」這首詩中，他以充滿了追尋的狂熱的腳步，「朝款擺在無盡遠處的地平線」之「不可能抗拒的吸引進發」；把「狂想、寂寞」當作「口糧」，日日夜夜，不反顧不休歇的向地平線進發。不管「地平線之外，還有地平線，更有地平線，更在地平線之外之外……」，只為了要達成「為追尋而追尋的追尋」。我深受他這首詩所表現的向地平線進發的追尋之狂熱。惜第六、七兩節，模倣著余光中及瘂弦的詩風，堆砌了一大堆人名與典故，「如亞波羅與達奧尼蘇司正等待著為我洗塵，……哦，請勿嗤笑我眼是愛羅先珂，腳是拜倫，更不必絮絮為我宣講后羿的痴愚，夸父的狂妄，和奇慘的阿哈布與白鯨的命運」，像這些詩句，不但有矯揉作態之病，亦有失詩之婉約。非不足為訓，但必須運用得自然而明媚。首應作到的是無力斧的痕跡。這一點，余光中實為高手。
　　雖說，周夢蝶先生許多詩中，一再慨嘆時間之飛逝，並且責己之生命已被時間蠶食了不少，而自己並未完成什麼。但在「無題七首」的第五首中，竟忽然消極起來了。

昨天，
你像一枝嬌花
黏著火與酒
飄落在我身邊；

> 我輕輕拾起，看看又丟下
>
> 我沒有暖室，沒有瓶，也沒有水；
>
> 我是從沙漠裡來的！
>
> 今天，
>
> 你像一抹寒雲，
>
> 頭也不回一回地
>
> 向銀灰色的天末遠去；
>
> 我彈掉袖口的飛塵似地笑笑
>
> 本來沒有汗的手又洗過一縷涼颼
>
> 我原是從沙漠來的！

　　任「昨天」飄落，任「今天」遠去，這首詩寫得意態悠閒。他說他是「從沙漠來的」，或有感於自身之本就一無所有吧？所以對昨天與今天都不願有所珍惜了，反正自己「原就是從沙漠裡來的，」本就一無所有，還是讓他一無所有吧。消極也消極得那麼恬適，這位詩人真是太可愛了。雖說，這首詩的詩情是消極的，但詩人寫作這首詩的動機，在感慨於自己之不曾存有什麼，因而才消極的想到，既不曾存有什麼，就一任時間逝去算了，連飄落在身邊的昨日的嬌花，也不想保留了。（意味著他曾經發表的詩也不想撿拾了吧？）實際上，也正是詩人之太重視時間的一種消極的積極。像〈除夕〉一首，對於新年嚮往得多麼嫵媚，「1958 年，我的影子，我的前妻，投了我長長的惻酸的一瞥，瞑目去了……但願「新人」不再描伊的舊鞋樣！她該有她自己的——無幫兒無底兒的；而且，行動起來雖不一定要步步颺起香塵——你總不能教波特萊爾的狗主人絕望地再哭第二次。」他是多麼地切望於明年不再似今年；不希望在明年的除夕再絕望的哭第二次了。他在「乘躱」中警惕著：「聰明的，記否一年只有一次春天？」在〈川端橋夜坐〉中，而感懷於「水流悠悠，後者從不理會前者的

幽咽……」。但當他在「刹那」中「一閃地震慄於」他在愛著什麼時，就覺得「心如飛天的鵬翼在向外猛力地擴張又擴張……」由於心的擴張，「永恆——」便刹那間凝駐於「現在」的一點；於是，「地球小如鴿卵，」輕輕地將它拾起，即可納入胸懷。他讚賞刹那間的獲得。的確，捕捉住刹那間的一個閃爍，即可以把「現在」凝駐，完成「永恆」。他對「刹那」都是重視的，自可想及詩人周夢蝶先生之多麼的珍愛他的時間。我對於這首詩的豪情，最為稱賞，而他那詩中的豪情，也毫無狂妄之氣，「永恆——刹那間凝駐於「現在」的一點；地球小如鴿卵，我輕輕地將它拾起，納入胸懷。」這詩句真是輕快得可喜。事實上，藝術家的「永恆」都應該用這種輕快的心情去獲得它；也唯有具備著這種情操的詩人，才能捕捉住「刹那」，把它凝駐於「現在」，完成「永恆」。

　　可以說，周夢蝶的詩，大多屬於品性修養的一類，從我上面舉例的那些有關時間而抒感的詩，即見一斑。我和他相交數年以來，從沒有聽到他指責別人，或埋怨別人；他也不樂於聽到朋友們向他評論別人的短長。記得有一次我拿了一本刊有文人相罵的刊物，我說：「你看看吧，又罵起來了。」他正色地答說：「像這種東西，不要說讓我吞吃它，就是我的鼻子聞到，眼睛都會被刺激得流淚的。」這話給我的警惕最大。所以他的詩，一首一首都寫得像月光一樣的輕柔、冷漠、清逸、雅潔，使人嗅不出煙火氣。克羅齊說：「風格即人格」，這話用於詩人周夢蝶的詩與人，是最恰切不過的。

　　他走臺灣文壇上最有人緣的詩人，正由於他有高尚的品性，豐富的學識，沉凝的氣質，超然於物外的德操，因而贏來文壇上文友們一致竹推崇與愛戴。他武昌街上的「孤獨國」，是文友們最樂於去的一個文藝沙龍——因而是一個不設門戶的文藝沙龍。您可以在他的「孤獨國」中，遇見教授、國會議員、民意代表、文武官員；年青詩人與小說家等人，更是他「孤獨國」中的經常訪客。雖說，他是「孤獨國」的帝王又兼一切臣僕，他的「孤獨國」是如此的「孤獨」，而他並不孤獨，每天，都有訪客到達他

的「孤獨國」。他的國沒有疆界，訪問他的國，無須辦理出入境手續；再說，他也無視於訪者是那一黨那一派（文壇上的黨派）。他絕無領袖的欲望，而他卻是 臺北詩壇上的一位真正的領袖。因爲詩人的聯合國，就設在他的「孤獨國」之內。

——選自魏子雲《偏愛與偏見》

臺北：皇冠出版社，1965 年 8 月

試論周夢蝶的詩境

兼評《還魂草》

◎洛夫[*]

　　在當代的中國詩人中，周夢蝶的思想、情懷、作品的風格，甚至生活方式都是別具一格的。他詩中閃爍著哲思的睿智，也含蘊著廣義的宗教情懷，但通過美學的處理，他的作品只是純粹的詩。在未討論正題之前，我想先就詩的欣賞方法提出一些個人的看法，以作爲探討周夢蝶詩境的一個基點。

　　就詩的欣賞而言，不論傳統詩、現代詩，兩者的精神，內涵，觀念，經驗，意象，以及詩人賴以處理這些因素的特殊技巧容或不同，但欣賞的程序和方法卻是一致的。詩評家或詩人自己經常不忘記提醒讀者的是：一首詩是一個鮮活的有機形體（Organic form）。詩的一組或多組意象，語言，節奏等，必須是各個相關部分的統攝，而成爲一個生命的結構。此一基本認識足以爲任何一個詩評家或讀者提供一個詩在美學上的基礎。如缺乏這種認識，不僅一般讀者會爲文字詞章之瑰麗所炫惑，即使一位評論家也只知把一首詩作屍體的解剖，而不免蒙受「煮鶴焚琴」之譏。因此欣賞一首詩，必須把內容與形式當作一個整體來看，在進行知性的分析時，也不能忽視詩的另一面——詩的感性，故英國詩人柯勒雷奇（Coleridge）認爲詩的批評基礎應建立在「生命原則」（"life principle"）上。

　　詩人的情感、經驗與意象融化爲一整體的結構後，必然具有一種共同的普遍性，但更重要的是詩還須具有一種特質，或許這正是好詩與壞詩，

---

[*]本名莫洛夫。發表文章時爲詩宗社主任委員，現旅居加拿大溫哥華，專事寫作。

平庸詩與偉大詩之分際。詩的特質並不在於詩的民族性或國家性，而在於詩人從自我出發，透過直感，對有限的人生與自然做無限的體悟與投射。基本上，詩既是個人心靈的呈現，也是大千世界的鑑影，所以我們認爲詩唯一的價值乃在「以小我暗示大我，以有限暗示無限」。其實這點，亞里斯多德早就在《詩學》中說過類似的話：「歷史與詩的區別，乃在歷史是寫業已發生過的事，而詩是寫可能發生的事」。「可能發生」即是暗示作用；所以詩實較歷史具有更加嚴肅的哲學價值，而詩的特質也就顯示在這種暗示性中。

中國古人論詩雖沒有人提出「暗示性」這個名詞，但我們仍可找出類似的說法，諸如嚴滄浪所說的「言外之意」[1]，司空圖主張的「韻外之致」等。[2]我們所說的暗示性似乎更接近超現實主義的「想像的飛越」，或禪宗的「機鋒」，是透露人的自性與心靈的神祕經驗的最好方法。但詩中的暗示性如何產生？功能爲何？我想這些該是欣賞詩或分析詩時最重要的關鍵。

一般人讀詩僅讀出文字所產生的約定俗成的意義，這種意義僅包括哲學上某些概念，道德上的訓詁，或情感上的慰藉。他們不能接受現代詩，是因爲現代詩不重視甚至有意忽視文字所給予的有限意義，而著重文字本身所暗示的無限意義。溫賽特（W. K. Wimsatt）所謂：「詩的意義就是文字的意義，但它並不存在文字裡面……它存在文字以外。」正是這個意思。譬如我在一首詩中表現劫後的戰場說：「單單一隻兀鷹／便把天空旋成另一種樣子」。

一個普通讀者讀後就會立刻追問「另外一種樣子」是什麼樣子？這兩句詩的哲學意義是什麼？或在道德上、情感上能給我們什麼好處？事實上他對古詩也是從分析開始，要求詩中的實用價值。他從字面上懂得了「明月松間照，清泉石上流」，認爲這只是寫景，平淡無奇，但他卻忽視了詩中的「天趣」及「韻外之致」，更遑論王維在詩中暗示的人與自然的一種瞑合

---

[1]見《滄浪詩話》解釋「興趣」一詞。
[2]見司空圖〈與李生論詩書〉中云：「近而不浮，遠而不盡，然後可言韻外之致。」

關係。

　　根據個人經驗，對一首詩我們至少可分爲三個層次來欣賞：

　　第一層次——直覺的欣賞（暗示的醞釀）

　　第二層次——知覺的分析（暗示的隱伏）

　　第三層次——知性與感性直覺的統合（暗示的產生）

　　所謂直覺欣賞，可說是一切審美活動的起點，同時也是一切審美活動的終結。換言之，直覺作用是知覺分析的初步工作，也是完成知覺分析的最終目的。就詩而言，直覺乃藉文字的感性而出，正如顏色之作用於繪畫，音符之作用於音樂，是欣賞詩的一種最真切、最直接，朦朧而又清晰的感覺經驗，這種經驗能產生一種本能的快感，大凡我們面對著藝術或自然美景時，都會產生這種不可解說的心靈感應。這時，我們已開始進入欣賞的第一層次。在這一層次上，詩中的暗示性也開始在我們心中醞釀，但尚不能構成一個完整有力的暗示，故我們接著必須進行分析工作。分析時我們的直覺暫時隱藏起來，而讓理性執行任務。這時不論形式或內容，分析都在智力範圍內活動，而進入了欣賞的第二層次。但最終我們分析推理的目的，仍然在使這首詩對我們產生一種直接的真切的感受，一種純粹的完整的審美經驗，不過這種經驗不僅是直覺的，也不僅是分析的，而是直覺與知覺的融合無間，渾然一體。這時——欣賞的第三層次——詩的暗示性才能產生。柏格森（Bergson）認爲：「直覺是出於本能之變爲無目的的企圖，但有清醒的自我意識作用，乃至能使當前的事物發生無限的反應與擴展。」這種說法正暗合了以上所說的欣賞三個層次，也正是對我們所謂的「暗示性」的最好的註釋。

　　以上所提出的對詩的欣賞程序和方法，目的在幫助讀者能對周夢蝶的詩作進一步的欣賞。至於討論周夢蝶的詩境，除了做更深一層的探討外，臺大教授葉嘉瑩爲《還魂草》詩集所作的序似乎是一條很好的線索。序中葉教授首先以 1.陶淵明、李白、杜甫、歐陽修、蘇東坡。2.屈靈均、李商隱，3.謝靈運等三類詩人各個不同的處理情感的態度與方法來說明他們詩

境與風格的互異，繼而分析周夢蝶因他詩中「閃爍著一種禪理與哲思」，但
他也是「一位想求安排解脫而未得的詩人」，故不屬於第一類之「有著對悲
苦足以奈何的手段的詩人」，也不同於第二類「對悲苦作著一味沉陷和耽溺
的詩人」，而根本上與第三類詩人也不盡同；「因謝靈運不得解脫的情感，
乃得之於現實生活與政治牽涉的一份凌亂和矛盾，而周夢蝶不得解脫的情
感，則似乎是源於他內心深處一份孤絕無望的悲苦。」故葉教授的結論
是：「周夢蝶是一個以哲思凝鑄悲苦的詩人」；因他詩中的禪理和哲思確實
有著一份得之於心的觸發和感悟，他雖未能如陶淵明做到將悲苦泯沒於智
慧之中，而隨哲理以超然俱化，但確已做到將哲理深深地透入悲苦之中而
將之鑄為一體了。葉教授的見解至為精闢，卻已抓住周夢蝶世界中的基本
精神。但我們似乎可進一步指出，周夢蝶的詩不僅是處理他自己情感，表
現個人哲思的態度與方法，而更是一個現代詩人透過內心的孤絕感，以暗
示與象徵手法把個人的（小我）悲劇經驗加以普遍化（大我），並對那種悲
苦情境提出嚴重的批評。周夢蝶的悲劇情感，當非源自政治牽涉，甚至也
不是源自現實生活，而是一個現代人「自我追求」，「自我肯定」（ "self-
affirmation" ）而不可得時所感到的一種內心深處的孤絕無告。我們先試提
出〈六月〉一詩來討論，再進而剖釋他的《還魂草》詩集，以便對周夢蝶
的詩境做一全貌的探測。

枕著不是自己的自己聽
聽隱約在自己之外
而又分明在自己之內的
那六月的潮聲

從不曾冷過的冷處冷起
千年的河床，瑟縮著
從臃腫的呵欠裡走出來

把一朵苦笑如雪淚

撒在又瘦又黑的一株玫瑰刺上

霜降第一夜。葡萄與葡萄藤

在相逢而不相識的星光下作夢

夢見麥子在石田裡開花了

夢見枯樹們團團歌舞著，圍著火

夢見天國像一口小蔴袋[3]

而耶穌，並非是最後一個肯為他人補鞋的人

—〈六月〉

　　從這首詩中，我們可以聽出一個孤寂心靈的呼聲，可以看出詩人企圖把世俗中悲苦的自我提升到一種超形體，超個性，使不可能成為可能的境界。詩人的「自我」與「非我」，在某種情況下往往是不可分辨的，甚至互相衝突的，唯有在聽到自己心靈的獨白時才會發現自我的存在。「六月的潮聲」可能暗示詩人情感的激盪，慾念的衝動，或自我意志覺醒時的呼喚。但不論是什麼，這種隱約在自己之外，而又分明在自己之內的心靈的獨語，只有使人陷入更深的悲苦中。六月居然很冷，而且降霜，這頗有李白詩中「五月雪中白」的誇飾趣味，不同的是李白以它來襯托「山花異人間」其所異的氣氛，而周夢蝶的「六月」顯然不是季節上的六月，而是心中的六月，其冷處乃由內心冷起。這種矛盾語法的運用更加強了詩人「自我」與「非我」（自然）矛盾衝突之處，且益見其詩境之不凡。詩中的「潮聲」，「千年的河床」，「又瘦又黑的一株玫瑰刺」，「葡萄與葡萄藤」等可能都是詩人自我的象徵，不過詩人已把這些「自我」象徵客觀化，意象化了，並企圖使自我的悲苦得以超越，在夢中獲得補償——使麥子在石田裡開花（這可能是引用聖經上的寓言），使枯樹重生，圍著火歌舞。最後作者

---

[3] 小蔴袋，「巴黎聖母院」女主角之母「女修女」之綽號，曾為娼。

再次運用矛盾語法把「天國」之大與「蔴袋」之小兩個矛盾意象併列一起而產生一種更為強烈的暗示，暗示卑賤的意義（見該詩原註）與崇高聖潔的意義在詩人的世界中是相等的，而達到佛家無我無相的「比量」境界，或莊子的「齊物」境界。因此為世人犧牲自我得以超凡入聖者不僅限於耶穌，或不僅限於某一宗教，這正是周夢蝶作為詩人具有的廣義宗教情懷。

　　許多評論家都認為文學中最高的境界之一是由悲劇情感所產生的境界；現代文學的特質也強調對人的孤絕，迷惘，困境做赤裸裸的表現。其中的大師如加繆，卡夫卡，喬埃斯，福克納，海明威等都曾在文學中提出這些嚴肅的問題。所謂悲劇，並非一般所說的「苦戲」，而是指極度嚴肅的，超乎個人的恐懼與憐憫，對人生及整個宇宙的澈悟。由於各民族的文化，各時代的精神不同，表現悲劇精神的文學形式也不一樣。例如源自古希臘的西洋悲劇，不是英雄個人與命運的衝突而產生悲劇，就是悲劇主角在冥冥中受到命運的擺布毫不自知，當發現自己一直在受著無形力量的主宰時，他已陷入悲苦而不可自拔。但中國是一個講「天命」，講「道」的民族，個人面對巨大的自然力量時，唯一處理的態度是屈服認命，這種態度的結果，一則形成了與自然妥協而使兩者產生和諧的關係，這就是儒家「天人合一」的思想。一則是企圖超越自然的壓力，而把自我提升到一種無我無物，澄明自如的境界，這就是老莊與佛家的思想。所以中國文學中一直沒有那種衝突式的悲劇經驗。但中國人仍具有一種崇高的悲劇經驗，而以另一種方式來表達這種悲劇的嚴肅效果，這種方式就是詩。

　　我們發現中國詩中往往以時間不可抗拒的無限流動，與空間浩瀚無窮的運化來暗示命運的力量；這種命運沒有人格意志，巨大無比，超乎任何個人之上，但它如出之以詩的形式，則產生的不是衝突式的，而是觀照式的，靜態的悲劇。所謂「靜態的悲劇」，實際上在歐洲 19 世紀末即有某些文學評論家與戲劇家倡導過，他們主張取消悲劇中的動作。比利時名戲劇家梅特林克（Maeterinck）認為：「生命中的真正悲劇是一切驚險，悲哀和危難都消失後才開始的。」「只有純粹的完全的由赤裸裸的個人孤獨的面對

無窮大的宇宙時才是悲劇的最高興趣。」因此，悲劇經驗最高的表現並不在於死亡與痛苦，而在「自我隔離」後所感到的「存在的絕望」（"existential despair"）。

在中國古詩中，表現這種靜態悲劇的作品甚多，如杜甫名詩〈八陣圖〉——「功蓋三分國，名成八陣圖，江流石不轉，遺恨失吞吳」[4]與王維的「大漠孤煙直，長河落日圓」都是最好的例證。前者表現出歷史中一個大英雄功名勛業的消長，王國的崩潰，山河的變易，人生的遺恨……後者則暗示個人面對邊遠孤寂的景色，聯想到戰地狼煙未熄，悽苦中征人的命運如長河上的落日，美而悲傷，不可預測。這兩者因風格不同，表現技巧互異，故杜詩在通過歷史事件反映命運，王詩在通過當前美的意象，企圖超越命運；杜詩側重表現，王詩側重暗示。周夢蝶的詩也正是以暗示手法來表現中國詩的特色——靜態的悲劇。這種悲劇經驗的價值乃在以有限的事物來暗示無限宇宙中生存的意義，使我們能從深切的孤絕中感悟到生命的嚴肅性。

依然覺得你在這兒坐著
迴音似的
一尊斷臂而又盲目的空白

——〈空白〉

詩人自我不是一個存在的實體，是虛無，是一段空白，這是現代人悲劇的獨白，且無人訴說，詩人只好把他的苦煩，說與風聽，說與他自己的空白聽。

已離弦的毒怨射去不射回
幾時纏得逍遙如九天的鴻鵠？

[4]引用陳世驤教授作〈中國詩之分析與鑒賞示例〉一文中之例證。該文刊於《文學雜誌》第4卷第4期

總在夢裡夢見天墜
夢見千指與千目網罟般落下來
而泥濘在左，坎坷在右
我，正朝著一口嘶喊的黑井走去……

——〈囚〉

　　這是詩人自囚的憤慨！想從悲苦中超脫而不可得，「泥濘」與「坎坷」（命運）反而將自我推向「一口嘶喊的黑井」中去，推向虛空中去。現代哲學家希望在虛無中找回人的價值，重獲人類業已失去的自由，但詩人的感歎是：「幾時纔得逍遙如九天的鴻鵠？」像這種自苦的詩心與佛心，這種非理性中透露的理性，這種從冷凝的冰雪中閃爍的火花，這種全人世，全宇宙的悲哀（Cosmic　sadness），這種在自我悲苦中所雕塑的一座孤絕紀念碑，在周夢蝶的詩中無所不有。對作者來說，他固然未能從悲苦中獲得超脫，但對讀者而言，因詩中負荷著絕大的人生悲苦，讀後反而能產生一種澄清作用。（波特萊爾的詩即具有澄清人類邪惡的效果。）他的〈六月〉（第二首），〈菩提樹下〉，〈燃燈人〉，〈孤峰頂上〉等詩都為這種「澄清作用」做了有力的詮釋。

　　影響周夢蝶思想最深而又在詩中表現得最透徹的是佛家的禪宗和老莊思想，但他的禪趣與哲思大多是以完整的意象暗示出來。嚴格說來，他詩中的禪不一定就是佛家的禪，可以說是一種妙淨圓明的自性的覺醒，是一切相反相成，一如一元的神祕經驗，有時甚至是源自 潛意識。前面我們已提到，中國詩人最重視「言外之意」，「韻外之致」，亦即由語言與意象所引發的想像的無限延伸。這種想像的延伸即產生了暗示作用，而禪理完全由暗示中悟出。中國詩評家以禪喻詩的首推嚴羽，他說：「禪家者流，乘有大小，宗有南北，道有邪正，學者須從最上乘，具正法眼，悟第一義……論

詩如論禪。」[5]禪宗的詩捨棄語言與形象而重視語言之外的無限想像，這就是嚴羽所謂的第一義，也就是「夫象以盡意，得意則忘象；言以詮理，入理則言息……」的道理。[6]禪家認為我們能悟妙理，是依靠人的自性圓融，直觀自得，而不是靠邏輯推演，或習慣用的語言符號所能表現的。其實，自性與直觀就是美學上所講的潛意識與直覺，故表現禪理的詩都只透露消息，道其髣髴，雖明澈但不可全解的詩。周夢蝶的詩中幾乎都有一種精微妙諦，禪的機鋒。例如：「是水負載著船和我行走？抑是我行走，負載著船和水？」（〈擺渡船上〉）這不正是佛家六祖得道時「風動幡動」的話頭嗎？至於「凡踏著我腳印來的，我便以我，和我的腳印，與他」（〈還魂草〉），「我的七指咄咄喧唓著，說你是空果，我是果中未灰的火核」（〈虛空的擁抱〉），「說火是為雪而冷的，那無近遠的草色是為誰而冷的？宇宙至小，而空白甚大，何處是家？何處非家？」（〈絕響〉），「伊人何處？茫茫下可有一朵黑花，將你，和你的哭泣承接」（〈天問〉），「當你淚已散盡，每一粒風沙，齊禪化為白蓮。你將微笑著，看千百個你湧起來，冉冉地，自千花千葉，自滔滔的火海」〈尋〉，「隔著因緣，隔著重重的流轉與流轉——你可能窺見，那一粒泡沫是你的名字？」（〈托缽者〉）「自灰燼中走出，看身外身內，煙飛煙滅」（〈囚〉），「我在那裡？既非鷹隼，甚至也不是鮫人，我是蟑螂，祭養自己以自己的血肉」（〈六月之外〉）……等這些詩句，我們從中讀到的不是文字，也不是文字背後的意義，不是觀念，也不是思想，而是只能感悟不能解說的禪境，一種超現實的詩境。

　　禪機必須付託於意象才能稱之為禪詩，雖然意在象外，理在言外，但唯有透過意象，讀者才能在詩中深切體悟到「覺性圓融」的機鋒，如在詩中說禪論道，就落言詮了。如「當你來時，雪是雪，你是你，一宿之後，雪既非雪，你亦非你」（〈菩提樹下〉），「想月在月中窺你，你在你與非你中無言，震慄」（〈尋〉），即近乎邏輯的推理。古人以禪入詩，並不主張禪就

---

[5]見《滄海詩話》中之〈詩辯〉。
[6]見《高僧傳》所載道生語。

是詩，禪可以爲詩的一種境界，但不是詩的本體。在中國古詩中，我們可以發現一種禪詩，一種詩禪，前者的本質是詩，後者的本質是禪。陶淵明的「往燕無遺影，來雁有餘聲」，這是禪詩，但「人生似幻化，終當歸空無」，卻是詩禪。杜甫的「水深魚極樂，林茂鳥知歸」，「水流心不競，雲在意俱遲」，這是禪詩，但「王侯與螻蟻，同盡隨丘墟，願聞第一義，回向心地初。」這是詩禪。時下有許多青年詩人喜在詩中「說」禪，而結果禪只是口頭禪，詩只是下乘詩，如載於《現代文學》第 35 期〈回首，皆空〉一詩集是這種例子。

　　周夢蝶在詩中暗示禪機經常使用的意象是「蝴蝶」、「雪」、「火」，而出現最多的爲「蝴蝶」。「蝶」本爲莊子寓言中所用的意象，事實上周夢蝶在詩中也曾採用莊子「秋水」，「逍遙遊」中的哲思發展爲個人的詩境，但「蝶」在他的詩中往往轉化爲一種禪的暗示，有時爲具象的自我化身，有時又成爲抽象的非我的幻境，例如：

第二度的，一隻不爲睡眠所困的蝴蝶

——〈六月〉

像蝴蝶，你翩躚著自風中醒來

——〈駢指〉

他裝作不認識我，說我愚痴如一枚蝴蝶

——〈晚安，小瑪麗〉

像一片楚楚可憐的蝴蝶
走在剛剛哭過的花枝上

——〈關著的夜〉

當你手摩我頂

靜似奔雷，一隻蝴蝶正為我

預言著一個石頭也會開花的世紀

—— 〈燃燈人〉

死亡在我掌上旋舞

一個蹉跌，她流星般落下

我欲翻身拾起再拼圓

虹斷霞飛，她已紛紛化為蝴蝶

—— 〈六月〉

　　在這一節詩中，「蝶」成為死亡的象徵，不僅以它來美化死亡的恐懼感，且以它來暗示生命的超脫。其實像「蝶」、「蓮」、「白雲」、「流水」、「星辰」、「月亮」、「花朵」等本來都是具有高度感性的意象。感性意象既抽象而又具體，即富空間的延展性，使用得宜，頗有助於詩中「言有盡而意無窮」效果的加強，但因使用太濫，易使讀者產生「固定反應」，反而形成詩的僵化。這些用俗了的意象在周夢蝶的詩中卻能做新的安排與定位，而轉生為一種新的意義，如：「在純理性批判的枕下，埋著一瓣茶花。」這也是他詩中的另一特色。

　　我們發現周夢蝶運用暗示以表現禪的神祕經驗最多也最為有效的技巧是「矛盾語法」（"the language of paradox"）。所謂矛盾語法就是一種似非而實是的說法。老子說：「禍兮福所倚，福兮禍所伏」，就是最佳的例子。耶魯大學教授勃魯克斯（Cleanth Brooks）在「詩中的矛盾語法」一文中認為詩語言的特色就是矛盾語法，而詩的力量也是來自意象的矛盾情境。[7]他並引用華滋華斯的話說：「矛盾情境旨在於平凡生活中選擇事物與情境，但卻要對這些平凡事物加以新的安置，使其以一種不平凡的景象呈現於讀者心中。」矛盾語法確能使詩產生「此中有真味，欲辨已忘言」的效果，從荒

---

[7]見夏志清教授譯〈詩裡面的矛盾語法〉一文，載於今日世界社出版之一《美國文學批評選》。

謬的情境中現出真境，從矛盾中發現和諧。

　　誰能於雪中取火，且鑄火為雪

　　　　　　　　　　　　　　　　　　——〈菩提樹下〉

　　縱使黑暗挖去自己的眼睛
　　蛇知道：牠仍能自水裡喊出火底消息。

　　　　　　　　　　　　　　　　　　——〈六月〉

　　在未有眼睛以前就已先有了淚

　　　　　　　　　　　　　　　　　　——〈二月〉

　　自你叱咤著欲奪眶而出的沉默中

　　　　　　　　　　　　　　　　　　——〈虛空的擁抱〉

　　我鵠立著。看腳在你腳下生根
　　看你的瞳孔坐著四個瞳仁

　　　　　　　　　　　　　　　　　　——〈一瞥〉

　　以上都是周夢蝶詩中矛盾語法的典型例子，這些詩句中都存在著兩種或兩種以上的抗力，由不和諧的因素組成一種新的和諧秩序。這些矛盾語法最大的功能乃在使讀者對陳舊的熟知的世界獲得一種新的認識和驚奇的發現，或如柯勒雷奇所謂：「予日常事物以新的美感。」在歐美詩壇，象徵派及超現實派詩人都善於利用這種技巧來加強詩中的戲劇效果。

　　縱觀周夢蝶的詩，不論是意象的經營，文字的提煉，生命的體悟，詩境的把握，暗示手法的運用都有其獨到之處。他詩中的悲劇經驗是源自人的自性，他詩中的禪理哲思是透過自我的感應，尤其重要的是知性與感性在他詩中能得到適切的融合，不如浪漫派詩之令人生膩，也不像意象派詩

之令人感到單調。在深討過周夢蝶詩的特質與詩境，並進一步分析過造成
這種詩境所運用的特殊技巧之後，我們發現果如葉嘉瑩教授所言，他詩中
有著一份遠離人間煙火的明淨與堅凝。就詩本身而言，「心靈之境」本爲詩
人追求詩的純粹性的根源，但做爲一個現代詩人，其心跳與脈搏自應與時
代和現實相呼應，在紅塵中求佛，固爲實證的最高手法，但如一個詩人既
具詩心，也具佛心，既有心眼，也有人眼，以更爲廣闊的胸懷，從生活經
驗中以新的感覺之網去捕捉新的詩材與詩境，也許更能增加詩的廣度與風
格的變化。至於周夢蝶詩中的語言，因許多是採自中國的古詩詞，缺乏一
種現代生活的節奏感。葉教授雖譽爲鎔鑄成功，但像「山翠滴滴入望」，
「榴花照人欲焚」等句，可能影響意象的鮮活。我覺得現代詩人用生活的
語言較用文學的語言更能表現現代人的精神，豐富詩的生命。

——選自《文藝月刊》第 2 期，1969 年 8 月

情采傳統・低調現代的周夢蝶

◎蘇其康[*]

　　以往的田園生活再好，我們都會矢口同聲的說：讓陶淵明、王摩詰享受去好了；清談名士之風再瀟灑，我們也不會遲疑地獻給嵇康、阮籍等作為了事。因為現在，我們有自己的生活方式，我們置身於商業社會的衝擊，工業社會的挑戰，可是動脈中仍然流著農會社會血液，甚至還呼吸著苦難中的父兄同胞親情的空氣。單單後面兩項特色，已使詩不可能是傳統的詩了。

　　而今，自由中國現代詩壇中的人物，不是過分附會西方文明的現代（腐朽和衝勁）精神——譬如夏菁，就是一再吶喊、呼號浪流的孤獨人——譬如主張詩要真摯的紀弦。但是，讀者煞費苦心也找不到肯接受現代的挑戰，而又意識到歷史包袱，或者歷史秉賦的詩篇。在英美現代詩人中，我所較熟知的兩位巨人，葉慈和艾略特卻敢於走上這條崎嶇巉巖之徑，同時又獲得相當的成就。至於我們的詩壇，只能這樣猜想：這種詩，在發揮和拗鍊中，或者，詩人在猶豫舉步中。比較常常提起的名字當中，我注意到周夢蝶有一份潛力。就是說，他頗能把握中國詩的特質，而以現代的肺葉呼出；他的弱點，卻在撥出低調的現代，而非奏起現代的高潮。

　　這篇短文，不擬對周先生作任何評價（因為這樣，我還需研究多幾個熟稔和陌生的名字）。旨在介紹他有跨過傳統的江河，踏上當今田疇的實力。首先要指出，他的詩，是古典詩新寫法。所謂古典詩，是指注重意境，側重抒情的傳統詩；新寫法除了是用現今的句法表達，也包括為一般

---

[*]發表文章時為中山大學外國語文系教授，現為文藻外語學院校長。

現代詩人注意到的修辭技巧，和成分不高的現代（生命的）觀點的處理和題材。

意境兩字本身爲佛家語，用來形容周夢蝶的詩，可說相得益彰：

悠悠是誰我是誰？
當山眉海目驚綻於一天暝黑
啞然俯視：此身仍在塵外。

——〈聞鐘〉

在第二句中，山和海的擬人化，使得句法有山和海「啞然俯視」之姿，而事實上，是「我」「啞然俯視」。庵普生（W・Empson）在他的《曖昧意義七種舉隅》（*Seven Types of Ambiguity*）書中指出，這是屬於第二種：把兩種或更多的義味糅合爲一。更準確一點，這種用法是羅斯金所謂的「鍾情的謬誤」（"Pa-thetic Fallacy"），把無情之物賦之以情和感觸。因此加強了「啞」態，使「悠悠」變調而延長。再如：

藍淚垂垂照著
回答在你風圓的海心激響著
梅雪都回到冬天去了
千山外，一輪斜月孤明
誰是相識而猶未誕生的那再來的人呢？

——〈囚〉

都是純粹中國的意境。唸中國詩，抒情的都發自一種平淡的語調，從不激動中抖揚各種情感，少有呼天搶地的譁眾取寵；所以悲涼的意境，脈脈的含情，更顯其含蓄得可愛。事實上，中國人的感情，是內心的，而

誠，而明，而延續，不像西方人士之多突發突止。這點，在周夢蝶有死的
意象的詩行裡頭，有頗為淋漓的闡發：

> 多少死纏綿的哀怨滴自劍蘭
> 滴自鬱金香柔柔的顫慄
> 而將你底背影照亮？
> 海若有情，你曾否聽見子夜的吞聲？
> 天堂寂寞，人世桎梏，地獄愁慘
>
> 何去何從？當斷魂和敗葉隨風
> 而上，而下，而顛連淪落
> 而奈河橋畔。自轉眼已灰的三十三天
> 伊人何處？茫茫下可有一朵黑花
> 將你，和你底哭泣承接？
>
> 天把冷藍冷藍的臉貼在你臉上
> 天說：又一株蘆葦折了
> 它將折向恆河悲憫的那一邊？

──〈天問〉

　　以懷情投影在海的身上，一則說明之後，一則點出無可奈何之境。至
於「顛連淪落」，最後三個字的部首，或從辵或從水，都有動的暗示，內涵
外意都有其情未得安所之意，但有語態仍然是平淡的，更顯其憂苦。這種
境界，可以比照東坡詞的：「料得年年腸斷處，明月夜，短松崗！」就更加
看得出有傳統詩的氣韻。雖然詩中人憂苦，更不幸的，他還察覺出天地無
情，「天把冷藍冷藍的臉貼在你臉上」，到這兒，氣氛完全成功。不過隨下
的一句：「天說：又一株蘆葦折了」作者企圖把氣氛變為複雜──從述者口

中引述天所說，再傳遞給讀者，顯然動機和結果的距離拉得蠻長。前面一句出自述者的觀點，到「天說」，觀點移轉至另外一個第三者（中性的第三者），再下一句，觀點又回復到先前的述者。層層疊疊，轉轉折折之後，有點破壞了本來的氣氛。

在修辭上，除非作者有足夠的理由去鑑定，輕易不肯把觀點（人稱）移動，否則就犯忌，破壞結構的完整。在這詩節當中，作者掉之以輕心的犯了觀點漂移（Shifting of point of view），但沒有使整節達到複雜化的戲劇效果。我們或可建議，把「天說」改為「聞說」或「據說」，如此，觀點不動，語調氣氛也就平滑得多了。不然的話，還有一折衷辦法：就是把末二句括起來，利用標點符號表明那兩句與全文有引伸關係，這樣既不犯禁，亦無損原作。

至於所謂作者用現代觀點處理題材，見諸「它將折回恆河悲憫的那一邊？」以現代生活來說，是在繁雜、挫折、猶豫中，一個敏感的心靈便會提出問號，為什麼不走向和諧？而雜亂又有什麼意義？這種永恆的問號在現代社會中非常明顯，我不願在這裡直扯上現今文學中追求意義的問號，但引句的問話，不只是修辭的技巧，更是一種現代精神（縱然並不很強烈）的流露。

作者的詩中，讀者可以找到很多的修辭問話。文句的反覆重現，可以形成一種情調和氣氛，歌謠和曲都是最好的說明；同樣，修辭問話一再重現，也有相同的效果。作者的詩篇，常常有某種氣氛的存在，而這種技巧就是原動力之一。我們看：「為什麼悲喜總與意外相約？」（〈一瞥〉）原意不變，句法改成：悲喜總是與意外相約！語態和氣氛就差多了。同詩最後三行：

在狹路盡頭。當你驀然回首
月光下有霧
霧外一片空碧……

又再證實了我說的,他有古典詩的意境。不過,我用古典兩字,同是包括了詞藻精緻的含義。的確,作者的用字,相當經濟。

> 問去年今日,還記否?
> 花光爛漫;石亭下
> 人面與千樹爭色。
>
> ——〈落櫻後,遊陽明山〉

當然,起碼在第一句的地方,可刪滅「問」、「還」兩字,但是,剩下來的,還有像詞的旋律嗎?而:「任枯葉打肩,霜風洗耳」(〈燃燈人〉)不獨精簡,不含糊,還有音樂性在裡面。比對之下:「扣答你底弘慈/曾經我是靦腆的手持五朵蓮花的童子」(〈燃燈人〉)就相形見絀了。大體的說,他的詞藻算得上精簡。

優美的詞藻,往往囊括了意象和象徵,音響和韻律。要意象活潑,先要文字清新,周夢蝶的文字就是費過心思的:「為什麼不撒一把光/把所有的影子網住?」(〈你是我底一面鏡子〉)

他的「鞋子」、「船」和「三角形的夢」的意象,都是很新鮮的:

> 負載著那麼多那麼多的鞋子
> 船啊,負載著那麼多那麼多
> 相向和相背的
> 三角形的夢。
>
> ——〈擺渡船上〉

他用的比喻,更有外延的力量,如前面引過的:

那些記憶：有如兩株攀生的樹
生生給撕散劈開了的

在狹路盡頭。當你驀然回首
月光下有霧
霧外一片空碧……

——〈一瞥〉

　　綜合來說，無論他的詞藻如何用法，意象的新穎，甚至在不同詩中屢現的象徵，如「立」、「千」、「弓」和「蝴蝶」，都離不了他要表達的一番現實的低調。假使讀者願意追向沖虛悲涼的意境的後面，就會遇上：

宇宙至小，而空白甚大
何處是家？何處非家？

——〈絕響〉

何所為而去？何所為而來？
這世界，以千面環抱我
像低回於天外的千色雲影
影來，影在；
影去，影空。

——〈圓鏡〉

　　對現象世界，詩人已提不起勁去迎戰，語調的低沉，使人懷疑這是否以為詩人的天鵝哀歌（Swan-song）？

早知道相遇底另一必然是相離
在月已暈而風未起時

便應勒令江流回首向西
便應將是嘔在紫帕上的
那時愚癡付火。自灰爐走出
看身外身內，煙飛煙滅。

——〈囚〉

　　要是把相類形式的詩，當做是一個失意人的戀歌，就低估了詩中的意
境，因為我們可以發現，還有另一層意義在其中：

一番花謝又是一番花開。
想六十年後你自孤峰頂上坐起
看峰下，之上之前之左右
簇擁著一片燈海——每盞燈裡有你。

——〈孤峰頂上〉

　　雖然有老練的語調，碰上「烈風雷雨魑魅魍魎」，「……以猙獰而溫柔
的矛盾磨折你」（仝上）——後面一句，作者又再顯露他的現代手法，他用
的是修辭學的正反對照（Oxymoron）。這種手法是浪漫詩人最愛用的，如
華滋華斯的「痛養的快感」（"achingjoys"），濟慈的「冰冷的田園」
（"coldpastoral"）。本來這種技巧不能算是新批評所力主的詩之矛盾
（paradox），但全句卻沒有矛盾詩句的「張力」的效果——詩人就把「蝴
蝶」的象徵用起來，像莊周的夢蝶之物化，他要託化為「燈」，回到輪迴的
想像裡，因此，在最後關頭，他做起現實的逃兵來。所以周夢蝶的現代詩
是低度的現代。
　　假如現代文學是有（現代）生命感的文學，周夢蝶的詩無疑絕不應以
「何處是家？何處非家？」這階段而自滿，而裹足不前。在技巧而言，他

的成功實在相當可觀，上追詩詞之境；而能夠把握傳統詩的精髓，亦即意味他有使中國現代詩迥異於西洋詩面貌的能力，下一步值得考慮的：要不要（如果要，又怎樣去）以農業社會後裔的血肉之軀，與色迷的五光和壓倒性的龐大機器搏鬥？

And what rough beast it's hour come round at last,

Slouches towards Bethlehem to be born?

——W. B. Yeats,　"The Second Coming"

——選自《臺大青年》1969 年第 4 期，1969 年 11 月

鳥到青天倦亦飛

管窺周夢蝶的詩境

◎陳玲玲*

弁言

　　一向患有「自我過敏症」的詩人周夢蝶先生，去年九月中被筆者逮住，誘逼他追溯創作《孤獨國》、《還魂草》時的心境和背景，並對其內容和詩觀作一番剖析。在「金太陽」七個晚上（6～9 時）的口述猶不足，繼而又在他所寄居的達鴻茶莊之倉庫（前武漢旅社）的小閣樓上，焚膏繼晷，幾忘寢食。由口耳到筆墨，由切磋到琢磨，這近百日以來，筆者加之於夢蝶先生的，無疑是一座煉獄；正如他借用俄國短篇小說家契訶夫來形容自己的兩句話：「嫌惡的，第二次，檢討自己的生命！」

　　無可諱言，這篇文字是極「斯芬克斯」的，閃爍於論述和小傳的兩個焦點之間，這是才拙的筆者所難於控制、難於照應周全的地方。因此秉筆時，誠恐誠惶的心情，是在所難免的了。

　　聽夢蝶先生用「三量」——現量、比量、非量——概述他的詩觀，是一件新鮮的見識。雖然這兒所謂「三量」，與佛家不盡相同，但若用來作為開啟夢蝶，以及其他詩人作品的鑰匙，我想，有時候，還是有其助益的。

　　在平時，吾人看事物，往往會受到感情的、思想的、社會倫理以及風俗習慣等等的影響。這些都是由「分別心」滋生出來的「偏計所執」。而在分別心尚未萌發之前一刹那，如明鏡當胸，纖塵不立，即是現量境界；粗

*臺北藝術大學戲劇學院劇本創作研究所副教授。

淺的說，叫做「第一印象」。茲以〈朝陽下〉第一段爲例：

給永夜封埋著的天門開了
新奇簇擁我
我有亞當第一次驚喜的瞠目

「永夜」是黑漆漆的，尙無是非好醜之別；「新奇」乃見所未見，聞所未聞；「亞當」是上帝以外第一個人，故無分別心，第一次張開眼來，看到什麼，便是什麼。我們「假定」這就是所謂「現量境界」，或相似於現量境界。能不能「證入」或「悟入」此種境界，與能否成爲一個優異的詩人，具有決定性的因素。梁啓超受佛教思想影響而著的「慧觀」，便是對此種境界的嚮往與讚歎。這當然不是一件容易的事。每一個人都有他的盲點。

現量境界是絕對的，經驗的，不可思議的；而「比量」，則屬於相對，且帶有很頑固偏頗的主觀色彩。嚴格的說，古往今來，純粹切合現量境界的詩，是沒有的。不得已而求其次，古代的，像李白〈靜夜思〉，陳子昂〈登幽州臺歌〉，黃巢〈詠雪〉的打油詩；近代的，像夏菁：「每到秋天，所有的楓葉都想起了我們。」像葉珊：「你的眼睛是西半球，翩翩的西半球。」以及吳望堯〈創作論〉的末二行：「我背泰山而立，有風雲起自腦後。」……像這一類直抒胸臆，不假雕琢，或工巧而不失自然的作品，我們能否借來作爲現量境界的詩底代替品呢？我不知道。真的，我不知道。

要證入或悟入現量境界，最低的要求，要能破「我執」。你能破多少，就能證多少。破得越多越好。

我們絕大多數人，都在善惡啦、利害啦、恩怨啦等等紛歧複雜千差萬別的「比量境界」裡打轉。因此而引發出來的所謂文史科哲等種種文化學術思想，自亦不能例外。

有沒有一種人，他的精神境界，既不屬於比量，又不同於現量的？有。第一，情人；第二，瘋人；第三，詩人。情人眼裡的世界是溫馨而美

麗的；瘋人眼裡的世界卻極悲慘。前者可以彼德奧圖主演的《夢幻騎士》，後者可以周樹人的小說《狂人日記》為證。至於詩人，詩人又如何呢？

有人說：詩人都帶幾分預言家的氣質；又有人說：高僧修道不成，來世投胎，就成了詩人。但是，也有人說：詩人，這不祥的動物！假如不是烏鴉，也準是蟋蟀或蚯蚓，夜鶯或貓頭鷹變的……。

這三種人的感受能力都特別敏銳，因之，他們的想像能力也特別發達。同樣寫「夜空」，像管管：「美麗的夜，有很多的眼睛。」像瘂弦：「月亮是一個大西瓜，每一顆星都是一顆糖呵！」不消說得，這樣的詩句，任誰讀了都會歡喜的。但是，像西班牙某小說家兼詩人（忘其名）寫的什麼：「天空是一張青石板砌成的巨床；那星星，那亂眨眼的星星，是一隻隻自床縫裡爬出來，爬進去又爬出來，怎麼也睡不著的臭蟲。」這就未免太過於荒誕，刁鑽，而匪夷所思了。我們把這一類的詩作歸入「非量境界」。

一首詩不能沒有警句。警句有兩種：一種是想法特別，一種是說法特別。詩中若無警句，就不成其為詩，是散文。警句十之八九，都是非量境界。非量境界是想像的飛躍，但絕非漫無約制；這分寸很不容易掌握。

現量境界是根本。若能證入或悟入此種境界，則中外古今大智慧家的言語都是我的「注腳」。「丈夫自有沖天志，不向如來行處行。」這種幾乎高不可攀的境界，我們眼下縱然沒有這能力，但不可沒有這抱負。

下面擬就周先生已出版的兩本詩集：《孤獨國》與《還魂草》，作一粗略的介紹。

甲、孤獨國

「孤獨國」創作於民國 42～48 年間，是夢蝶早期的作品。因作者當時與外界接觸少，自己一個人塗塗抹抹，詩理論方面的書讀得尤其少，又不懂外文，當然更說不上受什麼現代文藝思潮的影響了。

這期間的作品，技巧皆甚平直；因乏實際的生活體驗，內容多訴之於「概念」和「想像」。諸如表現泛神思想的〈消息〉，汎愛觀念的〈向日葵之醒〉，以及慨歎人間世，物無全美，有得必有失的〈乘除〉等等，皆屬

之。而在「無題之一」中，作者想像自己是個曾在情場上播下孽種的人——「20 年前我親手射出去的一枝孽箭，20 年後又冷颼颼的射回來了。」他無言的承受他應得的懲罰。這種對「罪」或「孽」的感受，實際上是作者在現實生活中一些小歉疚的擴張，它的涵義是極其廣泛的。

夢蝶歡喜用典，尤其歡喜用宗教方面的典。回教的、基督教的、佛教的，只要是能替他說話的，他都細大不捐，一體搬運到詩中來。至於它們誰是真理？誰是生命誰是路？那是屬於另一個層次。他從不作任何指陳、抑揚與褒貶。

不管作者怎樣善於用「慧觀」來自我安慰，但在內心深處，依舊不能自己的充滿對生命之無常的悲歎。本集這一類的例子不多，最顯著的是〈川端橋夜坐〉。其次，如〈索〉、如〈讓〉、如〈徘徊〉、〈在路上〉諸首，想法都有些接近，雖然說法顯得溫和多了。〈第一班車〉是這一階段詩作中較「擺架子」的一首。當時夢蝶對現代詩所知尚淺，有次他向余光中請益，他問：「一首好的現代詩應該具備那些特色？」余答：「美，加上力。」當天晚上回去，就寫了這篇東西。那時，他在師範大學對面，跟另外兩位退役軍人（也是擺書攤）合租了一間房子。像康德一般準時，他每天早上六點鐘，搭乘第一班 3 或 15 路公共汽車，從和平東路出發，到市中心來擺攤子。這詩，在造句遣辭方面，雖不無堆砌鋪排誇張之嫌，但大體說來，仍不失為一首「力」作，一首「可喜的例外」。半個月後，在《公論報》刊出時，居然登在第一篇（在吳望堯與黃用之先）。這對他，簡直是一聲晴天霹靂。而我們這位詩人，尚未習慣燦爛的陽光，一向不敢為天下先的狷者，竟因此而戰戰兢兢，惶愧不安了好些日子。

夢蝶歡喜用典，已蔚成特色。《還魂草》出版後，因作者佛學鑽研日深，這方面的典故也相對的增加。但這並不等於說，他的人與思想也都跟著靠過去了。正如鄭振鐸在《飛鳥集》譯序中所說：「詩人是人類的兒童」，「了解生命，而能說出生命本身的」：與絕大多數狹隘篤定不折不扣的宗教崇信者不同。詩人的宗教，雖亦有其智性，卻更富於感性；閃爍而飄

忽，有時候，甚至子矛子盾，將信將疑。換言之，詩人的思想，是蟬蛻於火燄裡的鳳凰；而不是寒潭中的月影。思想家坐著思想；詩人飛著思想。

乙、《還魂草》

第一輯：山中拾掇

民國 48 年某月日。在夢蝶書攤旁邊賣刀叉的呂品先生，忽然跑過來對夢蝶說：六張犁公墓需要人看守，工作很簡單，只要晚上睡覺不關燈就成。「一日三餐我給你送來，每月還有一百五十塊零用錢。」呂先生說：「我覺得你很好靜，又歡喜讀書，真是再適合也沒有了。要不要明天一道去瞄瞄，住一夜試試看？」

第二天下午 5 點多，帶了水壺麵包，他倆到了山上。山上孤零零的只有一間房子。門前一眼望過去，荒塚纍纍，除了滿天斜陽，滿地蓑草，就只有高高低低不計其數的墓碑，在蒼然暮色中兀立，沉默。

夜黑山幽。說靜卻不靜。門一關，風聲颼颼，髣髴時會有人推門進來；又有野狼嗥叫，彼落此起；使得「我們的濕人」只好楞著眼睛，一邊默誦心經，一邊嚼味八指頭陀「山鬼解談詩，虛窗生綠影」的句子，直到天明。

不用說，這個任期特短的工作，當然是辭謝了。但是，這一夜無眠，驚心動魄的特別經驗，詩思卻像火花一般迸發了出來。第二天中午回到臥龍街，在之後的兩三個星期內，陸陸續續鑄成短詩四首，除〈朝陽下〉而外，尚有〈枕石〉（未收）、〈守墓者〉（二首錄一）。後來又把性質相近的，如：在新店溪坐擺渡船，在松山寺等車時「聞鐘」，在仁愛路口風雨中瞻仰霸王椰子……那幾首「即興小品」，也逗攏來結為一輯，名曰「山中拾掇」。

此輯各篇，仍以冥想成分居多，意境空靈，節奏輕快，是作者的「白菊花主義」階段。其中唯一寫得很吃力也比較費解的，是〈守墓者〉這一首。

是第幾次？我又在這兒植立！
在立過不知多少的昨日。

12月。滿山草色青青，是什麼？
綠了你的，也綠了我的眼睛。

幽禁一次春天，又釋放一次春天
如陰陽扇的開闔，這無名底鐵鎖！

你問我從何處來？太陽已沉西
星子們正向你的髮間汲水。

一莖搖曳能承擔多少憂愁？風露裡
我最豔羨你那身斯巴達的金綠。

記否！我也是由同一乳穗恩養大的！
在地下，在我纍纍的斷顎與恥骨間
伴著無眠──伴著我的另一些「我」們
花魂與鳥魂，土撥鼠與蚯蚓們
在一起瞑默。直到我從醒中醒來
我又是一番綠！而你是我的綠底守護……

很明顯的，本詩作者是想借「守墓者」之口，來闡釋莊子「天地與我同根，萬物與我一體」的人生觀。一開始，「是第幾次？我又在這兒植立！」此一「植」字特別值得玩索，點明了「者」與「草」之間微密不可分的關係。不是有人說過「人是一株荏弱而有思想的蘆葦」麼？

次段，「十二月」與「滿山草色青青」對舉，顯示出「生滅中，自有不生滅者在」之至理。「是什麼？綠了你的，也綠了我的眼睛。」此一「是什麼」，如雷震獅吼，揭開了宇宙萬物的大根大本，最最古老而又永遠年輕

的，亦即老子所極口稱歎：「獨立而不改，周行而不殆」的那個東西——
「道」。

第三段稍弱。正寫「生滅法」。然亦為「承上起下」所不可缺少的「小
過場」。

再度強調第二段的「主題」。第四段以「太陽已沉西；星子們正向你的
髮間汲水。」作為「你問我從何處來」的答話。此乃禪家旁敲側擊，無說
而說的說法。老子謂「有無相生」，是以「無」為「有」之前的代詞；曹洞
宗則以「黑」象徵之。說句殺風景而不怕挨打的話，這就等於說：我是從
無、從黑中來。但此無此黑，不是與有相對，與白相對之無之黑；而是絕
對的，含攝此有與無之無，超越此白與黑之黑也。《舊約》「創世紀」開宗
明義第一章就說：「太初之時，淵面渾沌黑暗；神之靈，運行於其上。」這
樣石破天驚的大啟示，直與佛老一個鼻孔出氣。噫，斯已奇矣！

前此一主題之發揮，在作者其他的篇章，如「七首之二」，如〈九
行〉，如〈樹〉，如〈十三月〉、〈逍遙遊〉等，真是俯拾即是。有人說：「夢
蝶是一個略帶悲劇意味的快樂人。」看來頗有道理的。

「最後一段」總論：不但「守墓者」的「人」，與青青的墓草「息息相
關」，身異性同；乃至與地下纍纍的枯骨（更無論蚯蚓與土撥鼠），也都是
彼此此彼，不可須臾離的。

結局：「直到我從醒中醒來」，前一個「醒」字，是「能」底「醒」；所
謂「一靈不昧」。次一個「醒」，則兼含「能」與「質」（精神與肉體）。到
那個時候，曾為「守墓者」的「地下」的我，可能轉化為一莖墓草——
「我又是一番綠」；而青青的「現在」的你，說得定，變成了守墓者——
「你又是我的綠底守護。」……

第二輯：紅與黑

據作者自己說：這一組詩的誕生，是相當「偶然」的。民國 48 年 3
月，他偶而從兩本雜誌上讀到兩首極幽豔，以「三月」為題的小詩，一時
心頭癢癢，就仿製了一首。之後，又寫〈四月〉、〈五月〉、〈七月〉〈九

月〉。他的朋友 C 問他：是不是要把 12 個月份都一網打盡？他笑答：「但願如此」。果然，願力不可思議！在之後的一二年內，不但把十二個月份都一網打盡，有些月份還鬧雙胞，如〈五月〉、〈八月〉、〈十月〉。而「六月」，居然一而再，再而三，三而六，再加上那篇〈六月之外〉，凡七首。還不說那兩條漏網的——〈十三月〉和〈閏月〉。

　　至於內容：則錯雜紛紜，有形而上的「智」，形而中的「情」，也有形而下的「慾」。我想：也許這就是為什麼要標名為「紅與黑」的理由吧！

　　「紅與黑」的筆觸所及，除了〈一月〉：描摹「渾沌初開，乾坤始奠」的情狀；〈二月〉：寫「情」；〈五月〉：統敘時代諸苦悶；〈七月〉：寫隱者之清趣；〈十月〉：悼亡；〈十二月〉：寂寞；〈十三月〉：死魂靈的獨白；〈閏月〉：假雙頭蛇之口，以發抒其對「自由獨立」與「智慧解脫」之嚮往。……之外，以攝影或繪畫為喻：夢蝶似頗善於調配顏料，選擇角度，掌握重點，製造氣氛；且能言人所不便言、不敢言與不忍言。茲試以描寫「強暴」的〈四月〉，和描寫「破戒」的〈六月之一〉（又題：雙燈）為例，略作按語，以便利那些欲入而不得其門，或知其美而不知其所以為美的少數讀者朋友們。

　　　沒有比脫軌的美麗更懾人的了！
　　　說命運是色盲，辨不清方向的紅綠；
　　　誰是智者，能以袈裟封火山的岩漿？

　　　總有一些醜腆的音符群給踩扁
　　　——總有一些怪劇發生；在這兒
　　　在露珠們咄咄的眼裡。

　　　而這兒的榆樹也真夠多
　　　還有，樹底下狼藉的隔夜底果皮
　　　多少盟誓給盟誓蝕光了

四月說：他從不收聽臍帶們的嘶喊……

　　　　　　　　　　　　　　　　　　　——〈四月〉

　　「四月」為農曆春夏之交，是令人氣血浮動，最易於犯罪的季節，尤其在亞熱帶的臺灣。

　　第一段只一行。以「反語」凸現「主題」。

　　第二段：男女之事，如磁引鐵，誰使為之？孰令致之？雖聖人亦有所不知焉。此之謂「命運」。慾情一發，「如四十里之瀑布」，其勢洶湧，可為則為之，不可為而亦為之。當斯時也，雖有鼎鑊在前，斧鉞加頸，亦不顧也。此之謂「色盲」。

　　第三段正寫強暴。第一句泛指柔善羞怯的「受害人」。以下「怪劇」一辭，坐實妖精打架。「咄咄」語出《晉書‧殷浩傳》；在這兒，我們可以聯想到電影《處女之泉》中，某個驚心怵目的特寫鏡頭：當女主角凱薩琳的異母姐姐看到凱薩琳要被強暴時，她手中原握著一塊石頭，本來可以救凱薩琳的，但因為嫉妒，決定隔岸觀火——「她帶著狂野的愉悅，陶醉在激烈的暴動裡。[1]這一切，都從她那雙「咄咄」的眼珠裡反射出來。

　　第四段首句，竊自美國劇作家歐尼爾「榆樹下之情慾」，意謂此事此時此地，在所多有。第二句，泛指「始亂終棄」；第三句謂「寒盟背誓」。結語最沉痛，透露了作者悲憫而無奈的感歎。乃至令人悻悻然，想起老子「天地不仁，以萬物為芻狗」的怨詞來。

　　娼妓制度，中外古今，由來久矣。獨身男子，偶而涉足花叢，似乎並不足以構成人格上太大的傷害；但對「服役於痛苦與美」的藝術家，情況就複雜多了！如瘂弦的〈苦苓林的一夜〉之首二段，便「儼然有釋迦基督為人類擔荷罪惡之意」[2]。夢蝶一向自律甚嚴。皈依三寶前，雖一度晚雲孤岫，有小德之出入，但細玩此輯「六月」諸作，很顯然的，可以感知作者

[1]見烏拉伊薩克著；陳蒼多譯，《處女泉》（臺北：正文出版社，1960年），頁82。
[2]王國維，《人間詞語》上卷。

那份兒臨深履薄，愧影愧衾的心情。這在性開放觀念日益普遍的現代人的心目中，很可能被指為「落伍」或「迂腐」；但，人之所以為人，之所以異於其他動物者，不也就決定於這一點「可乎可，不可乎不可」的「靈智」之有無麼？

說起靈智，我立刻想起那天在「金太陽」，夢蝶為我講的那一則故事——一來為點明〈六月之一〉何以「又題：雙燈」；更緊要的是宣告：人一旦喪其所守（不管是有意或無心），在尚未「知過」、「改過」之前，「那雙燈，垂照在你肩上左右的那雙燈」，人與諸聖共有的那一點靈明，就隱沒不見了。華嚴經說：人一落娘胎，就有兩尊神，影子似的，也伴隨著來到了世間，一個名字叫「同名」，另一個叫「同生」。夢蝶「不敬」的以為：這兩尊神可能是連體的，其實只叫一個名字「良知」也就夠了。那故事是這樣的：

> 塾生某，韶秀穎悟。每昏夜散學歸，師於高處輒見其頭頂有光如雙燈，隨與俱行。心竊喜慰，意生必積善而有夙根者。自是，厚卹其家，而於課業，則督責箴砭慕嚴。忽一日，燈乃不復見。亟喚生至無人處，詢以近所作為，得無有不可告人者否？生低首無語，久之，曰：唯曾為某甲作休書云云。師聞而色變，立命索回，嚼而吞之。明日，雙燈在肩，又燦亮如故矣。

這是作者的母親講給作者一人聽的。那時夢蝶纔不過 11、12 歲而已。

第三輯：七指

此輯乃藉人之五指、骿指及不可見的「神識」這七個據點，對人性，此一無限的礦場作多方面可能的探測與掘發，並進而抽繹出幾項「必然」、「或然」和「超然」的綱目來。大別之，為六實一虛——第六指（骿指）在實虛之間。

〈菩提樹下〉照應「大指」。大指又稱「巨擘」。與釋迦降世，一手指

天，一手指地，作獅子吼：「上天下地，唯我獨尊」之義暗合。佛爲人天眼目，眾生依之而得解脫。作者生當無佛之世，故對往聖先哲，深致其惆悵與崇慕，哀切與媿恨之情而已！

「食指」泛指「貪慾」；專指 Sex。但丁以「狼」爲貪慾之象徵；此處則取「豹」。以其形色華美，頗富於「令人目盲」之眩惑性故也。

中指又名「將指」。巍巍孤聳，如群山之主峰，極易喚起吾人「尊勝心」與「超越感」，以及「天地悠悠」、「身世茫茫」等多種意向之自覺。細玩本詩各節自知。

「無名」與「逍遙」之關聯，顯而易識。然「名」有多種：聲名，名也；此身此心此理此世與界等等亦名也。無不與「逍遙」有礙。以有限有制，有對有繫故。圓覺經言：「菩薩當遠離一切幻化虛妄境界。心如幻者，亦復遠離。遠離爲患，亦復遠離。離遠離幻，亦復遠離。得無所離，即除諸幻。」果爾，則智禪師所稱歎：「四面都無向背處，從空突出與人看」；以及北宋詞人朱敦儒所嚮往的「一切都打碎，放出大圓光」——這種「絕對逍遙」的境界，就不難實現了。

「小指」位於五指之「窮」。窮者，終也。終於此者始於彼，如環無端，頭頭是道。按：此與下聯「坐看雲起時」，乃摩詰一生最得力，最受用處。不可不察。

前五所指，皆屬人性之必然；此第六「駢指」，則出於「或然」。「或然」是很可怕的！「或然」常常是一切悲劇之導火線；所謂「半路裡殺出一匹黑馬」……要不，爲什麼曾有人一遇到「歧路」，就「痛哭而返」呢？

第七指。什麼是第七指？又，〈托鉢者〉與第七指有啥關繫？我們不都叫「出家人」（托鉢者）爲「方外人」麼？若駢指可稱之「意外」，第七指亦可稱爲「意外之意外」。五指人人皆有，而駢指不常有；至於第七指，雖人人皆有而眇不可見。然此不可見者，遠超勝於彼可見者萬萬。蓋吾人挑撥抉搔雖以指，而所以挑之撥之抉之搔之者非指。此非指之指，無以名之，強名曰「第七指」耳。《莊子・天下篇》述惠子之言曰：「雞三足」。義

同此。

第四輯：焚麝十九首

這 19 篇東西，創作於民國 49～54 年左右。這時夢蝶詩作已受各方矚目，他原本封閉的生活也起了變化：詩創作方面，因有諸多詩友切磋砥礪，日見精純。生活方面，也由於領得營業執照，固定在武昌街一段五號的走廊下，不再四處流浪而略穩定──每日清晨從三重出發；八點以前，把六箱子書自東亞鐵櫃行搬出來，下午 5 點 50 分再搬進去。此外，就全部是他的時間了。聽經，看電影，與友人明星小坐，或圓環小飲……悉聽尊便。要說逍遙，那陣子確乎差不多可以說是的。但是，劫難來了。一向極少接觸女性的他，此時，卻被兩陣不知從那裡吹來的風，吹得天旋地轉，幾乎一仆而不能復起。

這兩種不同氣候的風，兩種不同典型的女性是誰呢？

夢蝶笑謂這兩次柏拉圖式的事件，一出於幻覺，一出於錯覺。幻覺者，是把紅樓夢女主角林黛玉的影子，投射在一位只有 17 歲，北一女畢業，多愁善感，楚楚可憐的女孩身上。為她而寫的詩有〈尋〉、〈還魂草〉、〈失題〉、〈關著的夜〉以及分手後不期而遇的〈一瞥〉等。

「錯覺」在這裡，有兩層意思：其一，如王熙鳳所謂：「人家給我一根針，我就拿它當棒棰」；其二，如拉馬爾丁的詩：「伊是那火；我是撩亂在鏡子裡的火光。那是我的錯：我不該把鏡裡的光，當成火！」

構成「錯覺」的女主角，身世淒涼，秉性剛烈，是父母之命媒妁之言傳統婚姻制度壓力下的犧牲者。她的唯情作風──由純情而癡情而激情而縱情──亦釀成一股魅力；使得原本置身事外，作壁上觀的夢蝶，不自覺的也捲入她的暴風半徑之中。雖然他們的交往難限於見見面，吃吃飯，散散步，偶爾也通通信，或在植物園冰果店，談一些誰都可以談誰都可以不談的談話；但作者的內心，卻不時七上八下，乍暖還寒，有時忽忽若有所失，有時又忽忽若有所得。在這種外弛內張的沖衝下產生的作品有「一瞥」（文星版頁 93，新版頁 86）、〈晚安！小瑪麗〉、〈虛空的擁抱〉、〈空白〉、

〈車中馳思〉、〈你是我的一面鏡子〉、〈絕響〉、〈囚〉、〈落櫻後，遊陽明山〉等，凡九首。如果說，「女人最大的驕傲，在能刺激文人藝術家的靈感。」她，我們的這位女主角，可謂「成績斐然」。

作為全書的壓卷，這 19 篇東西，確曾花了作者不少的心血。但，何以要冠以「焚麝」的總名？《紅樓夢》第 21 回，寶玉和襲人嘔了氣，就模仿《莊子・胠篋篇》的筆調寫道：「焚花散麝，而閨閣始人含其勸矣；戕寶釵之仙姿，灰黛玉之靈竅，喪滅情意，而閨閣之美惡始相類矣。……彼釵玉花麝者，皆張其羅而邃其穴，所以迷惑纏陷天下者也。」

多激切而不忍聞的聲音！多瀟灑又蒼涼的手勢！「我沒有挂杖子，便拋卻挂杖子！」我們的作者此時此際的心，差不多可以說是相當清醒，相當堅定相當莊嚴的了。

此輯各篇，與「命題習作」、「因文生情」之「紅與黑」、「七指」兩輯，截然不同：作者先有生活經驗——由水深火熱酸甜苦辣的真切感受出發，一再沖激而成為不可抗拒的壓力，纔迸發為詩。故此 19 首，句句皆有來龍去脈，字字皆從肺腑流出。而〈關著的夜〉、〈燃燈人〉〈囚〉、〈天問〉諸作，尤為真摯濃烈，往復吟誦，直欲淒肺肝而裂金石。王靜安說：「天以百凶成就一詩人。」尼采亦謂：「余於文學，獨愛以血書者！」匈牙利詩人兼小說家尤利巴基（Julio Baghy）說得尤其痛切：「他有一顆敏感的心。一顆富於憐憫，編織夢幻的心；充滿熱情，富於理想的心。……這種人一生都會遭遇著不幸。他的心永遠在流血；有時為自己，有時為他人。」……然則，如果有誰，很不幸的，染上了這種「必嘔盡心血乃已」的癖好，他便注定永遠與快樂無緣了。奇就奇在：從古到今，雖然聰明人越來越多，知其不可為而為的大傻子與小傻子，卻並不因此而相對的減少。「後之視今，亦猶今之視昔。」看來，只要世界一天有人類，人類一天有感情有思想，詩這種「廢物」，就不會報廢；而詩人這「絕物」，為「理想國」所不容的：怕也難於趕盡殺絕。這，也許就是世界之所以為世界了。

　　而既被目爲一條河總得繼續流下去的！[3]

　　而且我堅信：不管它流得怎樣急怎樣遠，終有一天還要流回來的。那時，也許真的會有人「騎驢橋上過，橋流水不流」[4]了。

　　附白：「白菊花主義」一辭，乃作者杜撰。以喻詩格之省淨馨逸，神似或貌似於陶令當年者。

　　又：「鳥到青天倦亦飛」，張目寒句。

——選自《書評書目》第 80 期，1979 年 12 月

---

[3]瘂弦句。
[4]善慧大士偈。

誰能於雪中取火
與周夢蝶對談

◎翁文嫻[*]

時間：1994 年 11 月 21 日
地點：誠品書店敦南店

受到《紅樓夢》深遠的影響

　　翁：有一個法國人胡安瀾（Alain Leroux），去年在巴黎大學通過博士論文的評審，他論文題目是研究周夢蝶的詩。在他的論文裡，跟你有些對話，我覺得很有趣：他曾問你受哪些中國古典文學影響的書，你說最重要的是佛經，另有些普遍的，滋養的書，比如《莊子》、《老子》、《十八家詩鈔》、《古文觀止》等。在許多中國古典小說中，你特別提到《紅樓夢》，你說你看《紅樓夢》已經看了二十幾次，而且每次都很詳細的看，是不是？

　　周：沒那個事，應該說只看過一、兩次，十幾歲的時候看過一次，那時還小，根本不懂什麼男女之情……只能說：曾經是一字不漏的看完了，但是那其中的意義，能夠知道多少，大有問題！我今年七十多了，那時十幾歲，六十年後自己回想，當時，光知道其中幾個主要人物的名字而已……。我是大概最近一、兩年才把《紅樓夢》一字不漏地又看了一遍。隔了六十幾年，我對《紅樓夢》稍微知道了多一點。

　　我曾經聽一位青年法師講經：他說一部《紅樓夢》就等於一部小乘佛教；小乘佛教的真諦有三個：第一個是「苦」。整個《紅樓夢》講來講去都

---

*發表文章時為文化大學中國文學系文藝創作組副教授，現為成功大學中國文學系副教授。

是一個苦字。主要是寫愛情，那種戀愛很苦；當然不光是愛情而已，其它也包括在內。第二是「空」。你想想那幾個主要人物：寶黛戀愛，痛苦地結束了，林黛玉死了、賈寶玉出家了，很苦。那薛寶釵，表面上勝利了，實際上很卑微，結婚沒幾天，丈夫就去趕考，一出門就不再回來。結果她一懷孕，就當了寡婦也夠淒慘了。整個說來，《紅樓夢》裡的小姐丫嬛比較重感情的，沒有一個好下場。這是苦、空。第三個則是無常。我曾經認識一個女孩子，她是淡江文理學院畢業的，名叫李彩華。她寫了一篇《紅樓夢》的讀書報告，我發現其中有三、四個地方，寫到我心裡某一根筋，覺得很好，可惜當時她發揮得不夠。我那時有個願望：將來要寫個《紅樓夢札記》，把我對《紅樓夢》的一些認識、感覺寫出來。我準備 120 回就寫120 條。

翁：我們大家都聽到了你說要寫 120 條的《紅樓夢札記》，已經為你錄音存證。

我記得你還談過《紅樓夢》賈寶玉這個角色，這跟你對《紅樓夢》的認識當然有很相連的關係。另外在你平常的生活裡——雖然你跟賈寶玉是完全不同的生活環境，但那種生活的型態，幾乎⋯⋯很像。比如從前武昌街時期一直到現在，你周圍不斷有很多各種不同類型的女性在你身邊，給你關懷，有許多心靈的往來。這種情形跟賈寶玉在大觀裡認識各種不同女性的形象很像。還有你的細心，對很多女性來說，確實有周到的地方。可不可以跟我們講講你對賈寶玉的看法？還有你自己，是否有某種傾向很喜歡他？

周：這個說來話長。唉⋯⋯（若有所思地）該怎麼說呢？如果要由我口中談賈寶玉，很難，因為⋯⋯問題太大！⋯⋯可惜有一本書，現在恐怕買不到⋯⋯就講我自己一件不可告人的，很不道德的，很丟臉的事⋯⋯假定你們都是高僧，我向你懺悔！（全場一片笑）

民國 37 年，我在武昌黃鶴樓當兵，一天二頓飯，沒有薪水，只有早晚點名。當時青年連是隨到隨考，湊足一個連，就開始到臺灣來訓練。除了

二頓飯，另外看電影可以不買票。他們去看電影時，我就去一間書局看書。從民國 37 年 7 月～10 月間，我看了十幾本書，其中最後一本書還沒看完，隊伍開到臺灣來了。那本書是《紅樓夢人物論》，專門討論裡面的人物。這作者很奇怪，前面沒有序，後面也沒有後記，名字叫作太愚……

翁：這裡我打岔一下，這本書現在臺北可以找得到……

周：找不到了……

翁：有啦，我已經買到了，收在《紅樓夢藝術論》裡，由里仁書局出版了。

周：哦！我要早知道……要再「賣」也沒有機會了！（眾笑）

當時每天都在那書店看。後來有天我正在看書，班長跑來跟我講：「不要看了，我們馬上要出發，開到臺灣。」（靜默）……我每一次看到一部分就把它摺疊起來，又插進去，後來……唉（還在回憶當中）岔話不說。

後來轉武漢經上海、南京，在基隆登陸，正是黃昏的時候。我站在船舷上，心裡有一些感慨，有二個遺憾：一個是——我現在坐船到臺灣，什麼時候再坐船回大陸？第二個就是——《紅樓夢人物論》這一部精彩的書沒有看完，這一生恐怕都沒有機會再看到了。想不到，經過了六、七年，我在高雄，一個星期天裡去逛書畫展，走到一個書攤上，唉！一眼就看到那本《紅樓夢人物論》。我一看那裡面只有兩個店員，一男一女；那時只有我一個人，我一看他們在吃飯、不注意，哇！就把一本書拿下來揣到懷裡就下樓。下了樓，我就一直祈禱。回到了旗山，這本書一口氣看了七遍，我覺得非常對得起這位作者，一點兒也沒有罪惡感！

《紅樓夢》裡面，關於賈寶玉這部分，你們將來有機會去買來看看，就會對賈寶玉這個人有點認識。有許多人以為賈寶玉很浪漫；這《紅樓夢人物論》的作者說：「賈寶玉給別人的印象是有一種不潔感」，就是說不乾淨。曾經有一位香港的先生，姓張，可惜沒記得他的名字，他說得很好：「寶玉是另外一種道德。」我們講道德想起孔老夫子，是非禮勿視、非禮勿聽、非禮勿動，那是傳統對道德的看法。這賈寶玉不一樣，表面上他一

天都在脂粉堆裡打滾；實際上，這個人的靈魂非常高潔。所以香港這位張先生這句話深中我心，說「賈寶玉是另外一種道德。」

第一印象十中八九

　　翁：在周公敘述的本身，可能大家都已發現他的一種特別的思維方式、比如他講起幾十年前的事情，就好像他現在就正看見，而且那件事還繼續在進行當中。我想跟周公有交往的，應該都有深刻的印象。

　　除此之外，我覺得他還很執著、很專一。他也說過一句話：如果一件事情一開始以後，他怎麼都會讓它繼續下去，而且不願意將它停止。這樣的一種專一和執著，好像他很知道自己：有什麼不適合他的，他可以一個個把它捨棄；然後一直捨棄、捨棄，最後剩下一點點非常適合他的東西，之後他就一直守，一直守，守到終於有一天，我們看到一個很奇怪的光芒在他身上。像這樣一種人，我們確實有些朋友有時候就開玩笑說：「他簡直像一種稀有的動物！我們的環保局第一個要保護的應該就是他這一種人類。」有時候我也在想：像這樣一個稀有的人種，在現實的空間裡——特別是在我們臺灣近十年來的變化——甚或不要說這是這十年，就推到他寫《還魂草》的 1960 年代吧；我想一想：他在河南生活也有一段日子，從河南到臺灣直到現在，中間環境也變了許多，這世界愈變愈快愈不像以前——我有時會想：在這過程中，他那記憶的情況會怎麼處理？他在什麼情況發生的事情會永遠重現？且可以重現到跟他新鮮的，剛剛看到的一樣？我真的很有興趣看看他腦袋裡的記憶，而他又怎麼處理世俗的事情？在世俗很容易看著別人怎麼做，我們就怎麼做；而他怎麼可以堅守自己的一些東西，那麼穩定、專情地守著他喜歡的某些東西？

　　可不可以，請周公告訴我們一點點這方面的經驗，讓我們在這世界的轉變裡，能多所知道一點？

　　周：我還沒有完全弄懂她問我的意思，哈！不過，關於記憶這方面，我可以說一點。

大致說來，我的記憶力算是很好。不過以另外一個角度看：一個人記憶力好，有好處、有壞處。好處比如說讀書，一些看過的書都還記得，將來對創作很有用處；壞處呢？法國有位散文家叫蒙田的，有一次我無意中打開蒙田文選，觸目驚心的一句話，說：「很好的記憶力和很好的判斷力成反比。」啊！這句話剛好刺著我的痛處了。我這一生，愉快的泉源、不愉快的泉源，都來自我的記憶；而那些很不愉快的經驗，就是我常常做錯事——我沒有判斷力。

曾經有個朋友當面批評我：「你這個人啊，成見太深。」他這一說，我就覺得有缺點了，應該要克服、要改，不可以對人或事懷成見。但有時候我遇見覺得很不喜歡的人，覺得這人險惡、世俗，之後這第一印象就常常始終一致。我這印象又常常十中八九。但我想不可以這樣，不好。於是，就和這人交朋友，交往之後發覺：還是我的第一印象是對的。

剛才她（翁）講我在武昌街認識許多女孩子，這是環境造成的。武昌街四通八達，這武昌街一段七號是全臺北人的，不是我一個人的，這樣，雖然是都認識她們了，但是……（沉默）不知道應該怎麼說，哈……

翁：你認為才樣才算是一首好詩？能不能跟我們談談你對詩的看法？

周：……哈……唉，這次到這兒來，真是一個錯誤的決定。（一片笑聲）我實在太軟弱。我昨天晚上失眠，由於我想到《孫子兵法》。有一次在路邊攤上發現一本《孫子兵法》，一翻開就照見那幾句話：「能戰則戰」。人家說生活就是戰場，在紅塵中打滾，你每天必然要面對許許多多的人——張愛玲講得很好，她說：「人就是人，人離不開人，縱然你當了和尚當了尼姑，你還是人，少不得要向人托缽化緣」，人是離不開人。而且人要生存，不但要溫飽，還要發展，必須跟人群交往，那怎麼辦？《孫子兵法》說：你要「戰」，要「戰鬥」，「能戰則戰」，但是要衡量自己的戰力，十八般武藝，你不能不通。「能戰則戰，不能戰則守；能守則守，不能守則走」走，就是逃避。「能走則走，不能走則降」，降，就是投降了。所以昨天晚上想到上面這些話，要我堅強，要我參加這次集會、要面對這種情況……我想

到要走。……我既不能戰、也不能守、也不能走，只有投降了。

所以今天我有一種感覺：到這兒來，好像是赤條條的，來面對這種情況。後來我想，反正要準備也來不及了，那就豁出去了！反正縮頭也是一刀、伸頭也是一刀。

優異作者需具四個特質

翁：對呀！你看他們也都聽得很高興，因為你講得也動聽呀！如果你不喜歡回答，我問另外的問題好了。

周：你盡量問、盡量問。

翁：我已經問啦。就是問你對詩的看法：你認為所謂「好詩」——怎麼樣才算是一首好詩？

周：哦，好。（沉吟一會）

一首好詩之所以為好，一定是她的內涵跟技巧二者半斤八兩，有多少思想、多少感情，剛好你的用辭與她相輔相成，不多也不少。所謂增一分太長、減一分太短。這種說法，有些含糊。

一個很優秀，甚至是很優異的作者，必須具備四種特質：第一個是才，一般說天才。我對「才」的解釋是：作者他要很敏感，對於事的是非善惡美醜、酸甜苦辣，要很有感受；一個很遲鈍的人，不可能成為藝術家。但這個可以培養。所以常常有人問我：「我也想寫呀，應該如何來下手？」我就說你要先培養敏感。

嚴格的來說，一個人要想立志從事文學藝術的創作，就要抱定一個宗旨：這一輩子，我不要想快活。辛稼軒說：「衣帶漸寬終不悔，為伊消得人憔悴。」有一次，一個臺灣大學的一個大一學生問我：「如何才能寫一手好詩？」我說：「我勸你最好不要寫詩，太苦了！唉！」……這第一個是才。

再一個是「識」。見識的識。就是對人世有透徹的看法，詩要有見地，要有很高的見地。這是才和識。

第三是「學」，要讀些經典的書。

第四是「養」，就是修養（學養）。

就像是當一個軍人的海陸空總司令；如果只是個班長，班上就那十來人，你調來調去就那十來人。常常我寫東西就對自己這點覺得很慚愧。

記得有一次看畫展，遇到一個朋友，他常常在我面前說話吞吞吐吐，好像很害怕傷害到我。那一天他忽然奇怪、沒頭沒腦的對我說：「夢蝶啊，我覺得你在感情方面是在逃避；在創作方面，你是在出世！」啊，我覺得說得太好了！在感情方面，我永遠在逃避；在作品方面爲我的生活定得太周詳。曾經有兩個女孩子說我：根本你是缺乏「實驗精神」！做任何一件事情，我都深怕受傷害，深怕受挫折。

有一次我在淡水等車，李瑞騰先生從那裡經過看見我，說送我到臺北來，我就上車。上車後我很感謝他，就問他一句話：「請問李先生，何謂『後現代主義』？」李就談了半天，什麼叫做後現代主義，結果他講了半天，說實在的我都不懂，不知道什麼叫「後現代主義」。雖然我很喜歡女詩人夏宇的作品，認真讀了 20 遍都不止；我對李說我很喜歡夏宇的詩，但是叫我去學，我不敢，而且我不知道從何學起，覺得自己膽子太小，所以我依然跳不出來。沒有出息！沒有出息……趕快結束吧。

十字街頭即菩提樹下

翁：（笑著說）還早、還早。

我看你的詩倒不是重複哩！你在《還魂草》裡面、「焚麝十九首」一系列的作品，一首比一首有份量；最後的一首〈孤峰頂上〉，我是非常喜歡的，結構與內容都真的達到一種很完美的境界。至於在〈孤峰頂上〉之後，你發表的一些詩我覺得已經到另外一個精神的領域。如果說〈孤峰頂上〉是你前面詩裡所有悲苦情懷的總結——你很努力的往那峰頂上走去——你最後一句話說：「看峰之下、之上之前之左右／簇擁著一片燈海——每盞燈裡有你。」如果你那時候是嚮往著一個方向的話，我認爲你是想著那麼一個峰頂。其實你的詩裡，一直都是很掙扎、很矛盾、很困難的。身邊

是不可能達到那樣的世界的，而這也是《還魂草》所震撼我們的——完全是掙扎跟矛盾的記錄。但是在你後來，後期發表的詩中：比如〈老婦人與早梅〉、〈草原上的小屋〉，從這看來，我覺得你真的是已經到達另一個境界，那境界就是：你把一切很平凡的事情——比如你看一個老婦人坐在那邊等車，你忽然間看到她，說她的外表像是 76、77 歲；而多年以後，你一直還看著那個形象，將她寫出來，你說不管她是 77 還是 17，你簡直就把她看成一個 17 歲的小女孩，手上拿著一把梅花、額上有一個月形的印記……你把她看成一個很美的形象，在詩裡面讓我們感受的那老婦人與寒風料峭中的梅花給你的深刻印象。這樣的詩，使我感到震動的是：現實中，我們剎那即忘懷的，或者根本覺得老化、醜陋的東西，多年以後仍深駐在你腦海，並且你將她幻化成另外一種很美的東西。再比如說〈草原上的小屋〉也是：只不過是朋友寄給你的一張卡片，而在卡片上你居然看到很多很平凡的——特別你寫那幾棵樹：「不知道怎樣的／就站在那邊——誰也不嫌棄誰／一直延伸在路的那邊／那邊的又那邊……。」那意思裡好像有著一種：平凡裡沒有安排的秩序，有一種無窮的意味在裡面。我覺得這種境界已達到了你在〈孤峰頂上〉的某種追尋，而且也確實追尋到一種：在一切平凡的事物中，你看到很多很多光輝的生命。在這裡，我認為你的詩是去到了另外一個境界。只是你沒有集成一集子，所以我們看起來不會那麼集中。那麼可不可以講講你這其中的心路歷程，是否你也覺得有些不同？對於人世的看法、心靈的空間是否有些轉變？

周：想到這一點說一點。

我是在民國 54 年出版《還魂草》，在這之前，也就是以我出生到《還魂草》出版之前，我這一生的經歷，可以說對這個世界，沒有太大的接觸，等於是生活在這世界的邊緣。因為我……我講點我的身世：我是遺腹子，我爸爸過世之後四個月，才出生。我沒有哥哥，只有兩個姊姊，所以媽媽對我非常疼愛，生怕養不大。稍微大一點的時候，也不許我跟村子的其他小孩玩，之後出來讀書、當兵。當兵表面上雖是個軍人、實際上我當

時沒有出操、也沒有戰火，我就幫指導員抄一抄表冊、寫一點其他東西。所以雖然是當兵，實際上還是一個書呆子。後來來臺灣之後，就在武昌街賣書，魏子雲先生就說我是「街頭書齋」，街頭就是我的書齋，還是過書呆子的生活。後來，在我的生活裡，有一個很大的轉變：就是在我 50 歲之前，精神上都是一片空白；我在 17 歲那年，就奉母親之命結婚——我三歲訂婚、17 歲結婚，莫名其妙！真正說戀愛，不曉得，只有婚姻、沒有愛情。一到臺灣來，在武昌街賣書，才開始看見這花花世界。這一來是眼花撩亂，一眼花撩亂就會受到捉弄，有時候是會錯意啊，甚至是表錯情啊，當然就天下大亂。直到有一天我認識南懷瑾大師，聽他講佛經，之後我自己也在武昌街街旁看佛經。有一次一個和尚經過，問我：「你看得懂不懂？」「不懂。」他告訴我：有個什麼人在什麼地方講——在迪化街講經，我去聽的時候，已經是最後一天，潦潦草草把《金剛經》聽完。過了兩個月，聽說這法師的老師也在某某寺講經，還是《金剛經》；這一次我就從頭到尾聽完，聽完之後，就拜他爲老師，從那以後就不斷地聽經，我的生活就進入另外一種情況。以後一方面吸收一些知識，一方面在現實生活觀察、思惟、反省，這個時候，知道過去發生的錯誤，無論如何，都不能再錯下去了。以後才漸漸漸漸、點點滴滴的從這種天旋地轉的情況下，慢慢地穩定下來。當然現在還不是說百分之百的穩定了，但總算比以前稍微好一點點。記得翁文嫻畢業回到香港，我收到她寫來的第一封信，第一段我現在還記得，說：「你在眾人面前，是一個詩人，但對我而言，你是一個宗教的啓示者。」這最後一句話，我當然是擔當不起，但是我認識妳的時候，已經開始接觸佛經，知道得不多，但知道得愈少，愈喜歡賣弄。張愛玲寫過一篇文章，她說：「清末民初的人喜歡談禪，愈是不懂的，談得越起勁！」哈哈！我也曾經在妳面前班門弄斧講了很多，所以妳有一個錯覺，說我是「宗教的啓示者」……。

　　翁：「宗教的啓示者」是對我而言的，不管你認爲那時候是怎麼樣的「亂談」。記得你那時其實主題不是在講宗教，而是跟我講了很多很多人的

故事。我記得我們是先在書攤旁邊坐一陣子,然後再去大坤冰果店。印象
中,周圍有很多人走來走去,你跟我對談的內容就是很多人的故事,當然
都是認識的人、朋友的故事。而同時也有許多不認識的人在武昌街上來來
去去,那個時候真給我有一種「紅塵」的感受,紅塵裡他跟我講的都是人
的故事,故事都牽扯到感情,給我很深的印象:就是紅塵裡每一個不同的
人,各自身上發生的感情故事,這個對我來說,確實是一種宗教的啟示。

周:我忽然想起剛才問到的一句話,很重要,可以說一點點。

妳提到〈孤峰頂上〉。我寫〈孤峰頂上〉、〈菩提樹下〉,從文字上來
看,譬如〈菩提樹下〉的「誰能於雪中取火,且鑄火爲雪」和這個〈孤峰
頂上〉……。

有一次,(我不能講她們的名字),有兩個女孩子,一個是甲,一個是
乙。我先認識甲,甲一星期中幾乎有五天在武昌街跟我聊天,無所不談。
有一次她把她最好的朋友乙也帶去了,隔了兩天,甲又來了,問我:「你對
乙的印象如何?」我說:「很好。」我馬上說出八個字形容她。這八個字是
什麼我不講,總而言之是稱讚她的話。她聽了很高興,馬上,她不應該問
那句話,她問了:「難道她沒有一點缺陷嗎?」我說:「有。」她問我是什
麼,我就說了,一說出來,我就知道:又說錯話了。原來她就光許我稱
讚,不許我批評。原來她火了我還不知道,臨走時丟下一句話:「從現在
起,我們的友誼暫時一刀兩斷!」哦!簡直是晴天霹靂呀!不曉得是怎麼
一回事?後來她走了之後,我就天旋地轉,覺得真有世界末日之感,以後
就覺得這些女孩子呀,還是少惹爲妙!從此,我就把這個十字街頭當作是
菩提樹下,從那天起,我採取「守」術,把自己包起來,這樣能守則守,
不能守再走;戰啊,我是不能再戰了,只有採取兩種戰術,一種是「守」,
一種是「走」。

〈菩提樹下〉和〈孤峰頂上〉兩首詩,都可以用日本文人廚川白村的
話「文學是苦悶的象徵」來說。這八個字可以用來詮釋我寫這兩首詩的動
機。有一次我回答一個人的訪問,問我:「你寫的這許多抒情詩,是不是真

的有女朋友在戀愛？」以及「你寫的這些哲理的詩，是不是已經有相當高的道行？精神已經提高到一種很空靈的境界了」我說：「不對。」我對他說：「老子有兩句話：『唯其如此，所以如此』，翻譯成白話是：因為是這樣，所以是這樣。把這兩句話我加一個字，用來解釋我這兩首詩：唯其不如此，所以如此。因為在我的現實生活中，天天都是讀書，內心非常孤獨寂寞，所以才寫這些抒情詩，來滋潤滋潤我的生活，不然日子怎麼過？另外我每天受感情的折磨，如果我不讀佛經，我怎麼辦，不是會愈陷愈深嗎？這是一種不得已呀！」，楊喚有一句詩很好：「要擦亮照相機的眼睛。」一個讀者，面對每一件作品，第一要去體會它整體的意思，更重要的你要體會背面的意思，「你要擦亮照相機的眼睛」，不要被作者給騙了。所以〈孤峰頂上〉、〈菩提樹下〉，你不要注意那很空靈的一面，要在字裡行間去體會。在〈菩提樹下〉有一句話：「在菩提樹下／有一個只有半個面孔的人」，要注意這「半個面孔的人」：這一半的面孔，是很理智的、清醒的、超然的；另一半則是相反的。所以，會作、會想，也要會讀……時間到了。

——選自翁文嫻《創作的契機》

臺北：唐山出版社，1998 年 5 月

一塊彩石就能補天嗎？

周夢蝶詩境初窺

◎余光中

　　40 年來在臺灣的新詩壇上，周夢蝶先生獨來獨往的清癯身影，不但空前，抑且恐將絕後。

　　在我們的詩人裡，他是最近於宗教境界的一位，開始低首於基督，終而皈依於釋迦。在一切居士之中，他跌坐的地方最接近出家的邊緣，常常予人詩僧的幻覺。他的筆名起於莊子的午夢，對自由表示無限的嚮往。不求名利，不理資訊時代的方便與紛擾，無論在武昌街頭與否，他都是不聞市聲的大隱。對現實生活的要求，在芸芸作家裡數他最低了，所以在詩中他曾以荻奧琴尼斯和許由自喻。可是另一方面他又一諾千金，不辭辛苦為朋友奔走的精神，卻又不愧於儒家，都到了 1990 年了，臺北之大，似乎只有他一人還在手持蓮花，抵抗著現代或是後現代的紅塵。今之古人，應該是周夢蝶了。

　　不過他又是這娑婆世界最不自由的人。因為生活不難解決，生命卻難安排。大患之身，正是寸心所寄。時至今日，要餬口並不難，難在餵飽這寸心。無論把《孤獨國》或《還魂草》翻到第幾頁，讀到的永遠是寂寞，戴望舒的詩說，蝴蝶的翅膀像書頁，翻開，是寂寞，合上，也是寂寞。他說的正是一個叫夢蝶的人。在生活上一無羈絆的夢蝶，在感情上卻超脫不了，而經常受困於一種無始無終無邊無際的壓力，正是他心靈的孤寂。至其絕處，甚至有「天堂寂寞，人世桎梏，地獄愁慘」這樣的詩句，有時更

*發表文章時為中山大學文學院院長，現為中山大學榮譽退休教授。

說:「逃遁是不容許的／珂蘭經在你手裡／劍，在你手裡。」

周夢蝶是新詩人裡長懷千歲之憂的大傷心人，幾乎帶有自虐而宿命的悲觀情結。在這方面他毋寧更近於納蘭成德、黃景仁、龔自珍、蘇曼殊、王國維、李叔同一脈近世詩人的傳統，而於當代詩家之中，自然而然最崇拜周棄子。前述的納蘭六人莫不深於情而又苦於情，一腔悲愴無法自遣。周棄子更其如此，自謂對於愛情是一團漆黑的絕望。臺灣新舊詩壇之有二周，頗能互相印證。

葉嘉瑩為《還魂草》作序，依處理感情的態度，把陶潛、李白、杜甫、蘇軾歸入善於處理悲苦的一類；至於屈原和李商隱，則遣愁無力，只能沉溺苦海之中。她把周夢蝶和謝靈運相比，認為大謝的山水與名理排遣不了政治的苦悶，但是周夢蝶並無現實利害之糾纏，其悲苦來自純情，所以能從純情的悲苦裡提煉出禪理哲思，而把感情提升到抽象與明淨的境地。翁文嫻也讚譽他為淡泊而堅卓的狷者。

周夢蝶寫《孤獨國》和《還魂草》的歲月，正當現代主義流行於臺灣文壇，但是除了一種孤絕的情懷和矛盾語法、張力一類的技巧，他的詩和當時的現代詩風有頗大的差異，成為制衡西化的一個反動。那時的現代詩力反浪漫，嘲弄愛情而耽於寫性，且把性慾寫成無可奈何的虛無姿態。夢蝶詩中追求的卻是古典之情、聖潔之愛，正是反潮流的純情。翻遍他的「少作」，滿紙的寂寞和悲苦全由於這一個情字。他的悲情世界接通了基督、釋迦和中國的古典，個人的一端直接於另一個時空，中間卻跳過了社會。

最近在何凡八十華誕的壽宴上，瘂弦對我說起，周夢蝶是最浪漫的詩人。事後尋思，覺得此言甚確。從早年的《孤獨國》到 1980 年代的近作，他的詩純然是抒情，所抒的大半是難能而難遣之情，而且總是那麼全力以赴，生死以之。我與夢蝶相交多年，見面往往止於論道而不互通隱衷，近乎畏友。所以他在感情上的心路歷程，我也很不了了，只知他曾結婚，和周棄子一樣。夢蝶是一位極其主觀而唯心的詩人，詩中絕少現實時空的蛛

絲馬跡，更有宗教與神話的煙幕相隔，很難窺探其中的「本事」。像〈失題〉中的那粒紅鈕釦，已經是不可多得的「物證」了，也不足作爲鄭箋。

　　然則夢蝶詩中那一片瀰天漫地而令人心折骨驚的悲情，究竟爲何而起？從大多數作品看來，其主題不外是生命的觀照、愛情的得失、刹那的相知、遙遠的思慕、靈肉之矛盾、聖凡之難兼，敘事詩多用第三人稱，抒情詩多用第二人稱，但是情詩，抒情詩中最隱私的一種，卻多用第二人稱。《還魂草》48 首詩中，對「你」竊竊私語的占了 27 首。《孤獨國》裡這樣的比例小些，但也佔了三分之一上下。這些詩中的「你」所稱的，不會是同一個人。許多詩裡有「你」也有「我」，足證「你」是詩人傾訴的對象：〈失題〉、前後〈一瞥〉、〈空白〉、〈虛空的擁抱〉、〈絕響〉、〈囚〉、〈天問〉、〈行到水窮處〉等等正是如此。此外，〈還魂草〉裡的「你」應該指那仙草，〈關著的夜〉裡的「你」應該指女鬼、〈燃燈人〉裡的「你」應該指佛，都有脈絡可尋。可是另有一種情況，是詩人身外分身，對自己說話，稱自己爲「你」，造成一種對鏡顧影的幻覺。〈菩提樹下〉、〈托缽者〉、〈尋〉、〈孤峰頂上〉等首都有這樣的倒影作用。在夢蝶的詩中，人稱是解題的一大關鍵。

　　用情深厚而生死賴之，固然是夢蝶之所苦，恐怕也是夢蝶之所甘。除了血與淚，他似乎不知道寫詩還可以蘸別的墨水。像〈行到水窮處〉這樣得意而笑的作品，在他詩中應是例外。近作〈於桂林街購得大衣一領重五公斤——之二〉富於人間世溫情，而附註所言「詩云：『豈曰無衣，與子同澤！』思之，不覺莞爾。」也流露靜觀自得的諧趣，頗出人意外。他的多數情詩，不論所抒情是狹義的愛情或廣意義的同情，都是將熱血孤注一擲而義無反顧。他傷完自己的身世，餘悲可賣，還要爲《聊齋》裡的女鬼和《聖經》裡的妓女放聲一哭。近幾年來，得他贈詩的也都是人間的五六位蘭蕙才女，甚至手持紅梅的車上老嫗也能夠入他的近作〈老婦人與早梅〉。就我記憶所及，夢蝶似乎從未贈詩給同性文友，這在師承中國古典詩傳統的夢蝶說來，倒是反傳統的。我曾先後贈他二詩，他照例沒有答我。人各

有情，這當然不足爲怪。可是他這麼專心一致地欣賞女性，不禁令我要說一句：周夢蝶也許不是莊周再生，而是《石頭記》的石頭轉世，因爲他如此癡情，還不到鼓盆之境。

　　《還魂草》的作者在某些方面實在近於李賀，因爲兩人都清瘦自苦，與功名無緣，都上下古今欲擺脫現實的時空，都深情入於萬物而悲己悲天。淚的意象在兩位河南詩人（淅川距昌谷不過 200 公里）的作品裡都很普遍：《還魂草》中有一半以上的詩出現淚與哭泣。〈囚〉的第二段完全是昌谷詩境。和長吉一樣，夢蝶也是一位主觀的詩人，但是夢蝶比古錦囊客還更主觀，而且唯心。長吉詩中的感性還時有寫實之處，夢蝶的詩幾乎沒有寫景，全是造境。近年夢蝶漸有詠物之作，他的造境有時也能接通現實，不再是無中生有了，例如〈疤──詠竹〉一首，便是物我交融虛實相生的詠物上品，可謂一次突破。早年他的詩質因用典頻繁而虛實互證今古相成，但用得太多時也會嫌雜與隔，尤以中西古今混用爲然。另一特色是好用矛盾語法，來加強詩意的曲折、語言的張力，並追求主題的矛頓統一：警句往往因此產生。但如果用得太多，也會失效。在近作裡，由於詩人的激情趨於恬澹，典故與矛盾語法也相對減少，得之於自然者，又或恐失之於散文化。尚望詩人能妥加安排，更登勝境。

──選自曾進豐編《娑婆詩人周夢蝶》

臺北：九歌出版社，2005 年 3 月

莊周誤我？我誤莊周？

◎陳耀成*

回港逛書店，驚見架上一本周夢蝶的《世紀詩選》（爾雅叢書），急不及待地買回來，急不及待地讀，只爲書中卷三的「約會」，錄《還魂草》之後的 24 首詩。寫〈導論〉的曾進豐先生說：「……八、九〇年代作品之付梓，當能稍慰眾多讀者等待之苦」。

我自認是張愛玲迷，但其實是個同等狂熱的周迷。當然相較之下，世上的張迷者眾，幸而我私下的二三知己都是周迷，見到任何周夢蝶的片言隻字都相互急切轉告，影印傳閱。

我想張迷俱樂部的創會會長算是水晶先生（夏志清教授爲名譽顧問）。至於這頗爲地下的周迷俱樂部，目下是曾進豐兼任會長與行政總監。記得大概三年前，曾先生從臺灣尋到我的聯繫方法，電傳來信。他那時正在撰寫研究周詩的博士論文，搜集不同的文獻。聞說我在紐約社會研究新院大學的碩士畢業論文是一篇周詩研究，特地查詢。如今翻到《世紀詩選》書末的〈周夢蝶評論索引〉，赫然發見拙文的標題在內，還以小字註：「預定中文出版書名《慾的變貌》」。年分列爲 1990 年。想不到這是一擱十年的寫作計畫，不禁暗叫慚愧。

初讀周夢蝶已是中學時代的事，中文老師黃瑞松很鼓勵我寫作，常於課餘借書給我看。他曾就讀臺大中文系，對那一段異域的青春歲月總是浪漫迷醉地侃侃細談。我是因此而涉獵臺灣現代文學，包括現代詩。某天他終於借給我他不只一次提起的某位在武昌街鬻書過活的一位市井詩隱。那

---

*香港知名電影導演。

本「文星」初版口袋裝的《還魂草》並無特別的封頁設計，只是一塊長方形深邃的暗紫竹、沉於玉的綠，啟頁是張愛玲《炎櫻語錄》中的話：「每一隻蝴蝶是從前的一朵花的靈魂，回來訪尋自己。」我是因此而對這位張愛玲發生好奇。此外為詩集寫序的葉嘉瑩也成為我日後閱讀中國古典詩詞的最信任的指引。

　　詩集中曲折幽渺的句子，卻從此烙印心坎。還書給黃老師後，自己買回來的一本《還魂草》隨我東遷西徙。1980 年代中葉到紐約後，再讀一遍，而忽爾達致一個（狂妄？）的結論——這彷彿是受星際象徵主義感召下，中國文化土壤中所燦放的最豐盛的果實。周夢蝶當然是我們最偉大的象徵詩人，他迄今為止發表的詩作基本上是個不斷互構衍生的整體，而其象徵建構的基石甚至奠於他的筆名之上。於〈落櫻後，遊陽明山〉，詩人問：「櫻花誤我？我誤櫻花？」我們幾乎可以想像夢蝶詩人的最深沉的苦惱與矛盾為「莊周誤我？我誤莊周？」是哲思詩選了詩人，還是詩人選擇了哲思詩？

　　我當時決心把《還魂草》英譯，然後附以評介長文作為我的碩士論文，當然吃力不討好。（學系的導師說，這樣複雜的作業應該是博士論文，言下之意是我太不切實際。）然而我半工讀期間掙扎著一篇篇很愉快地譯出。最棘手的還是評介：《還魂草》糅合了《紅樓夢》、進化論、佛家輪迴轉世等神話及宗教系統，而精神直承李賀、李商隱——受挫的情慾幻為最淒美迷離的意象——這隱祕的傳統。我是嘗試從德國詩人荷德林（Holdelein）、尼采及近世法國哲學家巴他爾（Bataille）的理論以印證闡釋《還魂草》。我的閱讀成立與否是一回事。大概因為寫得很辛苦。後來一想起要中譯就立刻感到一份力有不逮的疲乏。而自譯的另一重煩惱是：新寫的衝動已失，只面向新譯的艱澀水磨功夫。本來計畫收錄拙著《最後的中國人》內，結果不了了之。

　　英文手稿遭逢的是另一重無聲的小災。事緣我譯出初稿後，很大膽地寄了幾篇給美國文壇（法）翻譯（英）界的泰山北斗李察・侯活（Richard

Howard）。侯活亦是名詩人及重要的評論家。他收信後回覆說：「**難以完整評估詩的成就，但似乎譯筆不錯。**」他叫我多寄一些譯詩給他，讓他一窺全豹。

我登時頭皮收縮，內心緊張起來。猛然面對譯者的責任，周詩處處是曲折曖昧的典故，矛盾對立的句法，翻譯時頗要應付另一語系的內在音樂性，還需不斷推敲各種可能的詮釋。自己投稿被打回頭是自己的事，要是因為譯筆失誤，損害了向國際文壇介紹周詩的機會，很不值得。於是我想，還是先把譯稿擱放一旁，過些日子後仔細潤飾才寄給侯活。結果之後？之後我開始拍電影，寫別的文章，忙於香港紐約間的種種事務。

於此絮絮叨叨地解釋這些擱淺的計畫，是因為當日曾經問詩於周先生——他回郵的墨跡我仍珍重收藏——三年前與進豐兄通了電話之後，結果仍是不事生產。實在抱歉。

回談《詩選》，「約會」卷輯錄的據說來自預計出版的新詩集。進豐說周曾發表詩作「近三百篇」，我們看到的只是冰山一角。周夢蝶是個惜墨如金的完美主義者。而他語言密度之高也令他注定不能成為更多產的作家，但把他的詩與仍未結集的〈風耳樓〉、〈悶葫蘆居尺牘〉等散文合賞，可以肯定，他是近世中國文壇屈指可數的語文大師。

周夢蝶於詩，一如張愛玲於小說，凌空躍過「五四」以來的文學功利觀、社會進步觀、文化意識形態觀，承接亦同時更新了舊（語文）世界的美學感性，對人內心深處險急的風暴漩渦不復趨避，或作「三底門答爾」式的概念化處理。

周夢蝶的詩句無一不發自洶湧的潛意識深處。但感人的詞彩下是一份百煉鋼鑄為繞指柔的知性光柱。此所以他深廣繽紛的學養能於詩中造成眾聲合唱的效果。他充滿創意的遣詞造句，例子難以勝數，譬如〈不怕冷的冷〉首段：

即使從來不曾在夢裡魚過

鳥過蝴蝶過

住久了在這兒

依然會惚兮恍兮

不期然而然的

莊周起來

　　看他如何把魚、鳥、蝴蝶、莊周等名詞改爲動詞，從容不迫地羅列貫串？至於他爲每首詩覓得自然而然底結構的功力也是無與倫比的。試觀〈第九種風〉，起句「那人在海的漩渦裡坐著」如同一個巡迴的小旋律，與戲劇化的第二句「有風自海上來」開展的敘述穿插交錯。敘述部分雄渾澎湃——「在掌心無窮無際的洶湧之中／可有傾搖著、行將滅頂的城市，……鷺鷥又回到雪嶺的白夜裡了！曾在娑羅雙樹下哭泣過的一群露珠／又閃耀在千草的葉尖上了！」——然而起句與敘述部分最後結合，又成爲尾句。而且以靜制動的意象反覆冒現，是狂濤中的憩靜，挾著鑼鼓起舞的一頭醒獅額前，以不變應萬變的一枚青葉。

　　既然說篇篇周詩差不多互證互印，是個不斷衍生的整體——惠特曼（Whitman）不也是終生在拓擴一本《草葉集》？——說「約會」卷是《還魂草》的伸延是意料中事。但〈秋興〉、〈第九種風〉、〈凝視〉諸篇帶著更明顯的《還魂草》階段的風格標籤，即是說語調頗爲淒切激越。

　　像《還魂草》這樣的一本傑作，讓其缺失算是求全之毀。我是感到閃爍於那緊張互軋的文辭之下，有近乎自憐甚或自虐的情愫。無疑《還魂草》出自一份作者心靈內蓋天覆地的精神危機，誠如周在某篇劄記中說：「人是有思想而荏弱的蘆葦。」「還魂草」是這蘆葦眼中，赤裸的可驚可怖的人生於近代中國文學史上少數最純淨的一次表白。無疑詩中蘊含著一份近乎虛脫的性欲的孤寂。法國殘酷劇場的始創者阿杜（Aartaud）於一篇癲狂時刻寫下的手記中幻想：人（男人）滿身長出狂號的陽具。《還魂草》，

以至許許多多的周詩中，瀰漫著這陽具的吶喊。試想〈關著的夜〉這迫切、性感、纏綿的情詩，寫的竟是一段人鬼戀。《聊齋》是這麼一本魅人的經典的原因，簡而言之是因為女鬼傳說扣著男人的性鬱結——那揮之不去，天明消失的夜的誘惑。

「約會」中的〈紅蜻蜓〉詠賈寶玉、曹雪芹，但也是幅詩人坦率的自繪像：

> 吃胭脂長大的
> 曾經如此愛自由
> 甚至愛自己
> 愛異性
> 又甚於愛自由
> 不同的異性
> 所有的異性

初版的《傳奇》序中，張愛玲半嘲弄半調侃地說，有些人「自歸自圓了。」新錄的周詩中，有一首〈所謂伊人〉，詠歎上弦月：「從宛轉的初啼／到娉婷的二七／驀然一笑，復由二七／回向宛轉的初啼……只要你笑，你就能笑出／自己的眉目。」如何自歸自圓，如何笑出自己的眉目，本來是重大的宗教課題，直指人的命運——其缺憾與救贖。

每首夢蝶詩，發自〈孤獨國〉，直撲〈約會〉都是有關自圓的掙扎與追尋。若「還魂草」是這麼一座孤巍巍的奇峰，那是因為周以不世之才，再一度把《天問》帶入 20 世紀的中國文壇。憑藉深湛的文藝及佛學修養，他帶引讀者進入淒楚無盡，上窮碧落下黃泉的心路歷程——從不動聲色的〈天窗〉——那「戒了一冬一春的陽光，開啟了八卦之首的『乾』象」——到經歷無限劫復，踏足〈孤峰頂上〉依循佛經邏輯的靈性的狂喜。

但相對於「約會」中的許多詩作，「還魂草」達致的救贖還是有點過分

顯露、聲嘶力竭。談這麼一位重要詩人的不同階段的創作，不應用甚麼「更上一層樓」的濫調。「還魂草」的吸引力在乎那雄赳赳的戲劇效果。但更俗世、普遍的救贖卻在「約會」裡翩然躍舞。這一批化絢爛爲平淡的詩裡，可以說周夢蝶由艱難的現代主義的「還魂草」，過渡到更透明可解，容納更多外在現實的後現代詩境。

像〈積雨的日子〉這詩，語言輕淡，但「一日不見，如隔三秋」的這老調，於詩中令人目眩神馳地蟬蛻羽化，成爲一首動人心魄的蒼茫的情詩。當然周夢蝶的情詩，可以是追求禪機頓悟的宗教式癡情，像〈行到水窮處〉。

但似乎一份更廣大、開放、憩靜的感情汩汩流入這批中後期的作品內，可能不是因爲「夜夜來吊唁的蝶夢已冷」，而是像波赫希斯（Borges）所謂的那「咻咻覓食的猛虎（情慾衝動）不再入夢」。偶爾見於早中期的鬆弦意態——如「還魂草」中的〈晚安！小瑪麗〉——洋溢於《約會》內。倒如〈九官鳥的早晨〉，從參差其羽的「三隻灰鴿子」，到一朵小蝴蝶，到「不曉得算不算是另一種蝴蝶」的一位在陽臺上洗髮的小姑娘，一頭巷中自己洗臉的小花貓，詩人繪畫出一幀溫婉貼切的（重返《詩經》的？）街頭寫生，結論是：

世界就全在這裡了
如此婉轉，如此嘹亮與真切
當每天一大早
九官鳥一叫

這階段的詩人的心靈真彷彿蛻化爲一尾泛愛的紅蜻蜓，語調是審美的嘗玩，少了受創的沙啞。〈九官鳥的早晨〉寫一位 15、16 歲的女孩子，〈老婦人與早梅〉寫的是詩人於長程巴士上見的一位手捧紅梅，「姿容恬靜」的七十來歲的隔座老婦。因爲這車中的景象，詩人突然感到：

車遂如天上坐了

曉寒入窗

…………

春色無所不在！

老於更老於七十七而幼於更幼於十七

………

從 17 到 77，怎不愛慕所有的異性？

余光中先生曾說：「無論把《孤獨國》或《還魂草》翻到第幾頁，讀到的永遠是寂寞。」這令我想起流亡美國的德國猶太裔哲學家韓娜‧鄂蘭對「人類景況」（"The human condition"）的探討。面對著二次大戰的頹垣敗瓦——猶太滅族大屠殺動搖了整個西洋文明的價值觀——凝視著崩沮了的西方形上學傳統，鄂蘭重新探問哲學的行為及其目的。她眼中人的內心原來也是一個合眾的民主的國度。譬如說人的精神功能包括思想、意志及判斷。而思想本來就是人內在一分為二的對話。

所以蘇格拉底曾說：「一個不曾自省的人生全無活的價值。」（"An unexamined life is not worth living."）只有思想的人才能釐訂自我的價值，判斷善惡，不受外界人云亦云的虛榮與權勢而泯滅自我的尊嚴。皆因思想的人有另一個內在的我對話作伴，鄂蘭說：所以人可以獨自（alone）而不寂寞（lonely）。而只有那些能躬身自在的獨自的人（其實是人人皆可成哲人）才能在這世上安身立命。

當然不是說能夠「獨自」的人一定能免除孤寂之痛。正因為有思想的人恆常是一而二，二而一，不免在相輔相剋的二與一之間擺盪。獨自的自如始終不能是一位外在伴侶的具體的替代。在〈於桂林街購得大衣一領重五公斤〉一詩中，周引述了蘇格拉底的對「兼身」的推崇，而記錄了

獨身與兼身

　　　　荒涼的自由

　　　　與溫馨的不自由

　　　　爭執著……

詩末詩人穿上貼身慰身的外衣，但只覺得

　　　　我是負裹著一襲

　　　　鐵打的

　　　　蘇格拉底的妻子似的

　　　　城堡

　　　　行走

　　　生命的缺憾只能以矛盾對立但最終得以和諧的詩的語言補救。因為有
一為二的可能／可行性，人才可以有自圓的追尋，甚或自圓的荒涼的富
足。〈集句六帖〉首句為：

　　　　月亮是圓的

　　　　詩也是——

於這詩內，詩人自嘲為一棵「遲睡的老樹」。〈兩個紅胸鳥〉的主角，最後
並不是這一漁一樵，問「山高？天高？船高？」的雙鳥；被「說甚麼多不
如少，少不如無／無不如無無……」這些摧心問題趕跑的兩隻鳥兒，而是
兩隻嘵舌鳥兒暫棲其上的「不能自己的柳枝兒」，他：

　　　　守著晨暉，守著

　　　　卻是舊時相識，這

　　　　自遠方來的細爪帶給他的寒溫

　　真筒，和不可說

　　守著「自遠方來的細爪帶給他的寒溫」是周夢蝶最溫婉微妙，充滿對生命禮讚的文句之一。與宇宙的辯論最後也許是不相干的，而人只能無悔地珍視、擁抱不論是苦是樂的回憶。

　　點題詩〈約會〉，與詩人幽期密約的竟是「每日傍晚／與我促膝密談的／橋墩。」

　　橋墩當然是詩人寄意的「他我」。鄂蘭所謂的一而二的內在對話——哲人及所有思想的人自然而然的心靈活動——在此找到一個最美麗動人的詩的表呈。奧尼爾（O 'Neill）——他的《榆樹下的慾望》在「還魂草」的〈四月〉詩中亮過相——曾說：人生本是破裂的，我們各自以一生的時間修補。而上帝的恩典是修補用的黏土。

　　上帝很遠。而鄂蘭的「思」，夢蝶之詩人間一點，貼身一點。夢蝶詩的自圓、自補過程都成為對讀者的恩賜，儘管詩中到處流佈作者的艱難苦恨。《訪問》壓卷篇〈斷魂記〉云：

　　　　一路行走
　　　　七十九歲的我頂著
　　　　七十九歲的風雨
　　　　在岐路；岐路的盡頭
　　　　又出現了岐路

　　從「孤獨國」到「約會」，年過八旬的周夢蝶以孤潔的一生換來一批翠羽明珠的詩作。我覺得我們今天談侯孝賢、楊德昌的電影，林懷民的舞蹈，而少提周夢蝶的詩，是文化界的一大疏忽。儘管媒體不同，他的藝術成就只會較上述諸家有過之而無不及。

　　當然，晚年在羅省譯《海上花》、詳《紅樓夢》，為中國文學補綴小說

傳統的張曼玲也曾自嘲地預言「看官三棄海上花。」今天的問題——於這段現代的虛無歲月裡——不是看官棄不棄《海上花》的問題，而是看官本身已成瀕危品種這困境，詩的讀者本來就少，這已是中外皆然的現象，何況是周夢蝶這等哲理詩？

周詩人大概一早自知步上這知音者稀的坎坷的不歸路，〈還魂草〉的起句尾句都是尼采式的高風冷日：

> 凡踏著我腳印來的
> 我便以我，和我底腳印，與他！

追溯周先生的腳印，與夢蝶詩約會是我識字以來少數最感激最感動的樂趣！我既交不出長文，又交不出譯文，只拿了個不相干的學位。但因編者追稿，忽忽交出這一篇閱《世紀詩選》報告，以向周夢蝶——我心目中華語文壇碩果僅存的國寶——頓首致意。

——選自《香港文學》第 190 期，2000 年 10 月

臺灣新詩的出世情懷
從佛家美學看周夢蝶詩作的體悟

◎蕭蕭*

第一節　前言：禪與詩相互交涉，詩與禪相互感通

　　詩與佛教的關係，大約從佛經漢譯就已開始。佛經漢譯，可信的證據是東漢桓帝時安息國人安世高譯 39 部佛經，月支人支婁迦讖譯 14 部佛經，啓其端倪。[1]釋迦牟尼佛爲使佛法普及，因此，他以故事性的題材，類比性的譬喻，記誦性的偈頌，作爲說法的利器。故事性的題材是文學的內涵，類比性的譬喻是文學的技巧，記誦性的偈頌與傳統詩歌若合符契。漢譯佛經，有的以警句式的韻文作爲開頭，其後以散文鋪陳；有的先敘故事，再以偈頌讚美佛的功德；這些韻文、偈頌受到當時傳統詩的影響，大多譯成五言、七言的漢文，四句爲一偈，已有中國傳統詩的雛形。魏晉以後，聲律之說漸興，禪家與詩人、士大夫往來密切，他們所作的偈頌，平仄格律逐漸貼合近體詩的要求，禪與詩相互交涉，詩與禪相互感通，形成了唐宋以後詩因禪而意境開闊、禪因詩而意象瑰麗的兩美景觀，最是令人讚歎。

第二節　唐宋詩時代以詩明禪、以禪入詩的歷史背景

　　詩道與禪道的融匯基礎，就站立在詩與禪共通的兩大本質：詩與禪是

---

*發表文章時爲東吳大學兼任教師，現爲明道大學中國文學系副教授。
[1]李立信，〈論偈頌對我國詩歌所產生之影響〉，「文學與佛學關係研討會」論文，中央大學主辦，頁718。

統合感性、知性並超越感性、知性的心靈產物，詩與禪是藉由語言意象而又超越語言意象的神會境界。[2]其發展過程約略可分為三個階程；以詩明禪，以禪入詩，以禪喻詩。唐宋絕律時代三個階程的發展十分明顯，臺灣現代詩時代則只有少數詩人稍有探涉「以禪入詩，以禪喻詩」的可能，其中以周夢蝶表現「出世情懷」為大家。茲分述如次：

一、以詩明禪：詩為禪客添花錦

　　佛家以偈頌傳法，從東漢、魏晉、南北朝而至隋唐有 600 年的歷史，這 600 年間的偈頌，大體上只能說是言理說教的有韻之文，便於背誦而已，談不上詩的辭采之美、聲籟之美、意境之美。一直到禪宗出現，詩與禪有了本質上的震盪，化學性的汰，張伯偉說：「禪宗成立以後，釋家固有的偈頌體在形式和內容方面均出現了一些新特色。早期的偈頌，其內容主要是對佛的功德的頌讚，或是對佛教義理的敷衍，而禪門偈頌，則或為接引學人，或為悟道證體；早期偈頌理過其辭，質木無文，而禪門偈頌則往往蘊含禪趣，頗有詩意。禪宗以為自性是不可說的，但有時又不得不說，遂往往以形象語狀之，強調『活句』，崇尚『別趣』，追求『言外之意』。因此，其偈頌也就往往與詩相通。」[3]杜松柏比較「教下之偈頌」與「禪人之偈頌」，也有這樣的結論：「教下之偈頌」近於押韻之文，重推理，多直說；「禪人之偈頌」近詩，重直觀，多用比興。[4]杜松柏將這種「以詩寓禪」的作品分為示法詩、開悟詩、頌古詩、禪機詩四類；[5]李淼則稱這種詩為「禪師禪詩」，分為示法詩、開悟詩、頌古詩、啟導詩四類，歸納這類「禪師禪詩」的藝術表現特色為五：一、巧妙妙喻，含蓄蘊藉；二、象徵

---

[2]蕭麗華，《唐代詩歌與禪學》（臺北：東大圖書公司，1997 年），頁 7～11。詩道與禪道的融匯基礎，蕭麗華歸納為二，一是：「詩的本質是以精神主體為主的」，「禪是中國佛教基本精神，是心靈主體的超越解脫，是物我合一的方法與境界，與詩歌的本質是可以相匯通的。」二是：「禪的不可言說性與詩的含蓄象徵性，也是詩禪可以相互借鑑的重要因素。」因為「禪是心性體悟上實修的功夫，不是言語現實可以表達的。」「詩的表達也需注意含蓄不露的特質。」所以「詩與語言文字之間不即不離的特性與禪相似。」
[3]張伯偉，《禪與詩學》，（臺北：揚智文化公司，1995 年），頁 111。
[4]杜松柏，《禪學與唐宋詩學》，（臺北：黎明文化公司，1976 年），頁 197。
[5]同前註，第 3 章。

幽渺冥漠恍惚；三、荒誕變形，玄妙詭譎；四、騰越跳跨，鑿空斷跡；
五、自然天成，彈丸流轉。[6]頗能掌握禪詩的特殊韻味。

此類禪師所作之禪詩，是為了以詩明禪，數量相當龐大，茲引數首名
詩以為例證：

　　　身是菩提樹，心如明鏡臺；
　　　時時勤拂拭，莫使惹塵埃。

　　　　　　　　　　　　　　　　　　　　　　　——（神秀示法詩）

　　　菩提本無樹，明鏡亦非臺；
　　　本來無一物，何處惹塵埃？

　　　　　　　　　　　　　　　　　　　　　　　——（慧能示法詩）

　　　擁毳對花叢，由來趣不同。
　　　髮從今日白，花是去年紅。
　　　艷冶隨朝露，馨香逐晚風。
　　　何須待零落，然後始成空。

　　　　　　　　　　　　　　　　　　　　　　　——（法演文益示法詩）

　　　家在閩山東復東，其中歲歲有花紅；
　　　而今再到花紅處，花在舊時紅處紅。

　　　家在閩山西復西，其中歲歲有鶯啼；
　　　而今再到鶯啼處，鶯在舊時啼處啼。

　　　　　　　　　　　　　　　　　　　　　　　——（懷濬示法詩）

---

[6]李淼，《禪宗與中國古代詩歌藝術》（高雄：麗文文化公司，1993 年），第 2 章。

千尺絲綸直下垂，一波才動萬波隨；

夜盡水寒魚不食，滿船空載月明歸。

——（船子德城開悟詩）

這些詩篇大都收在《景德傳燈錄》、《五燈會元》等書。

以詩明禪的禪家之詩正是元好問「詩爲禪客添花錦，禪是詩人切玉刀」[7]之前一句之意，後一句說的則是詩家之詩。這些禪家之詩，創作之初原是爲了示法、開悟、頌古、啓導，不一定重視聲律之協、意象之美，解說禪詩的人也會在禪的開悟上大作文章，如「懷濬示法詩」，杜松柏的解說，認爲：「東」喻「有」，「西」喻「空」；「花紅」喻「色界」或「妙有」，「鶯啼」喻無形跡、無色相之「真空」，第一首詩是說，起初在現實中知有「妙有」而未能悟入，悟入之後則「妙有」確在現象界中，所以「花在舊時紅處紅」；第二首以鶯啼之無形跡、無色相而知有「真空」，因而悟入「真空」境界。[8]不過，純就詩的欣賞而言，「東復東」是說「東之東復有東，之東復有東」，是無盡的空間之延展，一如現代詩人林亨泰的〈風景之二〉：「防風林　的／外邊　還有／防風林　的／外邊　還有／防風林的／外邊　還有／」展示無盡的防風林空間。第一首「東復東」有「花紅」，第二首「西復西」有「鶯啼」，這樣的安排原是爲了協韻的效果：「東」與「紅」，「西」與「啼」；至於「花紅」、「鶯啼」依次出現，則是爲了讓詩意有色、有聲，有視覺之美，復有聽覺之美；否則，依杜松柏的解說，「花紅」喻「妙有」，「鶯啼」喻「真空」，那麼，有在有之中，空在空之中，有與空，無所交涉，不能算是真正的悟道，如何開示他人？其次，兩首詩同中有異，異中有同，除了前面所說「聲色兼備」的效果之外，其實，兩首之間還有「互文」的作用，「東復東」不僅有「花紅」，也該有「鶯啼」，「西復西」不僅有「鶯啼」，也該有「花紅」，如果，不管「東復東」、「西

---

[7]元好問，〈嵩和尙頌序〉，《遺山先生文集》第37卷。

[8]同註4，頁224。

復西」都有「花」、有「鶯啼」,「花在舊時紅處紅」、「鶯在舊時啼處啼」,佛性是這樣堅定而無所不在,一如春意是這樣活潑而無所不在,聲聲色色充滿春意,也充滿佛性。拋卻禪語的對照,純粹就詩論詩,即使不一定貼近原來的禪境,也未必遠離禪悟的可能。

後人如此體會禪家禪詩,當然就可能創作出詩家禪詩。最主要的,受到禪學大興的影響,詩人與禪家往來頻繁,詩家「以禪入詩」的作品在唐宋禪學昌行的七百年間,為詩注入新的源頭活水。

二、以禪入詩:禪是詩人切玉刀

唐宋詩人幾乎沒有不與禪師往來者,即使是反對佛學最力的韓愈與歐陽脩,也有方外之交:韓愈與大顛禪師相知甚稔,歐陽脩與唯儼禪師詩文酬贈。更不用提撰〈唐玉泉寺大通禪師碑〉的張說,撰〈大鑒禪師碑〉的柳宗元,撰〈復性論〉的李翱,撰《景德傳燈錄》的楊億。因此,也可以說,唐宋詩人幾乎沒有不寫禪詩的,其中佼佼者當推盛唐的王維、北宋的蘇軾。追索詩人與禪師交往的緣由,大約不出下列三種因緣:一是天時,佛教傳入中土,雖然早在東漢、魏晉南北朝,但與儒家文明相交糅,則是禪宗大盛之時,禪宗南北二祖神秀與慧能圓寂於中唐中宗、玄宗時,如是,禪與詩最發達的時代正是唐宋二朝,天作之合,豈容錯失?二是地利,山林泉石的優雅環境易於讓人靈犀相通,詩人喜歡徜徉在林泉之間,山寺往往建造在深山裡,地利之便讓詩人與禪師可以心領神會,意興遄飛。三是人和,消極而言,被貶謫的詩人需要超脫於權勢之外、名利之外的禪師的開示;積極而言,詩人的善感,禪師的機鋒,可以激迸出智慧的火花,詩禪的理趣。以禪入詩,幾乎是唐宋詩人的共同嘗試,心中不能不發出來的聲音。

以盛唐王維為例,王維是頗精禪理的當代詩匠,後人稱之為「詩佛」,王維的母親崔氏曾師事北禪大照禪師普寂三十多年,「褐衣素食,持戒安

禪，樂住山林，志求寂寞。」[9]大照禪師普寂是「時時勤拂拭，莫使惹塵
埃」的神秀弟子，是繼神秀之後統其法眾的北禪領袖，王維及其弟弟王縉
都因母親的影響，學於大照；不過，王維「俯伏受教」的禪師卻是南禪道
光禪師「密授頓教，得解脫知見」，其間長達十年。[10]這是王維生命史上最
重要的兩位禪師，一北一南，使王維在北禪、南禪的修習上有所精進。此
外，王維曾再來的禪師，見之於詩文的還有北宗的義福、淨覺、慧澄、道
璿、原崇；南宗的神會、瑗上人、燕子龕等禪師[11]；這樣的遇合雖不見得如
楊文雄所言「王維出入南北兩宗，似有縮合兩宗的企圖」[12]，但卻是王維開
放心靈，交結禪師，廣泛閱讀佛典的機緣。《舊唐書王維傳》：「維弟兄俱奉
佛，居常蔬食，不茹葷血，晚年長齋，不衣文綵。在京日飯十數名僧，以
玄談為樂。齋中無所有，唯茶鐺、藥臼、經案、繩床而已。退朝之後，焚
香獨坐，以禪誦為事。」以禪誦為事，以玄談為樂，淡遠閒靜的生活方
式，造就了王維的禪與詩。

明朝胡應麟《詩藪》內篇下：

> 右丞卻入禪宗，如：人間桂花落，夜靜春山空，月出驚山鳥，時鳴春澗
> 中。木末芙蓉花，山中發紅萼，澗戶寂無人，紛紛開且落。讀之身世兩
> 忘，萬念俱寂，不謂聲律之中，有此妙詮。[13]

清朝王士禎《帶經堂詩話》亦云：

> 嚴滄浪以禪喻詩，余深契其說，而五言尤為近之，如王斐輞川絕句，字
> 字入禪。他如：雨中山果落，燈下草蟲鳴；明月松間照，清泉石上

---

[9]王維，〈請施莊為寺表〉，《王摩詰全集箋注》第 17 卷。
[10]王維，〈大薦福寺大德道光禪師塔銘〉，《王摩詰全集箋注》卷 25。
[11]楊文雄，《詩佛王維研究》（臺北：文史哲出版社，1988 年），頁 213～223。
[12]同前註，頁 217。
[13]胡應麟，《詩藪》內篇，卷 6〈近體下〉。

流。……妙諦微言，與世尊拈花，迦葉微笑，等無差別。通其解者，可語上乘。[14]

都對王維詩思與禪思結合的作品給予極高的評價。近人柳晟俊《王維研究》[15]書中曾統計王維詩集「空」字使用的頻率，高達 94 次之多，以下引錄數句有「空」字的詩句，見其詩與禪結合之美：

> 人間桂花落，夜靜映山空。（鳥鳴澗）
>
> 空山不見人，但聞人語響。（鹿柴）
>
> 自顧無長策，空知返舊林。（酬三少府）
>
> 空山新雨後，天氣晚來秋。（山居秋暝）
>
> 薄暮空潭曲，安禪制毒龍。（過香積寺）
>
> 獨坐悲雙鬢，空堂欲二更。（秋夜獨坐）
>
> 了自不相顧，臨堂空復情。（待褚光義不至）
>
> 興來每獨往，勝事空自知。（終南別業）
>
> 峽裡誰知有人事，世中遙望空雲山。（桃源行）

王維的禪詩蕭散清逸，澄夐閒淡，論述者已多，空寂之美最爲識者所欣賞，是唐朝以禪入詩的代表人物。王維之外，好道的李白，後人雖以「詩仙」、「詩俠」稱之，其實也有習禪的經驗，他的〈同族侄評事黯游昌禪師山池二首〉之一：「遠公愛康樂，爲我開禪關。蕭然松石下，何異清涼山。花將色不染，水與心俱閑。一坐度小劫，觀空天地間。」[16]就是詩心禪心相契相合的作品。其中「蕭然松石下」頗有王維「深林人不知，明月來相照」人與自然和諧同存，不相干擾的情境；「水與心俱閑」則人與自然深

---

[14]王士禎，《帶經堂詩話》，卷 3〈微喻〉。

[15]柳晟俊，《王維研究》（臺北：黎明文化公司，1987 年），頁 159。

[16]李白，《李太白全集》，第 20 卷。

深相契，泯然合一；「一坐度小劫，觀空天地間」可見李白常以禪坐斂平心中的不安，期望能從「有」（天地之間）領悟到「空」。

李白之外，晚唐唯美派的杜牧，有詩〈題揚州禪智寺〉：

> 雨過一蟬噪，飄蕭松桂秋。
> 青苔滿階砌，白鳥故遲留。
> 暮靄生深樹，斜陽下小樓。
> 誰知竹西路，歌吹是揚州。[17]

寫出飄蕭的幽冷秋意，孤寂的黃昏心境。「青」「白」二色截然不同於「霜葉紅於二月花」的「楓林晚」；淒清的心意也與「贏得青樓薄倖名」的「揚州夢」判若霄壤。或許就因為過禪寺、題禪寺，心中自然萌禪境、生禪意，類似這樣的詩題、詩篇，唐人之作甚多，連唯美派的杜牧都不能免，可見以禪入詩，詩中有禪，其風甚盛。杜牧另有一首七律名作〈題宣州開元寺水閣〉：

> 六朝文物草連空，天淡雲閒古今同。鳥去鳥來山色裡，人歌人哭水聲中。深秋簾幕千家雨，落日樓臺一笛風。悵恨無因見范蠡，參差煙樹五湖東。[18]

此詩將歷史的變遷、人事的滄桑，化入廣漠無比的山色水聲中，超乎物外的滄然態度，直入天地的飛馳神思，在詩中不著痕跡而隨處可遇，禪心與詩心冥然合一，孫昌武的《詩與禪》書中舉此詩用以證明「當時的文人中，禪已化為一種體驗，一種感情擴散到人們的意識深處。」[19]

---

[17]杜牧，《杜牧詩選》（臺北：遠流出版公司，2000年），頁65。
[18]同前註，頁68。
[19]孫昌武，《詩與禪》（臺北：東大圖書公司，1994年），頁60。

第三節　現代詩時代偶禪喻詩的歷史傳承

　　唐宋兩朝詩與禪的結合可以說是緊密而無形，禪是一種體驗，一種生活，日日相隨而告覺。因此，詩與禪的關係，除了創作上「以禪入詩」的普遍性之外，評論上也產生了「以禪喻詩」的詩論體系。臺灣現代詩時代的禪家之詩未見流傳，出家人未曾以現代詩形式顯示他們的悟境，因此，討論現代詩與佛家（禪宗）美學的互涉時，將分兩節加以處理，第三節討論「現代詩時代以禪喻詩的歷史傳承」，第四節討論「現代詩時代以禪入詩的美學實踐」。

　　「以禪喻詩」的詩論體系，大體而言可分為兩大系統，一是方法論：參禪與學詩，藉技巧而互惠；二是境界說，禪境與詩境，因會悟而感通。

　　此節先談形而下的詩法，至於「妙悟」的禪境與詩境則放在最後一節作為結語。

一、「二道相因」的思維激盪

　　　昔世尊在靈山會上，拈花示眾，眾皆默然，時唯迦葉尊者破顏微笑。世
　　　尊曰：吾有正法眼藏，涅槃妙心，實相無相，微妙法門，不立文字，教
　　　外別傳，如今付與摩訶迦葉。[20]

自是，離語言相，離文字相，成為禪宗本質，唯恐落入語言或文字的死角，死於句下。但參禪學佛，吟詩寫詩，又不能不使用語言思考、不能不使用文字書寫，因此常要正說、反說兼陳，或者在言說之後忽而繼之以棒打、忽而繼之以叱喝，就是要人能有自己的想法，認得自己的自性，所以，《六祖壇經・付囑品》：「說一切法，莫離自性。忽有人問汝法，出語盡雙，皆取對法，來去相因。」又云：「忽有人問汝義，問有將無對，問無將

---

[20]見《大正藏》第4卷，頁293。

有對，問凡以聖對，問聖以凡對。二道相因，生中道義。」[21]也就是在「有」與「無」，「聖」與「凡」之間來往探索，因而領悟道，領會詩。

現代詩人管管的詩〈春天像你你像煙煙像吾吾像春天〉：

> 春天像你你像梨花梨花像杏花杏花像桃花桃花像你的臉臉像胭脂胭脂像
> 大地大地像天空天空像你的眼眼像河河像你的歌歌像楊柳楊柳像你的手
> 手像風風像雲雲像你的髮髮像飛花飛花像燕子燕子像你你像雲雀雲雀像
> 風箏風箏像你你像霧霧像煙煙像吾吾像你你像春天
> 春天像秦瓊宋江成吉思汗楚霸王
> 秦瓊宋江林黛玉秦始皇像
> 「花非花
> 　霧非霧」[22]

這首詩就是在不相屬的萬物之間，居然一物像一物，串聯而下，正當我們真以為世間萬物渾然一相時，詩人卻又大喝一聲：「花非花／霧非霧」，連花都不是花，霧也不是霧，梨花如何像杏花，杏花如何像桃花？若是，在「像」與「不像」間，讀者被逼得無處可去，詩之悟是否就在這時恍然而得？《六祖壇經‧行由品》所說：佛言：善根有二，一者常，二者無常，佛性非常非無常，是故不斷，名為不二。一者善，二者不善，佛性非善非不善，是名不二。」[23]佛性非常非無常，也不在常與無常之間，佛性非善非不善，也不在善與不善之間。果如是，詩，非像，亦非不像，亦非非不像，妙解就在：不在此岸，不在彼岸，也不在中間。

余光中有詩二題：〈松下有人〉、〈松下無人〉[24]，有人時，一聲長嘯吐出土，卻被對山的石壁隱隱反彈了過來；無人時，巧舌的分心術左耳進右

---

[21]《六祖壇經‧付囑品》，見《六祖壇經箋註》（臺北：天華出版公司，1979年），頁96～97。
[22]管管，《管管‧世紀詩選》（臺北：爾雅出版社，2000年），頁26。
[23]《六祖壇經‧行由品》，《六祖壇經箋註》，頁20。
[24]余光中，《紫荊賦》（臺北：洪範書店，1986年），頁81。

耳出，啾啾要停已無處，一群雀飛噪而來，穿我的透明飛噪而去。有人？無人？有其事？無其事？只在此山中，就在雲深處，不確定的山雲深處。余光中此詩之意不在分辨境界之高下，旨在呈現兩種可能的釋家情境襯讀者雲遊其中而無需駐留，無需判定，也無需選擇。但因爲「有人」、「無人」的提示卻又開啓了詩家情境的無限可能。

以《六祖壇經・頓漸品》兩首偈語作比較，更可以見出「二首相因」的思維激盪。有僧舉臥輪禪師的偈語「臥輪有伎倆，能斷百思想；對境心不起，菩提日日長。」請示慧能，慧能說：「此偈未明心地，若依而行之，是加繫縛。」因示另一偈，曰：「慧能沒伎倆，不斷百思想；對境心數起，菩提作麼（怎麼）長。」兩首偈語的不同就在「能斷」與「不斷」百思想，到底斷或不斷，其實亦無定解，慧能認爲「菩提本無樹」，所以菩提作麼（怎麼）長？「本來無一物」，所以不用斷百思想。丁福保箋註本引蓮池大師之言曰：「大師此偈，藥臥輪能斷思想之病也，爾未有是病，妄服是藥，是藥反成病。」初習者如果一開始即不斷百思想，以爲縱心任身可以一切無礙，結果當然是心中雜草叢生；但，修習至某一階段，仍然是「斷百思想」恐怕是枯淡無味，寸草不生，亦非悟者。丁福保箋註本又謂：「曹溪之不斷百思想，明鏡之不斷萬象也；今人之不斷百思想，素縑之不斷五采也。曹溪之對境心數起，空谷之遇呼而聲起也；今人之對境心數起，枯木之遇火而煙起也。」[25]曹溪之不斷百思想，就像明鏡可以映照萬象，象一離境，鏡又恢復潔瑩空明；今人如果不斷百思想，就像織素縑卻雜入五采，既非素縑，亦非采縑。曹溪對境心起，就像空谷回音那樣自然，今人對境心起，卻像枯木遇火，焚毀自身。斷乎？不斷乎？激盪禪意；頗似莊子材乎？不材乎？拿捏著實不易。

現代詩方法論之書以白靈《一首詩的誕生》爲最完善，書中最主要的論點出現在該書第 84 頁「虛實二十去」，他歸結出一個寫詩最廣泛的方

---

[25]《六祖壇經・頓漸品》，《六祖壇經箋註》，頁 80〜81。

法，只有八字：「虛則實之，實則虛之」，引申而言，則是：「意則象之，象則意之；情則景之，景則；小則大之，大則小之；此覺則彼覺之，彼覺則此覺之；遠則近之，近則遠之；動則靜之，靜則動之；主動則被動之，被動則主動之；多則少之，少則多之；正則反之，反則正之；密則疏之，疏則密之；緩則急之，急則緩之；簡單則複雜之，複雜則簡單之；雜則序之，序則雜之；……所謂詩就介在上述這種種的虛實不定中，或者也可以說，當由經驗抽離而達到一適當的美感距離時，詩就站在那裡。」[26]虛／實，情／景，動／靜，疏／密，緩／急，雜／序，都是二元相對，卻之相互助成；「虛則實之」時，詩人的憶是游移在二者之間不定的某一處，讀者讀詩時，以自己的生活經驗在尋找他以為最恰適的那一處，甚至於越出二者之外，另創了一個詩的世界。白靈的詩觀或許承續了這種統合感性、知性並超越感性、知性，藉由語言意象而又超越語言意象的詩學主流。

二、「雲門三關」的思維推演

　　二道相因的思維方式可以視為「正」與「反」並陳，則「雲門三關」的推演程序就是「正」、「反」、「合」。

　　吉州青原唯信禪師有名的一段話：「老僧三十年前未參禪時，見山是山，見水是水；及至後來親見知識，有個入處，見山不是山，見水不是水；而今得個休歇處，依前見山只是山，見水只是水。」[27]如此有所見，有所破，有所立，正是「正」、「反」、「合」最簡易的說明。杜松柏《禪學與唐宋詩學》又引《五燈會元》卷六的故事，說明禪人有三關，有三般見解：「昔明一老僧住庵，於門上書心字，於窗上書心字，於壁上書心字。法眼云：門上但書門字，窗上但書窗字，壁上但書壁字。玄覺云：門上不要書門字，窗上不要書窗字，壁上不要書壁字。何故？字義炳然。」這三般見解其實不只是三個見解，而是三個進階：一見、一破、再破。再破時又恢復了見門只是門、見窗只是窗的原本面貌。

---

[26]白靈，《一首詩的誕生》（臺北：九歌出版社，1991年），頁84。
[27]《五燈會元》，第17卷。

東坡跋李端叔詩卷云：「暫借好詩消永夜，每逢佳處輒參禪。」[28]東坡認為好詩可以參禪，參禪之法可以用之於詩的欣賞與寫作，自此之後，以詩論詩，以參禪之法論作詩之法，成為宋朝詩話常出現的話題。宋・魏慶之《詩人玉屑》卷六〈命意・意脈貫通〉條：「打起黃鶯兒，莫叫枝上啼，幾回驚妾夢，不得到遼西。此唐人詩也人問詩法於韓公子蒼，子蒼令參此詩以為法。」[29]這是以參禪之法去參詩而學得古人寫詩之法，真正提出以參禪之法學詩，而且如東坡以詩論詩者有吳思道、龔聖任、趙章泉三人[30]，茲錄吳思道〈學詩〉三首如下：

學詩渾似學參禪，竹榻蒲團不計年，
直待自家都了得，等閒拈出便超然。

學詩渾似學參禪，頭上安頭不足傳，
跳出少陵窠臼外，丈夫志氣本衝天。

學詩渾似學參禪，自古圓成有幾聯，
春草池塘一句子，驚天動地至今傳。

——吳思道，〈學詩〉

杜松柏《禪學與唐宋詩學》與張伯偉《禪與詩學》都認為這樣的三首詩應該是不可分割且相互連貫的，甚至於是「正」、「反」、「合」的思維推演。杜松柏論吳思道〈學詩〉第二首，提及「訶佛罵祖，掃除偶像」之語，正

---

[28] 宋・魏慶之，《詩人玉屑》第 6 卷〈命意・用意太過〉條（臺北：世界書局，1966 年），頁1132。東坡原意是好詩可以參禪，藉著好詩的語言以求得言語之外的妙處。魏慶之卻誤以為「蓋端叔用意太過，參禪之語所以警之云。」
[29] 同前註，質133。
[30] 三人〈學詩〉詩，俱見《詩人玉屑》卷一〈詩法〉第 8～9 頁。趙章泉列在最先，但其前有言曰：「閱復齋閒紀所載吳思道、龔聖任學詩三首，因次其韻」可見先後次序應是吳思道、龔聖任、趙章泉。

是「反」之。[31]張伯偉論吳思道〈學詩〉第二首,以為「詩家步趨因襲,其弊在於為前人牢籠,此略似禪家所謂之有境,故須一筆掃盡,以空境加以補救。但若一意孤行,言必己出,而視前人為土苴,又不免成為新的有境。從學詩來說,則又成為進一步提高的障礙。……故亦須破之。」[32]所以,吳思道第一首為「正」:參禪、學詩,必須經年累月積學,以待發現自性。第二首為「反」:訶佛罵祖,掃有成空。第三首為「合」:自自然然創作出如「池塘生春草,園柳變鳴禽」不假繩削、無所用意的詩句。〈學詩〉之詩,三首一體,能破能立,「反」而能返於正,都是禪悟、寫詩的途徑,有著相類似的進程。

北宋葉夢得(1077~1148)的《石林詩話》會引《天人眼目》卷二〈三句〉所載:「涵蓋乾坤句、截斷眾流句、隨波逐浪句」,作為論詩的依據。其言曰:「禪宗論雲門有三種語:其一為隨波逐浪句,謂隨物應機,不主故常;其二為截斷眾流句,謂超出言外,非情識所到;其三為涵蓋乾坤句,謂泯然皆契,無間可伺。其深淺以是為序。」[33]其後他又說:「老杜詩亦有此三種語,但先後不同。」當其舉例時,先涵蓋乾坤句,次隨波逐浪句,後截斷眾流句。此「雲門三句」的順序如何為當,各家說法不一,茲列表如下,以供參考:

《天人眼目》:涵蓋乾坤句／截斷眾流句／隨波逐浪句(雲門)

《石林詩話》:隨波逐浪句／截斷眾流句／涵蓋乾坤句(雲門)

《石林詩話》:涵蓋乾坤句／隨波逐浪句／截斷眾流句(杜詩)

智才禪師:截斷眾流句／隨波逐浪句／涵蓋乾坤句(《五燈會元》卷十二)

西禪欽禪師:涵蓋乾坤司／截斷眾流句／隨波逐浪句(《五燈會元》卷

---

[31]同註 4,頁 378。

[32]同註 3,頁 134。

[33]見《詩人玉屑》卷 14,頁 309。杜松柏:《禪學與唐宋詩學》,頁 389 引用時,依《詩人玉屑》原來標點,末 2 句作「無間可含其深淺,以是為序。」張伯偉《禪與詩學》頁 77 引用時,其標點則改為「無間可伺。其深淺以是為序。」

十五）

　　元妙禪師：截斷眾流句／涵蓋乾坤句／隨波逐浪句（《五燈會元》卷十六）

　　張伯偉《禪與詩學》在〈禪學與詩話〉中專文討論葉夢得《石林詩話》，其結論是：「根據禪宗三關的一般次序，這三句似應以截斷眾流（初關，由凡入聖）、隨波逐浪（重關，由聖返凡）、涵蓋乾坤（牢關，不墮凡聖）為序。」[34]我則以為根據佛家不主故常，去除我執的觀點，「正」、「反」「合」的邏輯思維，以「合」為「正」時，「反」則立即出現；因此，雲門三句是循環性的存在，周流不息，可以順時鐘方向行進，也不妨以逆時鐘而行。

　　現代詩的思維方式也有相同的軌跡，如洛夫〈絕句十三帖──第一帖〉[35]：

　　　玫瑰枯萎時才想起被捧著的日子
　　　落葉則習慣在火中沉思

　　可以用「正」、「反」、「合」去理清詩人的思維，「玫瑰枯萎」為正，「被捧著的日子」為反，則「落葉習慣在火中沉思」為合。如以雲門三句來說詩，「玫瑰枯萎」可以視之為截斷眾流生命遽然逝世；「枯萎時才想起被捧著的日子」則為涵蓋乾坤，眾生無不如此；「落葉則習慣在火中沉思」卻是隨波逐浪，個別的生命有著個別的命運，玫瑰以逐漸枯萎結束生命，落葉則為火所焚毀。或者換另一種說法：「玫瑰枯萎」，生命遽然逝世，可以視之為截斷眾流；「枯萎時才想起被捧著的日子」乃為隨波逐浪，不同的生命會有不同的際遇；「落葉則習慣在火中沉思」，這是涵蓋乾坤句，因為生命終究歸於空無，眾生無不如此。

---

[34]同註3，頁71。此結論出現在頁83。
[35]洛夫，《雪落無聲》（臺北：爾雅出版社，1999年），頁46。

周夢蝶〈行到水窮處〉[36]首段，我們也可以作相同的解析：

行到水窮處　　　　　　　（正）〔截斷眾流〕
不見窮，不見水——　　　（反）〔涵蓋乾坤〕〔隨波逐浪〕
卻有一片幽香
冷冷在目，在耳，在衣。　（合）〔隨波逐浪〕〔涵蓋乾坤〕

　　甚至於周夢蝶的名詩〈孤峰頂上〉，逐段都可如是解說。有時，不一定一句緊咬著一句，但二道相因、雲門三句、正反合的推演，卻是現代詩中常用的思維模式，如周夢蝶〈第九種風〉第三段[37]，我們可以看到「正反合一」一再的推演：

或然與必然這距離難就難在如何去探測？
有煙的地方就有火，有火的地方就有灶
有灶的地方就有牆，，有牆的地方就有
就有相依相存相護相惜相煦復相噬的唇齒
一加一並不等於一加一
去年的落葉，今年燕子口中的香泥

　　煙→火→灶，這是「正」的發展，灶→牆，則是「反」的作用；但她們卻又有著相同的句型，也可視為「正」的延續。「相依相存相護相惜相煦」是「正」，緊接著「相噬」則是「反」，這一「反」來得又急又快。「一加一並不等於一加一」，原該是必然之事（一加一並恆等於一加一），卻成為或然（一加一並不等於一加一）；「落葉」不一定化成「香泥」（大部分的落葉肥沃了大地），未必然卻在最後反成為必然（去年的落葉，今年燕子口

[36]周夢蝶，《周夢蝶‧世紀詩選》（臺北：爾雅出版社，2000 年），頁 39。
[37]同前註，頁 78。

中的香泥——說得多肯定！），這是「合」，「合」中又有了「反」與
「正」。

　　有時只是一句詩：「無邊的夜連著無邊的／比夜更夜的非夜」[38]有著無
盡的「反」與「正」的轉折。有時「正」、「反」、「合」轉折在一段裡：「而
此刻，我清清澈澈知道我底知道／『他們也有很多自己』他們也知道。而
且也知道／我知道他們知道」[39]有時是整整的一首轉折著「正」、「反」、
「合」，如〈菩提樹下〉[40]，第一段是以二道相因設立的問句：「誰是心裡藏
著鏡子的人呢？」「誰能為雪中取火，且鑄火為雪？」答案當然指向佛。第
二段寫「有我」，第三段「非我」，末段「真我」，完整的青原唯信禪師悟道
的歷程（三十年），疊合了「佛於菩提樹下，夜觀流星，成無上自覺」的覺
悟（一剎那）。

　　這是「以禪喻詩」的歷史傳承，現代詩人周夢蝶的靜定功夫。

　　第四節　現代詩時代以禪入詩的美學實踐

　　《六祖壇經·定慧品》：「善知識，我此法門，從上以來，先立無念為
宗，無相為體，無住為本。無相者，於相而離相；無念者，於念而無念；
無住者，人之本性。」[41]此三者，可以視為禪宗美學的基本義涵。所謂「無
念」是指人的內心不受主觀意識的拘囿，也不受客觀事務的沾染，因而不
起妄念；所謂「無相」是指不為人的外在情緒所迷，不被物的外在形相所
惑，直探人的本心、物之本質；「無住」則是指不停滯於事務的某一點，能
隨物而變動不居，能隨事而滋生不已。

　　無念、無相、無住，可以用來體會「禪宗境界」。高峰、業露華所寫的
《禪宗十講》，以〈空深幽遠〉論禪與文藝，提到「禪宗的境界」[42]有四：
一是禪宗反對一切外力的依靠和崇拜——這是「無相」；二是禪宗反對邏輯

---

[38] 周夢蝶，〈風〉中的詩句，《周夢蝶·世紀詩選》，頁 116。
[39] 周夢蝶，〈濠上〉詩末段，《周夢蝶·世紀詩選》，頁 25。
[40] 同前註，頁 34。
[41] 《六祖壇經·定慧品》，《六祖壇經箋註》，頁 46。下引各品，俱見本書。
[42] 高峰、業露華，《禪宗十講》（臺北：書林書店，1999 年），頁 183。

推理的思維方式拒斥對佛教經典僅僅作文字上的研讀──這是「無念」；三是參禪悟道的目的為實現心的解放，一味地執著於禪修的冥思苦想跟執著於成佛、執著於言語文字一樣，都是心性開悟的羈絆──這是「無念」；四是禪宗的終極目的在於心的徹底自在解脫，方式上則推崇「頓悟」──這是「無住」。

無念、無相、無住，也可以用體會「禪宗美學」。姜一涵等人所著的《中國美學》論到「禪宗美學實例」[43]，歸納為四項，將此四項結論與無念、無相、無住相比對：一是從「不立文字」到「不畏權威」──這是「無相」；二是從「本來是佛」到「頓悟成佛」──這是「無念」；三是從「觸類是道」到「平常心是道」──「這是「無念」；四是「圓相」中的禪宗美學──這是「無住」。

甚至前節所論「雲門三關」的思維推演：「涵蓋乾坤句／截斷眾流句／隨波逐浪句」，也可以用「無念、無相、無住」來相對應，相迴轉。因為「無念」所以可以「涵蓋乾坤」，因為「無相」所以可以「截斷眾流」，因為「無住」所以可以「隨波逐浪」。因此，現代詩時代以禪入詩的美學實踐，我們將以「無念、無相、無住」作為論述的綱領。

一、無念的美學

「無念」是自念與諸境分離。《六祖壇經‧定慧品》對於「無念」有這樣的闡釋：「於諸境上，心不染，曰無念。於自念上，常離諸境，不於境上生心。」

「無念」是去除塵勞，識得本心，長現智慧。《六祖壇經‧定慧品》：「無者無何事，者念何物。無者無二相，無諸塵勞之心。念者念真如本性，真如即是念之體，念即是真如之用。」《六祖壇經‧般若品》亦云：「世人有八萬四千塵勞，若無塵勞，智慧長現，不離自性，悟此法者，即是無念。」「智慧觀照，內外明徹，識自本心。若識本心，即本解脫。若得

---

[43] 姜一涵等，《中國美學》（臺北：國立空中大學，1992 年），頁 129。

解脫，即是般若三昧，般若三昧即是無念。」

　　去除雜念的歷程，可以用尹凡的詩〈聽雨〉來作見證：

　　這纏綿黏膩的雨聲

　　縈繞耳邊

　　叫人坐也坐不定

　　經行也感覺十分侷促

　　學不會聽心何所訴

　　只聞得一聲

　　雨聲。水珠滴簷

　　若有所思

　　消息脈絡還得期待

　　第三聲。

　　傾聽也好，閉耳也好

　　總是依緣在無盡的水幕珠簾中

　　只有凝目讀經

　　初是拒不聽雨

　　末了雨聲梵語淅淅瀝瀝

　　觀自在起來了[44]

　　此詩首段，心有旁騖，依緣在無盡的水幕珠簾中，為雨聲所苦，那是無盡的苦，因此坐立不安，經行局促，當然就聽不見自己內心的聲音，「學不會聽心何所訴」。次段則以「凝目讀經」的收斂功夫，從「拒不聽雨」的斷絕外境開始，去除塵勞，而後「聽心何所訴」回到不離自性，逐漸讓「雨聲」成為「梵語」而能觀自在，這就是自念離諸境，諸境心不染的無

---

[44] 尹凡，〈聽雨〉，《普門》第 20 期（1998 年 1 月），頁 90。

念功夫。

尹凡的詩從斬斷外緣，去除塵勞，以達「無念」之境。蕭蕭則讓心與外物互不相涉，心與外物若即若離，心與外物冥然合一，如〈觀音觀自在〉這首詩：「我們和山一齊坐下來／分坐河的兩岸／讓雨直直落在心裡／——如果有風／也不妨斜斜的落／我們都能想像／雪融的樣子／雪融的時候／什麼話也不必說」[45]兩首詩都以「雨」象徵外境，尹凡讓心去聽雨，蕭蕭則讓雨直直落在心裡，因此，尹凡需要斬絕外境，蕭蕭直接寫真如本性：

> 我以驚喜望花
>
> 花以寧謐看我
>
> 我以寧謐看花
>
> 花以寧謐看我
>
> 我以寧謐看花
>
> 花，默默萎落[46]

從「驚喜」到「寧謐」，人與自然相諧，即使再見到「花，默默萎落」，心境也不再起漣漪。外境的「動」不使心境妄動。「無念」的另一種實踐。

二、無相的美學實踐

：「外離一切相，名為無相。能離於相，則法體清靜。」這是對「無相」的最初說解：「離」相，不受外在形相的影響。

我們往往受外在形相的影響，產生刻板印象，固定反應。如：獅子座的人喜歡統馭他人，魁梧的人一定粗心大意。因而有了錯誤的判斷，做出

---

[45]蕭蕭，〈觀音觀自在〉，《悲涼》（臺北：爾雅出版社，1982 年），頁 150。
[46]蕭蕭，〈飲之太和〉第 3 首，同前註，頁 96。

錯誤的選擇。如果能「離」相，不以貌取人，不以事物的外相直接判斷，才能直抵事物的本心，直探事物的本質。

北宗神秀認為「身是菩提樹」、「心如明鏡臺」，這就是執著於「身」有相，「心」有相，所以要時時勤拂拭，莫使惹塵埃。南宗慧能則以為「菩提本無樹」、「明鏡亦無臺」，「身」「心」無相，佛性清靜，何處有塵埃？

一切文字、經書，如果拘泥於此，也是不能離「相」。《六祖壇經‧機緣品》：「（劉）志略有姑為尼，名無盡藏，常誦《大涅盤經》。師暫聽，即知妙義，遂為解說。尼乃執卷問字，師曰：字即不識，義即請問。尼曰：字尚不識，焉能會義？師曰：諸佛妙理，非關文字。尼驚異之。」[47]六祖不是通過「文字」之相而知妙義，無盡藏則為「文字」之相所迷。

《六祖壇經》丁福保箋註「無相者，於相而離相」時，曾言：「虛空與法門無異相，佛與眾生無異相，生死與涅盤無異相，煩惱與菩提無異相。離一切相即是佛。」能離煩惱之相（不認定煩惱就是某個樣子），能離菩提之相（不認定菩提就是某個樣子），所以，煩惱與菩提才能無異相，煩惱即菩提，這就是佛。

佛家常以「明鏡」喻心，明鏡之所以能照見眾物，因物而顯現不同的外形，就因為「明鏡」不留相，才能顯萬相。

現代詩人在「無相」的美學實踐上最是得心應手。如：「時間」無相，商禽可以用長頸鹿長長的脖子追尋時間的真貌：「仁慈的青年獄卒，不識歲月的容顏，不知歲月的籍貫，不明歲月的行蹤；乃夜夜往動物園中，到長頸鹿欄下，去逡巡，去守候。」[48]也可以用貓眼與光影的互動，寫時間的動貌：「靜靜守候時間的貓／根本不知道時間就藏自己身體裡面／而且表現在牠的兩眼中／（子午卯酉一條線，寅申巳亥如鏡圓，丑未辰戌似棗核……）」；或者用鴿子的翅膀象徵時間的飛逝：「牠（貓）還以為剛才從這邊陽臺飛到那邊陽臺的／鴿子便是時間，以為時間是灰色的翱翔」；最通俗

---

[47]《六祖壇經‧機緣品》，《六祖壇經箋註》，頁 57。
[48]商禽，〈長頸鹿〉，《商禽‧世紀詩選》（臺北：爾雅出版社，2000 年），頁 6。

也可以用「太陽已落山」[49]。以上都是商禽詩中時間的意象，意象不同，但都指向「時間」。

　　洛夫超現實的書寫策略，往往撕去事物表面的外相，易以精神面貌可以共通的其他事物，一般人只見其荒謬，詩人卻試圖掌握表象之外的精髓，內在的真實。如〈驚見〉一詩：「驚見／一匹銀杏葉／從街邊蝶飛而來／躺在掌心／像剪下來的一小片黃昏／安靜而哀傷」。[50]其中「一匹銀杏葉」，將銀杏葉以馬匹的量詞來計算，可以想見銀杏葉飄墜速度之快之猛如馬之奔馳，正切合詩題「驚見」；「蝶飛而來」則將名詞「蝶」作副詞使用，傳達了銀杏葉飄飛如蝶之翩翩，這是「美」的「驚見」；「像剪下來的一小片黃昏」，將具體的銀杏葉改用抽象的時間名詞「黃昏」來比擬，銀杏葉從樹身「飄離」所以用「剪」字，銀杏葉「枯黃」飄離所以用「黃昏」，抽離事物的外相，所以可以驚見事物內在的真實：「安靜而哀傷」。銀杏葉／馬／蝶／黃昏，詩人不執著在他們的外相，所以可以將他們聯結爲詩。

　　再以周夢蝶〈守墓者〉末二節[51]爲例：

　　一莖搖曳能承擔多少憂愁？風露裡（搖曳：動詞→名詞，憂愁：形容詞
　　→名詞）
　　我最艷羨你那身斯巴達的金綠！（斯巴達：名詞→形容詞，金綠：形容
　　詞→名詞）
　　記否？我也是由同一乳穗恩養大的！（乳：名詞→形容詞，恩：形容詞
　　→副詞）
　　在地下，在我纍纍的斷頸與恥骨間（斷：動詞→形容詞）
　　伴著無眠──伴著我底另一些「我」們（無眠：形容詞→詞）
　　花魂與鳥魂，土撥鼠與蚯蚓們（花、鳥：名詞→形容詞）

---

[49]商禽，〈背著時間等時間〉，《89 年詩選》（臺北：臺灣詩學季刊社，2001 年），頁 39。
[50]洛夫，〈驚見〉，《夢的圖解》（臺北：書林出版公司，1993 年），頁 55～56。
[51]周夢蝶，〈守墓者〉，《還魂草》（臺北：領導出版社，1997 年），頁 10～12。

在一起瞑默——直到我從醒中醒來（瞑默：形容詞→詞，「醒」中：動詞
→名詞）

我又是一番綠！而你是我底綠底守護……（綠：形容詞→名詞，守護：
動詞→名詞）

此詩中大量應用「轉品」修辭法，雖說中文詞語沒有固定的詞性，但仍有
約定俗成的詞格，如：守護是動詞，綠是形容詞，仍為大家所遵行。周夢
蝶在〈守墓者〉詩中幾乎每一句至少有一處改變詞語的習慣詞性，量數之
多，次數之頻，超乎一般詩人之上。唯一可以解釋的是：「無相」美學的實
踐。周夢蝶不把「綠」字只當形容詞（綠樹）看待，它可以是名詞（斯巴
達的金綠），也可能是動詞（綠了我底眼睛），「綠」是無相的，周夢蝶視之
為「無相」，離其「相」而用，應用起來綽有餘裕。

　　〈守墓者〉這首詩，頗有莊子齊萬物、一死生的哲理，詩中的「你」
「我」可以是「墓草」、「枯骨」、「真人」三者的無限輪迴。如「一莖搖曳
能承擔多少憂愁？風露裡／我最艷羨你那身斯巴達的金綠！」這時，你是
草你是守墓者或是枯骨（才可能是我底綠底守護……）。即使我是枯骨時，
我也不只是人的枯骨——「我」們還包括了花魂與鳥魂，土撥鼠與蚯蚓
們……當我活著，我是守墓者，守著墳，守著綠；當我死了，草是是守墓
者，守著墳，守著我，守著我們。人、花魂、鳥魂、土撥鼠、蚯蚓、草，
生命「無相」，生命無止盡地循環著。「離」眾生「相」，眾生有著相同的生
滅輪迴。

　　再回到「時間」的無相感。周夢蝶〈二月〉詩首段：「這故事是早已早
已發生了的／在未有眼睛以前就已先有了淚／就已先有了感激／就已先有
了展示淚與感激的二月。」[52]……二月、感激、淚、眼睛……這是時間的眾
相，時間在時間之流裡的一段生相，其前有……的故事，其後仍有不完

---

[52]周夢蝶，〈2月〉，同前註，頁28～29。

的……的故事。因為，「時間」沒有一定的面貌，所以「情愛」沒有一定的面貌，「故事」沒有一定的面貌，「眾生」沒有一定的面貌。「無相」美學的實踐，所以「詩」沒有一定的面貌。

周夢蝶有一段詩觀，或可作為「無相」美學的結語：「在平時，吾人看事物，往往會受到感情的、思想的、社會倫理道德等等的左右，而未能如實的透視事物的本質。這些都是由『分別心』而滋生出來的所謂『偏計所執』。而在分別心尚未萌芽之前的一刹那，如明鏡當胸，纖塵不染，即是現量境界。或很粗淺的，叫做『第一印象』。」[53]這就是周夢蝶所捕捉的初生之璞，離去後天我執的「相」。

三、無住的美學實踐

《孤獨國》時期，周夢蝶的詩篇〈徘徊〉已隱示「無住」的美學實踐，其首二句曰：「一切都將成為灰燼，／而灰燼及孕育著一切──」[54]，生命會有無常的現象，人生卻可以作「無住」的選擇。

《六祖壇經‧定慧品》解釋「無住為本」時，說：「念念之中，不思前境。若前念今念後念，念念相續不斷，名為繫縛。於諸法上，念念不住即無縛也。此是以無住為本。」念念相續時能念念不住，能念念不住，所以才能再相續念念。或許要回到《六祖壇經‧行由品》，五祖為慧能單獨說《金剛經》，至「應無所住而生其心」（莊嚴淨土分第十），慧能言下大悟，一切萬法，不離自性。遂跟五祖說：「何期自性，性，本自清淨。何其自性，本不生滅。何其自性，本自具足。何期自性，本無動搖。何期自性，能生萬法。」一切都回歸到自性，自性是清淨不生滅，自性是自足不動搖，一切萬法都由自性而生。慧能禪法即是以「明心見性」為宗。《六祖壇

---

[53] 陳玲玲，〈鳥到春天倦亦飛──管窺周夢蝶先生的詩境〉，《書評書目》第 80 期（1979 年），又見姚儀敏，〈以詩的悲哀征服生命悲哀的周夢蝶〉，臺北：《中央月刊》第 25 卷第 8 期（1992 年）。此處轉引自曾進豐：《周夢蝶詩研究》，臺灣師大國文研究所碩士論文，1996 年，頁 28。
[54] 周夢蝶，〈徘徊〉，《還魂草》附錄，頁 160。

經・般若品》：「不執外修，但於自心常起正見，煩惱塵勞，常不能染，即是見性。善知識！內外不住，去來自由，能除執心，通達無礙。」住，就是執著，就是繫縛；內外無住，就能通達無礙，能生萬法。

蕭蕭曾以〈應無所住而生其心〉爲題，撰詩四首，寫出他體會「無住」的心得，舉第二首爲例：

○　釘子接受鐵鎚的捶擊回饋以火花
○　鳥接受鳥籠的拘圍回饋以關關啾啾
○　茶接受沸水的沖泡回饋舌尖以甘美
○　樹枝接受風雨的襲擊回饋以斷裂
○　斷裂的樹枝好受風雨的潤澤回饋以新綠
○　紙接受筆的磨蹭回饋以心靈的安舒
○　頑石好受溪流的愛撫回饋以哲學
○　溪流好受頑石的愛撫回饋音樂
○　人生接受焠煉回饋人間以讚以歎
○　鳥接受天空的召喚回饋以優雅的飛翔姿勢
○　沙灘接受潮汐千年萬年來來回回回饋以人類短暫的腳印
○　合底接受瀑布的縱落回饋以掌聲
○　我接受你千年的折磨回饋以無聲的淚無言的歌無盡的愛無盡的詩

○　瀑布接受谷底的掌聲回饋以遠行
○　釘子接受鐵鎚的捶擊回饋以臂力萬鈞
○　潭水接受擺渡者粗魯的篙槳回饋以微波輕漾
○　歷史接受後人的嘲笑回饋以前人的慨歎
○　舌尖接受茶水的甘美回饋以頻頻嘖嘖
○　人間接受焠柬回饋人生以想像之翅之振起與斂放
○　沙灘接受人類來來回回的腳印回饋以千年萬年不變的潮聲

○　紙接受筆的磨蹭回饋以可以焚燒的憂傷鬱悶

○　前人的慨歎接受後人的嘲笑回饋以歷史

○　大地接受屍體的腐臭回饋以滿山遍野的香花

○　屍體接受香花的香回饋大地以無形的生機

○　擺渡者接受澤水的浮力與阻力回饋以我幸、我命

——〈應無所住而生其心〉其二[55]

　　此詩展開，左 12 行，右 12 行，好像一隻振翅飛翔的蝴蝶，栩栩然充滿法喜。每句詩的前面是一個「○」字，寓意著：一切歸零（應無所住），一切從零出發（而生其心）。詩中所展示的是人與自然界之間相互的接受與回饋，同一種接受不一定有相同的回應，有時不同的回應出現在同一邊，如第一行「鳥接受鳥籠的拘囿回饋以關關啾啾」與第十行「鳥接受天空的召喚回饋以優雅飛翔姿勢」；有時出現在左右兩方，如第一行「釘子接受鐵鎚的捶擊回饋以臂力萬鈞」。接受與回饋，有時二者之間主客易位，互為因果，如七、八兩行「頑石好受溪流的愛撫回饋以哲學」、「溪流好受頑石的愛撫回饋音樂」。接受與回饋，有時出現循環式的因果關係，如第 16 行與第 21 行：「歷史接受後人的嘲笑回饋以前人的慨歎」、「前人的慨歎接受後人的嘲笑回饋以歷史」。接受與回饋，有時是對等式的共同存在，如沙灘與潮汐、腳印的關係：「沙灘接受潮汐千年萬年來來回回回饋以人類短暫的腳印」、「沙灘接受人類來來回回的腳印回饋以千年萬年不變的潮聲」。或相關或不相關，或互為因果或循環因果，或先因後果或倒果為因，呈現錯綜複雜的局面，都因為「無住」的美學體驗。

　　臺灣人人有不同的統獨意識，急統、急獨都是一種執著，學佛的人面對這種選擇，會有什麼樣的反應？曾經寫過《觀音菩薩摩訶薩》的敻虹曾有一首詩〈中國是我的來龍〉[56]，或許可以見證另一種「無住」的美學體

---

[55] 蕭蕭，〈應無所住而生其心〉，《凝神》（臺北：文史哲出版社，2000 年），頁 134～147。
[56] 敻虹，〈中國是我的來龍〉，《普門》第 221 期，頁 90。

驗。首段，她發出疑問：「中國這苦難之邦，是我的來龍／我的故國，我生命的源河／震旦中國啊！有一日／這裡能不能成為一片淨土：／我的去脈？」肯定過去：中國是我的源河，我的來龍。懷疑未來：這裡能不能成為一片淨土，我的去脈？之後，她再三探尋、再三求問，末段她提出肯定的答案：「苦難的中國啊／我的來龍／向般若求問、向般若求援／豁然的、重新的淨土／我們的去脈」，哪裡是豁然的、重新的淨土，哪裡就是我們的去脈；哪裡是淨土，哪裡就是國土。中國是我的來龍，中國卻不一定是我的去脈。

　　「無住」其實就是一種周流不怠的動的美學。周夢蝶解說王維「行到水窮處，坐看雲起時」，曾說：「表面上看這兩句話，是寫水和雲，好像沒有深意，事實上不然，水和雲這兩種東西是個象徵，是個動象，也可以說是生命的象徵，雲是動的，水是動的，生命也是動的。所以他拿雲和水都是來象徵生命。水流到不能再流的盡處，雲剛剛升起，這是說最早的真理，生命的盡頭也是生命的開始，生命的開始也是生命的盡頭。水與雲，是生命的現象，除了這個現象之外，另外有一個東西超乎這個東西之上的至高無上的真理，這個水也好，雲也好，就用佛家的名詞叫生滅法，雲有飛的時候，水有流的時候，但是，雲有不飛的時候，水也有不流的時候，然而另外的最高的真理是不受生滅法的約束，它是超然的，永遠在那兒動，但它永遠不疲倦，像老子講的『獨立而不改，周行而不殆』，所以表面上是寫雲寫水，事實上它是寫真理。」[57]因此當周夢蝶以〈行到水窮處〉為題寫詩，他會說：「行到水窮處／不見窮，不見水──／卻有一片幽香／冷冷在目，在耳，在衣。」[58]

　　這是現代詩時代「無住」美學的實踐。

[57]周夢蝶，〈詩人與歌者〉，《書評書目》第 69 期討論會，1979 年，此處轉引自《周夢蝶詩研究》，頁86。
[58]周夢蝶，〈行到水窮處〉，《還魂草》，頁68～69。

第五節　周夢蝶禪詩美學的體悟

葉嘉瑩老師說：

> 周先生乃是一位以哲思凝鑄悲苦的詩人，因之周先生的詩，凡其言禪理
> 哲思之處，不但不為超曠，而且因其汲取自一悲苦之心靈而彌見其用情
> 之深，而其用情之處，則又因其有著一份哲理之光照，而使其有著一份
> 遠離人間煙火的明淨與堅凝，如此「於雪中取火且鑄火為雪」的結果，
> 其悲苦雖未得片刻之消融，而卻被鑄鍊得如此瑩潔而透明，在此一片瑩
> 明中，我們看到了他的屬於「火」的一份沉摯的淒哀，也看到了他的屬
> 於「雪」的一份澄清的淒寒。[59]

自此，「以哲思凝鑄悲苦的詩人」乃成為評鑑周夢蝶詩作的最高指標。

只是這是《還魂草》時期周夢蝶詩作的特色。依《周夢蝶‧世紀詩
選》裡的分輯，卷一是《孤獨國》，此一時期周夢蝶是既孤且獨而冷凝，世
界無窮大卻與杳不相涉，他將自己冷縮於孤獨國的小角落，也因此他可以
冷眼看身外，冷肅探自己。卷二是《還魂草》，正是葉嘉瑩先生所說「以哲
思凝鑄悲苦」，曾進豐所言「在禪境與詩境的融通上，詩人常藉助深奧的典
故，鋪張繁複綿密的意象，何以自處弔詭語法的大量使用，造成詩作之幽
玄艱澀。」[60]卷三是《約會》，曾進豐以為「以最平淡的語言，寫最平常的
情景，卻產生最不平凡的境界，蓋幾經淘洗，陳腐渣滓芟除淨盡，而後得
其澄澹明潔。」[61]真正嘗受到禪境喜悅的時期。以封面照片而言，《還魂
草》與《周夢蝶‧世紀詩選》都是雙手環抱在胸，孤獨在懷的感覺，但
《還魂草》的照片斂目沉思，一臉冷肅，《周夢蝶‧世紀詩選》則是開眼與
世人約會，臉上微漾笑意。

---

[59]葉嘉瑩，《還魂草》序，頁5～6。
[60]曾進豐，〈周夢蝶詩導論〉，《周夢蝶‧世紀詩選》，頁10。
[61]同前註，頁14。

　　因此，本節將以「引佛語而寄佛理」、「苦世情而悟世理」、「窺禪機而見禪理」來探討周夢蝶禪詩美學的體悟，以見其進階。

一、引佛語而寄佛理

　　《還魂草》[62]詩集中，直接以佛典、禪語作為題目的就有〈擺渡船上〉、〈聞鐘〉、〈菩提樹下〉、〈托缽者〉、〈虛空的擁抱〉、〈圓鏡〉、〈燃燈人〉等七首。詩之前的引言，詩之後的按語，註明佛經典故，佛教故事的則有：

　　〈六月〉（又題：雙燈）：「……爾時阿難，因乞食次，經歷婬室。摩登伽女以大幻術，攝入婬席，將毀戒體。如來知彼幻術所加，頂放寶光，光中出生千萬寶蓮，有佛趺坐宣說神咒。幻術消滅。阿難及女，來歸佛所，頂禮悲泣。——見《楞嚴經》」

　　〈六月〉：「釋迦既卒，焚其身，得骨子累萬，光瑩如五色珠，搗之不碎，名曰舍利子。」

　　〈菩提樹下〉：「佛於菩提樹下，夜觀流星，成無上正覺。」

　　〈豹〉：「會中有一天女，以天花散諸菩薩，悉皆墜落，至大弟子，便著不墜。天女曰：『結習未盡，故花著身。』」——維摩經問疾品」

　　〈托缽者〉：「優曇華三千年一度開，開必於佛出世日。」

　　〈尋〉：「世尊在靈山會上，以金檀花一朵示眾，眾皆默默，唯迦葉尊者破顏微笑。」

　　〈燃燈人〉：「因果經云：爾時善慧童子見地濁濕，即脫鹿皮衣，散髮匍匐，待佛行過。」又：「過去帝釋化為羅剎，為釋迦說半偈曰：『諸行無常，是生滅法。』釋迦請為說全偈。渠曰：『我以人為食，爾能以身食我，當為汝說。』釋迦許之。渠乃復言：『生滅滅已，寂滅為樂。』釋迦聞竟，即攀高樹，自投於地。」

　　雖然詩集中也引用《莊子》、《紅樓夢》、《聖經》、《可蘭經》等，但仍

---

[62]本節所引詩篇都在《還魂草》中，不另加註。《還魂草》詩集之後附錄《孤獨國》詩作 22 首。

以佛典為多，比諸他人詩集尤為嶒峙。

至於引佛教語言、佛教文物入詩，更使他人瞠目落乎其後。如「千手千眼」、「無盡」、「接引」、「偈語」、「袈裟」、「唯我獨尊」、「釋迦」、「菩提樹」、「明鏡」、「佛曆」、「芒鞋」、「剎那」、「永劫」、「舍利」、「結趺」、「地獄」、「缽」、「念珠」、「優曇華」、「因緣」、「恆河」、「世尊」、「金檀花」、「妙諦」、「虛空」、「僧」、「趺坐」、「拂拭」、「磨洗」、「三十三天」、「寶蓮」、「八萬四千恆河沙劫」、「一彈指」。這些佛教語彙的運用不是生吞活剝，不是硬鑲死嵌，很多語彙只出現一次，可以證明周夢蝶使用這些特殊語言，內心之虔敬，態度之審慎，操作之精準。

因為活用這些佛經題材而達成佛理的體悟與傳佈，更是促使周夢蝶成為當代臺灣苦行詩僧，成為詩學與佛學交匯的標竿的主要原因。

（一）虛空無盡的體會

〈擺渡船上〉：「人在船上，船在人上，水在無盡上／無盡在，無盡誰我剎那生滅的悲喜上。」這是以相對論的觀點看船與人、水與無盡、無盡與剎那，其實正是對虛空無盡的惶惑。〈孤峰頂上〉：「雖然你的坐姿比徹悟還冷／比覆載你的虛空還厚而大且高……」。〈虛空的擁抱〉：「向每一寸虛空／問驚鴻底歸處／虛空以東無語，虛空以西無語／虛空以南無語，虛空以北無語」。〈空白〉：「我祇有把我底苦煩／說與風聽／說與離我這樣近／卻又這樣遠的／冷冷的空白聽」。〈絕響〉：「那無近遠的草色是為言圻冷的？／宇宙至小，而空白甚大／何處是家？何處非家？」虛、空、空白、無盡，那是無限的大，無限的大也就有無限的冷。

面對虛空，周夢蝶擅用類疊法、排比法去推展時空，放大時空：

　　看你在我，我在你；看你在上，在後在前在左在右

　　　　　　　　　　　　　　　　　　——〈行到水窮處〉

　　虛空以東無語，虛空以西無語／虛空以南無語，虛空以北無語

　　　　　　　　　　　　　　　　　　——〈虛空的擁抱〉

在地平線之外，更有地平線／更有地平線，更在地平線之外之外……

　　　　　　　　　　　　　　　　　　　　　　　——〈第一班車〉

　　地平線之外仍是虛空……《六祖壇經‧般若品》：「猶如虛空，無有邊
畔，亦無方圓大小，亦非青黃赤白，亦無上下長短，亦無瞋無喜，無是無
非，無善無惡，無有頭尾，諸佛利土，盡同虛空。」佛家美學中「時空」、
「數量」都被誇飾爲無邊無際，無涯無岸，因此，周夢蝶的詩中深深體會
了這種虛空無盡的感覺，虛空無盡，冷亦無盡，因此也體會了人生的徹渺
與冷的包圍。

（二）虛擬無我的體會

　　〈天問〉：「天把冷藍冷藍的臉貼在你鼻尖上／天說：又一顆流星落了
／它將落向死海苦空的哪一邊？」「天把冷藍冷藍的臉貼在你臉上／天說：
又一枝蘆葦折了／它將落向恆河悲憫的哪一邊？」周夢蝶詩中「人」的位
置相當渺小，如流星之短暫，如蘆葦之脆弱，永遠落向死海苦空、可悲可
憫之處。

　　人是無依的，〈囚〉：「在無天可呼的遠方／影單魂孤的你，我總縈念／
誰是肝膽？除了秋草／又誰識你心頭沉沉欲碧的死血？」人是身陷險地
的，〈囚〉：「泥濘在左，坎坷在右／我，正朝著一口叫喊的黑井走去……」
因而，人是退縮的，〈失題〉：「你在濃縮：／盡可能讓你拿著的這塊時空／
成爲最小。」

　　瑟縮的結果，人退居爲渺小的動物，渺小的泡沫。〈十二月〉：「在夢與
冷落之間／我是蛇！瑟縮地退想著驚蟄的。」〈六月之外〉：「我在哪裡？既
非鷹隼，甚至也不是鮫人／我是蟑螂！祭養自己以自己底血肉。」〈托缽
者〉：「哪一粒泡沫是你的名字？／長年輾轉在恆河上」。

　　最後則是自我的懷疑，《孤獨國》時期〈川端橋夜坐〉就曾懷疑人與泡
沫有什麼差別：「什麼是我？／什麼是差別，我與這橋下的浮沫？」《還魂
草》時期〈聞鐘〉仍然在懷疑：「悠悠是誰我是誰？」虛擬的存在，無我的

懷疑，終究會引起世界虛幻、物我無常的感歎！

（三）虛幻無常的體會

《金剛經》（應化非真分第三十二）曰：「一切有爲法，如夢幻泡影，如露亦如電，應作如是觀。」

周夢蝶的體會是「是的，沒有一種笑是鐵打的／甚至眼淚也不是……」（〈十月〉），歡樂不長久，悲傷亦然。「誰能作證？當時間如一陣罡風／浪險月黑，今日的雲／已不復是昨日的薔薇……」，今日的薔薇不復是昨日的薔薇，何況是今日的雲！

禪宗有「心如明鏡臺」應該勤加拂拭的故事，也有「磨磚成鏡」的公案，周夢蝶寫作〈圓鏡〉詩，認爲：「而拂拭與磨洗是苦拙的！／自雷電中醒來／還向雷電眼底幽幽入睡。而且／睡時一如醒時；／碎時一如圓時。」似乎已能深深體會萬象之虛幻，得失之無常，而在一生一滅間，即時掌握，就像「自雷電中醒來，還向雷電眼底幽幽入睡」一樣，抓住刹那間的永恆。因此才有《還魂草》壓卷之作〈孤峰頂上〉所說的：「恍如自流變中蟬蛻而進入永恆／那種孤危與悚慄的欣喜！」

二、苦世情而悟世理

葉嘉瑩先生序《還魂草》詩集時，曾將周夢蝶與謝靈運、陶淵明相比，認爲周夢蝶感情之不得解脫，不是現實生活中政治牽涉的凌亂與矛盾，而是內心深處一份孤絕無望之悲苦；周夢蝶的禪理哲思，不是矛盾凌亂中聊以自慰的空言，而是得之於心的觸發與感悟；周夢蝶未能將悲苦泯沒於智慧之中，隨哲理以超然俱化，卻做到將哲理深深透入於悲苦之中而將之鑄爲一體。[63]苦於世情之苦的周夢蝶，顫慄於深情、孤絕、死亡之中，有賴於禪的超越、升現，而悟其世理之悟。

（一）深情的顫慄

〈空白〉：「倘你也繫念我亦如我念你時／在你盲目底淚影深處／應有

---

[63]同註59，頁5。

人面如僧趺坐凝默。」趺坐之僧，就是專注之情。

　　〈孤峰頂上〉：「烈風雷雨魑魅魍魎之後／合歡花與含羞草喁喁私語之夜／是誰以猙獰而溫柔的矛盾磨折你？」則是一種不忍的深情。

　　〈讓〉：「讓風雪歸我，孤寂歸我／如果我必須冥滅，或發光──／我寧為聖壇一蕊燭花／或遙夜盈盈一閃星淚。」這是犧牲，是深情的表現。

　　〈關著的夜〉：「『滴你底血於我底臍中！／若此生有緣：此後百日，在我底墳頭／應有雙鳥翠色繞樹鳴飛。』／而我應及時打開那墓門，寒鴉色的／足足囚了你十九年的。」滴血以救女鬼，是超越陰陽兩界的深情。

　　〈落櫻後，遊陽明山〉：「直到高寒最處猶不肯結冰的一滴水／想大海此時：風入千帆，鯨吹白浪／誰底掌中握著誰底眼？誰底眼裡宿著誰底淚？」是周夢蝶詩中最為精絕的意象，直到高寒最處猶不肯結冰，正是為深情所苦的最佳寫照。用情深而專，則其所受之苦也是深而專、嚴而厲。

（二）孤絕的顫慄

　　周夢蝶的第一本詩集《孤獨國》，以孤獨而自成一國，鄰孤寒、寂寞、絕緣、瑟縮，可想而知。第二本詩集《還魂草》，這株還魂草是在海拔8882 公尺之上的峰頂絕處，詩集的最後一首詩〈孤峰頂上〉，豈能不孤立於眾人之中，絕斷於塵俗之外！〈逍遙遊〉，名為逍遙之遊，但離群獨飛不也是一種孤絕嗎？「不是追尋，必須追尋／不是超越，必須超越──／雲倦了，有風扶著／風倦了，有海托著／海倦了呢？隄倦了呢？」海倦了，隄倦了，竟然沒有可以託付的對象，即使是在逍遙遊中，仍然有孤絕的顫慄。因此，周夢蝶詩中充滿了鵠立、植立、直立的孤獨感：

　　〈冬天裡的春天〉：「而鐵樹般植立於石壁深深處主人的影響／卻給芳烈的冬天的陳酒飲的酩醉！」

　　〈晚安！剎那〉：「我直立著，看蝙蝠蘸一身濃墨／在黃昏曇花一現的金紅投影中穿織著十字」

　　〈守墓者〉：「是第幾次？我又在這兒植立！」

〈一瞥〉:「我鵠立著。看腳在你腳下生根/看你底瞳孔坐著四個瞳仁。」

　　洛夫從個人的情感遭遇,自我不斷的挖深鑽尋,為周夢蝶的孤絕找出源頭,賦予功能:

> 周夢蝶的詩不僅是處理他自己情感,表現個人哲思的態度與方法,而更是一個現代詩人透過內心的孤絕感,以暗示與象徵手法把個人的(小我)悲劇經驗加以普遍化(大我),並對那種悲苦情境提出嚴肅的批評。周夢蝶的悲劇情感,當非源自政治牽涉,甚至也不是源自現實生活,而是一個現代人「自我追求」、「自我肯定」而不可得時,所感到的一種內心深處的孤絕無告。[64]

李英豪則是最早從禪佛的境界去解讀周夢蝶的孤絕:

> 周夢蝶的「孤絕」,在流露自我中,其意象的構成和心靈的狀貌,顯然是一種「禪」,一種「佛」,達到「無有」、「見性」、「淨化」的境界。他在這種近乎「禪」、「佛」中,發現了無所羈繫的自我。詩人雖非「入聖」,但已「超凡」。他的感性已跟這物質社會解體。他在形上世界中追尋「我」,君臨萬象,待「我」如待「佛」。[65]

(三)死亡的顫慄

　　深情而未能引人相濡則悲苦加深,孤絕而不免與人互動則悲苦愈甚,悲苦之至極,必是死亡之顫慄。周夢蝶詩中隨時可見死亡的語言:「天黑了!死亡斟給我一杯葡萄酒」(〈行者日記〉)。「就像死亡那樣肯定而真實/你躺在這裡」(〈十月〉)。「死亡在我掌上旋舞」(〈六月〉)。「面對枯葉般匍

---

[64] 洛夫,〈試論周夢蝶的詩境〉,《文藝》第 2 期(1969 年 8 月)。
[65] 李英豪,《批評的視覺》(臺北:文星書店,1966 年),頁 61。

匐在你腳下的死亡與死亡」（〈還魂草〉）。「而在春雨與翡翠樓外／青山正以白髮數說死亡」（〈孤峰頂上〉）。周夢蝶詩中隨時可見死亡的意象：「在地下，在我累累的斷顎與恥骨間／伴著無眠」（〈守墓者〉）。「不知黑了多少個世紀的深海中／萬籟俱寂」（〈一月〉）。「再回頭時已化為飛灰了／便如來底神咒也喚不醒的」（〈六月〉）。「讓黑暗飛來為我合眼，像衣棺／——黑暗是最懂得溫柔與寬恕的。」（〈一瞥〉）。「多想人鄉為地下你枕著的那片黑！」（〈囚〉）。「何去何從？當斷魂如敗葉隨楓／而上，而下，而顛連淪落／在奈何橋畔。自轉眼已灰的三十三天／伊人何處？茫茫下可有一朵黑花／將你，和你底哭泣承接？」（〈天問〉）

死亡是生之絕境。死亡之至極，卻也可能是新生的伊始。從《孤獨國》集中〈消息〉二首可以見其端倪：火花「不是殞滅，是埋伏」，「是讓更多更多無數無數的兄弟姊妹們／再一度更窈窕更夭矯的出發！」（〈消息〉之一）。「當我鉤下頭想一看我的屍身有沒有敗壞時／卻發現：我是一叢紅菊花／在死亡的灰燼裡燃燒著十字」（〈消息之二〉）。消，是生命之消失。息，卻又是生命之滋長。周夢蝶將生命推至寂滅死亡的絕境，而後，生如蝴蝶脫蛹而出。死亡是已涸的脈管，灼熱在已涸的脈管蠕動；死亡是雪層下的靜寂，一個意念掙扎著欲破土而出。

明年髑髏的眼裡，可有
虞美人草再度笑出？
鷺鷥不答：望空擲出一道雪色！[66]

這是〈蛻〉詩的精采意象，頗似禪宗公案，鷺鷥不答，一飛而去，正是夭矯的生命！

若非承受著生活中深情的顫慄，生命裡孤絕與死亡的顫慄，若非沉潛

[66]周夢蝶，〈蛻〉，《中國現代文學大系・詩》（臺北：巨人出版社，1972年）。

於佛典之中，咀嚼生之苦味，就不可能有《還魂草》詩集。然而，生機活潑，生意盎然的禪機、禪趣，卻是 1965 年《還魂草》詩集出版後的事了。

三、窺禪機而見禪理

　　周夢蝶的人格特質是極冷與極熱的同存共生，是絕對與絕對的相對，以他自己的詩句而言則是「雪中取火且鑄火為雪」。雪是他外在的氣質，孤絕而冷；火是他內心的深情，小而猛烈。虛無吶喊、現代主義盛行的 1950 年代，孤岩挺立、存在主義狂飆的 1960 年代，周夢蝶以雪裹覆自己，對於有情世界甚少接觸，火苗深藏於層雪之下。這正是《孤獨國》、《還魂草》寫作的背景，雪在燒的周夢蝶。

　　1970 年代以後，「冷」字出現在周夢蝶詩中的次數相對減少許多，如果出現，「冷」早已成為「我的盾，我的韻腳，我的不知肉味的韶。媚嫵、紺目與螺碧……」[67]活潑潑的生機隱然萌生，1980 年的一場大病使他領悟「人是人，也是人人」，活著不再是那麼簡陋、草率、孤絕與慘切。[68]這是《約會》寫作的時代，雪在融，春水蕩漾，皎然豁然的詩風成為周夢蝶詩作的「第九種風」。

　　這是真正窺禪機而見禪理，呈現圓滿之象的詩篇，具足三種形態：

（一）興會淋漓，生物參與

　　周夢蝶早期詩作出現的動物，往往是土撥鼠、蚯蚓、知更鳥、蛇、蟑螂、蟬，代表生命微賤、畏縮、退卻，但《約會》時期的生物，卻靈活可親，興會淋漓，洋溢著生之喜悅，禪悟後的歡欣。特別是，詩中的語言，一反昔日古奧玄祕的文學詞彙、層疊不盡的意象之轉折與延展，以絕對平實的日常用語，描繪平實的日常動、植物，更見禪學簡約澹淨的本然之色，如〈九宮鳥的早晨〉、〈兩個紅胸鳥〉、〈蝸牛與武侯椰〉、〈詠雀五帖〉、〈牽牛花〉、〈疤〉、〈細雪〉，都是其中的佳構。傳達了生物與生物的相互感

---

[67]周夢蝶，〈不怕冷的冷〉，《周夢蝶・世紀詩選》，頁 72。此節所引詩篇皆出自本書，不另加註。
[68]周夢蝶，〈風耳樓小牘〉，《聯合報》副刊，1981 年 8 月 3 日。

通，生命與生命的相互珍惜，最基本的佛家眾生平等的生命信息。

如〈即事〉一詩，寫水田驚艷，一隻白色小蝴蝶在滿目煙波搖曳的綠田中所引動的盎然生意：

> 綠不復為綠所有：
> 在水田的新雨後
> 若可及若不可及的高處
> 款款而飛
> 一隻小蝴蝶
> 髣髴從無來處來
> 最初和最後的
> 皓兮若雪

以「雪」來形容小蝴蝶，這時的雪是玉潔冰清的雪，不是霜壓雪欺的雪。生之所以為生的悲苦，不再冰封雪埋的封鎖周夢蝶。

其實這隻栩栩然的小蝴蝶一直穿越著周夢蝶所有的詩集，從《孤獨國》到如今，蝴蝶是周夢蝶詩中出現最為頻繁的意象，舉重若輕，將周夢蝶冰凝的深沉苦思，以輕盈的飛翔之姿攜離，在冰封雪埋的苦境裡如是，在興會淋漓的禪喜中亦然。莊子「天地與我並生，萬物與我為一「的〈齊物論〉思想，在空中則如蝴蝶，在地下則如伏流，緊緊與周夢蝶相隨，或許這就是「興會淋漓，生物參與」寫作的緣由。

如果說禪是佛家美學中的一隻蝴蝶，這隻蝴蝶一直翩翩然在周夢蝶的夢裡、栩栩然在周夢蝶的詩中。

（二）博愛情懷，生人約會

日常生活中不輕易與生人交談的周夢蝶，《約會》時期的詩篇卻往往是贈人或與生人交會的紀錄，許多詩的副題註明酬贈對象或時空背景，顯示詩之本事有著現實的依據。前二冊詩集，絕少看到現實中與周夢蝶生活的

實際人物，詩中人物不是尊者、基督，就是神話中的息息法斯、久米仙人等仙神，極乏生人氣息。當時周夢蝶趺坐於重慶南路、武昌街口，無視於紅男綠女南來北往，南來北往的紅男綠女未曾進入他的生活中，未曾進入他的詩中。他在隔絕的自我禁閉裡。《約會》時期的詩篇則反是，周夢蝶有了與人相通的聲息。

　　周夢蝶曾自承嚮往耶穌博愛的精神，或許這些詩篇正是這種入世精神的發皇。在前兩冊詩集中周夢蝶提到耶穌、基督、上帝等字，其次數為佛陀、尊者之數倍，如：「如果每一寸草葉／都有一尊基督醒著」（〈朝陽下〉）。「你們中誰是無罪的／誰就可以拿石頭打她。——約翰福音」（〈六月之外〉）。「一朵微笑能使地獄容光煥發／而七塊麥餅，一尾鹹魚可分啖三千飢者。」（〈豹〉）。「在感恩節。你走到那裡（不沾塵土是你底鞋子）／那裡便有泉鳴如鐘，花香似雪／簇擁你——仰吻你底腳心／斑斑滴血的往日。」（〈虛空的擁抱〉）。「想起十字架上血淋淋的耶穌／想起給無常扭斷了的一切微笑……」（〈索〉）。「十字架上耶穌的淚血凝動了／我理智的金剛寶劍猶沉沉地在打盹。」（〈錯失〉）。「上帝啊／你曾否賦予達爾文以眼淚。」（〈菱魚〉）。「上帝啊，無名的精靈呀！／那麼容許我永遠不紅不好嗎？」「〈徘徊〉）。「上帝給兀鷹以鐵翼、銳爪、鉤朒、深目／給常春藤以嬝娜、纏綿與直拗／給太陽一盞無盡燈／給繩蛆蚤虱以繩繩的接力者／給山磊落、雲奧奇、雷剛果、溫馨與哀愁……」（〈乘除〉）。

　　這就是周夢蝶詩中的耶穌基督無關乎宗教信仰的博愛象徵。是因為有這份火熱的深情博愛，才能衝破生之悲苦的錮鎖，因而有了人與物的約會，人與人的交會。如〈約會〉一詩的約會對象是橋墩，如〈老婦人與早梅〉所傳遞的是「春色無所不在」的訊息，活潑潑的人生與禪趣。

（三）禪意禪境，生機盎然

　　早期周夢蝶的詩作明引佛號、佛語、佛典、佛事甚夥，就禪詩而言，有跡可尋，落入言詮。即使暗用禪詩禪事，如〈樹〉：「甚至連一絲無聊時

可以折磨折磨自己的／觸鬚般的煩惱也沒有。」[69]暗用唐末五代和尚南臺守安〈示徒〉詩：「南臺靜坐一爐香，終日凝然萬慮忘。不是息心除妄想，都緣無事可商量。」[70]〈聞鐘〉：「串成一句偈語，一行墓誌：『向萬里無寸草處行腳！』」暗用雪峰義存禪師詩作：「萬里無寸草處，迥迥絕煙霞；萬劫長如是，何需更出家？」[71]轉化成功，但終究是借他人口舌以擴展自己的思慮，而非直觀萬象，直探本心，直抒所得。《約會》時期的作品則不再借用佛語佛典爲註腳，也不再呼喚耶穌基督作爲心靈的救贖，昔日「孤絕」的形象轉而爲今日自我承擔的象徵，詩人與讀者從此不必爲佛典佛事所拘牽，拋卻撞杖字，獨立自行，何需依傍！

　　〈藍蝴蝶〉：「我是一隻小蝴蝶／世界老時／我最後老／世界小時／我最先小／我能成爲天空麼？／掃了一眼不禁風的翅膀／我自問。／能！當然——當然你能／只要你想，你就能！／我自答：／本來，天空就是你想出來的／藍也是／飛也是」。「天上地下，唯我獨尊」的個體生命之尊嚴，世界萬象是由人的心識所源生，這樣的佛學思想都由一隻小蝴蝶不禁風的翅膀所帶引出來，無相之相，見證了眾生平等，佛性之無所不在。

　　通過萬劫無寸草的苦境，周夢蝶《約會》時期詩作具現了禪意的活潑，禪境的生氣，從生命最陰冷的地方看見歡悅，不僅是生物積極參與，即使是落葉、冰雪都充溢著生猛的盎然之意：

　　「猛抬頭！有三個整整的秋天那麼大的／一片落葉／打在我的肩上，說：／『我是你的。我帶我的生生世世來／爲你遮雨！』」（〈積雨的日子〉）。

　　「據說：嚴寒地帶的橘柚最甜／而南北極冰雪的心跳／更猛於悅歡」。（〈不怕冷的冷〉）。

　　推廣至整個大地，大地在笑：

---

[69] 周夢蝶，〈樹〉，《還魂草》，頁 18。
[70] 原載《禪宗雜毒海》卷 2，此處轉引自《禪門詩偈三百首》，臺北：圓神出版社，1996 年，頁 306。
[71] 原載《雪竇義存禪師語錄》卷下，此處轉引自《禪門詩偈三百首》，頁 303。

　　「我問阿雄：『曾聽取這如雷之靜寂否？』／他答非所問的說：『牽牛
花自己不會笑／是大地——這自然之母在笑啊！』」（〈牽牛花〉）。

　　如是完成禪的生命之全然開放，完成周夢蝶禪詩美學的完整體悟。

第六節　結語：妙悟——禪的最高境界、詩的無限可能

　　宋朝嚴羽《滄浪詩話》：「禪道唯在妙悟，詩道亦在妙悟。……唯悟乃
為當行，乃為本色。」（詩辨）。明朝胡應麟《詩藪》：「禪則一悟之後，萬
法皆空，棒喝怒呵，無非至理；詩則一悟之後，萬象冥會，呻吟咳唾，動
觸天真。」（內編・卷二）。他們二人先後以「妙悟」二字點出禪道與詩道
會通處、為佛家美學與詩美學找到縮合的地方。

　　因此，本文的結語正是「妙悟：禪的最高境界、詩的無限可能」，此句
採用互文修辭，也可以說「妙悟：詩的最高境界、禪的無限可能」。分述之
為五：

一、一己之悟

　　《涅槃經》、《楞迦經》等經典都在強調：眾生本具佛性，佛性就在自
身之內，不待外求，悟也不待外求；《六祖壇經》講到自性時，說「本自清
淨」「本不生滅」「本自具足」「本無動搖」「能生萬法」，萬法盡在自心，悟
也不待外求。反過來說，悟，需要自身去悟，他人也無法代替。此之謂一
己之悟。禪貴頓悟，詩貴獨創，靠的都是自己親身去體驗，周夢蝶長期浸
淫佛典，近期詩作則充滿喜悅與自信，人與大地可以同聲一笑，正是長期
體驗之所得，因此能神氣生動，彷彿從胸臆間、肺腑裡汨汨流出。

二、一念之悟

　　一念悟，眾生即是佛；一念迷，佛即是眾生。這一念之悟，就是頓
悟。悟之當時如何美妙，如非親身體會，恐怕也無法以言語說明，即使是
親身體會，恐怕還是無法以言語說明。嚴滄浪說：「夫詩有別材，非關書
也；詩有別趣，非關理也。」他企圖說明禪與詩的這「一念之悟」到底是
什麼，他認為非關書非關理，所以，以文字為詩，以議論為詩，以才學為

詩，都不是最好的詩（古人之詩）。但是如果真的以為非關書非關理，又非嚴滄浪本意，因為接下來他說：「而古人未嘗不讀書，不窮理。」所以，書要讀，理要窮，但「不涉理路，不落言筌者，上也。」神思，靈感，一時興之所至，一時興會淋漓，禪與詩都在追求這裡一開一闔之間閃現的美妙。

三、一字之悟

《五燈會元》說到百丈禪師的「野狐公案」[72]，同樣的題目：「大修行人還落因果也無？」回答：「不落因果」，五百年生墮野狐身；百丈禪師回答的是：「不昧因果」，使人大悟，脫野狐身而去。不落因果與不昧因果，一字之差，是悟與不悟之別，結果天差地遠。詩，講究一字師，鍛字鍊句是詩學必要的功夫，點鐵可以成金，點凡可以成聖，詩與禪皆如此。

除此之外，詩人是要自以為高人一等，可以在因果之外不落因果？或是要能合其光而同其塵，隨其波而逐其流，能自自然然在因果循環之中而不昧因果？其理亦甚明。

四、一入之悟

對人，不可過河拆橋；對詩，卻要得魚而忘筌。對事，不可得意忘形；對詩，卻要得意而忘言。言語文字、山川草木蟲魚鳥獸，都是參禪者、寫詩者的媒介，藉此這些媒介直入道體，直入思想核心，直入事物本質，此之謂「一入之悟」。傳統詩學主流，從司空圖的「韻外之致」、「味外之旨」，王漁洋的「神韻說」，嚴滄浪的「興趣說」，到王國維的「境界說」，所追求的無目是言外之意，期能不著一字盡得風流。與禪家所追求的：不立文字，不落言詮，二者相通。但，詩是語言的藝術，不能離文字而獨存，所以，詩與禪的一入之悟就在於：不離文字，不泥文字。

五、一體之悟

自性是本自具足的，所以禪悟之後可以如永嘉玄覺所說：「一性貫通一

---

[72]〈野狐公案〉，見《五燈會元》卷3。

切性，一法遍含一切法」[73]，一以貫之，不可分割，這就是一體之之悟，就像石入水中，一圈一圈不斷的連漪，一波一波不斷地連倚。佛家認為「無情有性」（無情之物亦有佛性），一山一石一草一木都是內心「如來藏」所生，一心可以統攝萬象，萬法終究歸於一心，所以，一心悟，眾生悟。以詩而言，詩之內部相互呼應諧和，以成就渾然天成的圓融之境，這是第一步的一體之悟；以「小蝴蝶」入詩使人領會，這時的小蝴蝶不只是小蝴蝶，可以代表任何一物，這是第二步的一體之悟。[74]

詩學與禪學如此相互匯通，相互印證，持續開發，持續攀升，希望達昇到一個完美的境界。而周夢蝶是臺灣現代詩人中，以漫長的一生見證佛家美學，以完整的一生實踐佛家美學，以入世的一生擴陳出世的情懷，完美的第一人，自有他自成體系的豐碩成果。

——選自蕭蕭《臺灣新詩美學》

臺北：爾雅出版社，2004 年 2 月

---

[73]見〈永嘉證道歌〉，《禪詩六百首》（臺北：國家出版社，1989 年），頁 48。

[74]孫昌武，《詩與禪》，頁 62～72「禪的妙悟與詩的妙悟」中談到以禪的妙悟來說明禪歌創作的思維特徵，一是強調自悟，二是強調一念之悟，三是強調一體之悟，似是直證之悟。與文所談，有同有異，可以參看。潘麗珠，《現代詩學》（臺北：五南圖書公司，1997 年），有一篇論文〈中國『禪』的美學思維對現代詩的影響〉提到現代詩表現禪意的分法，歸納為：「靈動超詣的無我之境」、「孤寂而自在的生命覺」、「遠近俱泯的時空觀」，或可對應為本文所述的「一念之悟」、「一己之悟」、「一體之悟」。

一位歐洲人讀周夢蝶

◎胡安嵐[*]

　　我首先要感謝主辦單位邀請我參加這次的研討會。同時，我也感到非常榮幸來參加這項盛會。

　　我這次受到邀請的理由其實有些兒牽強：在巴黎唸大學的時候，我雖然以周夢蝶為主題撰寫了博士論文，但是後來一連串的因緣際會，我反而在法國文學方面的鑽研更甚於中國文學，因為我現在任教於法文系。這樣說吧，我依然喜愛著臺灣的現代詩，不過可惜的是，我無法再如同我是博士生時那樣投注同等的心力在這上頭。

　　我之所以不自量力接受邀請——這真的也不是自謙之詞——，是因為首先這讓我有機會向周夢蝶先生表達感謝之意。在我準備博士論文時，所受到他的幫助，真的是彌足珍貴而且受用不盡。那個時候，明星咖啡屋仍在營業，而周夢蝶先生就定時在那兒與朋友們聚會，完全不必事先預約，這樣大約一年下來，在那時還沒嫁給我的內人的陪同之下，我得以多次參加這種聚會，並向周夢蝶先生請益，而每一次他都不厭其煩地為我解惑。

　　特別的是，答應參加這場研討會，對我個人來說尤其是一個難得的機會，因為能夠以一名外國人的身分來見證周先生的作品的價值，應該這麼說，見證他作品中最重要的世界性的共通價值。

　　在此，我可以舉幾個例子說明。比方說，從周夢蝶先生被譯成外語的作品中，便可以看出在臺灣地區以外的人士對於他的作品所感到的興致。除了這林林總總被譯成各種歐洲語文，收錄在各式各樣的臺灣詩選裡的部分詩篇以外，還存在有若干較為完整的詩集譯本，都是從《還魂草》裡擷

*發表文章時為逛街法式素食餐廳老闆，現為文化大學法國語文學系副教授。

選出來的。我的資訊因為不是最完整，也不是最新的，所以無法呈現其譯本的流通狀況。但是，我卻知道這本詩集在美國就有兩個版本的譯文，而在荷蘭也有一本荷蘭語版本的譯文。

在法國，經由本身也是詩人的 Kenneth White，周先生給介紹了出來，可惜重點在於人，而不在於其作品。White 將周先生喻為寒山再世。

最近，在 2 月份舉行過的臺北國際書展上，周夢蝶被選為當代詩最具代表性的人物之一，他晚近的若干詩作也因此被譯介給法國的讀者。我還可以再舉一個他人的觀點來說明。任何一個對臺灣文壇稍有認識的人，都知道周夢蝶是一位「不可不談」的詩人，也就是說，少了他，臺灣的詩可能就不會呈現出今日的風貌了，同時在世界上所占的份量也可能不比今日。再說，各位也都知道他前不久出版了兩本新的詩集，這兩本詩集不僅僅讓他的作品風靡老少讀者，為作品注入活水，同時更顯現出他的作品不曾止息，一直在向前進，他的作品不只是延續，而是更為深入。

但是我所指的世界性的共通價值並不完全，也並不僅僅是他的詩集在世界上的流通性，應當是指作品的內容而言。我所指的世界性的共通價值，是著重在其內在的特質。而我所要談的也正就是這個內在的特質。

不過在開始談論之前，我認為有必要再次提出一些疑問，這些疑問特別讓我這個外國人感受到它們的存在。這些疑問雖然只是一個開端，但它們也是很基本的。在閱讀外國詩的時候總能夠讓人發掘許多問題，其中也包括當一名外國人在閱讀一篇詩或一部作品時，他的閱讀及判斷的適用性。另外，還牽涉到其判斷及閱讀是否被接受。這些疑問，我歸納如下：「一名外國人在閱讀一部詩作時，這項閱讀該是什麼？有怎樣的價值？」

以上是我特別感受到它們的存在的一些疑問。不管是在閱讀外國詩也好，或作為一名經常把拿法文詩給我自己的學生以及朋友閱讀的法文詩欣賞者也好，我很清楚在閱讀外國詩的時候會遭遇什麼樣的困難，閱讀中會碰上多少問題，多麼容易就會詮釋錯誤，又或者，更簡單地說，詮釋的方法及模式是那樣的南轅北轍。

　　這些疑問只是開端，但它們是如此緊密地和詩的本質連結在一起，或者，這些疑問就在詩的本質裡頭。

　　這些問題首先自然是來自於語文（langue）。這些語文問題再以特定的方式與詩的譯文所顯現的問題相互混合，或是相融合。也就是說，一方面是詩作從一種語文到另一種語文的過程，另一方面又是詩的譯文的閱讀。但是，問題並不僅僅局限在這個範圍。

　　當然，這是因爲首先在這裡造成疑問的，是語文，以及對語文的認識。但是我並不想在這兒多談認識一種語文的必要性，我寧可強調，爲了評價一部作品在語言史及文學史上的地位，以及探索其在文化中的份量，外國讀者所遭遇到的困難。

　　詩是一種語文的產物，它可以自給自足，它一旦被書寫出來，被出版了，就有了屬於自己的生命，最終將獨立於於原作者之外，甚至獨立於外界。語文做爲詩意的材料，既相同於，同時也不同於語文做爲溝通的工具，因爲後者往往局限於語言學家們所謂的「信息功能」。

　　大家都知道，詩是一切語文之菁華。它並不僅限於字詞的定義，反而，它用盡了語言（langage）的各個層次，例如：語音、句型，還有語意。藉由聲韻，藉由節律，有時甚至藉由特殊的句型用法，以及字詞的各種意思的凝聚，以及字詞所可能產生的各種迴響，於是一首詩篇便在意境上創造出多層次的效果。這樣的多層次的效果並不局限在字面所指的定義上，它同樣也表現在感覺上、情感上、意境上，同時也表現在智性上，有時甚至於更超越了智性。面對著難以筆墨形容的場面時，詩人必得用盡語文裡的一切成分，不擇手段以求掌握一則生命之經驗，一則與他自身相關的經驗，從而能夠將此經驗重現在讀者的眼前。一首詩篇所營造出來的這種效果，除了詩以外，是沒有其他方法可以呈現出來的，這也就是自 Henri Meschonnic 以後，自 Julia Kristeva 以後，現代法國文學批評所謂的「signifiance」（我一直無法在中文裡找出和這個字相對應的詞彙，最貼近的解釋是「絃外之音」）。

　　語文的這一個作用是和整個語言史息息相關的。它比一般所謂的精通一種語文的歷史要來得更久。精通一種語文通常是指知道所言爲何物，以及能夠用一種語文來自我表達。

　　對於一個不是以這種語文爲母語的人而言，他並不是從小便使用這個語文，那麼作者在文字上、音韻上、節律上以及節奏上所玩的把戲對於他有何意義呢？詩最基本的抑揚頓挫又有何意義呢？對於未曾在校園裡接受過語言史訓練的人而言，他能夠掌握該如何爲一部作品在語言史上或者在詩史上做出定位嗎？他能夠掌握作品意象裡的原創性與新意嗎？他能夠掌握作者的語言以及風格爲作品再次注入的新元素，或是作者從傳統裡所擷取的元素嗎？他能不僅僅是掌握用字遣辭的精髓嗎？甚至於掌握創新的要領、各種意境的獨特效果、一個字或者一個觀念或者一個意象背後所蘊藏的意境之累積或者文化嗎？他能夠明瞭一個詞彙背後所潛藏的各種聯想組合嗎？他能夠掌握潛藏在詞彙背後的這一個互文性的網絡嗎？正是這一些對其它文本的投射，構築成了文人的喜悅，並營造出了各種意境的效果。簡單地說，這樣一種從小養成的敏銳感覺，之後又轉變爲不必經過思考的反射性動作，一個外國人能夠完全掌握嗎？

　　以上這一切也同樣並不只是構築成了文人的喜悅，它們甚至成了詩內在不可分的一部分了。基於這一點，難道外國讀者就永遠無法跨越這一道藩籬嗎？倘若斷然地對前一個疑問持贊成的意見，則意味著一切的詩的翻譯都是不可能的。

　　無論如何，外國讀者是比較吃力的。這樣的說法似乎有緩衝的空間。當然，這首先要取決於外國讀者對於一個外語以及其文學的認識的程度，還有他自己大體上對於詩的感覺。他所受到的文化薰陶的程度越高，他越能夠感受到一部作品中所涉及的範圍，也越能夠掌握作品和這個語文以及和前代與當代作品之間的種種關聯。

　　就讀者群整體而言，也許還可以在這裡針對讀者的語言文化程度提出疑問：母語閱讀的讀者們是否和作者有著相同的文化素養？對於一首詩整

體上的理解是否意味著應對作者有全盤的認同？我們無法加以證實。

　　我自認爲沒資格來評論一篇中文文章寫得好不好，即使我的腦海裡已經有了些想法，我也不能夠信口評論這篇文章在中國文學史上的地位，但我卻可以評論文章中對我所傳達出來的信息，或者它對一名西方讀者所傳達出的信息。

　　簡單扼要地說，詩是處在兩個極端。一方面，有各種語言遊戲；另一方面，有蘊含人類經驗的詞彙。

　　其實，先前關於外國讀者被阻絕在外的此一疑問會有不一樣的答案，只要照我剛剛所說的，證實詩首先是蘊含人類經驗的表示。你們會告訴我，本來就是這樣子的。我也想要能夠這樣確認。不過在驗證被書寫的或是被說出來的文字時，有時候難免會有所疑慮……。

　　不過，只要堅持詩首先是蘊含人類經驗的詞彙的想法，那麼，一切都變成是可能的了。也許不是全部，但至少是一大部分，可以從一種語文傳到另一種語文，就像從一個人再傳給另外一個人那樣。這就是詩特殊與共通的地方。也就是這一點讓真正的詩得以產生奧妙與價值。

　　在這裡，問題又轉了個彎：變成是要知道詩文對一名西方讀者和對一名中國讀者所傳達的，是不是同樣一個信息。然而，也許可以說詩文同時是傳達了部分相同的信息以及部分不同的信息。

　　儘管外國讀者在語文方面比較吃力，但是他可以從另外一個角度來詮釋詩文。他有自己的歷史背景，有自己的期待，而且他能夠賦予作品新的意義，能夠發掘出仍然潛藏著的可能性。

　　因爲一部作品被接受，以及作品所得到的迴響，是在同一個特定的背景下進行的。所以詩與讀者之間必須存在著若干共通的價值。一個全然新的見解，也許不會有任何一點意義。一個全然異常的觀點，也許一直不會被察覺。一件作品之被接受，意味著作品進入了受期待的範圍內。詩文之被接受必定要符合在文學上被關心的議題。

　　誠如一部譯作進到了譯文的語言史裡，同樣地，對於雙語讀者來說，

因爲他能夠悠遊於兩種語文、兩種文化以及兩種文學之間。對於他而言，他同時會從母語文學以及原文的文學來看待這項閱讀。

在西方（應該更確切地說，在歐洲，因爲盎格魯薩克遜世界的歷史並不完全等同歐洲史），自德國浪漫主義以來，也就是說自從神權崩潰以後，詩人們感覺自身的任務加鉅，此種情況導致詩人們對自我的期許變成：不僅要求要懂得抒發情感，要和群眾分享他的情感，不僅要好好地表達他的民族的價值觀，要求挖掘他所奉行的玄學真理的意義，要求他表現出與這個世界有某種契合……。

也許二十多年來，我們僅僅才開始要離開這些欲求，也許我們僅僅才開始要走出浪漫主義。

此外，這種詩是無法自絕於建立在對語言諸多可能性之上的疑問，而這諸多的可能性都是用來建構某一個和諧狀態的。隨著尼采的上帝之死，神權概念於是崩潰了。在西方傳統，就是這一個神權概念鞏固了其它諸多概念，允許了字詞與萬物之間的穩定關係。從此，我們活在一個字詞與其所指物件的分離狀態之中。今日，任何一首稍微嚴肅一點的詩，都會在它產生的同時，也質疑語言之能力，質疑人之存在與存在本身之關係。所以這是一種評論的詩，也是詩對自身的評論，而不只是肯定的詩。

我想，現在該是時候回過頭來談談周夢蝶的詩了。

因爲我剛剛所說的，也因爲我個人求學時，曾經受到當時結構主義的影響，我養成習慣在看一部作品時，先從該作品的整體以及其內在關聯性看起，所以在這裡我想談談周夢蝶的象徵與意象世界，探討意象和詞彙模式是如何相呼應並且勾勒出作者的內心世界。

在周夢蝶的作品裡，這一些意象的數量並不是太多。更正確的說法是，同樣的一組意象在一部作品裡，從頭到尾一直不斷地反覆出現，這組意象會逐漸明確，逐漸深刻，有時會變化而不曾真正改變其意義。

這一些意象是從哪裡來的，在此並不是重點。它們的源頭通常是在文學、哲學或是宗教的傳統裡頭，宗教尤其是指道家以及更大一部分是指佛

家。這個源頭有時候也能夠在西方的傳統裡找到。但是我並不是要在這兒談論從象徵以及意象的源頭裡找尋它們的定義。這種方法從另外一個角度看也許很有用，不過這不是我要用的角度。雖然就文化層面來說，這些意象對於中西聽眾有著不同的意義，但是我在這裡對中文聽眾和對西方聽眾所採用的說法是一致的。我很清楚，對於你們來說，在很多地方，這些意象的定義可以是很明顯的。

我將不針對種種象徵以及種種意象做進一步的區隔，因為前者有著群體性的定義（是屬於同一群擁有相同文化背景的人），而後者的定義是個別的（是專屬於作者）。我這樣做所持的理由在於，在一部作品裡，象徵以及意象是以相同的方式在運作著。在這裡，令我感興趣的是，看到這些意象之間彼此如何相連結，它們如何互相呼應，周先生如何將它們融入他的話語裡頭，還有，特別是這些意象如何將周先生的路徑（parcours）具體化，並且標示出來。

我所說的確實是一條路徑。周夢蝶的作品在指出一條路徑的同時，作品本身也在路徑上行進著。這是一條其內在各個階段相互交錯的路徑，一條固若干前進與回返狀態所組成的路徑，其組成有對未來的投射，有夢想以及等量的裹足不前，還有向後回返。這一切，都在他的詩作裡保存了痕跡。周夢蝶是屬於那種詩與生命相互交融的人，對他而言，詩是一種克服生命問題的手段，也就是說藉由創作紓解存的種種困境。

「步伐」（"démarche"）以及「路徑」的確處在他的詩的中心。對於周夢蝶而言，步履是基本不可缺的，而他詩中的主要意象則是「徑」。

也許有人已經注意到，在周夢蝶的作品裡從來沒有家的溫暖。他並不是那種在固定之地居住的人。牆內的空間對他來說一直是一座監獄、一個牢籠，是他渴求外界的一種理由。周夢蝶需要空間，需要自由。最重要的偶遇，還有約會，都是發生在外部。

若對於周夢蝶而言，生命是在外面的，這是因為一切都發生在路上。

步行（cheminement）是他詩中的第一項成分，這項成分之所以不可

缺，並不僅僅是因爲它不斷出現，更是因爲由此觀之，它支撐住了其它意象，它就像是一道底紗，在這道底紗的上頭，其它各種子題則來回不斷地交織著。對於有興趣做統計的人，不妨可以計算一下這些字眼，不僅僅是「路」或者「步履」，還有「鞋子」和「腳步」的意象、足跡、腳步聲。這些同樣都是生命、人類或者是人類的境遇的比喻。可以肯定這些是在他的作品裡頭最常出現的意象。

此外，，路以及悲苦是形影不離的。造成這悲苦的原因，有一大部分是孤獨以及悲劇感，我們稍後還會看到。就某種程度而言，我們可以，也應該將這悲苦與他個人的命運，以及他遭受流離的境遇做一個連結。不過這裡並不僅僅只有他個人的機緣，對於周夢蝶來說，生命首先是步行，同時也是路；也有屬於徑的悲苦。

這悲苦一開始顯現出沒有止境的樣子，因爲路是無窮無盡的。甚至於悲苦一再重複，因爲路徑是生生不息的，而死亡甚至不曾介入。由此看來，死亡不過是個臨時的避難處，只容許短暫喘息。

這路，特別是在早期的詩裡，有種無盡的漂泊感。不過很快地，這漂泊就要變成步行了，將要賦予路真正的意義。

是什麼促使漂泊變成路徑，並讓漂泊轉向且成爲真正的步伐呢？一開始是意識到了生命其實是漂泊與悲苦，這樣形成了步行的第一階段。但是有了悲苦的意識感以及要逃離這悲苦的渴望並不夠。只有悲苦的意識感本身，是走不了什麼作用的。爲了要改變漂泊的符像，就必須要有一個承受的動作。

這一個承受的動作，它像是一種斯多葛主義（stoicien）的堅決，像是「對命運之愛」，不管這個命運是什麼。就是這一個承受的動作使得漂泊過渡到了步行。〈十三月〉這首詩在我的眼裡是很關鍵的，在這首詩裡出現了兩次「我仍須出發！」的詩句。在命運所發出的指令與對命運的承受之間，可以找到一條路，可以牽絆住現在，並且讓無窮盡的週而復始的時光停下來。在「樹」這首詩裡也顯示出了這一個命運之昇華。悲苦也許並不

是這樣就停止了，但至少，藉著對於超越自我之一切的接受與開放，悲苦有了意義。

這樣一來，這一條路便可以和「道」的中心影像相結合了。藉由與道的同化，小徑實際上變成了道。明顯可見，此一由外界物件所勾勒出來的步行，同時也是內心的步行。這是想要返回真我的人的步伐，是想要回歸本來面目的人的步履。

這條路徑上的第二個成分是升高，它標示出了路徑的目的與終點。山峰、高度，在〈還魂草〉裡尤其常見，角色上它們隸屬於道，因為同時是目的，也是過程。

高升甚至可以是一個結束，不過最後的目的不是攀到山巔，而是忘卻山，忘卻塵世間種種名相的分別。

山，或者高度，都能讓我們更接近天空，同樣地也讓我們更接近飛行。飛翔即是一個與步履相對的意象。它代表著解脫，或者說是被賦予的自由或是掙來的自由。《莊子》裡頭的鵬鳥，還有蝴蝶便是這一類的中心影像。我們稍微有機會再回過頭來談。

高度同時也讓我們接近寒冷。因為徑的出發點若是苦難的話，那麼周夢蝶詩裡的苦難的主要原因，便可以肯定是孤獨了。從他的作品的一端到彼端（但是他比較近期的詩作除外），孤獨是形成悲苦的主要原因。由此可知在周夢蝶的作品裡，孤獨占據了何種位置。而他的第一本詩集的書名就叫做《孤獨國》。此外還有許多詩篇也提到了孤獨。

和孤獨相連的是寒冷。寒冷在周夢蝶的詩裡是眾多最常循環不止的影像之一。如果又在這裡作一次統計的話，那會是很枯燥的。其實，孤獨和寒冷乃是一體兩面，兩者有著相同的正反意義。

此外，遭受流離的境遇也毫無疑問的，是和孤獨相連在一起的。這孤獨是個別的、是精神層面的、是傷感的。曾經有人強調，周夢蝶可以很抒情，他需要感情，並且具備有以夢想來填補現實不足的傾向。文學一開始對他而言，像是一種克服孤獨、一種能夠賦予孤獨意義的手段。孤獨是一

種空虛，但也可能是與世界融合的元素。因爲世界本來是一種孤獨。「上帝／從虛空裡走出來／形式四顧，說：／我要創造一切，／我寂寞！」

不過即便孤獨感覺上像是一種空虛，它也並非一直是負面的。在周夢蝶的作品裡面，就有一種好的寒冷以及一種好的孤獨。

此外，孤獨是可以有價值的，就像是一種促進創作的激素。不僅如此，在某些時刻，孤獨變成是必備的，因爲孤獨是清醒的條件，同時也是清醒的結果。這裡，所謂的孤獨已經是這種被認識的與被接受的形而上的狀態了。這是隱士以及智者的孤獨，是秋之孤獨，是梭羅（Thoreau）、是莊子的孤獨。

這個孤獨還可以使人害怕，所以它同時令人期待也令人畏懼。就好像它是被尙未處於這種狀態之人，或是從遠處看著隱士離去之人所看見的。走得太遠之人會感到寒冷，而走得太前面以及遠離他人之人會感到孤獨。

但是又一次，隨著承受的動作，孤獨的意義可以被改變，而寒冷的價值也可以被改變。轉變而來的是好的孤獨，在這個孤獨裡，隱士自己找到了慰藉的形式，也找到了蘊藏於他的孤獨之內的喜悅的形式。這是個克服了懼怕的時刻，亦是不怕冷的時刻。於是，隱士在超脫了寒冷之後，找到了清涼。這也是中心的清涼，以及空之清涼。而和此一清涼在一起的，是好雪。

周夢蝶的世界也是個相對的世界，以及充滿張力的世界。在抵達這一片平靜的清涼前，必須要先穿過重重考驗，必須要先認識種種混濁。但，是否真有人能夠在此一清涼之中安住？而冷，是否亦已成了最終的歸宿？

其實，和孤獨、和寒冷對立的是種種情感的熱能，是六月的熱能、火的熱能。那是一個渴求與企望的世界，可以用包括蛇、蘋果、豹子等來說明這個世界。這也就是維持混濁的「八風」。

然而，渴求最終並沒有被分解。雪和火是共生的任何一方均不可缺少對方而獨自存在。同樣地，周夢蝶也可以是「直到最高寒處猶不肯結冰的一滴水」。只有那些仙人們，也許才是絕對耐寒的，也許只有諸尊菩薩，才

知道將「八風」改造成憐憫之風。

　　是不是這一種經常被視爲難以克服的對立，在周夢蝶的作品裡構成了長久以來也被視爲難以改變的悲劇感？

　　此一悲劇性的感覺，在周夢蝶的作品中是很強烈的，不能夠僅是從它在時下流行的意義來看，也就是說不可將它視爲是人在極端痛苦時的尖銳意識，我認爲應當從悲劇（tragédie）的第一個意義，也就是希臘文的本意來看：個人在面對自己的命運時所感到的無力感，他之無法與外界的步履相契合。這是生命之悲劇、歷史之悲劇。是人類的境遇之悲劇。

　　在周夢蝶的作品中，這悲劇有一大部分是屬於罪惡的悲劇。特別是十字架，給了這悲劇一具軀殼。這具十字架並非墳墓上的十字架，而是受難的十字架，是所承受的悲苦之顯現，它有時是無辜的。此外周夢蝶還將十字架運用到以下兩種用途，一方面是個人的苦難以及譴責，但另一方面則是無辜的受難者的苦難，這受難者是代人受過的（這比較接近佛教徒的慈悲爲懷）。十字架之所以能夠支撐這一個悲劇性的感覺，並不是純屬巧合，而是因爲必須使用一個不屬於佛家傳統的象徵，因爲確切說來，佛家傳統並不存在這種悲劇，這種悲劇是構築於自我個體的存有論的現實之上的。自我存有之現實，就像所有的現象，以及對此一現實之執著，佛家傳統將此一現實視爲如同幻影，甚至於可以說是最大的幻影。

　　在周夢蝶的詩裡頭，救贖無疑是比較屬於佛家的。這一個救贖觀念和箭、和血是息息相關的。此一救贖觀念就像是回來宣告要以血償債的業報。另外，它也呼應了另一個悲劇的成分，也就是對命運的無知。悲劇的諸多條件之一，其實就是主角本身無法察覺諸神的意念。箭其實並不僅是反射回來追認此生所犯下的一項錯誤，它是從遙遠不可考的時光折返回來的，這些時光早已被遺忘了，因爲它們來自於一個久遠前的記憶，而這記憶遠在我們之前，遠在此生之前。

　　在周夢蝶的作品裡頭還有另外一個償債的手段：是淚水。淚水可以是苦難的詞彙，但是在周夢蝶的詩裡，它們也經常是因爲一次善行而還了債

的結果。在這個意義上，淚水是解放者，是一種感激的形式。這就是〈二月〉一詩裡頭的淚。

血和淚水，這些液狀要素先消抹，然後再令生命重新循環，它們重新建立了人與人之間的交流，甚至是自我之內的交流。在比較近期的一首詩裡，出現了非常令人玩味以及含意非常深遠的手法，箭只是很簡單地和水結合在一起。同樣地，也是在比較近期的詩作裡，是雨水喚醒了這些累世的片段。

償清了債，尋得了感激，消抹去了記憶，而此一記憶正是悲苦之根源，時光還剩下什麼呢？當此一令人陌生的記憶回來並且被消除的情況下，時光才能夠被開放，才能夠被分解。而時光以兩種方式開放：要不就是藉著跳脫到時光之外，便將永恆濃縮成了一瞬間，要不就是藉著消抹時光，亦即消抹死亡。

對於周夢蝶而言，死亡並不是一個結束的詞彙。事實上，在周夢蝶的作品裡，雖然常見到這個字眼，但是並沒有發生死亡。死亡從來不是整體結束；死亡從來不是如一般人所認為的生命的完全終止。

死亡首先是一個過程。通往一個新的生存之可能性的過程，通往一個欲求以及時光之新工程的過程。它在此已經遠離了個體之毀滅，反而成就了個體之維持。它處於各個週期循環之間，是虛無，或者說是允許天地事物循環的潛伏時期。在這裡，它是由多出來的第一個數字所代表：第六根手指或第 13 個月。它代表的是仍屬於自然世界的第一重之外。

同時，更深入地說來，死亡並不在自我毀滅的這一層意義上。在這裡，死亡是通往另一個完全不同的景的過程，而同時，它讓週而復始進一步成了永恆。在此，並不是透過死亡，讓此一過程得以實踐，而是透過意識到死亡本身之不存在。先消除一切之死亡，接著再消除死亡本身。這樣的雙重消除造就了一個不生不滅的境界。

在這裡，它是由多出來的第二個數字所代表：第七根手指、第 14 個月、外之外。那裡已經是個不屬於自然的世界了，而是屬於意識的世界。

所以，循環之出口乃是多出來的時刻，一個天外的時刻，這個時刻通往中心之空。外之外，一個雙重否定，一個多餘之多餘，真正是一個「其它虛無之虛無」，一個處在黑夜中心的黑夜。

就是在這樣一個時刻，才可以開放時光，可以獲得諸多永恆時刻，可以解除無止息的週而復始。就是這樣，所以蝴蝶超脫了時光，正如同它超脫了死亡。蝴蝶，藉著本身的動作，支使著陰陽的扇子，「這無名底鐵鎖」，而它的生命只是一轉瞬間的時間，但是它卻蘊藏著永恆。

這一個開放時光的時刻可以從忘我以及類似出魂的經驗中獲得，因為在經歷上述經驗時，意識會擴張，個體分離之感覺會被消除，而達到天人合一。還有，在這一刻，可以獲得一個完整的世界。在這樣的時刻裡，自我之感覺會失落，但是意識不會失落。不管強度如何，在剎那中能夠獲得覺悟。

這樣一個時光被泯滅且死亡被分解的時刻也能夠藉著渡河而被凸顯出來。當然，因為渡河是一個從輪迴到涅槃的過程，是每一滴水要返回源頭的回程。

渡船、淺灘、橋都是渡河到對岸去的手段。但是這跨越的過程是間斷的，而不是一道直接橫越河川上方者在那裡佇足。徑是持久的，也可能是無止盡的。但他並不是連續的。若沒了這些徑的中斷點，就不可能達到目的地，其實目的最終就是要忘記目的。

這些徑的中斷點是人坐下來的時刻（步行與天地平行，坐下則與天地垂直）。而這一些坐下來的時刻也就是冥想的時刻。坐下以及冥想都在橋邊。所以實際上，橋才是冥想。

首先，橋得以分隔人本身與步履。隨後，冥想更加深了此一分隔，冥想和河川本身融合成一體。所以是河川，或者是冥想溶解了自我，就像是通過橋下的潺潺流水將各自獨立的氣泡溶解了一樣。

就這樣，實現了時光之泯滅，這過程甚至就在時光之內，甚至就在循環週期之內躍過循環週期。

　　這並不像是流在消抹外部世界的忘我境界裡，是故我存在但是我也不存在，萬物存在但是萬物也不存在。

　　我在這裡特別想起了〈藍蝴蝶〉這首詩，以及它那對再也不被看見的翅膀：

　　　你的翅膀不見了
　　　雖然藍之外還有藍
　　　飛外還有飛
　　　……

　　這是一條由周夢蝶的作品所描繪、呈現出來的路徑，而更重要的是，他的作品也在這條路徑上走了一遭。經由晚近的詩作，可以注意到周夢蝶自己的語言有著多麼大的進展。這些年下來，孤獨感、苦難的詞彙已不再那麼被強調了。悲劇性的感覺則更進一步由平和所取代。對立矛盾無疑還是繼續存在（如果沒有這種矛盾，還會有文學嗎？）不過，其間的張力已不再那麼猛烈、那麼敏感。他的語言變得比較單純，諸多意象亦更為貼近日常生活。張力與矛盾也被平和與淡泊所取代。是否經過一番以生命寫作的洗禮，周夢蝶已然返璞歸真？

　　就是從這一點，可以說他詩中有「禪」。

　　但是，雖然有「禪」，在他的詩裡仍然保有掙扎的痕跡，掙扎既是解脫的險阻，同時卻又是此一解脫的希望之所在，以及要獲得此一解脫的必要的內在工程。他的探索深植於其個人經驗。這是佛教的禪所揭示的一個經驗，同時也是他在這上頭的個人經驗。

　　常常有人問，周夢蝶是否已經解脫，已經覺悟了。我不確定這是不是一個重要的提問。這個問題對於周夢蝶個人來說，可能是很重要的。不過，周夢蝶是否已經解脫，對於讀者來說並不重要，重要的是，我不認為那會改變他作品的風貌。因為從我剛剛所說的消抹來看，他達到了一個我

姑且稱之爲超越個人觀感（une subjectivité impersonnelle）的境界，在這個境界，語言來自於無聲，亦回歸於無聲。

　　這種無聲，不代表萬物之消逝，這種語言，不代表符號之消逝，真正消逝的，是萬物與名相的混淆。

——選自《臺灣前行代詩家論——第六屆現代詩學研討會》
臺北：萬卷樓圖書公司，2003 年 11 月

禪思：「模糊邏輯」的運作

◎陳仲義[*]

　　中國現代禪詩，如果少了周夢蝶這一家，大概很難發展到今天這樣的品位。周氏詩中，無不充滿濃郁的禪境、禪理、禪趣、禪機，彷彿是一部篇幅雖小、但內涵幽邃的現代禪典「注本」。有關禪道的自性、本心、圓融、懸解，都在他詩中找到棲身之所。或者說，其作品的字裡行間無不閃爍著來自禪國淨地種種悅樂、靜虛、入定、澄明空寂的覺悟。當然，不能否認，他的精徹妙諦少不了自王維以降業已熟爛的禪意，但又不能不感佩其在現世困境中，苦煞出來的禪思運作，兩者的結合，已到自如的程度。

　　基於詩人童年坎坷，漫長底層掙扎所引發的切膚之痛，轉化為一種悲天憫人的情懷；基於道家思想、基督原罪，特別是佛陀長期的浸淫而形成的救贖與超脫的廣義宗教觀，以及先天因素中非常凸出的孤絕人格，在愈加困頓中愈顯卓韌，[1]三者共同孵翼著周氏的禪思，還是建立在相當堅實的人生基點上。它不是那種完全遁入空門不食人間煙火味的消遣，也不是一般傳授佛典禪法的文字遊戲，大抵都有將小我的痛楚體驗昇華為大我的豁然徹悟。粗理起來，周氏詩作貫穿這樣兩條線索：

　　　一條是自囚般的悲苦意識；
　　　一條是超度式的自性覺悟。[2]

---

[*]發表文章時為廈門城市職業學院人文應用學部講師，現為廈門城市大學中國文學系教授。
[1]黃重添、徐學、朱雙一，《臺灣新文學概觀》（福建：鷺江出版社，1991 年），頁 123。
[2]洛夫，《試論周夢蝶的詩境》，《洛夫詩論選》（臺北：開源出版公司，1977 年）。

前者是後者的基礎，後者是前者的提升。兩者互為交迭，而愈到後來，後者愈占上風。這兩條線索構成周氏總體上的現代禪味。前者如：

> 總在夢裡夢見天墜
>
> 夢見千指與千目網罟般落下來
>
> 而泥濘在左，坎坷在右
>
> 我，正朝著一口嘶喊的黑井走去——
>
> ——〈囚〉

〈囚〉準確地傳達出詩人自囚的「情結」，這種心態無所不在，塑造出一副苦不堪言的西西弗斯式的「推石圖」。這種人生的悲哀、存在的悲哀、茫茫苦海無涯的剟痛決定了周氏必然尋求另一種超度：

> 死亡在我掌上旋舞
>
> 一個蹉跌，她流星般落下
>
> 我欲翻身拎起再拼圓
>
> 虹斷霞飛，她已紛紛化為蝴蝶
>
> ——〈六月〉

這種超度經常以蝶為依托（這是周氏用得最廣的意象），她是對死亡對悲苦的解放與逃離。

本文不想沿著周氏這兩條線索繼續深入下去，而是準備分析一下周氏禪思的方法論，即他以何種獨到的手段進行禪思的運作？我發覺，在周氏的思維裡，到處充滿思維的悖論：價值的背忤、語義的牴牾、心物的「偷換」、語境的矛盾，無不指向邏輯意義上的嚴重「混亂」，恰恰是這種「混亂」成就了禪思的成功，而用現代流行術語來說，恰恰就是「模糊邏輯」運作的結果。

　　人們爲確保思維的明確性，使日常交流順利進行，經過長期實踐摸索，已總結出一套完善的思維形式規律：同一律、矛盾律、排中律、充足理由律。人們愈是老實地恪守這些規律，思維愈順暢。然而在藝術與詩的世界裡，愈是違反這些規律，詩與藝術將變得愈有活力。因爲詩與藝術的宗旨是要創造一個假定性世界，它要求脫離更多規範性的經驗秩序，脫離得愈厲害，假定性世界的建立就愈有特色。因此在詩與藝術的思維中，大規模突破消解依現行世界制定的現行形式邏輯的束縛，已經成爲一種見怪不怪的常識了。周氏的突破與消解幾近極端，這種極端促成了他禪思運作的成功。

消解同一律

　　形式邏輯的同一律告訴我們：任何一個思維自身都應該確保它的同一性。如果反映了某一對象，那麼就是反映了這個對象，是什麼就是什麼，不能任意更換。如果 A 是真，則 A 必真；如果 A 假，則 A 必假。其公式爲：A 是 A。符合爲 A$\longleftrightarrow$A。且看周式是如何「混淆」：

> 雪非雪
> 你亦非你
>
> ——〈菩提樹下〉
>
> 乍醒驚喜相窺
> 看你在我，我在你

　　雪不是雪，你不是你，換上上式則成 A$\neq$A，B$\neq$B，周氏在這裡做了一次膽大包天的偷換概念；你在我，我在你，則成爲 A＝B，B＝A。周氏在這裡做了另一種「轉移」，這在同一對象思維中是絕對不允許的。顯然，周氏嚴重違反了思維的同一律，但恰恰就是這種違反，徹底消解獨立的人稱關係，消解你我的森嚴界限，使周氏迅速而順利進入忘我境地。

消解矛盾律

矛盾律是指同一個思維中，一種想法不能既反映某對象，又不反映某對象。也就是說，互相矛盾或者互相反對的思想，不能同時都是真的。其公式是：A 不是非 A。符號爲 A^A，表示：在同一思維對象進程，是 A 就不能又是非 A。

> 縱使黑暗挖去自己的眼睛
> 蛇知道：它能自水裡喊出火底消息
>
> 所有的眼都給眼蒙住了
> 誰能於雪中取火、且鑄火為雪？

——〈六月〉

水與火勢不兩立，火與雪不能共存，周氏一方面有摧毀思維的矛盾律，不怕犯「自相矛盾」的錯誤；另一方面又巧妙運用矛盾語、矛盾意象，將兩種互抗互拒、不可調和的矛盾事物同置於統一語境，造成突兀緊繃的張力。

消解排中律

排中律是指同一個思維過程，一個思想或者反映某對象，或者不反映某對象，二者必居其一。其公式是：或是 A，或者非 A。符號表示爲 A^A，也可以簡潔地說成，「要麼 A，要麼非 A」，總之是「選擇性」的二者必其取一。

> 不是追尋，必須追尋
> 不是超越，必須超越

——〈逍遙遊〉

宇宙非小，而空白甚大

何處是家，可處非家？

——〈絕響〉

　　在邏輯上，一件東西是 A 就不可能同時不是 A，要麼確定一個，要麼否定一個，周氏偏偏兩者都要；已經確定不追尋，還必須追尋，已經確定不超越還要超越，所以變成——不追尋就是追尋；不超越就是超越；是家就是不是家，不是家就是家。這種「白馬非馬」的思維，「上德非德」的倫理觀（老子），「不死不生」（莊子）的生命觀，無疑構成周氏禪詩的主要內容，而破壞消解排中律，利用「模稜兩不可」（或稱兩不可）的錯誤，顯然是其中重要手段。

消解充足理由律

　　充足理由律是指一個思維過程，一個被確定為真的對象，必須具備充足理由。也就是說，任何判斷，要確定為真，必須要有足夠的根據。其公式為：A 真，因為 B 真，並且由 B 推出 A。符號表示為 B→A。

在未有眼睛以前就先有了淚

——〈二月〉

看你腳在你下生根

看你瞳孔坐著四個瞳孔

——〈一瞥〉

　　未有眼睛倒先有淚；腳於腳下生根——這些都是毫無道理的「道理」。人們不禁要問詩人哪條神經出了毛病？前者顯然犯了「推不出來」的邏輯錯誤，後者犯了「虛假理由」的邏輯錯誤，但正是這種沒有任何憑據的「胡思亂想」，沒有任何內在聯繫、風馬牛不相及的「無道理」，才引領周

氏抵達禪道的眾妙之門。

　　周夢蝶除了在形式邏輯上「裝聾作啞」般地破壞消解四大規律，且於時空、心靈與外域、自我、自我與他人諸多關係進行一系列顛覆，其中消解自我、消解物我是配合其模糊邏輯思維的重要內容與方法。

消解物我

　　甚麼是我？什麼是差別

　　我與這橋下的浮沫？

——〈川端橋夜坐〉

　　「我」與物質的「浮沫」並無差別，我與物質的浮沫等值，這是莊子的「齊物」觀，這是周氏全身心拜服老莊的一種透徹。

　　是水負載著船和我行走？

　　抑是我行走，負載著船和水

——〈擺渡船上〉

　　絕對真理失去了根本意義，在「心生，種種法生」的統罩下，一切都是相對主義的展開：水、船、我，其實已失去壁壘森嚴的界限，開始逼近「天人合一」的景觀。

消解自我

　　枕著不是自己的自己聽

　　聽隱約在自己之外

　　而又分明在自己之內的

　　那六月的潮聲

——〈六月〉

悠悠是誰，我是誰？

啞然俯視，此身仍在身外

——〈鬧鐘〉

在一般情況下，人的自我與非我是難以區分的，只有進入特殊的境遇，比如進入坐忘、參禪澄明的入定中，進入萬籟俱寂、冥冥之中人的內心「獨白」時，自我方能顯現跳脫出來，產生第二、第三甚至更多的自我，然後再重新泯滅自我。只有在這特殊際遇中，人驚異地「靈視」到，原來人還有另一個（或另一群）「我」的存在，甚至於還能「靈恥、靈觸、靈嗅」到那活生生的「在」，何其妙哉！周氏正是依靠他特有的禪思，順利地靈視自我、他我、物我，同時也不費吹灰之力，便當地泯滅自我、他我、物我，不斷地獲得對自我與世界的發現與提升。

產生周氏這種幾近無是非、無利害、無差別的邏輯運思方式，從哲學上追溯自然要追到禪道本體。如若說佛家主張的本體是寂然不動的自性，那麼禪道則把這種自看成是每個人本來澄明的心性，只有自性本心是真實的，而一切外在的東西都是虛幻的，因而禪道能「開眼則普照十方，合眼則包含萬有」。一切都從自性出發又回歸自性。由此哲學觀導致的心態必然產生禪道固有的「境由心設」論：是以發現自己的本心，回復到自己的本心為歸依的。它輕而易舉泯滅了作為對立面「物」的界限，泯滅了自我與非我、自我與他我的界限，泯滅了一切諸如生死、是非、壽夭、榮辱、升降的對立衝突，把這一切都建立在徹悟之中，最終進入「無心」、「無念」的空靈的永恆。

這種歸依自性本心的宇宙觀和「境由心設」，勢必導致方法論上的相對的、模糊的、非邏輯非分析的直覺思維，按禪宗的術語講就是「不二法門」。由於禪宗認為佛本體是不能發生主客區分的「真如自性」，而一切對它的知性思維只能改變其自性的內核，從而失去本來面目，所以它的方法肯定要消解一切「差別」。用我們今天流行的話來說，「它既不是遵守一般

的肯定邏輯，也不是一般的否定邏輯；而是超越二值邏輯之上的既肯定，又否定；既不肯定，又不否定的模糊邏輯。對於任何事物，禪宗從不作非此即彼的判斷，只作亦此亦彼，非此即彼的啓發」。[3]

周氏大量運用反邏輯、非邏輯、模糊邏輯的運思方法，造就了他獨特的現代禪味，其妙諦「在不即不離，若遠若近，似乎可解不可解之間」。[4]本文僅就方法論做了個別抽樣性剝取，多少會損害其整體意味，但從中是否給予我們若干啓發——。

現代詩主要是以生命體驗爲其本體歸屬的，切入生命靈魂內質，依靠的多是一種非分析非推理判斷的內在靈覺，一種想象、知解、靈感瞬時激活的悟性思維。這種內在靈覺與悟性必然要抵制以明確性爲旨歸的形式邏輯的入侵。因而可以說，現代詩愈是接近形式邏輯的四大規律，愈是遠離詩的，甚至在極端上可以說，現代詩人的模糊邏輯、模糊思維愈發達，其詩愈是出色。

——選自《現代詩技藝透析》

臺北：文史哲出版社，2003 年 12 月

[3] 覃召文，《中國詩歌美學概論》（廣東：花城出版社，1990 年），頁 256。
[4]（清）朱庭珍，《筱園詩話》。

花雨滿天
評周夢蝶詩集兩種

◎李奭學[*]

　　臺灣眾多的現代詩人中，周夢蝶應該是詩齡最長者之一。他在長短中浮沉，自青年隨軍來臺，迄今恐怕已近一甲子。不過年高德勉並不代表詩作最豐，蓋八十之年，周夢蝶僅得《孤獨國》、《還魂草》、《十三朵白菊花》以及《約會》四卷。和同年比較起來，自是惜墨如金。四卷中的後兩卷還是晚近集成，而且是同年同月出，稱得上難得而巧極。儘管如此，若論諸詩繫年，則兩書遠者可紹 1965 年，近者仿如就在昨日間。詩中歲月，悠悠又是 40 年。

　　周夢蝶詩作雖少，口沾筆研卻篇篇都擲地有聲，而且俱見來歷。總其所以，我想某種類似宗教的情懷或可當之。所謂「宗教」，就新集二帙觀之，「禪意」應該居首，佛家和基督教的慈悲心懷繼之。論者每以「孤獨國王」稱呼周夢蝶，這點我向來不敢苟同，原因正在周氏和宗教結緣頗深，而「孤獨」於禪家乃養心之本，是友非敵，根本稱不上一身孑然。新集之中，「寂靜」是大主題。常人或許驚怖於這種蕭然，我看周夢蝶則是悠游在其間，所吟故而吐露心靈的豐饒。《十三朵白菊花》有〈聞雷〉一首，轟頂巨響中周夢蝶聞悉者並非塵世的紛擾，而是超塵之音，是吵嚷中的「當頭棒喝」。這種「奔騰澎湃」的「人間至寂」挾智慧與美而來，當然不會是俗人難耐的「孤獨」之感。蓋頂之後，〈聞雷〉所以繼而寫道：「喔——花雨滿天！」而在甘霖網織中，周夢蝶抑且回頭沉吟，看見「誰家的禾穗生起五隻蝴蝶」？

*發表文章時為中研院中國文哲研究所籌備處助研究員，現為中研院中國文哲所研究員。

　　周公夢蝶，夢到的當然不止一隻。緣此則論者所謂「孤獨」，或許就應該解釋爲「寂靜」。從《十三朵白菊花》看來，佛家的輪迴，周夢蝶絕對深有體會，至少是他詩中常見的意象。生命既然因此而形成，則前世與今生當非殊途兩橛，而是經常互補的「契約」。所謂「因果」，故而是身前身後的「約會」。這種「約會」雖然未必是《約會》一書的主題，卻是周夢蝶和周遭或生命本身的盟契。對他而言，就算我們難覓來時路，我們由「果」也不難推算去路的「因」。兩者乃迢遞循環，而這又怎可謂之「孤獨」？

　　即使來路果然難尋，周夢蝶還是告訴我們：稍轉折之後，我們或許就可因「悟」而「向不曾行過的行處歇去」。再有托名第九種風的慈悲吹起，那麼世界益形婆娑，不但「孤獨」不再，還會是來去兩可的智慧之所在：「一切從此法界流，一切流入此法界。」《華嚴經》中這個「法」，周夢蝶暗示乃妙而難名，但是雪「一個笑」就可以渡得。而「另一個笑」如果是再次示現，那「法」自然就充滿了喜悅。這一切，說來都完成於聲俱杳中。呈現的又非「孤獨」，而是花雨滿天的「寂靜」。是以和周夢蝶有約的已非語非情，〈約會〉中約會的對象反係河床上的橋墩。周夢蝶靜觀自得，化物爲己，早已和寂靜的物象稱兄道弟了。

　　周夢蝶當真和「橋墩」有約？是的，他在現實生活和筆下世界都是如此。這種「約」也可以視同他體之於禪的心境，乃寓生活於幽默的文字中。禪家幽默常見於機鋒，甚至用插科打諢來表現，唯有周夢蝶用物我的關係在烘托。我最佩服的是他的幽默還會擴及於外典。《約會》中另有〈約翰走路〉24 行，寫來是笑中有淚又有血，因爲出典所在是《聖經》，是希律王座下猶太先知約翰因義受讒，從而引出金盤盛頭的慘劇。望題生義，我們還以爲周夢蝶雅興大發，效太白歌頌杜康。待原委得悉，我們看約翰「漸行漸遠漸明滅如北斗」，才知道「孔雀藍的花雨滿天」中，約翰「手裡挾著」的「自己的頭顱」絕對重過一瓶黑牌的「約翰走路」。悲劇用幽默寫，讀來不得不棄聖絕智，因爲從中會升起一股悲憫，把酒瓶轉成觀音悲憫世人的淨瓶。

　　對周夢蝶來講，慈悲大概是生命最高的境界。生老病死，一切賴以解脫。《約會》和《十三朵白菊花》中，有太多的詩都在傳達這個宗教上的大概念，用隱喻一一予以抒發。寫沈慧的一首尤其動人。她罹患癌症，男友又別有懷抱，十九之年，終於孤鬱以終。周夢蝶聞後不勝唏噓，吟詩焚寄，哀歎「裊裊此魂，九十日後／將歸向誰家的陵寢？」不過詩中的歎息是表面，骨子裡周夢蝶更希望「人人都是蓮花化身」，可以跳出愛怨的輪迴。蓮花當然是沙門的比喻，但和幽默興發一樣，周夢蝶的慈悲也會走出自己後來之所宗，《約會》和《十三朵白菊花》裡基督教的類似意象同樣揮之不去。耶穌哀矜世人，荊棘花和十字架俱如蓮花，乃他垂憐的隱喻。十字架因樹而成，在周夢蝶筆下普天之樹都想振葉而飛，但群樹在登天之前，當然也得變身化為十字架才成。詩人但願自己可以負之高飛，以 的慈悲自任。但他沒有料到的是：所背負的十字架，最後卻「翻轉來背負」他自己。此間透露的訊息有一：慈悲恆為慈悲所擁抱。

　　這種物我或人我不分的現象，構成《約會》和《十三朵白菊花》最獨特的美學。兩卷佳音，至善盡繫於此。我們可以像詩家所論，說這種體會緣自周夢蝶他我兩忘的莊子玄學或古典禪學。然而我以為這些種種也有其西方的對應體，而周夢蝶同樣難逃其影響。姑且不論《聖經》、《十三朵白菊花》和《約會》裡的歐風美雨令人印象尤深者，我看莫過於葉慈的身影。名詩〈在學童當中〉裡，葉慈的敘述者看到舞者的肢體「旋向音樂」，於是在「閃光一瞥」間，他物我難分了：「我們怎樣能自舞辨識舞者？」（楊牧譯）周夢蝶更是分不清「是你在空中寫字，抑／字在空中寫你？」而歲月悠悠，四十年來的孤獨國王，我看確實也像公孫大娘舞劍，不僅詩越寫越好，越寫也越精緻了。

　　花雨滿天，梵唱中我們其實不知道究竟是周夢蝶在寫詩，還是詩在寫周夢蝶。

——選自曾進豐編《娑婆詩人周夢蝶》
臺北：九歌出版社，2005 年 3 月

自然中的二元對立與和諧
周夢蝶《十三朵白菊花》、《約會》析論

◎羅任玲*

前言

　　周夢蝶曾引金聖歎之言：「欲畫月也，必先畫雲。意不在於雲也，意必在於月焉。雲病，即月病也。」以佐證詩的「辭」與「意」互為依屬，不可分割。[1]筆者認為，此語未嘗不可引伸為周詩自然美學的內涵：月、雲既是互相依屬，但也可能相互對立（月明多被雲妨），自然界的種種元素，多的是這樣的例子。而在周夢蝶新作《十三朵白菊花》與《約會》中，所引自然界之物包括：星、月、水、山、雲、風、雷、雪、花、蝶、樹、鹿、鳥、蟬等，並由眾多自然元素，帶出其「二元對立與和諧」的特色：醜即是美，老就是少，悲與喜同在，冷和暖共處，禁錮與自由常相左右。而從早年的以二元對立為主，到晚近的趨向和諧，周夢蝶的精神世界有何進境，的確值得我們探討。以下即就前述各項，分別論述之。

一、醜與美

　　詩人是美的嚮往者，更是美的服膺者。許多詩人終其一生，都在向各方尋索美的身影。有人向古典探問，有人從自然採擷，更有人自孩童的眼眸中發現至美。葉維廉在為葉珊詩集《傳說》作跋時就曾寫到：

　　　古典的驚悸，自然的悸動，童稚眼中雲的倒影，葉珊反覆向濟慈傾訴

*發表文章時為臺灣師範大學國文學系碩士生，現專事寫作。
[1]〈周夢蝶詩話〉，收入《周夢蝶世紀詩選》（臺北：爾雅出版社，2000年），頁4。

著這些「美」的事物……。濟慈的信上曾經說過：美是無上的，它克制、
湮滅一切其他的應考慮的事物……。葉珊始終是這個「無上的美」的服膺
者：古典的驚悸，自然的悸動，童稚眼中的倒影。[2]

　　葉維廉所指出的，葉珊服膺之「無上的美」，無疑也是《十三朵白菊
花》與《約會》中一再出現的主題與內涵，它們同樣透過古典、自然、童
真，尋找生命中的至美。不同的是，周夢蝶將前述三者中的「自然」，提升
到一個相當的高度，如此的「自然」既可向上與古典對話，也可朝下映照
童稚的容顏，更可往下融攝一切的人文；也因此，這種美已不僅是世俗所
定義的美，它甚至包容了醜。收錄於《十三朵白菊花》裡的〈胡桃樹下的
過客〉，堪稱是此中代表：

　　　我親眼看見他把一隻一隻又一隻
　　　胡桃般大的蒼蠅
　　　（當牠們呼嘯著掠過他頭頂時）
　　　隨手拈過來津津有味地嚼著
　　　而將斑斕的翅膀如枯葉
　　　散擲在腳下紅塵中

　　　　　　　　　　　　　　　　　　　　　　——第三節節錄

　　此詩寫於 1962 年，是《十三朵白菊花》裡最早的一篇，據周夢蝶自
稱，該詩的主題和情節，都是小時候祖母告訴他的。詩中的過客，就是傳
說裡的呂洞賓。故事是這麼說的：一個小孩見到呂洞賓坐在一棵胡桃樹
下，大剌剌地把一隻隻捉來的蒼蠅翅膀撕掉，然後將失去翅膀的蒼蠅吞入
肚裡，才一會兒工夫，呂洞賓的腳旁就堆滿了蒼蠅翅膀……。吃飽了的
他，起身拂拂衣袖，絕塵而去。這時小孩抬頭看看胡桃樹，卻發現滿樹的

[2]葉珊，《傳說》（臺北：志文出版社，1979 年），頁 119。

胡桃都不見了。

　　醜惡的蒼蠅即是甜美的胡桃。兒時的周夢蝶聽了一個荒誕的故事，卻要到歷經人世滄桑、提筆寫詩之後，才悟到那就是莊子的〈齊物論〉。而「所謂『道在屎尿』，腐朽之中有神奇，一個慧眼又慧心，且精神境界修養到某種地步的人，是可以從至醜的地方發現至美的。」[3]大自然本來就無所謂的美醜，也唯有打破人類強加於物的美醜概念，方能探尋到更高層次的美。關於這點，西方美學家費喜脫（1761～1814）也有類似的見解：

> 宇宙有兩個方向：一個是我們受限制的產物，一個是我們自由意志行為的產物。第一個意思，宇宙是被限制的。第二個意思，宇宙是自由的。第一個意思，諸體受限制、被損壞、被壓迫、受排擠，而見出醜來；第二個意思，我們見出內部的充足、生氣和復興——見出「美」來，所以物體的醜和美全繫於觀察者的眼光。「美」不生在宇宙內，而生在美的心靈裡頭。[4]

　　當我們處於被「壓迫、排擠」的狀態時，心生怨懟，自然容易見出醜惡；但只要突破這樣的心態，就得以「處處皆美」了。在《十三朵白菊花》和《約會》中，周夢蝶與自然的關係，幾乎都是「所見皆美」的，不僅胡桃與蒼蠅的辯證不能困擾他，舉目所及，蟲獸林鳥也都各有獨特的美感，這就是費喜脫所說的「美生在美的心靈裡頭」，周夢蝶的精神進境可見一斑。[5]

---

[3]此為 2003 年 4 月 27 日周夢蝶與筆者對談時之自述。
[4]參見托爾斯泰著；耿濟之譯，《藝術論》（臺北：金楓出版社，1987 年）頁 25。
[5]關於這點，森塔亞納也有類似的看法：討論美的定義的第一步，就是要排除所有智能的判斷，乃是一種迂腐與假借批評的記號。」參見喬治‧森塔亞納著；王濟昌譯，《森塔亞納美學箋注》（臺北：金楓出版社，1987 年），頁 20。

二、老與少

　　青春的美，是古往今來許多詩人歌頌的對象；周夢蝶則不僅用心描繪老年的美，更打破老少對立的界限。在〈老婦人與早梅〉中，詩人即藉著「早梅」的串引，讓讀者親臨了一次「老即是少」的動人旅程。時間的「不可逆性」，在周夢蝶的詩中完全被破除了：

　　　　車遂如天上坐了
　　　　曉寒入窗
　　　　香影
　　　　不由分說
　　　　飛上伊的七十七
　　　　或十七

　　　　只為傳遞此一
　　　　切近
　　　　而不為人識的訊息而來：
　　　　春色無所不在。

　　　　春色無所不在！
　　　　老於更老於七十七而幼於更幼於十七
　　　　窈窕中的窈窕
　　　　靜寂中的靜寂；
　　　　說法呀！是誰，又為誰而說法？

　　　　從路的這一頭望過去是前生
　　　　從那一頭望過來
　　　　也是。不信？且看這日子
　　　　三萬六十呱呱墜地的

每一個日子

嘛！不都印有斑斑死昨生今的血跡

五瓣五瓣的？

若舉問路是怎樣走過來的？

這僕僕，欲說不可、不忍亦復不敢

多長的崎嶇就有多長的語言——

是的！花開在樹上。樹開在

伊的手上。伊的手

伊的手開在

地天的心上。心呢？

地天的心呢？

淵明夢中的落英與摩詰木末的紅蕚

春色無所不在

車遂如天上坐了

　　在凡俗眼中，老總不免與衰相提並論。詩中的老婦人，雖可能也有過「斑斑死昨生今」的日子，與漫長崎嶇的一生。但在詩人眼中，她依然如初春清晨的早梅般動人，生命的磨難與時間的刻痕，全都無損於她的美。而讀者的眼，隨著詩人的凝神觀照，也共同經歷了一場神祕的美學體驗。那是大自然所賦予詩人的神奇力量，復因詩人細膩而深刻的體悟，讓「老」呈現不凡而動人的姿態。如同楊牧說的：「詩人服膺美的嚮導，但美不只是山川大自然之美，也必須是人情之美。他創造美，不只創造藝術之美，更須創造人情之美。」[6]周夢蝶在〈老婦人與早梅〉中，不僅見證了自然之美，同時涵融了人情之美，更將原本對立的老與少，化為無比和諧的

---

[6]參見楊牧，《一首詩的完成》（臺北：洪範書店，1989 年），頁 6。

存在。

　　事實上，宇宙或自然本身，就是一種無限神祕的存在，它不僅引起詩人的好奇、敬畏，更讓詩人懼怖和讚歎交織，伴隨而來的，往往是詩人生命力的激揚澎湃。[7]優秀的詩人在「激揚澎湃」之後，所需要的無非是沉澱，〈老婦人與早梅〉就是在周夢蝶心中沉澱長達六、七年之久，才醞釀出來的佳作。[8]

　　另一首〈觀瀑圖〉，則藉著一位老者與瀑布間的「對話」，為「老即是少」作了另一番詮釋：

　　　　人未到巖下聲已先來耳邊
　　　　怎樣一軸激越而豁人心目的寓言啊
　　　　冷過，顛沛且粉碎過的有福了
　　　　路是走不完的
　　　　一如那泡沫，那老者想：
　　　　生滅、滅生，生滅……
　　　　逝者如斯，不舍晝夜……

　　　　將所有的蹤跡拋卻
　　　　來此八面都無目可窮的極峰
　　　　消魂得很真箇，很絕對
　　　　那老者，只見滅不見生的那老者
　　　　正以寂靜諦聽
　　　　諦聽那寂靜
　　　　那廣於長於三藏十二部的妙舌

---

[7]參見毛峰在《神祕詩學》頁 34 中所陳述的一段話。
[8]氏於〈老婦人與早梅〉序寫道：「71 年農曆元旦，予自外雙溪搭早班車來臺北，擬轉赴雲林訪友。車經至善路，驀見左近隔壁一老婦人，年約 76、77 歲，姿容恬靜，額端刺青做新月樣，手捧紅梅一段，花六七朵，料峭曉氣中，特具艷姿。一時神思飛動，頗多感發。六七年來，常勞夢憶。日前小病，雨窗下，偶得 33 行，造語質直枯淡，小書當時孤山之喜於萬一而已。」

　　恍惚間，身輕似葉的那老者

　　已自高處負手緩步而下

　　（身後照說該有個琴童什麼的

　　卻沒有；除了漸去漸遠的松風。）

　　小橋已過了一小半了

　　橋那邊有花，零零星星的

　　也不知為誰而開

　　再一轉眼，那跳珠瀉玉的白練

　　──那老者驚見：

　　似已由醍糊而還原為酥為酪為乳之香之味

　　且沒來由的記起某個

　　細雨簷花落的下午

　　斂眉深坐的那人

　　脈脈的為他調牛乳的姿態

　　同樣走過漫長人生路的老者，在諦聽了瀑布既激越又寂靜的寓言後，有了驀然回首的了悟，詩人且以「似已由醍糊而還原為酥為酪為乳之香之味」，揭示了「瀑布即醍糊，醍糊乃記憶深處之乳香」的奧義；因而老是肉體、現實的老，即使「逝者如斯」，但只要記憶不死，消失的時間（年少）隨時都可以再現，也隨時都可以回到那個細雨簷花落的下午。「少」與「老」不再是單向的旅程、對立的狀態，而是可以在時間中隨心往復的一種精神狀態。

　　更進一步來說，〈觀瀑圖〉中所展現的生命圖象，是在悟與非悟之間、現在與過去之間、生與滅之間、人與自然之間，這一幅長長的卷軸攤開在讀者眼前，它的內容是龐大又幽微的，你可以選擇只看其中的一部分，但最終還是得綜觀全幅。而貫穿全詩的，則是那瀑布。瀑布無疑是「道」的化身，它讓生命各自展現其姿態，也在無心中化解生命的有限。詩人以禪

理入詩，卻更接近莊子的生命哲學，「他讓各種生命處在一互動的系統中，交互出現，彼此影響，形成一『無秩序的秩序』。同時，他意圖破解各種生命體之間的各種界限，將各種生命形相、各種生命境遇及各種生命存活的本事，繁衍成一有機系統……這些生命的特徵皆在顯示變化的自然性，即變化由道作主的形上意義。」[9]莊子所謂「破解各種生命體之間的各種界限」，其實也是周夢蝶在《十三朵白菊花》與《約會》中一直試圖在做的。重要的是，在破解各種生命體的界限之前，勢必先破除主體自身的界限，而打破時間的桎梏，則是其中極重要的一環，對於這一點，周夢蝶是有相當自覺的。

三、深悲與深喜

　　筆者以為，詩最動人的部分，在於情味。[10]其先決條件，則是詩人必須以深情之眼觀物，方能體切箇中滋味。所謂深情，即是感同身受。寫花，要寫出花的歡悅和苦痛；寫一隻微不足道的蟲子，也要寫出牠的尊嚴與價值。里爾克就說過：「為了一首詩……我們必須去感覺鳥怎樣飛翔，知道小小的花朵在早晨開放時的姿態。」[11]那是詩人對天地萬物的同情與尊重，也唯有深情的詩人，才能寫出如此真誠、高貴的情操。然而深情並非濫情，而是有所節制的感情抒發。《十三朵白菊花》和《約會》中最成功的作品，即是這類寫出「深情」又留有餘地的作品。或者說，《十三朵白菊花》和《約會》之所以超越了《孤獨國》與《還魂草》，即在於「情味」的深植與

---

[9]參見葉海煙，《莊子的生命哲學》（臺北：東大圖書公司，1993年），頁87。

[10]「味」自古以來即與美學有密切的關係，劉勰於《文心雕龍》中就曾以許多「味」的概念來說明文學的美，如〈宗經〉、〈隱秀〉的「餘味」，〈明詩〉的「可味」，〈史傳〉的「遺味」，〈附會〉的「道味」、「辭味」，〈總術〉的「遺味」，〈聲律〉的「滋味」等。鍾嶸《詩品》更以「味之者無極，聞之者動心」為「詩之至」，將「味」的重要性提升到前所未有的高度。意即詩人創作必須各有其味，否則不能打動讀者。筆者於「味」之前加一「情」字，則是凸顯「情」的重要。關於「味」的說法，詳參李澤厚、劉綱紀主編，《中國美學史》第二卷（臺北：谷風出版社，1987年），頁934〜935。

[11]見里爾克著；梁宗岱、馮至譯，《軍旗手的愛與死之歌》（臺北：洪範書店，1997年），頁43〜44。

拓展。

宗白華在《美學散步》中，也曾對「深情」作了一番說明：

> 深於情者，不僅對宇宙人生體會到至深無名的哀感，擴而充之，可以成
> 為耶穌釋迦的悲天憫人；就是快樂的體驗也是深入肺腑、驚心動
> 魄；……晉人富於宇宙的深情，所以，在藝術文學上有那樣不可企及的
> 成就。顧愷之有三絕：畫絕、才絕、痴絕，其痴尤不可及！陶淵明的純
> 厚天真與俠情，也是後人不能到處。
> 晉人向外發現了自然，向內發現了自己的深情。山水虛靈化了，也情致
> 化了。陶淵明謝靈運這般人的山水詩那樣的好，是由於他們對自然有那
> 一股新鮮發現時身入化境濃酣忘我的趣味；他們隨手寫來，都成妙諦，
> 境與神會，真氣撲人。[12]

所謂「至深無名的哀感」、「濃酣忘我的趣味」，正是深情詩人對「悲」
與「喜」的兩種真切感受。如同陶淵明曾有「徘徊無定止，夜夜聲轉悲」
的深沉哀苦，卻也有「嘯傲東軒下，聊復得此生」的舒放歡悅；更從「山
氣日夕佳，飛鳥相與還」的純淨靈明中，悠然悟得「此中有真意，欲辯已
忘言」的純然天機。大詩人之所以為「大」，不就在於這分洞悉一切、其深
無比的銳敏情懷？以致於仰天俯地，無一不成其深情關注的對象。寒山曾
有詩云：「粵自居寒山，曾經幾萬載。任運遯林泉，棲遲觀自在。寒巖人不
到，白雲常靉靆。細草作臥褥，青天為被蓋。快活枕石頭，天地任變
改。」如果不是他曾深情觀照宇宙山川，又何能寫出「快活枕石頭，天地
任變改」如此欣悅自得的句子？

周夢蝶的深悲、深喜，同樣處處體現於他的詩作中。尤其早年的詩
裡，觸目所及，盡是遭受命運「摧殘」後的哀告。命運對待周夢蝶的確

「極薄」，一出生就是遺腹子；才三歲就訂親，愛情的滋味 40 歲之後才嚐到，而且是沒有結果的苦戀；19 歲始插班進小學；27 歲方入鄉村師範就讀，未讀完即遭逢河山變色；輾轉入伍、退伍，在臺灣的日子永遠處在孤貧的威迫中……。然而命運雖向周夢蝶不斷揭示荒謬殘酷之姿，他卻從不曾在詩中宣洩任何憤怒之意，最多最多，也只是以「哭泣」與「眼淚」呈現他的哀苦，如早期就有許多藉著自然景物，來表達其悲懷的詩作：

世界在一顆露珠裡偷偷流淚
晚香玉也偷偷流淚
仙人掌，仙人掌在沙漠裡
也偷偷流淚。

　　　　　　　　　　　　　　　　　──〈晚安！小瑪麗〉

像一片楚楚可憐的蝴蝶
走在剛剛哭過的花枝上

　　　　　　　　　　　　　　　　　──〈關著的夜〉

伊人何處？
茫茫下可有一朵黑花
將你，和你底哭泣承接？

　　　　　　　　　　　　　　　　　──〈天問〉

菖蒲綠時，有哭聲流徹日夜

　　　　　　　　　　　　　　　　　──〈五月〉

在《孤獨國》和《還魂草》時期，周夢蝶的哭泣都是徹底的黑暗，絕然的悲哀，他筆下的一切自然景物，都成了承接淚水的使者，花、草、蝶，無一不被淚痕沾濕，讀者所感受到的，則是一片沉沉的低氣壓。[13]那時

---

[13]曾進豐在評論〈孤獨國〉時亦曾指出，此時期的周夢蝶是企圖「以詩的悲哀征服生命的悲哀」。參見曾進豐《聽取如雷之靜寂──想見詩人周夢蝶》（臺南：漢風出版社，2003 年），頁 85。

的周夢蝶，悲和喜的距離，是遙遠而對立的，而與「笑」相關的字眼，在前二冊詩集中，更是十分稀少。但到了《十三朵白菊花》與《約會》時期，周夢蝶藉大自然傳達的「微笑」變多了，悲也不再與喜對立。如〈好雪，片片不落別處〉，就以「草上有哭過也笑過的雨痕」作結，暗示哭與笑共存的生命本質，可說別具深意：

> 春色是關不住的——
> 聽！萬嶺上有松
> 松上是驚濤；看！是處是草
> 草上有遠古哭過也笑過的雨痕

在〈第九種風〉裡，則以一群曾經哭泣過的露珠，如今卻在千葉上閃耀燦爛的身姿，肯定了「只要擦乾眼淚」，生命依然可以光輝耀眼的意志。傳達出與前期迥然不同的開朗詩風：

> 曾在娑羅雙樹下哭泣過的一群露珠
> 又閃耀在千草的葉尖上了！

〈於桂林街購得大衣一領重五公斤〉之二的結尾，則借用莊子「魚水相忘」的典故，譬喻淚與笑的關係。典故雖來自莊子，但因意象源於自然界，仍使讀者意會到詩人與「自然」間的那份特殊情感：

> 笑與淚，乃魚水一般相煦相忘起來

正因周夢蝶與「自然」的密切關係，《十三朵白菊花》和《約會》中散發出來對「自然」深情的喜悅，也就格外令人感動。在〈牽牛花〉裡，一個個如高音般堆疊而上，開得恣意而粲然的牽牛花就這麼被偶爾路過的詩人，

用發自內心的讚歎喜悅接了下來，且拋出一段玄妙的對話：

> 我問阿雄：曾聽取這如雷之靜寂否？
> 他答非所問的說：牽牛花自己不會笑
> 是大地──這自然之母在笑啊！

　　由於詩人虔心的禮讚，讓原本處處可見、平凡無奇的牽牛花，暈染了無比的光輝，我們彷彿看見在陽光照拂下，一朵朵粉紫晶瑩的花兒，在微風中輕輕搖曳著身姿，是那麼的喜悅安詳，這是自然之母的微笑，也是詩人的微笑。「這種體驗神祕、突然、不可預期，但卻瞬間敞亮了人的存在和萬物的本質，從而使一度疏離了個體生命與宇宙本體生命息息相通，融匯為一。」[14]莊子的「天地與我並生，萬物與我為一」，確實已體現在周夢蝶的深喜之中了。

四、寒冷與溫暖

　　早在 1959 年，覃子豪就曾指出：「現代的新詩，是冰雪之地開放出的花朵，是寒帶的植物，它冷而不失去生命力的強度，尤其是愈冷，其力則愈強韌。這種力是對冷酷的時代和現實的一種抗拒。這樣的詩，看似消極，而實際是寓積極於消極之中。」[15]冷戰的年代裡，許多詩人所遭逢的，不僅是肉體上與家鄉親人的隔離，更是精神上極度冷寂。而周夢蝶自出版《孤獨國》以來，冷似乎就與他形影不離。正如覃子豪所言，周夢蝶詩中的冷，是對現實世界的抗拒與回應，似消極又積極；在詩人的情感掙扎、哲思高度、萬一體現之間，往復糾結衝撞，既有如「先知」般的了悟，又形成種種複雜且充滿張力的美。同樣是冷，在周夢蝶筆下，卻因時空與心

---

[14]同註 3，頁 33~34。
[15]該段文字出自〈現代中國新詩的特質〉，先發表在 1959 年的《文學雜誌》，後收錄於覃子豪《論現代詩》，1960 年 11 月由藍星詩社出版。

情的差異起落，而有了許多不同的面貌。例如在《孤獨國》裡，原本淒涼難以忍受的寒冷，由於加入人性的自然之美，竟成了極其動人的圖畫：

> 這裡的白晝幽闃窈窕如夜
> 夜比白晝更綺麗、豐實、光燦
> 而這主的寒冷如酒，封藏著詩和美
> 甚至虛空也懂手談，邀來滿天忘言的繁星……

雖然因為詩人的哲思與想像，而使寒冷平添許多浪漫，但早年在真實世界裡的周夢蝶，多半時候仍是為寒冷所苦，不僅河床因此瑟縮千年取終也只能在一株又瘦又黑的玫瑰刺上，繼續自己的淒寒與孤寂：

> 從不層冷過的冷處冷起
> 千年的河床，瑟縮著
> 從臃腫的呵欠裡走出來
> 把一朵苦笑如雪淚
> 撒在又瘦又黑的一株玫瑰刺上。
>
> ——〈六月〉

然而在〈好雪，片片不落別處〉的一開始，詩人就以「絕頂」一示了與「冰寒」告別的決心。此詩作於 1977 年，周夢蝶時年 56 歲，正是從「知天命」到「耳順」的中途。

> 冷到這兒就冷到絕頂了
> 冷到這兒。一切之終之始
> 一切之一的這兒
> 我們都是打這兒冷過來的！

作於 1982 年的〈不怕冷的冷〉，則更上一層，與「冷」和平共處：

> 冷，早已成為我的盾
> 我的韻腳。我的
> 不知肉味的
> 韶。媚嫵
> 紺目與螺碧……

當「冷」不再成其為冷，甚至已成為「盾」和「韻腳」，可知詩人已臻至成熟的妙境。而唯一能化解「冷」的，就是詩人溫暖的心。周夢蝶「溫暖」來源的最大動力，應在於「人間性」；觀諸周夢蝶早期詩作，絕大多數都是將自己封閉於人間之外，或架於高高的人間之上，以想像探問情愛，用孤絕釀造苦詩，其詩之悲之冷，有目共睹。《十三朵白菊花》與《約會》，我們則看見詩人跨向人間的腳步，雖然有些猶疑、徬徨，卻也有著更多的欣悅。彷彿是一隻剛從繭中脫困而出的蝴蝶，輕盈地迎向溫暖的春天。而其中不可忽略的要角，就是「自然」。

五、禁錮與自由

　　前文提及，「宇宙有兩個方向：一個是我們受限制的產物，一個是我們自由意志行為的產物。」周夢蝶早期的詩作，因為生活的孤絕以及情愛的求之不得，美雖美矣，卻處處透顯著「受限制」的窘迫，無論是靈魂或肉體的。例如在〈關著的夜〉裡，周夢蝶就用了「鐵門」、「墓門」等禁閉的意象，象徵自己與苦戀對象的不可能結合，「淒風」、「流螢」、「墳頭繞樹之鳥」、「寒鴉」等自然界的意象，更增添迷離不安的感覺，可謂悲極慘極。詩中雖然鐵門「打開」了，詩題卻是「關著」的，在開與關之間，矛盾淒苦的，則是詩人那一顆敏感且受創的心：

怎樣荒謬而又奇妙的遇合！

這樣的你，和這樣的我。

是誰將這扇不可能的鐵門打開？

感謝那淒風，倒著吹的

和惹草復沾幃的流螢。

「滴你底血於我的臍中！

若此生有緣：此後百日，在我底墳頭

應有雙鳥翠色繞樹鳴飛。」

而我應即時打開那墓門，寒鴉色的

——節錄第三、四節

　　在另一首〈囚〉中，周夢蝶同樣以「網罟」、「泥淖」、「黑井」等意象，表達被囚的強烈痛苦，卻又渴望「逍遙如九天的鴻鵠」，然而心靈受到如此強大的禁錮，即使企盼自由超脫，卻仍然事與願違：

已離弦的毒怨射去不射回

幾時纔得逍遙如九天的鴻鵠？

總在夢裡夢見天墜

夢見千指與千目網罟般落下來

而泥淖在左，坎坷在右

我，正朝著一口嘶喊的黑井走去……

——節錄第四節

　　類似前二例中被禁錮的諸多意象，不斷出現在《孤獨國》與《還魂草》中，如「用橄欖色的困窮鑄成個鐵門閂兒／於是春天只好在門外哭泣了。」〈冬天裡的春天〉，「我擔憂著：我彷彿燭見一座深深深深鎖埋著的生

之墓門」〈錯失〉,「三百六十五個二十四小時,好長的夜!／我的靈感的獵犬給囚錮得渾身癢癢的」〈第一班車〉,「這腥濕砌成的玻璃牆壁……／我厭倦。我無法使自己還原／我想飛。我不知道該怎樣飛」〈濠上〉,「讓我沒入,深深地／讓黑暗飛來為我合眼,像衣棺」〈一瞥〉。這個時期的周夢蝶,既為禁錮所苦,又不知如何擺脫,他甚至悲觀地認為「逃遁是不容許的」〈你是我底一面鏡子〉。

　　禁錮的反面是自由,也唯有自由,方能解脫禁錮。走過《孤獨國》、《還魂草》時期的周夢蝶,雖知曉此理,然而在時空的雙重限制下,詩人依然在「有限與無限」之間掙扎良久,作於 1981 年的〈想飛的樹〉,就是藉著挺立天地間卻又無法動彈的樹,來思索辯證「自由與禁錮」的課題。該年周夢蝶 60 歲,距離孔子所云「從心所欲而踰矩」尚有十年的光陰,從詩中可以窺知詩人已體會到自由〈無限〉的可貴,卻仍不得自由的矛盾:

　　據說:每一棵樹的背上
　　都有一尊十字──
　　用冷冷的時間與空間鑄成
　　拘繫著我和你,像鐐銬
　　卻又無影無聲的。

　　從破土的一刹那,無須任何啟示
　　每一棵樹都深知,且堅信自己
　　會飛。雖然,像所有 的神蹟一樣
　　每一棵我和你
　　都沒有翅膀

　　如果每一棵樹皆我,我皆會飛,想飛
　　飛到那裡?
　　那十字:冷冷的,與我相終始的十字

是否也會飛，想飛

飛到那裡？

所有的樹，所有的我——

唉，所有的點都想線

線都想面，面都想立體

立體想飛

飛想飛飛

一直飛到自己看不見自己了

那冷冷的十字，我背負著的

便翻轉過來背負我了

雖然時空也和我一樣

沒有翅膀

　　「樹」就是詩人自己，「鐐銬」無疑是禁錮的象徵。「翅膀」則是讓詩人獲得自由的依靠，到最後詩人卻發現「時空和我一樣沒有翅膀」。事實上，「飛」的意象在周夢蝶的四本詩集中一直不斷出現，足見「飛」（或說是自由）是詩人在漫漫時空中一再思索的重要課題。不只是周夢蝶，古今重要的詩人，都曾對自己身處的時空，發抒過深沉的慨歎。也因為空間和時間都了無涯際，看似空闊無邊卻又難以突圍，詩人立足於茫漠時空中的一點，特別容易感到孤單無助，如屈原的「唯草木之零落兮，恐美人之遲暮。」〈離騷〉，陶淵明的「悼當年之晚暮，恨茲歲之欲殫。」〈閒情賦〉、「宇宙一何悠，人生少至百。」〈飲酒（之十五）〉，陳子昂的「前不見古人，後不見來者。念天地之悠悠，獨愴然而涕下。」〈登幽州臺歌〉，李白的「白日何短短，百年苦易滿。蒼穹浩茫茫，萬劫太極長。麻姑垂兩鬢，一半已成霜。天公見玉女，大笑億千場。」〈短歌行〉皆是書寫時空的佳作，但其中似乎只有李白把生命的狂放灑脫表現得淋漓盡致。因為在浩茫

宇宙中，一切的功名、榮華、美色，不過都是過眼雲煙，執著於這些表象，只會讓自己變得更不自由、更不快樂。而讓自己獲得自由快樂的唯一方法，就是以瀟瀟之心看淡這一切。

　　李白的瀟瀟，與莊子的「自由精神」是頗為吻合的。莊子認為的自由，其中很重要的一個概念就是「自由不必與一切有限之物為敵，在有限的生命範疇內，仍有其一定之自由，而此一定之自由包含了實現無限自由、絕對自由之可能性。」[16]徐復觀在《中國藝術精神》中也指出：「莊子只是順著在大動亂時代人生所受的像桎梏、倒懸一樣的痛苦中，要求得到自由解放；而這種自由解放，不可能求之於現世。也不能如宗教家的廉價地構想，求之於天上、未來；而只能是求之於自己的心。」[17]由此可知，真正的自由絕非檢自於外界，而是必須求諸自己的內心，一旦內心體會到自由的奧祕，則不論外界的限制如何嚴酷，人人都可以找到自己的自由。史泰司（Stace, Walter Terence 1886～1967）在他的晚年定論之作《冥契主義與哲學》中提到的：「我們唯有進入人不再是有限自我的境界時，才能體會無限。」[18]說的正是這個意思。而長年為「禁錮」所苦的周夢蝶，終於也逐漸體會到自由、瀟瀟與「無限」的奧祕，作於1886年的〈藍蝴蝶〉之一，詩人以看似卑微弱小的藍蝴蝶自喻，道出心靈的無窮力量，可為明證：

　　　　你問為甚麼我的翅膀是藍色？
　　　　啊！我愛天空
　　　　我一直嚮往有一天
　　　　我能成為天空。
　　　　我能成為天空麼？
　　　　掃了一眼不禁風的翅膀

---

[16]同註9，頁74。
[17]見徐復觀，《中國藝術精神》（臺北：學生書局，1980年），頁61。
[18]見 Stace Terence 著；楊儒賓譯，《冥契主義與哲學》（臺北：正中書局，1998年），頁296。

我自問。

能！當然——當然你能
只要你想，你就能！
我自答：
本來，天空就是你想出來的
你，也是你想出來的
藍也是
飛也是

於是纔一轉眼
你已真的成為，成為
你一直嚮往成為的了——
當一陣香風過處
尚嚮往愈仰愈長
而明天愈臨愈近
而長到近到不能更長更近時
萬方共一呼：
你的翅膀不見了！

——節錄第四、五、六節

當詩人不再自卑、受限於屠弱的軀殼，反而堅定自信地說出：「只要你想，你就能！」時，連飛翔最重要的工具——翅膀都不見了，天空與詩人連成一體，彼此涵融無礙，甚至「飛」都不需要了。如此高妙的境界，不禁令人擊節讚歎。

　　作於 1988 年的〈鳥道〉中，詩人更進一步點出「微瀾」即是「滄海」，一切有限的，都可以成為無限。只因他的靈魂已和廣大的宇宙自然合而為一，不再有所限制，我們彷彿看見詩人在樹樹秋色中回首前塵，極目

處是最長也最短的來時路：

　　微瀾之所在，想必也是
　　滄海之所在吧！
　　識得最近的路最短也最長
　　而最遠的路最長也最短；
　　樹樹秋色，所有有限的
　　都成為無限的了

　　完成於 1998 年的〈蝕〉之二，同樣藉自然景物闡述了「無限」的妙趣。此時詩人已七十有七，相較於十年前的〈鳥道〉，行文之間又多了幾分從容與自在：

　　近了近了近了……
　　落日依依之紅與西山垂垂之紫
　　有限與無限
　　從容與慷慨；
　　善哉善哉
　　要不要述偈，以有言印於無言
　　像「華枝春滿，天心月圓」那種？

──節錄第二、三節

　　「華枝春滿，天心月圓」既是宗教裡圓融無礙的境界，也是詩人內心和諧自由的狀態，又何嘗不能單純的視為大自然勃然沛發、生機無限的景象？落日雖然即將西沉，西山也垂垂沒入暗紫，人生的景晚已然降臨，肉身於世間的暫寄何其匆促有限？困擾詩人一輩子的自由與不自由，在此時此刻，面對大自然的無言揭示時，竟都成為無限的「從容與慷慨」。也正是

潘師麗珠所說的：「一旦悟入，物我可以合一，身心的直覺體驗可以進行，於是視外物爲觀照、欣賞的對象，心自由的游於宇宙之中，時空、因果的界限消失，思維呈現大幅度的跳躍，打破了名目和邏輯的束縛。」[19]詩人眼裡見到的，不再是日薄西山的無奈，卻是天心月圓的美好。那是詩人對天地自然流露的愛意，也唯有這樣的大愛，方能使詩人得到完全的解脫，獲致真正的自由。

關於愛與自由的相互詮解，烏納穆諾（Miguel de Unamuno）的一段話或可以作爲旁證，他說：

> 對於塵世的虛幻而有的感覺激發了我們內心的愛，而唯有愛才能夠克服虛幻與短暫，並且使生命再度充滿生機而得以永恆。……愛，當它與命運相抗衡時，它使我們感覺到這個形象世界的虛幻，並且使我們一瞥到另一個世界的存在，在其中，命運終被克服而「自由」成為唯一的律令。[20]

「愛」，無疑是克服有限與虛幻的強大力量，詩人因此瞥見「另一個世界的存在」，我們則因詩人的靈視，讓自己的生命也從容慷慨起來。

六、結語

從有限到無限，從窘迫到從容，在《十三朵白菊花》與《約會》裡，我們可以清楚看見「自然」在周夢蝶生命中的變化，較之於《孤獨國》和《還魂草》，「自然」於詩中所處的位置和角色，顯然已更爲生動流轉、出神入化。」一如《莊子‧至樂篇》所云：「萬物皆出於機，皆入於機。」「自然」不再是周夢蝶悲苦的代言人，而是「道」的化身，邁向溫暖、自由、美和愛的道路。也如同海德格在《林中路》中指出的：「在貧困時代裡

---

[19]參見潘麗珠，《現代詩學》（臺北：五南圖書公司，1997年），頁31。
[20]參見烏納穆諾著：蔡英俊譯，《生命的悲劇意識》（臺北：遠景出版社，1982年），頁54。

做為詩人意味著：吟唱著去摸索遠逝諸神之蹤跡。因此詩人能在世界黑夜的時代裡道說神聖。……世界黑夜就是神聖之夜。」[21]周夢蝶生命中的貧乏（物質的、親情的、愛情的），卻造就他豐盛的詩情；矛盾對立卻促成他追求和諧並接近和諧的境界；最重要的，「自然」的寬闊無私，給予詩人源源不絕的力量與生機，我們欣喜見到《十三朵白菊花》與《約會》中的周夢蝶，從自然所獲取的靈感，如山泉般湧動不歇，也期待詩人繼續以「自然」為詩，更臻化境。

——選自曾進豐編《娑婆詩人周夢蝶》

臺北：九歌出版社，2005 年 3 月

[21]見海德格著；孫周興譯，《林中路》（臺北：時報文化出版公司，1996 年），頁 250。

修溫柔法的蝴蝶
讀周夢蝶新詩集《約會》和《十三朵白菊花》

◎奚密[*]

　　周夢蝶兩本新詩集的出版，讓人拭目以待已久。自從 1950 至 1960 年代以《孤獨國》和《還魂草》奠定他在臺灣詩壇的地位，直到 1997 年獲得第一屆國家文藝獎（文學類），三十多年來沒有新詩集問世。不可謂不奇。而詩人在臺北鬧區擺書攤維生，長達 20 年（1959 年～1980 年），前往一睹丰采的文藝青年，不計其數，亦蔚為奇談。兩本新詩集內頁簡介稱周夢蝶為「城市之大隱」、「臺北文化街景之一」，實總結了詩人近半世紀以來的傳奇形象。

　　然而，「周夢蝶傳奇」和「詩人周夢蝶」必有所區分。只有當讀者撥開傳奇的雲彩，跳出慣性詮釋的窠臼，才能給予兩本新詩集它們應有的注意和評價。

　　首先，詩人對詩歌藝術有高度的自覺。在《約會》（代後記）裡詩人說：「新詩易學而難工」。簡單的一句話，卻點出一世紀新詩所面對的巨大考驗。在沒有格式結構，甚至主題意象之定法可循的情況下，創作新詩無異於重新定義詩的原理。〈詩與創造〉一詩將詩人和上帝並提：「**上帝與詩人本一母同胞所生：/一般的手眼，一般的光環**」。周夢蝶的詩風一向被認為和老莊佛家最親，他的文字也多衍自古典詩詞。但是，作品中屢次出現的上帝意象，顯示他對詩歌的態度其實並非來自中國傳統，而是深受西方文學影響的新詩。詩人創造詩和上帝創世紀，本質上並無二致。

───────────
[*]加州大學戴維斯分校東亞語言與文化系教授。

上帝

從虛空裡走出來

徬徨四顧，說：

我要創造一切

我寂寞！

———〈吹劍錄（之一）〉

主說：要有火！

於是天上有霹靂與閃電

———〈七十五歲生日一輯〉

新詩，尤其是 1950 至 1960 年代臺灣現代詩，曾塑造「詩神」的形象，和周夢蝶作品中的上帝相應和。詩與生命存有的形而上聯繫，呼之欲出。

詩自語言始，至語言終。周夢蝶詩歌語言的一大特色是重疊複杳的大量使用。此幾巧用在詞組和句式上，造成多樣的效果。前者往往脫胎於成語，套語，雙關語，再加以轉化創新。如「少少許與多多許兩者誰更窈窕？」（〈仰望三十三行〉），「總不能白白在自己的白裡白死」（〈細雪〉），「殺死……殺活」（〈聞雷〉）。字的重疊，既是意義的強調，也暗示千迴萬轉的思緒與情懷。如詩中多次出現的「生生世世生生」，「然而然而然而／畢竟畢竟畢竟」（〈既濟七十七行〉），「多少個長夢短夢短短夢／都悠悠隨長波短波短短波以俱逝」（〈垂釣者之一〉），及〈細雪〉之三裡的「夜夜夜夜」等。透過字的重複，詩人渲染出一種迴腸蕩氣，悠悠不絕的氛圍。

與此相輔相成的複杳的另一形式是，正反並置，悖論式的組合。這類的例子詩集中俯拾皆是，不可勝舉：「最初和最後的」、「撒手即滿手」（〈即事〉），「孤獨最最不能忍受孤獨」（〈吹劍錄〉），「非想非非想」，「你你也永不飛去甚至永不飛來」（〈香頌〉），「比夜更夜的非夜」（〈風〉），「若可及若不可及的高處」（〈即事〉），「風依無所依／無所依依無無所依／無無所依依

無無無所依……」（〈香讚〉），「久久，或更久於久久之前」（〈重有感之三〉），「從無到有到非有非非有」（〈七十五歲生日一輯〉）。這個句式表現詩人對人生萬象的通透和包容。但是，它的背後不是正反合的辯證思維，反而影射的是一份鍥而不捨，九死無悔的執著。

　　雖然周夢蝶的作品向以禪意佛心知名。但是，我以爲支撐其作品，也是它最動人之處，不是老莊佛家的超越與捨棄，而是他的「有我」，一個爲情所苦，但始終無法忘情，且對情禮讚頌歌不已的「我」。那是「耽於自殘和冥想／動物學裡屬猛禽類」（〈三個有翅的和一個無翅的〉）的我，甘心承受「自割的累累傷痛」（〈七十五歲生日一輯〉）的「我」，「向劍上取暖，鼎中避熱」（〈再來人〉）的「我」：

　　　　——你是船
　　　　你是帆是桅是檣也是舵
　　　　　是乘船
　　　　也是造船人

　　　　　　　　　　　　　　　　　　——〈重有感（之二）〉

如果用一個詞來總結周夢蝶詩中的「我」，我會選擇「溫柔」——「溫」「柔」。「雪是有溫度的」（〈冬之暝〉）——詩人是有溫度的雪，遍地孤寂，但是不冷。（他的冷只不過是面「盾牌」罷了。）他的詩娓娓道出「雪的身世」（〈好雪！片片不落別處〉），訴說情的悲喜，縱或他也有暴酷的時候，那也是「最最溫馨的焚」啊！雪又和「血」諧音：「血在溫柔的地層下／溫柔的流著」（〈癸酉多集曉女弟句續二帖〉）。從血聯想到紅玫瑰，那「一寸艷一寸血的重重玫瑰」（〈七十五歲生日一輯〉）。

　　而「柔」，是「修溫柔法的蝴蝶」（〈香頌〉）。蝴蝶本是詩人的筆名，象徵自我認知和期許。輕、小、翩翩、嬌美的蝴蝶，柔到「沒有重量不占面積」（〈十三朵白菊花〉），飄忽於有無、虛實之間。〈九宮鳥的早晨〉裡的少

女是「另一種蝴蝶」,「把雪頸皓腕與蔥指╱裸給少年的早晨看」,「於是,世界就全在這裡了」。詩集裡處處是蝴蝶和花,風和月的意象,在在見證詩人唯美唯情的世界。

詩人在〈細雪〉裡說:「所有的詩皆回文╱且皆無題」。自李商隱以降,〈無題〉幾乎已成為斷腸情詩的代稱。我們不妨說,周夢蝶的詩,唯一個「情」字而已。詩人嚐盡、寫盡人間情滋味。他以大量複沓和正反排比的文字、意象,記錄情的兩極世界:笑與哭、血與淚、醉與醒、火與雪——「這孿生的兩姊妹」的世界(〈賜行一輯六題〉)。「月亮是圓的╱詩也是——」(〈集句六帖〉)。如果在藝術上,詩人有心求圓,他知道人生終究多「半圓」的時候。

不管雪也好,蝴蝶也好,周夢蝶的「我」有一份認命的寧謐和謙遜:

　　既生而為花
　　既生而為蝴蝶
　　你就無所逃於花之為花
　　蝴蝶之所以為蝴蝶了

　　　　　　　　　　　　　　　　——〈率然作〉

詩人深刻體會「情」是「溫馨的不自由」(〈於桂林街購得大衣一領重五公斤〉),他勇敢地承受,並喜悅的擁抱他。「世界老時╱我最後老╱世界小時╱我最先小」(〈藍蝴蝶〉)。陳黎早在他的〈夢蝶〉一詩裡引用過這四行詩,點出周氏詩學的弔詭:蝴蝶只有兩週 14 天左右的生命,但是在夢蝶的詩學裡,牠是脆弱和永恆的結合。「修溫柔法的蝴蝶」,越過生生世世生生,帶給我們「感動和美」。

　　　　　　　　　　　　　　——選自曾進豐編《娑婆詩人周夢蝶》
　　　　　　　　　　　　　　臺北:九歌出版社,2005 年 3 月

「今之淵明」周夢蝶
一個思想淵源的考察

◎曾進豐

前言

葉嘉瑩（1924～）爲《還魂草》作序時，嘗從古今詩人對於感情處理安排之態度與方法，比較周夢蝶（1921～）與陶淵明（365～427）、謝靈運（385～433）二人之異同，結論謂：「周先生似乎也是一位想求安排解脫而未得的詩人。……如果自其感情之不得解脫，與其時時『言哲理』的兩方面來看，雖頗近似於大謝，然而若就其淡泊堅卓之人格與操守來看，則毋寧說其更近於淵明。」葉先生的洞見尙不只此，且在於緊接其後的一番知音之賞：「雖然周先生並未能如淵明一樣，做到將悲苦泯沒於智慧之中，而隨哲理以超然俱化，但周先生卻確實已做到將哲理深深地透入於悲苦之中而將之鑄爲一體了。」[1]夢蝶透過詩的創作，和盤托出生命的苦悶、孤獨與哀傷，傾力拓墾靈魂棲息的空間，自始至終不離悲苦之中，未嘗脫出於悲苦之外，而是將它凝鑄轉化爲瑩潔透明的詩境，此乃與淵明相異之處。唯晚近所作，真能「征服生命的悲哀」，哲理的表現透脫鮮活，詩風益趨空靈平淡，則近於淵明的簡淨真淳。

陶淵明詩深爲歷代文人喜愛，刻意學陶者就屬蘇軾（1036～1101）最爲知名，有多達 109 篇和陶詩。其次，南宋詞人辛棄疾（1140～1207），在其 626 首詞作中，吟詠淵明、提及淵明、明引或暗用陶詩陶文者，一共 60

---

[1]葉嘉瑩，〈序周夢蝶先生的《還魂草》〉，《文星》第 16 卷第 3 期（1965 年 7 月）。收錄於拙編《娑婆詩人周夢蝶》（臺北：九歌出版社，2005 年 3 月），頁 30～35。

首[2]，在在反映了對於陶公之傾心推崇。周夢蝶同樣深深折服於淵明，自稱：「忝為陶公私淑之門牆」[3]，對於陶公篤於志節、遺世獨立的精神，傾倒備至；對於其詩文癡迷程度，又與東坡、稼軒無分軒輊。雖不作和陶詩，然詩中處處是淵明、松、菊、酒，以及陶隱居、桃花源、無絃琴、東籬、南山等，詩句如：「淵明夢中的落英與摩詰木末的紅蕚／春色無所不在」[4]、「儘依草繞籬而飛／卻總飛不到陶隱居的眼底」[5]等。又有〈讀陶歸去來辭〉，詩分兩節，首節云：「依然。松菊與五柳樹／依然。室內的琴書，耒耜乃至／五男兒喧沸的笑語」[6]，讀其詩，想見其人其屋，松菊、柳樹環抱中，主人正撫弄著無絃琴，望著五童子嬉戲奔跑、笑聲圍繞……，陶隱居風景，如在目前。

周夢蝶曠達的胸襟、率真的性情，以及稱心飲酒、止酒，毀譽不介意，無往而不自得的生命情調，實與陶公相彷彿。棲身於充滿著各式各樣誘惑的人間，不被欲遷，默默修持；悠然、悠閒之情趣，得和淵明共知共賞。雖然兼融儒、釋、道於一身，然道家委運任化、生死一如的態度，毋寧更愜其心魂。換言之，無論就人格操守、精神世界或藝術天地，古今兩人多能合拍同調。

一、人淡如菊，恬靜率真

《莊子》曰：「虛無恬淡，乃合天德。無所於忤，虛之至也。不與物交，淡之至也。」[7]虛之至是與物無爭，淡之至則不從事交遊酬酢之活動，

---

[2]此處據袁行霈〈陶淵明與辛棄疾〉一文統計。《陶淵明研究》（北京：北京大學出版社，1997 年 7 月），頁 182。

[3]周夢蝶，〈止酒二十行〉，《有一種鳥或人》（臺北：印刻出版公司，2009 年 12 月），頁 51。按：本文引用周夢蝶詩集、尺牘之版本：《孤獨國》（臺北：藍星詩社，1959 年 4 月），《還魂草》（臺北：領導出版社，1987 年 7 月四版），《十三朵白菊花》（臺北：洪範書店，2002 年 7 月），《約會》（臺北：九歌出版社，2002 年 7 月），《有一種鳥或人》、《風耳樓逸稿》及《風耳樓墜簡》（臺北：印刻出版公司，2009 年 12 月）。後文一律略註書名、頁碼。

[4]周夢蝶，〈老婦人與早梅〉，《十三朵白菊花》，頁 150。

[5]周夢蝶，〈澤畔乍見螢火〉，見同註上，頁 91。

[6]周夢蝶，〈病起四短句・丙 讀陶歸去來辭〉，《有一種鳥或人》，頁 131～132。

[7]《莊子・刻意》。

虛無恬淡，輕視名利權勢，才能自在自得。陶淵明閑靜少言、不慕榮利，絕不屈心抑志，爲五斗米折腰[8]；周夢蝶一向與世無爭，視富貴名利如浮雲，不喜抛頭露面，更別說與瑣碎的世俗周旋了。二人皆虛無處世，極致恬淡。司空圖（837～908）嘗以「落花無言，人淡如菊」[9]形容藝術的境界與詩人品格，意謂季候更迭變易，百花開落，自在無言，詩人性情一如菊花閑淡寧靜，止息爭競之心，詩則臻於淡雅幽香之境。歐陽脩（1007～1072）〈鑑畫〉亦主張，藝術創作欲達最高境界，貴在創作主體能夠保持「蕭條淡泊」、「閑和嚴靜」的心境和意緒[10]，近人宗白華（1897～1986）闡釋道：「蕭條淡泊，閑和嚴靜，是藝術人格的心襟氣象。這心襟，這氣象能令人『事外有遠致』，藝術上的神韻油然而生。」[11]也就是說，創作者的心能空諸一切，無所掛礙，才能履險如夷，泰然自若，達到充分的自由與真正的充實。有此心襟氣象，淵明方能「悠然見南山」，李白（701～762）得與敬亭山「相看兩不厭」，辛棄疾才能坐對青山，嫵媚凝視，周夢蝶也才頻頻與橋墩約會，與麻雀印成知己，而在藝術表現上，自然高遠，流露活潑的精神氣韻。

　　首先，淵明之貞志苦節經常透過松、菊象徵表現，又以菊花最獲青睞。一生種菊、餐菊[12]，賞愛菊花之貞靜清操，有詩詠曰：「芳菊開林耀，青松冠岩列。懷此貞秀姿，卓爲霜下傑。」、「秋菊有佳色，裛露掇其英。泛此忘憂物，遠我遺世情。」[13]菊花凜然挺立於草凍霜枯之時，落英足以令

[8]沈約，《宋書・陶潛傳》載陶淵明在彭澤令任上：「郡遣督郵至縣，吏白應束帶見之。潛歎曰：『我不能爲五斗米折腰向鄉里小人！』即日解印綬去職。」藝文印書館據清乾隆武英殿刊本影印，頁1103。
[9]司空圖，《詩品・典雅》。見清・何文煥輯《歷代詩話》（北京：中華書局，1981年4月），頁39。
[10]歐陽脩，〈鑑畫〉云：「蕭條淡泊，此難畫之意，畫者得之，覽者未必識也。故飛走遲速，意淺之物易見，而閑和嚴靜，趣遠之心難形。」《文忠集》卷130〈試筆・鑑畫〉。見《四庫全書》第1103冊，集部42，別集類，頁3130。
[11]宗白華，《美學與意境》（臺北：淑馨出版社，1989年4月），頁229。
[12]淵明有詩曰：「我屋南窗下。今生幾叢菊。」（〈問來使〉）、「三徑就荒，松菊猶存。」（〈歸去來兮辭〉）、「酒能祛百慮。菊爲制頹齡。」（〈九日閑居詩〉）可知種菊之外，尚且餐菊、飲菊。
[13]陶淵明，〈和郭主簿二首〉其二、〈飲酒詩二十首〉其七。

人「忘憂」、「遺世」，所以屈靈均（約前340～約前278）飲露餐菊[14]，陶靖節採菊東籬，二人排遣苦悶的方式如出一轍。菊花也因此成為磊落性格、堅貞節操的君子象徵，在後人心目中，它幾乎是淵明的化身，所謂「陶潛酷似臥龍豪，萬古潯陽松菊高」[15]，人淡如菊、清高如菊。

周夢蝶鍾愛菊之幽冷豔姿與清香，處女詩集《孤獨國》開宗名篇〈讓〉，就出現如下詩句：「讓秋菊之冷豔與清愁／酌滿詩人咄咄之空杯」；次年的作品〈九月〉又有：「那濃濃的冷香該已將東籬染黃了吧」[16]，秋菊與東籬冷香，允為詩人、淵明之合體形象。自此發端，菊花成為周詩的核心意象之一[17]，同時可以隱約感受到對於陶公的景慕嚮往。以至於詩人夢見自己死了，「當我鉤下頭想一看我的屍身有沒有敗壞時／卻發見：我是一叢紅菊花／在死亡的灰燼裡燃燒著十字」[18]，菊花從「染黃」而「火紅」，化作擔荷負重、勇於殉道的「十字」，暗示詩人將懷抱熱情及犧牲奉獻的精神跋涉人間。

之後，菊花顏色再由紅轉白，詩風也從「濃重」漸趨「清淡」，此一變貌，充分體現在詩集《十三朵白菊花》及《約會》中。前集同題詩，從震慄於一念成「白」、清香撲人的「菊」浮想聯翩，而有「花為誰設？這心香／欲晞未晞的宿淚／是掬自何方，默默不欲人知的遠客？」的低回尋思與肯認：天地萬物、人人之間，必定有某種參差的因緣。終而感愛大化，感愛水土風日，感愛這馨香的賜予：

感愛你！當草凍霜枯之際

不為多人也不為一人開

---

[14] 屈原，〈離騷〉云：「朝飲木蘭之墜露兮，夕餐秋菊之落英。

[15] 龔自珍，〈舟中讀陶詩三首〉其二，見《定盦全集・己亥雜詩》（臺北：中華書局，1965年）。

[16] 周夢蝶，〈九月〉，《風耳樓逸稿》，頁278。

[17] 周夢蝶，〈女侍〉詩曰：「他的眼睛是沒有星期天的／飲菊花而不知菊花味的那男子。」以菊花形容女子。〈走在雨中〉臂裡夾著的也是「一把菊色的傘」。分見《風耳樓逸稿》，頁314，316。

[18] 周夢蝶，〈消息二首〉其二，《孤獨國》，頁43。

> 菊花啊！複瓣，多重，而永不睡眠的
>
> 秋之眼：在逝者的心上照著，一叢叢
>
> 寒冷的小火焰。……[19]

夢蝶說：「拈得一莖野菊／所有的秋色都全在這裡了」[20]，宜乎菊被稱爲不眠的「秋之眼」！透過它，詩人於凄迷搖曳的小火焰中驚覺：「淵明詩中無蝶字；／而我乃獨與菊花有緣？」恍惚間物我交融地與菊花合而爲一，相信生命的不可思議，且「不信／菊花只爲淵明一人開？」[21]要與淵明同享同領受，平分菊花的清氣與香光。

其次，陶淵明天性淡泊而不入俗，絲毫不矯情。《宋書‧陶潛傳》載：淵明處於易代亂世，寧可餓死，不爲五斗米折腰，刺史檀道濟饋以粱肉，麾而去之[22]，既不屑置辯亦不肯絲毫遷就。又載：

> 江州刺史王弘欲識之，不能致也。潛嘗往廬山，弘令潛故人龐通之齎酒具，於半道栗里邀之。潛有腳疾，使一門生二兒舁籃輿；既至，欣然便共飲酌。俄頃弘至，亦無忤也。……嘗九月九日無酒，出宅邊菊叢中坐久，值弘送酒至，即便就酌，醉而後歸。潛不解音聲，而畜素琴一張，無絃，每有酒適，輒撫弄以寄其意。貴賤造之者，有酒輒設。潛若先醉，便語客：「我醉欲眠，卿可去！」其率真如此。郡將候潛，值其酒熟，取頭上葛巾漉酒，畢，還復著之。[23]

諸事具見淵明性情之流露，其「真」受於天地、發自內心，誠然不可移

---

[19] 周夢蝶，〈十三朵白菊花〉，《十三朵白菊花》，頁48。

[20] 周夢蝶，〈兩個紅胸鳥〉，《十三朵白菊花》，頁134。

[21] 周夢蝶，〈九行二首〉之一，《有一種鳥或人》，頁91。

[22] 《宋書‧陶潛傳》載：「江州刺史檀道濟往候之。偃臥瘠餒有日矣。道濟謂曰：『賢者處世，天下無道則隱，有道則至；今子生文明之世，奈何自苦如此？』對曰：『潛也何敢望賢，志不及也』道濟饋以粱肉，麾而去之。」藝文印書館據清乾隆武英殿刊本影印，頁1104。

[23] 《宋書‧陶潛傳》，同前註。

易。[24]所謂「真」，指未受世俗影響，保持人性之初的本然；所謂脫俗，並不在於身之所處，而在心之所安。安於本然，無求無欲，比於赤子[25]，淵明如此，夢蝶亦復如此。

　　似山凝定，如水純淨的夢蝶，對於世俗的詐偽澆薄、爭競巧奪，以及現代社會的種種科技文明，一向不懂不想不涉足，甚至連看也懶。經常作著夢，夢中踏上「復歸」途徑，變為無邪的赤子，如：「昨夜，我又夢見我赤裸裸的／沐浴在上帝金燦的光雨裡」，赤裸裸地沐浴在上帝的光雨裡，應該是聖子、聖嬰吧！醒來便發覺人群亦彷如新生：

> 他們鬢髯都變成了嬰兒，
> 臉上飛滿迎春花天真的微笑；
> 他們的心曝露著，
> 像一群把胸扉打開酣飲天風暖日的貝殼。[26]

　　夢蝶喜見嬰兒純真笑容，樂聞初生嬰兒啼聲[27]，更無時無刻不在祈禱能倒著走回純淨的來處：「自七十而從心所欲不踰矩／一直流向吾十有五以前以前／墜地的呱呱聲從來不斷」[28]，渴求溯迴嬰孩時期，甚至天地之初始：

> 如果時光真能倒流
> 就讓我回到未出生時──
> 回到不知善之為善，美之為美
> 回到陰陽猶未判割

---

[24]《莊子・漁父》曰：「禮者世俗之所為也，真者所以受於天也，自然不可易也。」

[25]《老子》第 55 章：「含德之厚，比於赤子。」

[26]周夢蝶，〈發覺〉，《風耳樓逸稿》，頁 242～243。

[27]周夢蝶，〈山外山斷簡六帖──致關雲〉之四云：「如早春的雷鳴，誰家／初生的，嬰兒的啼聲」。《有一種鳥或人》，頁 45。

[28]周夢蝶，〈花，總得開一次──七十自壽兼酬夏宇阿蘋及林翠華〉，《約會》，頁 137。

　　七竅猶未洞開時。[29]

回到宇宙肇始、渾沌初開，「還原我／還原我為一湖溶溶的月色吧！」[30]回
到早於嬰兒誕生之前的「一湖溶溶的月色」，一個完美無缺的世界。

　　周夢蝶的天真，還表現在對世事的深情觀照，以及由此所產生的特殊
情味。例如生活中偶獲一方竹枕，只因枕上有蝴蝶圖案，其作者又巧與影
歌雙棲女星松田聖子同名，便耳存目想，心生無限悅樂，自謂蒙莊化蝶之
樂不是過[31]；抑或是於車中見一老婦，姿容恬靜，額端刺青作新月樣，手捧
紅梅一段，竟也神思飛動，馳想其 16、17 歲模樣。[32]又如與永遠「先我一
步到達」的橋墩約會，彼此靈犀交通，會心不遠，竟而飆願：「至少至少也
要先他一步／到達／約會的地點」[33]，欲扭轉不可能為可能，誠然癡愚可
愛；甚至自嘲為「人形之鳩」，占據鵲巢窮下蛋。[34]要之，夢蝶的純真是一
種生活形態、一種藝術境界[35]，如同淵明一樣的透明澄澈。

二、詩多素心語，生命皆平等

　　淵明詩語言質樸無華，凝練自然而意蘊深厚，鍾嶸（約 468～約 518）
以「文體省淨」、「篤意真古」[36]概括其風格；後代論者皆謂陶詩「寫其胸中
之妙耳」[37]，故能「句雅淡而味深長」。[38]宋・朱熹（1130～1200）曰：「以

---

[29]周夢蝶，〈一瞥〉，《還魂草》，頁 106。
[30]周夢蝶，〈集句六帖〉，《約會》，頁 46。
[31]周夢蝶，〈竹枕　附跋〉，《約會》，頁 63。
[32]周夢蝶，〈老婦人與早梅　有序〉，《十三朵白菊花》，頁 150。
[33]周夢蝶，〈約會〉，《約會》，頁 93。
[34]周夢蝶，〈有一種鳥或人〉，《有一種鳥或人》，頁 125～126。
[35]拙文〈論周夢蝶詩的隱逸思想與孤獨情懷〉，引明代鍾惺《詩歸》論古人真詩所在曰：「真者，精神所為也。……」一段文字作結，特拈舉「真」字作評。臺灣師大國研所《中國學術年刊》第 19 期（1998 年 3 月）。收錄於《娑婆詩人周夢蝶》，頁 157～189。
[36]鍾嶸，《詩品》卷中〈宋徵士陶潛詩〉。
[37]陳師道，〈後山詩話〉謂：「淵明不為詩，寫其胸中之妙耳。」見清・何文煥輯《歷代詩話》，頁 304。
[38]楊萬里，《誠齋詩話》曰：「五言古詩，句雅淡而味深長者，陶淵明、柳子厚也。」《四庫全書》第 1480 冊，集部 419，詩文評類，頁 731。

詩言之，則淵明所以爲高，正在其超然自得，不費安排處。」[39]清‧葉燮
（1627～1703）云：「陶潛胸次浩然，吐棄人間一切，故其詩俱不從人間
得，詩家之方外，別有三昧也。」[40]一致推崇陶詩真淳瑩澈，寓意深遠，別
有一種天地，更認爲這完全根源於淵明開闊的胸次、超然物表的精神。

　　所謂：「詩是心聲，不可違心而出，亦不能違心而出。功名之士，決不
能爲泉石淡泊之音；輕浮之子，必不能爲敦龐大雅之響。故陶潛多素心之
語，李白有遺世之句，……。凡如此類，皆應聲而出。」[41]陶公詩發自胸
臆，應聲而出，不假外求，復非虛矯可得，此謂之素心語。周夢蝶不慕榮
華，不求聞達，總認爲自己是「罪人」、「無能的人」[42]，相信愚人節是屬於
自己的，於是武昌街經營 21 年又 25 天的書攤，開始、結束都選擇愚人節
當天；當然處女詩集《孤獨國》的出版，也是 4 月 1 日，更別說許多自署
完成於愚人節前前後後的詩作了。其中，最經典的莫過於〈四月〉一詩，
詩人自述：「孟夏的四月是我的季節／聽！這笛蕭。一號四號八號十三號／
愚人節兒童節浴佛節潑水節。」[43]綜觀古今文壇，肯以愚人、罪人自居的，
恐怕除了夢蝶外，再也難尋第二人。夢蝶由此謙謙懇摯胸次以發聲，所以
詩語素樸，詩意淡泊。

　　陶淵明詩中舉凡鄰叟、農樵、村舍、雞犬、豆苗、桑麻等日常習見之
人事景物，一經點化，皆煥發新鮮情味，就在於他能夠打破切身利害相關
的界限，泯除人與物及人與我之界限，相煦而相忘。朱光潛（1897～
1986）對此有精闢之分析：

　　　人我物在一體同仁的狀態中徜徉自得，如莊子所說的「魚相與忘於江
　　湖」。他把自己的胸襟氣韻貫注於外物，使外物的生命更活躍，情趣更豐

---

[39]《朱子文集》卷 58〈答謝成之〉。
[40]葉燮，《原詩》卷 4〈外篇下〉。
[41]陳慶輝，《中國詩學》（臺北：文史哲出版社，1994 年 12 月），頁 23。
[42]周夢蝶，〈花，總得開一次——七十自壽兼酬夏宇阿薐及林翠華〉詩末附註，《約會》，頁 137。
[43]周夢蝶，〈四月——有人問起我的近況〉，《有一種鳥或人》，頁 66～67。

富；同時也吸收外物的生命與情趣來擴大自己的胸襟氣韻。這種物我的回響交流，有如佛家所說的「千燈相照」，互映增輝。所以無論是微雲孤鳥，時雨景風，或是南阜斜川，新苗秋菊，都到手成文，觸目成趣。[44]

主體「隨物以宛轉」，客體「與心而徘徊」，主、客體互相交通，心與物往返滲透，彼此輝映，而能一團和氣，普運周流。1970 年代以後的周夢蝶，漸漸走出封閉、冥想的自我天地[45]，更浪漫地擁抱外在世界——欣然迎納宇宙自然，空中白雲、林間飛鳥、春花秋月、勁竹冷梅……，莫不有情有味。所以，當兩隻紅胸鳥掠過，想像他們是久違的舊相識，是不期而遇的漁樵，而彼此寒暄也只是晴雨桑麻之事；見白鷺鷥悠閒地佇立牛背上，竟癡想為文殊、普賢二大士現身說法；設想「明年髑髏的眼裡，可有／虞美人草再度笑出？」竟惹得鷺鷥「望空擲起一道雪色」[46]作答；或是窮究宇宙終始，了解一切萬法皆由無中生有，復返歸無形：

> 「風不識字，摧折花木。」
> 春色是關不住的——
> 聽！萬嶺上有松
> 松上是驚濤；看！是處是草
> 草上有遠古哭過也笑過的雨痕[47]

聽那松濤千波，看那草色萬頃，春色妙不可言。類此素心深意之語，或寓含隱士之想，或包孕著親佛之虔誠、禪意之體悟，以致於禪趣的流露，皆

---

[44]朱光潛，《詩論》（臺北：國文天地雜誌社，1990 年 3 月），第 13 章〈陶淵明〉，頁 321。

[45]周夢蝶於《孤獨國》時期的形象，圍繞著「冥想」與「孤絕」；《還魂草》時期則有更多「封閉」與「暗黑」的描寫。此後，習佛日久，漸知離不得紅塵人間。詳見拙著《聽取如雷之靜寂——想見詩人周夢蝶》第六章（臺南：漢風出版社，2003 年 5 月），頁 77～130。

[46]周夢蝶，〈蜕——兼謝伊弟〉，《十三朵白菊花》，頁 14。

[47]周夢蝶，〈好雪！片片不落別處〉末節，《十三朵白菊花》，頁 29。

別具盎然滋味。這是夢蝶的標誌，是他人永遠難以企及、複製的。得以臻此真醇境地，實因夢蝶「心如日月」皎潔明亮，故「其詩如日月之光」，完全做到了「詩以人見，人又以詩見」[48]，人格風格高度統一。

　　周夢蝶詩作以日常細物為大宗，舉凡鳥獸蟲魚、花草樹木，一一納為筆下素材。植物類有：梅、竹、荷、菊、牽牛花、野薑花、雞蛋花、荊棘花、菱角、椰樹等；蟲魚鳥獸類如：螢火蟲、蝴蝶、蜻蜓、蝸牛、鱈魚、麻雀、雁、鵝、鴨等。此外，非生物類中，山泉、瀑布、落日、弦月，甚至是竹枕、大衣、水龍頭、紫砂葫蘆、橋墩、沙發椅子、一片落葉[49]等，都是詩人所關注的。詠物寫景多以淡筆摹繪形容，濃筆頌詠精神，含蘊理思，且流蕩著活潑情味。

　　首先聚焦在行動遲緩的蝸牛身上，一詠再詠而三詠。1954 年初詠〈蝸牛〉[50]，浮雕出「慢且拙」的塑像。相關詩句還有：「那邊矮牆上／蝸牛已爬了三尺高了。」[51]、「憶念是病蝸牛的觸角，忐忑地／探向不可知的距離外的距離。」[52]、「及時的荒涼，沉重而溫馨的不自由／像蝸牛。我覺得」[53]，借蝸牛之「負殼緩行」喻思念的折磨、感情的艱難，顯然有自我的投射與類比。1987 年再詠之，則為其忍力所驚，神思飛動，讚椰樹，亦美蝸牛。〈蝸牛與武侯椰〉末二節云：

> 不可及的智兼更更不可及的愚
> ——這雙角
> 指揮若定的

[48]陳慶輝《中國詩學》論「詩是心聲」。見同註 41。
[49]周夢蝶，〈積雨的日子〉一詩，即是由「一片落葉」起興。《十三朵白菊花》，頁 17。
[50]周夢蝶，〈蝸牛〉，詩分兩節計八行，上半寫大鵬於天空縱橫馳驟，後半云：「我沒一飛沖天的鵬翼，／祇揚起沉默忐忑的觸角／一分一寸忍耐的向前挪走：／我是蝸牛。」《風耳樓逸稿》，頁 225。
[51]周夢蝶，〈晚安！小瑪麗〉，《還魂草》，頁 88。
[52]周夢蝶，〈無題〉，《風耳樓逸稿》，頁 300。
[53]周夢蝶，〈於桂林街購得大衣一領重五公斤〉，《十三朵白菊花》，頁 168。

信否？這錦江的春色

這無限好的

三分之一的天空

嚇，不全仗著伊

而巍巍復巍巍的撐起？

再上，便馳騁日月了

為一顧再顧三顧

而四出五出六出？

悠悠此心，此行藏此苦節

除了猿鳥，除了五丈原的更柝

更有誰識得！[54]

在夢蝶眼裡，匍匐直上椰樹巔的蝸牛，其智其仁其勇，堪與鞠躬盡瘁撐起錦江春色，巍巍底定天下之諸葛武侯媲美。15 年後（2002 年），三詠蝸牛，〈走總有到的時候〉一詩，同樣落實於卓絕耐力，甚至稱其與聖者同一鼻息。全詩兩節十行，抄錄於下：

走總有到的時候

你說。與穆罕默德同一鼻孔出氣

自霸王椰足下下下處一路

匍匐而上而上而上直到

與頂梢齊高

真難以置信當初是怎樣走過來的

不敢回顧，甚至

---

[54] 周夢蝶，〈蝸牛與武侯椰〉，《風耳樓逸稿》，頁 320～321。

> 不敢笑也不敢哭──
>
> 生怕自己會成為江河，成為
>
> 風雨夜無可奈何的撫今追昔[55]

　　前詩讚美蝸牛之堅毅苦節，不亞於成就大事業的孔明，於此更尊崇之，肯定蝸牛和「先知」穆罕默德站在同一高度。

　　周夢蝶常說自己「沒有重量」、「不占面積」，生息天地間，如一隻毛毛蟲[56]、一閃螢火而已。1957 年發表短詩〈螢〉，末兩行云：「太陽是太陽，月亮是月亮／我是我」[57]，縱然沒有太陽、月亮的璀璨光輝，渺小的我仍確然存有，擁有小自在的天地，照亮自己。1965 年作〈四句偈〉，依舊由此出發：

> 一隻螢火蟲，將世界
>
> 從黑海裡撈起──
>
> 只要眼前有螢火蟲半隻，我你
>
> 就沒有痛哭和自縊的權利[58]

一蕊飄閃的微光，突破了黑暗的籠罩，流螢成為光明使者、希望之源。雖然「愁慘而微弱」[59]，卻也足以「提燈引路」[60]，或有可能是化成再來人，苦苦守候的「知己」：「早有／破空而來，拳拳如舊相識／擎著小宮燈的螢火蟲／在等你，災星即福星：／隔世的另一個你」[61]，訪友途中遭逢歧路，

---

[55]周夢蝶，〈走總有到的時候──以顧昔處說等仄聲字為韻詠蝸牛〉，《有一種鳥或人》，頁 106～107。
[56]周夢蝶最喜歡一小條形方章，即故友陳庭詩所刻「一毛毛蟲耳」。
[57]周夢蝶，〈螢〉，《風耳樓逸稿》，頁 249。
[58]周夢蝶，〈四句偈〉，《風耳樓逸稿》，頁 315。詩末作者自署「五十四年十二月十五日」。
[59]周夢蝶，〈澤畔乍見螢火〉，《十三朵白菊花》，頁 91。
[60]周夢蝶，〈善哉十行〉，《有一種鳥或人》，頁 135。
[61]周夢蝶，〈斷魂記〉，《約會》，頁 157。

歧路盡處得見舊相識、再來人，則窮途反而是無限的驚喜，其轉折端在飄閃的螢火。至此，人生茫然歧路、苦難風雨，一一化作成全與恩賜。

　　毫不起眼的螢火蟲，之所以成爲夢蝶的偏愛，當與「腐草化螢」[62]之說有關，螢火可以「自生」，腐草且能「復歸」，因此頌詠螢火之作，大多圍繞著這一美好的文學想像，如：「是誰將這扇不可能的鐵門打開？／感謝那淒風，倒著吹的／和惹草復沾幃的流螢」[63]、「千載下，有螢火的所在，定知有／自吹自綠自成灰還照夜的腐草」。[64]除了歌詠蝸牛、螢火之外，還有〈紅蜻蜓〉、〈藍蝴蝶〉、〈詠雀五帖〉等。整體以觀，仍維持一貫地「哲思」模式，但在理性的觀照下，不乏感性思維的深情灌注。不僅闡釋了莊子「齊物」之論，也是詩人「凡生命皆平等」觀念的充分體現。

　　偉大的藝術必然是平常材料的不平常剪裁與綜合，能化腐朽爲神奇，謂之「創造的想像」。淵明善於從日常生活中發現事物的美感，而以平淡的語言表現其美；夢蝶深情對待人生，諸多平常、陳腐的素材，「遇之於默會意象之表」，藉由情感的創造想像，鎔舊鑄新，使得宇宙生命中的一切事、理粲然呈露於前。[65]直到晚近，夢蝶依舊尋尋覓覓，先說了許多新句[66]，諸如〈有一種鳥或人〉、〈偶而〉、〈果爾〉、〈沙發椅子〉等，似乎脫口而出，自然流露素心之語，筆觸戲謔詼諧，風格平淡清新。

三、止酒與不豪飲之間

---

[62]《禮記‧月令》：「季夏之月，腐草爲螢。」《淮南子‧天文訓》：「腐草化爲螢。」唐‧孔穎達註釋說：「腐草爲螢者，腐草此時得暑熱之氣，故爲螢。不云化者，……今腐草爲螢，不復爲腐草，故不稱化。」「腐草化螢」說影響深遠，前人詩賦多用之，如晉‧傅咸〈螢火賦〉：「哀斯火之煙滅兮，近腐草而化生。」唐‧劉禹錫詩句：「漢陵秦苑遙蒼蒼，陳根腐葉秋螢光。」李商隱詩句：「於今腐草無螢火，終古垂楊有暮鴉。」

[63]周夢蝶，〈關著的夜〉，《還魂草》，頁109。

[64]周夢蝶，〈果爾十四行〉，《有一種鳥或人》，頁80。

[65]葉燮曰：「可言之理，人人能言之，又安在詩人之言之；可徵之事，人人能述之，又安在詩人之述之，必有不可言之理，不可述之事，遇之於默會意象之表，而理與事無不粲然於前者也。」《原詩》卷2〈內篇下〉。

[66]周夢蝶，〈花心動——丁亥歲朝新詠二首〉之二謂：「只恨無新句／如新葉，抱寒破空而出／趁他人未說我先說」，《有一種鳥或人》，頁90。

　　淵明視酒如命，須臾不可離，作有〈飲酒二十首〉，自述「偶有名酒，
無夕不飲」；「造飲輒盡，期在必醉，既醉而退，曾不吝情去留。」一再強
調：「中觴縱遙情，忘其千載憂」，「常恐大化盡，……一觴聊可揮」，「試酌
百情遠，重觴忽忘天。」唯有酒能縱情、解憂。認為毀譽榮辱、身後浮
名，都不如生前一杯酒：「千秋萬歲後，誰知榮與辱；但恨在世時，飲酒不
得足。」[67]據統計，淵明作品寫到酒的有 40 處之多[68]，梁‧蕭統〈陶淵明
集序〉曰：「有疑陶淵明詩篇篇有酒，吾觀其意不在酒，亦寄酒為迹者
也。」[69]淵明藉酒得「意」寄「迹」，消除內心痛苦、尋求人生解脫，做為
全身避禍的方式。

　　晉人王光祿（329～384）云：「酒，正使人人自遠。」王衛軍（464～
549）云：「酒，正自引人著勝地。」[70]「自遠」是心靈內部的距離化，藉此
才能觸及「真意」，接近「勝地」。宗白華認為這種真意、勝地，「不正是人
生的廣大、深邃和充實？」[71]酒乃珍貴之物，其中深味早已滲入文人心靈，
豈輕易說戒言止！淵明雖然慎重其事地寫下〈止酒〉[72]詩，看似認真，實則
不得已之言，即使衰老貧病，依然無法不飲[73]，終生不曾真正止酒。

　　蘇軾以淵明為師，作有〈和陶止酒〉[74]詩。周夢蝶不嗜酒亦不斥酒，詩
中直接談到酒的不算多，但類似字詞如飲、醉、酖醉、酩酊等，於詩集
《孤獨國》中倒不少見。諸如刻畫熾熱的戀情，如火似酒：「昨天，／你像

---

[67] 上引陶淵明詩文，依序為〈飲酒二十首〉其十四、〈五柳先生傳〉、〈遊斜川〉、〈還舊居〉、〈連雨
獨飲〉、〈擬輓歌辭三首〉其一。
[68] 堀江忠道統計，《陶淵明詩文綜合索引》（日本：京都匯文堂書店，1976 年）。
[69] 轉引自晉‧陶潛撰，宋‧李公煥箋注《陶淵明集》（臺北：中央圖書館，1991 年），頁 11。
[70] 《世說新語》〈任誕第二十三〉35、48 條。見《世說新語校箋》（臺北：正文書局，1985 年 1
月），頁 566、573。
[71] 宗白華，《美學與意境》（臺北：淑馨出版社，1989 年 4 月），頁 229。
[72] 因翟夫人盛怒，淵明答應止酒，並寫下〈止酒〉詩：「居止次城邑，逍遙自閑止。坐止高蔭下，
步止蓽門裡。好味止園葵，大歡止稚子。平生不止酒，止酒情無喜。暮止不安寢，晨止不能起。
日日欲止之，營衛止不理。徒知止不樂，未知止利己。始覺止為善，今朝真止矣。從此一止去，
將止扶桑涘。清顏止宿容，奚止千萬祀。」妙在句句皆有「止」字，諧謔自嘲，別有趣味。
[73] 《宋書‧陶潛傳》載淵明晚年貧病益劇，殆已無能力飲酒，但當好友顏延之接濟二萬錢，他則
「悉送酒家，稍就取酒」。藝文印書館據清乾隆武英殿刊本影印，頁 1104。
[74] 蘇軾〈和陶止酒〉，結尾八句云：「勸我師淵明，力薄且為己。微屙坐杯酌，止酒則瘳矣。望道雖
未濟，隱約見津涘。從今東坡室，不立杜康祀。」

一枝嬌花／黏著火與酒／飄落在我身邊；」[75]或藉以爲理念與夢想的載體：
「插起雙翅／飛向十字街頭——／買一柄短劍／一張無絃琴／一罐埋著冬
天裡的春天的酒／一把可以打開地獄門的鑰匙……」[76]，酒是嬌花、美好愛
情的象徵，也是溫暖與希望的寄託。還有：「而鐵樹般植立於石壁深深處主
人的影子／卻給芳烈的冬天的陳酒飲得酩醉！」[77]夢蝶少貪杯，未曾見其酩
酊，然而醉後天地，一片溫柔美好，他是知道的：「世界醉了，醉倒在
『美』的臂彎裡」[78]，連酒神達奧尼蘇司（Dionysus）都狂笑著。可知酒在
夢蝶心中，顯然美善揚升壓過罪惡沉淪，甚至與永恆同在：「天黑了！死亡
斟給我一杯葡萄酒／我在緘默瘋狂而清醒的瞳孔裡／照見永恆，照見隱在
永恆背後我底名姓」[79]，即便死化寒灰，依然帶著酒香。

　　周夢蝶謙虛地表示：「從不識飲之趣與醉之理」[80]，然詩中或飲或醉之
理趣，則頗耐人思索。周詩言酒，多有隱喻與象徵，如題名〈約翰走路〉，
乍看以爲是詠酒詩，實際上如同王爾德（Oscar Wilde，1854～1900）詩劇
〈莎樂美〉（Salome）之取材於《聖經‧新約‧馬太福音》第 14 章，旨在
慨歎施洗者約翰因苦諫觸王怒，遭繫囹圄，又峻拒王女莎樂美合巹之邀，
王女負愧抱恨，欲得約翰人頭始慊其心之血腥故事。詩的第二節云：

> 以苦艾與酸棗之血釀成
> 不飲亦醉一滴一巵一瓢亦醉
> 不信？世界乃一酒海
> 在海心。有幾重的時空
> 就有幾重酩酊的倒影[81]

[75]周夢蝶，〈無題〉，《孤獨國》，頁 53。
[76]周夢蝶，〈匕首〉，《孤獨國》，頁 50。
[77]周夢蝶，〈冬天裡的春天〉，《孤獨國》，頁 35。
[78]周夢蝶，〈晚安！刹那〉，《孤獨國》，頁 40。
[79]周夢蝶，〈行者日記〉，《孤獨國》，頁 28。
[80]周夢蝶，〈空杯　並序〉，《十三朵白菊花》，頁 42。
[81]周夢蝶，〈約翰走路〉，發表於《幼獅文藝》時，改題〈酩酊二十四行〉，《約會》，頁 19～21。

　　求之不得必欲其死的強烈愛情，苦徹骨髓、酸入心肺，不飲或淺嚐皆難逃一醉，只因為世界乃一苦酸之血釀成的酒海，酒苦情苦人生更苦。

　　耄耋之年的夢蝶頻頻感歎：「甚矣甚矣吾衰矣吾衰矣。眼見得／字越寫越小越草／詩越寫越淺，信越寫越短／酒雖飲而不知其味」[82]，自覺年老體衰、不知酒味，卻沒有效法杜甫（712～770）停杯[83]止酒，而是訂下絕「不豪飲」[84]之戒律，此又顯然接近淵明。絕妙的是，同樣有詩〈止酒二十行〉，摘錄末三節 12 行：

　　　淵明陶公有止酒詩
　　　卻不止酒。忝為陶公私淑之門牆如不敏
　　　庸敢冒天下之大不韙
　　　而止昔賢之所不能止？

　　　從來飲者與聖者與大道與青天
　　　總一個鼻孔出氣；
　　　而詩心與天地心之萌發
　　　應自有酒之日算起——

　　　酒有九十九失而無一好。
　　　是誰說的？舌長三尺三寸
　　　酒德頌作者之渾家？
　　　嚇！婦人之言如何信得？[85]

昔賢尚且不能止，我又豈能止之？況且，「自古聖賢皆寂寞，唯有飲者留其

---

[82] 周夢蝶，〈四月——有人問起我的近況〉，《有一種鳥或人》，頁 66。
[83] 杜甫〈登高〉詩句：「艱難苦恨繁霜鬢，潦倒新停濁酒杯。」
[84] 周夢蝶生活一向規律，新世紀伊始，即力行「四早四不」主義：早睡、早起、早出、早歸；不久讀、不苦學、不高談及豪飲也，非不得已絕不「破戒」。
[85] 周夢蝶，〈止酒二十行——八十九歲生日遙寄劉敏瑛臺中兼示黑芽〉，《有一種鳥或人》，頁 50～52。

名。」[86]愈偉大的詩人，其寂寞感必然愈深，淵明、李白莫不如此，且知欲緩解苦悶憂愁，「杜康」勝過一切。[87]再者，夢蝶堅信酒與詩與美同脈同源[88]，故有「而詩心與天地心之萌發／應自有酒之日算起」之說，又援引「會須一飲三百杯」、「斗酒詩千篇」的李白為證，誠然氣力萬鈞，叫人難以辯駁。結尾四行用竹林七賢之一的劉伶（生卒不詳）事典。魏晉名士，人人縱酒放達，劉伶更是借酒澆愁、避禍，佯狂一生。作〈酒德頌〉云：「唯酒是務，焉知其餘。……無思無慮，其樂陶陶。兀然而醉，豁爾而醒。靜聽不聞雷霆之聲，熟視不睹泰山之形，不覺寒暑之切肌，利慾之感情。」[89]徜徉酒中乾坤，不覺寒冷暑熱，不迷於利不惑於情。劉伶妻痛哭流涕地勸他戒酒，他則鄭重其事地要求準備一桌豐盛酒菜，祭祀神靈，向鬼神發誓方能戒除酒癮。待酒菜備妥，下跪禱祝道：「天生劉伶，以酒為名；一飲一斛，五斗解酲。婦人之言，慎不可聽。」[90]說完又大啖祭拜的酒肉，照樣喝得爛醉如泥。蓋酒中真味、深味，豈容婦人長舌餘地！劉伶、陶淵明不願戒酒、止酒，李白則勸說「杯莫停」，夢蝶高調附和，力主酒絕不可止、不必止。

四、生死的尊嚴與奧義

《周易》謂：「日往則月來，月往則日來，日月相推而明生焉。寒往則暑來，暑往則寒來，寒暑相推而歲成焉。」[91]日月寒暑相推，時間流轉遷逝，人從出生到老死，依序進行。莊子曰：「大塊載我以形，勞我以生，佚我以老，息我以死。」[92]死亡成為任何人都無法逾越的終極大限。老子曰：

---

[86]李白，〈將進酒〉。
[87]曹操，〈短歌行〉：「何以解憂？唯有杜康。」
[88]周夢蝶，〈孤獨國〉詩句：「而這裡的寒冷如酒，封藏著詩和美」。
[89]劉伶，〈酒德頌〉，蕭統編，李善注《文選》，卷47。
[90]《晉書》卷49〈劉伶列傳〉。
[91]《周易‧繫辭下》。
[92]《莊子‧大宗師》。

「載營魄抱一，能無離乎？專氣致柔，能嬰兒乎？」[93]形體將歷生老病死的循環，內在的「心」——即生命最純粹的本質，終究返回自然，復歸於嬰兒。老子強調「逆轉回歸」，莊子進一步提出「齊生死」觀念，曰：「方生方死，方死方生。」、「已化而生，又化而死。」[94]生死只是人世虛幻般的現象，泯除生死界線，主張生死一如。

淵明深受莊子影響，主張「人生似幻化，終當歸空無」[95]，認爲死亡無非是回歸本原、自然現象。〈飲酒二十首〉、〈歸去來兮辭〉、〈擬挽歌辭三首〉及〈形影神三首〉等，充分表現其生死關懷。如「有生必有死，早終非命促。」、「死去何所道，托體同山阿。」、「聊乘化以歸盡，樂夫天命復奚疑。」認知人本是「物」秉受了「氣」而生，死亡不過是返回「物」的狀態。宇宙萬物莫不在「變」「化」之中，知其不可逆轉、無法抗拒，唯有乘運任化，順乎自然而行。不但撰〈擬輓歌辭〉，又作〈自祭文〉云：「樂天委分，以至百年。余今斯化，可以無恨。」「從志得終，奚復所戀。」[96]死去萬事皆空，榮辱全無所謂，自然不再有絲毫可恨或迷戀的。文章結尾曰：「人生實難，死如之何！」[97]生與死都是無奈，所以要「縱浪大化中，不喜亦不懼，應盡便須盡，無復獨多慮。」[98]最後以「縱浪大化」做爲超越時間與生死束縛之道。

淵明有〈雜詩〉12 首，反覆唱歎韶光飛逝，如：「及時當勉勵，歲月不待人。」、「日月擲人去，有志不獲騁。」、「日月還復周，我去不再陽。」、「去去轉欲速，此生豈再值。」、「日月不肯遲，四時相催迫」等，分別以不待、不獲、不再，感慨時間一去不復返；又分別以擲、速、催，警示時間消失之快。時間如白駒過隙，它到底是什麼？是否存在過呢？這

[93]《老子》第 10 章。
[94]分見《莊子・齊物論》、《莊子・知北遊》。
[95]陶淵明〈歸園田居五首〉其四。
[96]陶淵明〈自祭文〉，《陶淵明集》，卷 7。
[97]「人生實難」典出王粲〈贈蔡子篤〉：「悠悠世路，亂離多阻。……人生實難，願其弗與。」見逯欽立輯校《先秦漢魏晉南北朝詩》（臺北：學海書局，1984 年），頁 357。
[98]陶淵明，〈形影神三首・神釋〉。

是古今詩人的共同心理、普遍疑惑。周夢蝶具有強烈時間意識，對於時間的探勘挖掘永無止盡。諸如：「亂箭似的時間的急雨」，「時間之神微笑著，正按著雙槳隨流盪漾開去」，透視時間之神冷笑、恥笑人類的無知，甚至：「哽咽而愴惻，時間的烏鴉鳴號著：／人啊，聰明而蠢愚的啊！／我死去了，你悼戀我；／當我偎依在你身旁時，卻又不睬理我——」[99]，時間無情流轉，「剎那生滅，去不復返」，冷酷地吞噬萬物，摧毀一切。

　　夢蝶嘗試具體形象化時間，賦予它聲音響度，如：「只有時間嚼著時間的反芻的微響」、「萬籟俱寂／只有時間響著：卜卜卜卜」[100]；另外，將時間色彩化、神格化，如前引：「時間之神微笑著，正按著雙槳隨流盪漾開去／他全身墨黑，我辨認不清他的面目」，如此可怖形象，來自於印度時間神卡莉（Kali）女神[101]，它常被描繪為全身烏黑。〈十月〉第二節云：「而蒙面人底馬蹄聲已遠了／這個專以盜夢為活的神竊／他底臉是永遠沒有褶紋的」，時間化身蒙面的神竊，有一張「永遠沒有褶紋」的臉，十分吻合卡莉女神的形象。一片漆黑，不見任何色彩，自然「沒有褶紋」，又指出時間在不知不覺中消逝「無蹤」，具警示作用。[102]

　　人生百年，在浩瀚宇宙裡短如一瞬，時間不曾為誰停留，夢蝶叩問：「幾人修到時間？／月可熱日可冷，無量百千萬劫／猶童！」[103]2003 年發表〈靜夜聞落葉聲有所思十則——詠時間〉，以近百行的組詩，深情逼視時間，與時間展開對話，試圖認清時間的臉孔，了解時間的本質。之一、之

[99]以上詩句依序出自〈無題〉、〈川端橋夜坐〉、〈烏鴉〉，《孤獨國》，頁 53、33、17。

[100]周夢蝶〈孤獨國〉，《孤獨國》，頁 25。〈一月〉，《還魂草》，頁 26。

[101]卡莉（Kali）女神係印度教三大可怕神像之一，由濕婆神之妻帕瓦蒂（Parvati）化身，是最具威力的女神，也同時是最嗜血的女神，既能造福生靈，也能塗炭生靈。梵文 Kala 意為「時間和死亡」，Kali 是其陰性詞。她的膚色黝黑，意思是一切都被她所包括，如同眾色隱於黑色之中。被稱為黑色的地球母親，時間的征服者，形象可怖。

[102]在著名的《咒文吠陀》詩篇中，時間本身卡拉（Kala）像一匹繫著許多韁繩的馬奔跑著：「他的車輪是整個生物世界。……這個『時間』給我們帶來整個世界：他被尊為至神……他從我們這裡帶走了所有這些生物世界。他們稱他為身居九天之上的卡拉。他創造了生命的世界，他聚合了生物的世界。萬物之父的他變成萬物之子：沒有任何一種力量超過他的存在。」轉引自〔德〕恩斯特・卡西爾（Ernst Cassirer，1874～1945）著，黃龍保、周振選譯《神話思維》（北京：中國社會科學出版社，1992 年 3 月），頁 130～131。

[103]周夢蝶，〈試為俳句六帖〉之四，《有一種鳥或人》，頁 62。

二，將時間形象為虎視眈眈的貓科、未跌過跤、沒有門檻。之三，指出時間乃無邊的虛空與真實的綜合體，難以捉摸；之四、之五，強調「時間一向不習慣於等待」，衍釋「逝者如斯，不舍晝夜」──抽刀斷水水更流，任誰也無法劈破時間；之六，以雲水僧的托缽行腳，記錄生命的蒼翠與凄迷，體悟人生終究苦空；之七，側重悲憫與感慨，懇切呼求早日解脫世間苦難；之八，賦予時間「與人無愛亦無嗔、五柳先生筆下的素心人」之令名，肯定時間的公正無私；之九，寫述百千萬億年來不變的愛情，由於「世界原自不甘寂寞來」，於是，雖根死心不死，災難毀傷的劇情反覆上演，而其解脫之途徑，當隨老僧垂垂入定，花不著身、不惹塵埃。之十云：

> 直到最後最後，只賸
> 一犬一弓一矢
> 連山也不見了
>
> 鹿死誰手？
> 眉長三尺三寸
> 寒巖下。無量劫來一直在花雨中
> 垂垂入定的尊者說：
> 老衲連看也嬾！[104]

於鹿死誰手？輸贏成果？真是「連看也嬾」。

人的生命受到時間的支配，時間即生命，時間意識就是自我生命的覺醒，也就是「生死關懷」。周夢蝶從不避諱談論死亡：「昨夜，我又夢見我死了／而且幽幽地哭泣著，思量著／怕再也難得活了」[105]；「而在春雨與翡

---

[104] 周夢蝶，〈靜夜聞落葉聲有所思十則──詠時間〉，《有一種鳥或人》，頁 96～105。
[105] 周夢蝶，〈消息二首〉其二，《孤獨國》，頁 42。

翠樓外／青山正以白髮數說死亡」[106]。他是這樣描繪死亡的：「面對枯葉般
匍匐在你腳下的死亡與死亡」；「就像死亡那樣肯定而真實／你躺在這裡。
十字架上漆著／和相思一般蒼白的月色」[107]，死亡一如枯葉，如蒼白月
色。當時間偷走一切，「所有美好的都已美好過了／甚至夜夜來弔唁的蝶夢
也冷了」，終於認知到事物真相，了解宇宙人生莫非「虛空」，唯一確定無
疑的東西，只有死亡：「啊，有目皆瞑；／除了死亡／這不死的黑貓！」[108]
死亡是最真實的，死神永恆常在。

　　凡人皆「畏死」，但能抱持犧牲、奉獻精神者，「死」變得無足輕重，
如〈消息二首〉其二所述（見前）。面對死亡的威脅，周夢蝶嘗說：「我喜
歡慢。我要張著眼睛，看它一分一寸一點一滴地逼近我；將我淹沒……」
[109]，如此坦然，來自於詩人對世間的悲憫。他要買「一把可以打開地獄門
的鑰匙」，甘願成為地獄的司閽者：「慈藹地導引門內人走出去／慈藹地謝
絕門外人闖進來」。[110]39 歲那年，曾經擔任「守墓者」一夜，生平最長的
一夜，也是與「死亡」最近距離的接觸經驗，之後陸續發表〈枕石〉、〈朝
陽下〉、〈守墓者〉二首，思索死後的世界——天堂地獄？渾璞空無？其中
一首〈守墓者〉，開頭就是「赤裸著身體，腳下不霑露水」的山鬼，嘩囂
著、擲跳著朝我圍攏過來，「千百隻眼睛伈伈睍睍地／繞視著我——那瞳孔
多綠啊」，詩人竟將它視為「一篇霹靂般沉默的說法」，進而有第三節的溫
熱笑聲與私語：

　　　　剎那與剎那灼灼地笑了
　　　　「這不是靈山是那兒呢？」
　　　　它們以肌膚切切私語著

---

[106]周夢蝶，〈孤峰頂上〉，《還魂草》，頁 130。
[107]周夢蝶，〈還魂草〉、〈十月〉，《還魂草》，頁 84、36。
[108]周夢蝶，〈迴音——焚寄沈慧〉，《十三朵白菊花》，頁 60。
[109]周夢蝶，〈致史安妮四首〉，《風耳樓墜簡》，頁 32。
[110]周夢蝶，〈朼首五首〉之二、〈司閽者〉，《孤獨國》，頁 51、58。

顫慄於彼此血脈底暖熱[111]

詩人眼中的死亡，雖然陰森、暗黑，唯並不恐怖，甚至是可觸可親可感的，可以「摟著」它，它也可以爲我「斟酒」、在我「掌上旋舞」。[112] 所以能邂逅死亡，與死亡密約，相煦以沫，以至於「忘死」：

> 一步一漣漪。你翩躚著
> 踏浪花千疊的冷冷來
> 來赴一個密約
> 一個淒絕美絕的假期
>
> ……………………
>
> 在偶然與必然的一瞥間
> 我們相遇，相煦而又相忘
> 面對著一切網
> ……………………
> ──這似疏而密的經緯
> 以你我底影子織成的──
> 在茫茫之上，茫茫之外
> 我們相忘。相憶而又相尋[113]

死亡不是意味著結束與毀滅，而是再一次地完成與出發：「灼熱在我已涸的脈管裡蠕動／雪層下，一個意念掙扎著／欲破土而出，矍然！」[114] 生命的

---

[111] 周夢蝶，〈守墓者〉，《風耳樓逸稿》，頁 302～303。
[112] 周夢蝶詩句。〈烏鴉〉：「我摟著死亡在世界末夜跳懺悔舞的盲黑的心」；〈行者日記〉：「天黑了！死亡斟給我一杯葡萄酒。」〈六月〉：「死亡在我掌上旋舞／一個蹉跌，她流星般落下」。前兩首見《孤獨國》，後一首見《還魂草》。
[113] 周夢蝶，〈死亡的邂逅〉，《風耳樓逸稿》，頁 304～305。
[114] 周夢蝶，〈十三月〉，《還魂草》，頁 41。

源起，原本如此地抖擻，這是死靈魂的獨白。新世紀之後，唯〈在墓穴裡〉一首，係讀硯香詩[115]有感而作，借題發揮，再一次深度掘發死亡世界。詩分七節，僅摘錄部分如下：

> 在墓穴裡。我可以指著我的白骨之白
> 起誓。在墓穴裡
> 再也沒有誰，比一具白骨如我
> 對另一具白骨
> 更禮貌而親切的了
>
> 真的。在墓穴裡
> 絕絕沒有誰會對誰記恨
> 絕絕沒有──誰，居然
> 一邊舉酒，一邊親額，一邊
> 出其不意以袖箭，以三色菫
> 滴向對方的眼皮
>
> 前頭已無有路了
> 有，也嬾於回頭。
> 在墓穴裡。我將以睡為餌
> 垂釣十方三世的風雨以及靜寂
> 比風雨復風雨更嘈切的靜寂──
> 這，已很夠了！
> 還有什麼好爭競的？
>
> 聽！誰在會心不遠處

---

[115]硯香，〈地獄不能讀詩〉，《中華副刊》，2002 年 4 月 11 日。

　　　舉唱我的偈頌？

　　　寒煙外，低回明滅：誰家的牡丹燈籠？[116]

　　1950 年代，詩人就曾諭示：「墓地裡有哲人吞吐的解答」[117]，本詩宛如此
一話頭輾轉半世紀後的「回響」，其第二節，又恰似前引〈守墓者〉一詩的
展延拉寬，同樣荒誕地藉墓中人語，喃喃獨白，言說「死」的美好。唯
〈守墓者〉等，尚存敬畏心情看待死亡、屍骨，是「以生視死」，生為主
體；〈在墓穴裡〉則反過來由「死亡」本身發聲，是「以死視生」，死成為
主體了。詩中清楚地指出，死後世界不再有恨、不再有爭競，只有真心相
待與一片靜寂，這不正是《莊子・至樂》裡髑髏之言[118]的現代衍釋，不僅
不畏死，且幾乎能「樂死」。

　　周夢蝶竭力掘發死亡面目，深度探勘死亡奧義，一再擷取陶公淵明
〈擬輓歌辭〉、〈自祭文〉筆意[119]，看破生死而不介懷人生短暫，相信「廻
眸一笑便足成千古」[120]，因為「冷冷之初」也是「冷冷之終」，本來無始亦
無終，生死始終不過是一循環。不僅預立〈遺言〉，並撰〈率筆〉云：「一
切都去了，於是／一切都來了。／於是，我深深深深的戰慄於／我赤裸的
豪富！」[121]塵歸塵，土歸土，一去一來，從容自得，無負無憾。何況，「自

---

[116] 周夢蝶，〈在墓穴裡——讀華副九十一年四月十一日硯香詩作有感〉，《有一種鳥或人》，頁 85～
88。

[117] 周夢蝶，〈繩索〉，《風耳樓逸稿》，頁 237。

[118] 《莊子・至樂》篇載：「莊子之楚，見空髑髏，髐然有形。撽以馬捶，因而問之，曰：『夫子貪
生失理，而為此乎？將子有亡國之事、斧鉞之誅，而為此乎？將子有不善之行，愧遺父母妻子
之醜而為此乎？將子有凍餒之患，而為此乎？將子之春秋故及此乎？』於是語卒，援髑髏，枕
而臥。夜半，髑髏見夢曰：『子之談者似辯士，視子所言，皆生人之累也，死則無此矣。子欲聞
死之說乎？』莊子曰：『然』髑髏曰：『死，無君於上，無臣於下；亦無四時之事，從然以天地
為春秋，雖南面王樂，不能過也。』莊子不信，曰：『吾使司命復生子形，為子骨肉肌膚，反子
父母、妻子、閭里、知識，子欲之乎？』髑髏深矉蹙頞曰：『吾安能棄南面王樂而復為人間之勞
乎！』」

[119] 周夢蝶〈再來人〉一詩附白云：「伊弟贈詩。戲取淵明自輓筆意，為損益而潤飾之。若自譽，而
實自嘲也。」《十三朵白菊花》，頁 55。

[120] 周夢蝶，〈行到水窮處〉，《還魂草》，頁 69。

[121] 〈遺言〉及〈率筆〉皆為小楷手稿，前者暫由筆者收藏，後者係周公於 2009 年 9 月 29 日為友
人黃月琴所錄舊句。

來聖哲如江河不死不老不病不廢／伏羲，衛夫人，蘇髯，米顛」[122]，肉體有其大限，精神、事功可以薪火相傳，聖哲永恆，詩亦不朽。

五、烏托邦的想像與創造

鍾嶸《詩品》推崇陶公為「古今隱逸詩人之宗」，因為他並非藉隱於田園以邀譽、得官，而是什麼都不要，真心歸隱。[123]淵明的〈桃花源記〉、〈桃花源詩〉生動地描繪出理想的社會圖景，再現《詩》中「樂土」及《禮記》裡的「大同世界」[124]，也接近《老子》所描寫的，不乘舟輿，不陳兵甲，民復結繩而用之，甘食美服，安居樂俗，質樸淳善的「小國寡民」世界。[125]陶淵明的「心遠地自偏」，能主動摒除塵網的束縛干擾，居市朝若岩穴；周夢蝶大隱於紅塵人間，同樣心不滯於名利，揄揚或詆譏皆不在意，寧靜地垂釣獨樂帝國，一個充分自由、自足，徹底釋放、解脫的烏托邦（Utopia）。

烏托邦是一個虛構的國度、理想的社會，是樂觀的想像。淵明桃花源來自於心靈的伸張與追求，夢蝶烏托邦則建構在「負雪的山峰上」：「這裡沒有嬲騷的市聲／只有時間嚼著時間的反芻的微響」，「觸處是一團渾渾莽莽沉默的吞吐的力」，晝夜窈窕、綺麗、豐實、光燦，可與虛空與滿天繁星契闊傾心，這裡擁有至美的一切。「過去佇足不去，未來不來／我是『現在』的臣僕，也是帝皇。」[126]浸潤其間，剎那間走入「神話時間」（"Mythical Time"）[127]，瞥見永恆，時間再沒有先後的關連與分割，因

---

[122]周夢蝶，〈潑墨——步南斯拉夫女作者 Simon Simonovic 韻〉，《有一種鳥或人》，頁31～32。
[123]朱熹曰：「晉宋人物，雖曰尚清高，然個個要官職。這邊一面清談，那邊一面招權納貨。陶淵明真個能不要，此所以高於晉宋人物。」《朱子語錄》第3冊，頁874。
[124]分見《詩經·碩鼠》及《禮記·禮運》。
[125]《老子》第80章：「甘其食，美其服，安其居，樂其俗。鄰國相望，雞犬之聲相聞，民至老死不相往來。」
[126]周夢蝶，〈孤獨國〉，《孤獨國》，頁25～26。
[127]「神話時間」是由新康德學派的中堅分子〔德〕恩斯特·卡西爾（Ernst Cassirer，1874～1945）提出，他把時間分為「神話時間」與「歷史時間」，並說：「神話意識……有時被稱作無時間性的意識。因為與客觀時間相比，不管是宇宙時間還是歷史時間，神話的確是無時間性。」見同註102，頁120。艾良德（Mircea Eliade，1907～1986）在《圖像與象徵》一書中詳予闡釋，分

爲：「在永恆的境遇中，人再感覺不到過去與將來，一切的時分都被濃縮爲一個圓滿的現在。」[128]詩人歷經神祕經驗，確認自我獨立的「存有」，體驗到圓滿完美的「永恆整體」。

　　以「孤獨」爲名的烏托邦，偏重「時間」的把握，強調瞬間永恆的「現在」，而在「空間」意識方面，亦是至大無邊，容得下參差風雨、遲歸雲彩。如〈九月〉一詩所述：

> 許久沒有訪問南山了，
> 那濃濃的冷香該已將東籬染黃了吧？
>
> 這兒底高曠是我底笠屐畫出來的──
> 我鑑賞這兒底風，
> 這兒底風鑑賞我飄飄的衣襟。
>
> 種五十畝酒穀
> 再種五十畝酒穀
> 再加上三日一風，五日一雨
> 我底憂愁們將終年相視而笑了！
>
> 當歲之餘。當日之餘。當晴之餘
> 便伴著一身輕，到山海經裡
> 無絃琴邊……和大化，或自己密談去！
> 有時也向遲歸的雲問桃花源底消息
> 而昏鴉聒噪著，投入暝暝的深林裡了……[129]

析比較二者之差異，指出「神話時間」的四種特質：非時間性（Non～Temporal）、超歷史的（Supra～Historical）、可倒流的（Reversible）、永恆的（Eternal）。轉引自關永中《神話與時間》（臺北：臺灣書店，1997年3月），頁63～117。

[128]關永中，《神話與時間》，同上，頁120。

[129]周夢蝶，〈九月〉，《風耳樓逸稿》，頁278～279。

「高曠」的空間既是笠屐所畫，也是心靈的逍遙——風與我彼此鑑賞，閒聊晴雨穀種，歸雲昏鴉，或讀《山海經》、撥弄無絃琴，或縱浪大化中，靜靜地審顧悲喜榮枯，允爲現代版的〈歸園田居〉。

素樸的「小木屋」，又是夢蝶烏托邦的另一幻化，三百多首詩中共出現三次。首見於〈七月〉一詩：

> 荻奧琴尼斯在木桶中睡熟了
> 夢牽引著他，到古中國穎川底上游
> 看鬢髮如草的許由正掬水洗耳
> 而鯤鵬底魂夢飆起如白夜
> 冷冷底風影瀉下來，自莊周底眉角……
>
> 悲世界寥寂如此惻惻又飛回
> 飛入華爾騰湖畔小木屋中，在那兒
> 梭羅正埋頭敲打論語或吠陀經
> 草香與花香在窗口擁擠著
> 獵人星默默，知更鳥與赤松鼠默默……[130]

隱士長沮、桀溺、荷蓧丈人、陳仲子、張長公等[131]，被陶淵明所敬仰；周夢蝶則傾慕絕欲遺世的荻奧琴尼斯、隱居箕山的許由、遨遊大化的莊周，以及接近自然，提倡素樸生活的梭羅，於是，華爾騰湖畔的「小木屋」成爲朝思暮想之境。直到 1997 年，發表〈七月四日〉一詩，則陶醉於其間：

> 自清涼如薄荷的草香裡醒來
> 每天，我以湖水以魚肚白洗耳洗眼

---

[130]周夢蝶，〈七月〉，《還魂草》，頁 34～35。
[131]陶淵明，〈扇上畫贊附尙長禽慶贊〉一文，所贊諸人皆爲古代隱士。抒發其羨慕與景仰之意，並表達隱居之志。見《陶淵明文集》。

之後，躡著林蔭道微濕的落葉
歸來。在第一線金陽下
曼儂的豎琴聲中
吃我自焙的玉米餅。

友愛怎樣奢侈的偏向著我啊！
冬季來時。雪花如掌
撲打著我孤峭而高的窗子。
巧有金光閃閃小飛俠似的黃蜂闖入
於四壁間凡所有處壘窩
且雍雍熙熙難兄難弟一般
與我共用一個火爐：
一襲褌袍一輪太陽。

受驚若寵。至少有一次：
天開了！在某個琥珀色的傍晚
當我扶著鋤頭在荳畦間小憩——
一隻紫燕和一隻白鴿飛來
翩翩，分踞於我的雙肩。

黑甜而無縫無邊無底的夜！
眾目皆瞑。只有荳荳
我的知恩的荳荳醒著
且思量著：如何在我新鋤過的
子宮一般香暖的地心深處深深處
經營慘淡而雙倍豐美對我的報答；
而在一笑如舊相識的枕上，竟不期
而與仲尼與蘧伯玉與因陀羅與毘濕奴

以神遇。

　　七月四日是我的小木屋的名字

　　雖然也是每一隻飛鳥每一匹草葉的。[132]

這不正是「山氣日夕佳，飛鳥相與還」的註腳；「眾鳥欣有托，吾亦愛吾
廬」[133]的精神外顯！此外，又有詩句：「明天太陽會不會從星期五的足下昇
起？／孤懸於我小木屋之一隅的椅子／已自七尺七寸的高處取下／且拂拭
了又拂拭再拂拭；／林蔭道上的落葉是掃不完的！」[134]落葉掃不完也不必
掃，只因為小木屋既是我的，也是飛鳥與草葉的。小木屋命名「七月四
日」，當為「獨立自由」國度之轉喻，沒有糾紛，充滿著友愛、受寵若驚與
神遇。詩人生活其中，萬物各得其所，物我關係親密交融，一片悠然。

　　「問余何意棲碧山，笑而不答心自閒。桃花流水窅然去，別有天地非
人間。」[135]李白的「非人間」之閒情，就是武陵漁人發現的世外桃源，也
是夢蝶的烏托邦世界。完全超越對物質享受的追求，達到精神滿足，是一
個想像與創造的世界，是對人生的獨特解會。讀淵明〈歸田園居五首〉、
〈飲酒二十首〉、〈讀山海經十三首〉等，知淵明在種豆南山、採菊東籬、
共話桑麻、歡酌新酒中，感受到人生最徹底的解脫；周夢蝶則透過泛覽典
籍、賞析奇文及冥想默觀，構築了一個獨樂自足的世界[136]，使一切成為可
能。換言之，五柳先生在「真實」踐履中悠然自閒，一甚老人[137]則在無邊

---

[132] 周夢蝶，〈七月四日〉，《約會》，頁 115～118。詩末自注：「梭羅湖濱散記二十年後重讀二首之
　　 一」。

[133] 陶淵明，〈飲酒二十首〉其五、〈讀山海經十三首〉其一。

[134] 周夢蝶，〈仰望三十三行——又題：兩個星期五和一隻椅子〉，《約會》，頁 19～21。

[135] 李白，〈山中問答〉。

[136] 周夢蝶，〈花，總得開一次——七十自壽兼酬夏宇阿蘋及林翠華〉，曾撫觸斑斑來時路，自覺地
　　 說道：「原來一向藏身於頸細腹亦細的瓶底／錯認足下有世界名獨樂／有佛號自足。一任／風月
　　 在瓶外／無邊，自圓而自缺。」《約會》，頁 139～140。

[137] 一甚老人，為夢蝶別署之一。他說：「取意左傳僖公五年：晉不可取，寇不可翫；一之為甚，其
　　 可再乎？」見〈風耳樓墜簡．致杜十三〉，《風耳樓墜簡》，頁 291。

「想像」中自得遨遊。兩人都能夠樂道安貧，「縱心物外，榮辱不知」[138]，以「心遠」過濾塵俗喧囂，但求一生無毀無譽，達到「俯仰終宇宙，不樂復何如」[139]的理想境界。這種理想境界，來自於平凡日常生活中審美超越的實現，相當於弗萊（Northrop Frye，1912～1991）所稱之「神啟式的世界」[140]，亦即宗教中所謂之天堂的象徵與隱喻。

結語

朱光潛說淵明在中國詩人中的地位是很崇高的，「可以和他比擬的，前只有屈原，後只有杜甫。屈原比他更沉鬱，杜甫比他更闊大多變化，但是都沒有他那麼淳，那麼煉。」[141]淵明的澈底澄瑩、和諧靜穆與自然本色，屈原、杜甫尚且難以企及，現代詩人周夢蝶又豈能輕易歷其藩籬！筆者實無意援古人以尊崇今人，唯無論在生活態度、精神胸襟、生命意識或詩風歸趨上，古今兩素心人[142]，又多有同節合拍、聲氣相應相求之處。

陶淵明「徹悟人生的苦難，但又不否棄現世的人生，而仍然率真、質樸地肯定現世人生有美好可親的東西，從日常的生活中去尋求心靈的滿足與安慰。」[143]周夢蝶同樣深刻理解「人生實難」，發出「死至易，而生甚難」[144]之哀聲，堅信存在的無可取代，生命尊嚴的不可搖撼。有著廣漠的寂寞、悵惘，有著痛徹心肺的哀傷，而能以極度冷靜清醒的眼光去看待死亡，表現出對生命的深情愛戀。更可貴的是，抱持「深入地獄」的慈悲，毅然承擔，選擇「最後一人成究竟覺」。在功德圓滿之後，又能「我選擇不

---

[138]張衡，〈歸田賦〉結尾二句：「苟縱心於物外，安知榮辱之所如？」見《張衡詩文》（臺北：錦繡出版社，1993 年 2 月），頁 153。

[139]陶淵明，〈讀山海經十三首〉其一。

[140]諾思洛普・弗萊（Northrop Frye，1912～1991）曾劃分人類文化中的意象為三種：神啟意象、魔怪意象、類比意象。其中，神啟意象（apocalyptic imagery）即是天堂理想境界的象徵和隱喻。見《批評的剖析》（陳慧、袁憲軍譯，天津：百花文藝出版社，1998 年），頁 158～174。

[141]朱光潛，《詩論》（臺北：國文天地雜誌社，1990 年 3 月），第 13 章〈陶淵明〉，頁 321。

[142]陶淵明，〈移居〉：「聞多素心人，樂與屬晨夕。」素心人指的如龐通之、殷景仁、顏延之等不慕榮華者流。顏延之〈陶徵士誄〉說陶：「長實素心」。

[143]李澤厚、劉綱紀主編，《中國美學史》第 2 卷（臺北：谷風出版社，1987 年 12 月），頁 462。

[144]周夢蝶，〈迴音──焚寄沈慧〉，《十三朵白菊花》，頁 60。

選擇」[145]，功成而不居。至此，人生的悲苦，已完全消融化解於智慧的體悟之中，隨哲理以超然俱化了。或許如夢蝶所言，既嚮慕私淑陶公，則列其門牆，進登殿堂，獨獲其一瓣心香，或爲隔世熟悉的再來人，也並非絕不可能。

參考資料

一、周夢蝶詩集、文集

·《孤獨國》（臺北：藍星詩社，1959 年 4 月）

·《還魂草》（臺北：領導出版社，1987 年 7 月四版）

·《十三朵白菊花》（臺北：洪範書店，2002 年 7 月）

·《約會》（臺北：九歌出版社，2002 年 7 月）

·《有一種鳥或人》（臺北：印刻出版公司，2009 年 12 月）《風耳樓逸稿》（臺北：印刻出版公司，2009 年 12 月）

·《風耳樓墜簡》（臺北：印刻出版公司，2009 年 12 月）

二、其他專書

（一）古籍

·朱熹，《朱子文集》（臺北：臺灣商務印書館，1966 年）

·朱熹，《朱子語錄》（臺北：臺灣商務印書館，1968 年）

·李耳撰，，王弼注《老子》（臺北：中華書局，1967 年）

·何文煥輯，《歷代詩話》（北京：中華書局，1981 年 4 月）

·沈約撰，《宋書》（臺北：世界書局，1986 年）

·莊周撰，郭象注，《莊子》（臺北：中華書局，1967 年）

·逯欽立輯校，《先秦漢魏晉南北朝詩》（臺北：學海書局，1984 年）

·堀江忠道，《陶淵明詩文綜合索引》（日本：京都匯文堂書店，1976 年）

• 陸機撰,《晉書》（臺北縣板橋市：藝文印書館,1971 年）

• 陶潛撰,李公煥箋注《陶淵明集》（臺北：中央圖書館,1991 年）

• 歐陽脩,《文忠集》（臺北：臺灣商務印書館,1986 年）

• 蕭統編,李善注《文選》（臺北：弘道出版社,1971 年）

• 鍾嶸,《詩品》（臺北：臺灣商務印書館,1965 年）

• 劉義慶撰,楊勇校箋《世說新語校箋》（臺北：正文書局,1985 年 1 月）

• 龔自珍,《定盦全集》（臺北：中華書局,1965 年）

（二）現代專書

• 朱光潛,《詩論》（臺北：國文天地雜誌社,1990 年 3 月）

• 李澤厚、劉綱紀主編,《中國美學史》（臺北：谷風出版社,1987 年 12 月）

• 宗白華,《美學與意境》（臺北：淑馨出版社,1989 年 4 月）

• 袁行霈,《陶淵明研究》（北京：北京大學出版社,1997 年 7 月）

• 關永中,《神話與時間》（臺北：臺灣書店,1997 年 3 月）

• 陳慶輝,《中國詩學》（臺北：文史哲出版社,1994 年 12 月）

•〔德〕恩斯特・卡西爾（Ernst Cassirer,1874～1945）著；黃龍保、周振選譯《神話思維》（北京：中國社會科學出版社,1992 年 3 月）

•〔加〕諾思羅普・弗萊,（Northrop Frye,1912～1991）著；陳慧、袁憲軍、吳偉仁譯《批評的剖析》（天津：百花文藝出版社,1998 年）

• 曾進豐,《聽取如雷之靜寂——想見詩人周夢蝶》（臺南：漢風出版社,2003 年 5 月）

• 曾進豐編,《娑婆詩人周夢蝶》（臺北：九歌出版社,2005 年 3 月）

——選自《高雄師大學報》第 29 期,2010 年 6 月

輯五◎
研究評論資料目錄

作家生平、作品評論專書與學位論文

專書

1. 劉永毅   周夢蝶：詩壇苦行僧   臺北   時報文化出版公司   1998 年 9 月   220 頁

本書爲周夢蝶的傳記，記錄了周夢蝶的生平及創作歷程。全書共 8 章：1.悲與喜；2. 從河南到臺北；3.塵囂中的苦行僧；4.生命轉折的亮光；5.人皆樂有賢父兄也；6.周 夢蝶這個人；7.周夢蝶的詩；8.周夢蝶的戀愛及其他。正文後附錄〈周夢蝶生平大事 年表〉。

2. 曾進豐   聽取如雷之靜寂——想見詩人周夢蝶   臺南   漢風出版社   2003 年 5 月   290 頁

本書爲碩士論文增修而成，透過外在的訪談、資料蒐集，再由周夢蝶的生命遭遇、 生活環境及其文學創作淵源等時空背景切入，以討論周夢蝶的語言技巧與藝術手 法。全書共 9 章：1.緒論；2.周夢蝶之生命與生活；3.周夢蝶之創作淵源；4.周夢蝶 之詩觀；5.周夢蝶詩之編目編年；6.周夢蝶詩之風格轉變；7.周夢蝶詩之主題思想；8. 周夢蝶詩之藝術表現；9.結論。

3. 曾進豐編   娑婆詩人周夢蝶   臺北   九歌出版社   2005 年 3 月   373 頁

本書收錄評論周夢蝶生平與詩作之文章，及文友贈詩與訪談文章。全書收錄 24 篇文 章：1.夏菁〈詩的悲哀〉；2.葉嘉瑩〈序周夢蝶先生的《還魂草》〉；3.蘇其康〈情 采傳統‧低調現代的周夢蝶〉；4.吳達芸〈評析周夢蝶的《孤獨國》〉；5.周伯乃 〈周夢蝶的禪境〉；6.翁文嫻〈看那手持五朵蓮花的童子〉；7.羅青〈周夢蝶的〈十 月〉〉；8.戴訓揚〈新時代的採菊人〉；9.余光中〈一塊彩石就能補天嗎？〉；10.黃 梁〈詩中的「還魂」之思〉；11.朱炎〈周夢蝶的詩藝與氣質〉；12.曾進豐〈論周夢 蝶詩的隱逸思想與孤獨情懷〉；13.洪淑苓〈橄欖色的孤獨〉；14.陶保璽〈「垂釣 者」走向「九宮鳥的早晨」〉；15.李奭學〈花雨滿天〉；16.奚密〈修溫柔法的蝴 蝶〉；17.羅任玲〈自然中的二元對立與和諧〉；18.應鳳凰〈「書人」周夢蝶的祕 笈〉；19.林海音〈默默的，燃燒著的灰燼〉；20.王保雲〈雪中取火‧鑄火爲雪〉； 21.錢嘉琪〈周夢蝶像一襲溫柔的月光〉；21.許以祺〈懷周夢蝶〉；23.劉雨虹〈超然 灑脫的人〉；24.鯨向海〈在嶄新世代閱讀周夢蝶〉。正文後附錄〈有關周夢蝶評 論、訪談述介之文章篇目〉、〈文友贈詩及其他〉。

4. 黎活仁，蕭蕭，羅文玲編   雪中取火且鑄火爲雪：周夢蝶新詩論評集   臺北

萬卷樓圖書公司　2010 年 12 月　538 頁

本書為匯集周夢蝶新詩之相關評論文章結集而成。全書分 2 輯，輯一「兩岸觀點」
收有：沈玲、方環海〈雪國的蝶影──周夢蝶詩歌中有關「雪」的物質想像研
究〉、田崇雪〈生命孤獨的自我問答──論周夢蝶的詩〉、曾進豐〈孤絕冷凝歸於
淡雅真醇──淺論周夢蝶詩風及其轉折〉、白靈〈偶然與必然──周夢蝶詩中的驚
與惑〉、蕭水順〈後現代視境下的「蝶道」與「詩路」──以周夢蝶「蝶詩」的空
間轉換作為探索客體〉5 篇文章；輯二「香港論述」收有：黎活仁〈詩歌與上升下降
的敘事──周夢蝶的研究〉、屈大成〈周夢蝶詩與佛教〉、史言〈「水」與「夢」
的「禪語」──周夢蝶詩歌「水之動態」與「水之動力」的現象學研究〉、余境熹
〈水火融合與魔法師之路──周夢蝶八首「月份詩」的「解／重構」閱讀〉、何超
英〈周夢蝶的夢想之旅──以巴什拉的安尼瑪詩學作研究〉、李潤森〈周夢蝶詩中
的「重複」〉、霍家美〈春天與夏天──周夢蝶的時間意識研究〉7 篇文章。正文前
有蕭蕭〈編者前言〉。

學位論文

5. 曾進豐　　周夢蝶詩研究　臺灣師範大學國文學系　碩士論文　楊昌年教授指
**　　　　　　導　1996 年　243 頁**

本論文透過外在的訪談、資料蒐集，再由周夢蝶的生命遭遇、生活環境及其文學創
作淵源等時空背景切入，以討論周夢蝶的語言技巧與藝術手法。全文共 7 章：1.緒
論；2.周夢蝶之創作背景與詩觀；3.周夢蝶詩之編目、編年與考異；4.周夢蝶之生命
遭遇、生活環境及其文學創作淵源；5.周夢蝶詩之內涵；6.周夢蝶詩之藝術手法；7.
結論。正文後附錄〈周夢蝶評論引得〉、〈周夢蝶尺牘索引〉及〈《藍星》大事
記〉。

6. 胡月花　　周夢蝶及其詩作研究　淡江大學中國文學學系　碩士論文　趙衛民
**　　　　　　教授指導　2003 年　182 頁**

本論文分別從生命歷程、思想淵源、文學創作背景進行探究，並以 3 期判分其生命
及思維歷程，藉以概觀詩人創作思想與藝術技巧的成因，企盼歸納詩人及其詩作的
思想內涵與藝術技巧，找出一個在現代文學史上的定位。全文共 6 章：1.緒論；2.周
夢蝶的性格、生命及其思想歷程；3.周夢蝶的交遊及其創作觀；4.周夢蝶詩作中的表
現手法與藝術技巧；5.周夢蝶詩作中的主題、思想與內容；6.結語。正文後附錄〈周
夢蝶近十年大事補遺〉、〈周夢蝶詩作評論文獻索引〉及〈周夢蝶傳記文獻編
目〉。

7. 黃如瑩　　臺灣現代詩與佛——以周夢蝶、敻虹、蕭蕭為線索之考察　臺南大
學語文教育學系　碩士論文　丘敏捷教授指導　2006 年 6 月　186
頁

本論文以周夢蝶、敻虹、蕭蕭三人為線索探討臺灣現代詩與佛的關係，探析詩人佛
教思想的背景，並對詩人「以佛入詩」的詩作，加以系統化的整理。全文共 5 章：1.
緒論；2.周夢蝶的詩與佛；3.敻虹的詩與佛；4.蕭蕭的詩與佛；5.結論。正文後附錄
〈專訪詩人蕭蕭〉、〈蕭蕭之親筆贈字〉、〈與蕭蕭之合影〉。

8. 蔡富澧　　臺灣現代詩中的禪境探究——以四位詩人的作品為例　佛光大學宗
教學系　碩士論文　游祥洲教授指導　2009 年 7 月　176 頁

本論文研究周夢蝶、楊惠南、劉廣華、黃誌群 4 位詩人，探討其禪詩作品中的禪
境。全文共 7 章：1.緒論；2.禪詩之定義及現代詩的禪學思想；3.周夢蝶詩中的禪
境；4.楊惠南詩中的禪境；5.劉易齋詩中的禪境；6.黃誌群詩中的禪境；7.結論。正
文後附錄〈周夢蝶小傳〉、〈楊惠南小傳〉、〈劉易齋小傳〉、〈黃誌群小傳〉、
〈禪七心得（一）〉、〈禪七心得（二）〉。

9. 廖堅均　　周夢蝶詩歌意象的空間展演　雲林科技大學漢學資料整理研究所
碩士論文　王美秀教授指導　2010 年 6 月　103 頁

本論文以空間現象學的「家屋」與人文地理學的「地方」等觀念，探討周夢蝶建構
的詩歌意象空間所表述的深層意涵。全文共 5 章：1.緒論；2.經驗透視——周夢蝶詩
歌意象空間的形成背景；3.再現空間——周夢蝶詩歌意象的空間表述；4.地方？地
方！——周夢蝶詩歌意象的空間意涵；5.結論。

作家生平資料篇目

自述

10. 周夢蝶　　周序[1]　還魂草　臺北　領導出版社　1973 年 10 月　頁 1

11. 周夢蝶　　兩封信——小記《還魂草》重版因緣　還魂草　臺北　領導出版社
1973 年 10 月　頁 203—206

12. 周夢蝶　　兩封信——小記《還魂草》重版因緣　聯合報　1978 年 1 月 24 日
12 版

---

[1]本文後改篇名為〈兩封信——小記《還魂草》重版因緣〉。

13. 周夢蝶　二十歲大事記略　當我 20（上）　臺北　皇冠出版社　1988 年 8 月　頁 203—207

14. 周夢蝶　詩人近況　九十年詩選　臺北　臺灣詩學季刊雜誌社　2002 年 5 月　頁 263

15. 周夢蝶　詩人近況　九十一年詩選　臺北　臺灣詩學季刊雜誌社　2003 年 4 月　頁 251

16. 周夢蝶　詩人近況　2003 臺灣詩選　臺北　二魚文化公司　2004 年 6 月　頁 328—329

17. 周夢蝶　詩人近況　2004 臺灣詩選　臺北　二魚文化公司　2005 年 3 月　頁 260

18. 周夢蝶　詩人近況　2005 臺灣詩選　臺北　二魚文化公司　2006 年 2 月　頁 268

他述

19. 鐵　雲　懷遠航者——周夢蝶　海洋詩刊　第 1 卷第 11 期　1958 年 9 月　頁 119

20. 楊尙強　市井大隱，簷下詩僧　民族晚報　1963 年 1 月 11 日　4 版

21. 陳文榮　擺舊書攤的詩人　中華日報　1965 年 1 月 10 日　6 版

22. 李慶榮　街頭詩人周夢蝶，路邊撐起窮骨頭　中國時報　1965 年 4 月 12 日　3 版

23. 吳宏一　一個詩人的畫像　微波集　臺中　光啓出版社　1966 年 4 月　頁 198—199

24. 桑品載　周夢蝶維持文化人的尊嚴和責任　青年戰士報　1968 年 2 月 12 日　2 版

25. 趙天儀　笠下影——周夢蝶　笠　第 32 期　1969 年 8 月　頁 12—14

26. 吳茂林　寄意（四短章）——寄夢蝶兄　幼獅文藝　第 198 期　1970 年 6 月　頁 127—131

27. 萬　洲　不肯結冰的一滴水　幼獅文藝　第 201 期　1970 年 9 月　頁 64—

65

28. 管　　管　　苦行非僧，莊周夢蝶　中華文藝　第 43 期　1974 年 9 月　頁 44—
　　　　　　　48

29. 金　　劍　　騎樓下的詩人　金劍散文選集　臺北　水芙蓉出版社　1975 年 5 月
　　　　　　　頁 88—90

30. 子　　顏　　蒼茫——寄夢蝶兄　幼獅文藝　第 266 期　1976 年 2 月　頁 54—
　　　　　　　55

31. 張騰蛟　　作家側影——孤獨國並不孤獨——周夢蝶側影　中華文藝　第 63
　　　　　　　期　1976 年 5 月　頁 46—47

32. 皇甫元龍　　非蝶亦非夢　還魂草　臺北　領導出版社　1977 年 1 月　頁 193
　　　　　　　—195

33. 溫小如　　推不倒又扶不起的　還魂草　臺北　領導出版社　1977 年 1 月　頁
　　　　　　　197—198

34. 丁　　琬　　人世的冷眼——側寫詩人周夢蝶　民生報　1979 年 7 月 20 日　7
　　　　　　　版

35. 應鳳凰　　太瘦只緣苦作詩——苦僧詩人周夢蝶[2]　臺灣時報　1980 年 12 月 26
　　　　　　　日　12 版

36. 應鳳凰　　苦僧詩人——周夢蝶　筆耕的人——男作家群像　臺北　九歌出版
　　　　　　　社　1987 年 1 月　頁 103—114

37. 吳宏一　　兩朵雲——給一個詩人　紫色小札　臺北　采風出版社　1981 年 9
　　　　　　　月　頁 185—189

38. 吳宏一　　兩朵雲——給一個詩人　波外　臺北　中央日報出版中心　1989 年
　　　　　　　6 月　頁 24—26

39. 吳宏一　　兩朵雲——給一個詩人　有情四卷——友情　臺北　正中書局
　　　　　　　1989 年 12 月　頁 87—89

40. 吳宏一　　兩朵雲——給一個詩人　傅鐘情事　臺中　晨星出版社　1990 年 7

[2]本文後改篇名為〈苦僧詩人——周夢蝶〉。

月　頁 82—85

41. 〔蕭水順〕　　周夢蝶　故鄉書　臺北　故鄉出版社　1982 年 2 月　頁 83—84

42. 蕭　蕭　詩人與詩風——周夢蝶　臺灣日報　1982 年 6 月 24 日　8 版

43. 蕭　蕭　詩人與詩風——周夢蝶　現代詩縱橫觀　臺北　文史哲出版社　1991 年 6 月　頁 74—75

44. 征　毅　「夢」裡不知身是客，「蝶」魂縹緲繫斯人　今日生活　第 198 期　1983 年 3 月 1 日　頁 58—61

45. 林海音　默默的，燃燒著的灰燼　聯合報　1983 年 6 月 10 日　8 版

46. 林海音　默默的，燃燒著的灰燼　剪影話文壇　臺北　純文學出版社　1984 年 8 月　頁 53—55

47. 林海音　周夢蝶——默默燃燒著的灰燼　林海音作品集・剪影話文壇　臺北　遊目族文化公司　2000 年 5 月　頁 52—54

48. 林海音　默默的，燃燒著的灰燼　娑婆詩人周夢蝶　臺北　九歌出版社　2005 年 3 月　頁 292—293

49. 〔王晉民，鄺白曼主編〕　周夢蝶　臺灣與海外華人作家小傳　福州　福建人民出版社　1983 年 9 月　頁 163

50. 丁　平　修補破夢的蝶——且說周夢蝶半生　中國現代文學作家論（卷一・上）　香港　明明出版公司　1986 年 9 月　頁 126—144

51. 林明德　周夢蝶　中國新詩賞析 2　臺北　長安出版社　1987 年 2 月　頁 111—112

52. 錢嘉琪　周夢蝶像一襲溫柔的月光　皇冠　第 399 期　1987 年 5 月　頁 161—162

53. 錢嘉琪　周夢蝶像一襲溫柔的月光　娑婆詩人周夢蝶　臺北　九歌出版社　2005 年 3 月　頁 297—298

54. 王俊彥　臺灣詩壇怪傑周夢蝶　臺灣文化名人列傳　北京　解放軍出版社　1989 年 9 月　頁 128—134

55. 宋穎豪　那人來自中原——贈詩人周夢蝶　聯合報　1990 年 1 月 24 日　19
　　版

56. 宋穎豪　那人來自中原——贈詩人周夢蝶　娑婆詩人周夢蝶　臺北　九歌出
　　版社　2005 年 3 月　頁 330—334

57. 游　芷　寫在蕉葉上的詩——致夢蝶　藍星詩刊　第 22 期　1990 年 1 月
　　頁 26—29

58. 洛　夫　詩人的七十歲　客子光陰詩卷裡　臺北　耀文圖書公司　1993 年 5
　　月　頁 30—32

59. 羊子喬　一襲長袍　聯合報　1994 年 11 月 28 日　37 版

60. 邱　婷　周夢蝶——傲然風骨詩長青　民生報　1995 年 2 月 12 日　15 版

61. 愛　亞　那名字叫周夢蝶的詩人　更生日報　1995 年 3 月 19 日　6 版

62. 于　星　周夢蝶愛喝包種茶　臺灣新聞報　1996 年 11 月 21 日　13 版

63. 陳　寧　周夢蝶生活清苦不改其志　中時晚報　1997 年 10 月 1 日　13 版

64. 李玉玲　周夢蝶明任駐校藝術家　聯合報　1997 年 10 月 22 日　18 版

65. 李友煌　菩提樹下聽祕辛　民生報　1997 年 10 月 24 日　19 版

66. 李翠蓉　藝術之路通往港都　中國時報　1997 年 11 月 2 日　23 版

67. 李友煌　周夢蝶，高雄喜逢軍中袍澤　民生報　1997 年 11 月 13 日　34 版

68. 李友煌　周夢蝶駐校散記　聯合文學　第 158 期　1997 年 12 月 1 日　頁 50
　　—55

69. 楊蕙菁，侯幸佑　藝術之路的迴想——文藝獎巡迴演講精華摘錄〔周夢蝶部
　　分〕　國家文化藝術基金會會訊　第 7 期　1998 年 1 月 15 日　頁
　　4

70. 李魁賢　步道上的詩碑——周夢蝶　笠　第 203 期　1998 年 2 月　頁 195

71. 李魁賢　步道上的詩碑——周夢蝶　李魁賢文集・第 8 冊　臺北　行政院文
　　建會　2002 年 10 月　頁 90—91

72. 林耀堂　遇見詩人四帖：那深藍布掛——寫周夢蝶　聯合報　1998 年 8 月
　　27 日　37 版

73. 劉永毅　詩壇苦行僧周夢蝶　中國時報　1998 年 9 月 5 日　36 版

74. 賴素鈴　夢周公──捕捉周夢蝶的人間味　民生報　1998 年 9 月 25 日　44 版

75. 渡　也　跌雪的山峰　周夢蝶：詩壇苦行僧　臺北　時報文化出版公司 1998 年 9 月　頁 201─202

76. 舒　蘭　周夢蝶　中國新詩史話（三）　臺北　渤海堂文化公司　1998 年 10 月　頁 399

77. 陳宛蓉　詩壇苦行僧──周夢蝶　文訊雜誌　第 157 期　1998 年 11 月 〔1〕頁

78. 楊錦郁　周夢蝶／面對佳譽，不動如山　聯合報　1999 年 2 月 11 日　37 版

79. 楊錦郁　周夢蝶特寫──面對佳譽，不動如山　臺灣文學經典研討會論文集 臺北　行政院文建會，聯經出版公司　1999 年 6 月　頁 199─200

80. 林峻楓　獨·不孤的覺者──側寫詩人周夢蝶[3]　青年日報　1999 年 5 月 2 日　15 版

81. 林峻楓　禮佛習禪·不孤的覺者──側寫詩人周夢蝶　臺灣詩學季刊　第 27 期　1999 年 6 月　頁 59─61

82. 陶錦堂　詩人周夢蝶「枕戈待旦」　聯合報　1999 年 5 月 23 日　39 版

83. 向　明　周公趣事　中華日報　1999 年 8 月 4 日　16 版

84. 向　明　周公趣事　藍星詩學　第 3 期　1999 年 9 月　頁 14─17

85. 向　明　周公趣事　走在詩國邊緣　臺北　爾雅出版社　2002 年 11 月　頁 17─22

86. 夏　菁　君子之交四十年──我與夢蝶　藍星詩學　第 3 期　1999 年 9 月 頁 4─13

87. 劉雨虹　超然灑脫的人──周夢蝶　禪門內外──南懷瑾先生側記　臺北 老古文化公司　1999 年 9 月　頁 264─272

88. 劉雨虹　超然灑脫的人──周夢蝶　娑婆詩人周夢蝶　臺北　九歌出版社

---

[3]本文後改篇名為〈禮佛習禪·不孤的覺者──側寫詩人周夢蝶〉。

2005 年 3 月　頁 305—310

89.〔姜耕玉選編〕　　周夢蝶　20 世紀漢語詩選（三）　上海　上海教育出版社　1999 年 12 月　頁 318

90.〔蕭蕭主編〕　　周夢蝶小傳　周夢蝶・世紀詩選　臺北　爾雅出版社　2000 年 4 月　頁 1

91. 向　明　道斤說兩寫自傳〔周夢蝶部分〕　中華日報　2000 年 5 月 19 日　19 版

92. 向　明　道斤說兩寫自傳〔周夢蝶部分〕　走在詩國邊緣　臺北　爾雅出版社　2002 年 11 月　頁 73—74

93. 陳惠齡　人間而不人煙的蓮——周夢蝶　中央日報　2000 年 5 月 27 日　22 版

94. 王亞元　孤獨與非孤獨　中央日報　2000 年 6 月 25 日　23 版

95. 王保雲　孤峰頂上，花開花謝　中央日報　2000 年 7 月 11 日　22 版

96. 曾進豐　是真以生命為詩者——仰望詩人周夢蝶　中央日報　2000 年 7 月 25 日　22 版

97. 傅月庵　詩本有情——周夢蝶的人與字　中華日報　2000 年 10 月 23 日　19 版

98. 傅月庵　詩本有情——周夢蝶的人與字　生涯一蠹魚　臺北　遠流出版公司　2002 年 12 月　頁 180—186

99. 楊雨河　我不「憑空而想」——記憶詩人周夢蝶先生　青年日報　2001 年 6 月 5 日　13 版

100. 姜　穆　周夢蝶獨特的風格　自由時報　2001 年 7 月 26 日　39 版

101. 李美琴　記與周夢蝶一段因緣　國語日報　2001 年 8 月 14 日　5 版

102.〔吳東晟，陳昱成，王浩翔主編〕　周夢蝶　20 世紀臺灣詩選　臺北　麥田出版公司　2001 年 8 月　頁 132

103. 方　路　禪叫周夢蝶坐，周夢蝶叫禪坐　自由時報　2001 年 11 月 7 日　39 版

104. 陳文芬　明星・走過 54 年・紀錄臺北文學史〔周夢蝶部分〕　中國時報　2002 年 4 月 7 日　12 版

105. 白　靈　周夢蝶之後　聯合報　2002 年 5 月 5 日　39 版

106. 〔焦桐主編〕　詩人近況　九十年詩選　臺北　臺灣詩學季刊雜誌社　2002 年 5 月　頁 263

107. 向　明　老有創意的一群——從簽名式寫三位詩畫名家〔周夢蝶部分〕　藍星詩學　第 14 期　2002 年 6 月　頁 159—165

108. 向　明　老有創意的一群——從簽名式寫三位詩畫名家〔周夢蝶部分〕　詩中天地寬　臺北　臺灣商務印書館　2006 年 3 月　頁 83—85

109. 張夢瑞　周夢蝶慢工出細活，新詩集兩本相銜來　民生報　2002 年 7 月 2 日　A10 版

110. 陳文芬　周夢蝶出詩集　中國時報　2002 年 7 月 6 日　14 版

111. 伊　里　周夢蝶與詩來約會　中國時報　2002 年 7 月 7 日　39 版

112. 〔蕭蕭，白靈主編〕　周夢蝶簡介　臺灣現代文學教程：新詩讀本　臺北　二魚文化公司　2002 年 8 月　頁 85—86

113. 陳盈珊　周夢蝶現身，風采依舊　中國時報　2002 年 11 月 24 日　19 版

114. 楊雨河　柳暗花明——敬寄詩人周夢蝶開士　中華日報　2003 年 6 月 20 日　19 版

115. 陳宛茜　周夢蝶參加《壹詩歌》創刊派對　聯合報　2003 年 7 月 10 日　B6 版

116. 賴素鈴　前輩詩人周夢蝶，仙風道骨趣事多　民生報　2003 年 7 月 23 日　A13 版

117. 王景山　周夢蝶　臺港澳暨海外華文作家辭典　北京　人民文學出版社　2003 年 7 月　頁 865

118. 〔中華日報〕　周公因營養不良而長壽　中華日報　2003 年 10 月 1 日　23 版

119. 歐陽柏燕　奈何題——側記夢公　飛翔密碼　臺北　金門縣政府，聯經出

版公司　2003 年 11 月　頁 196—197

120. 陌上桑　　念念周夢蝶　民眾日報　2004 年 2 月 2 日　2 版

121. 宋雅姿　　周夢蝶——得天獨厚好眼力　文訊雜誌　第 220 期　2004 年 2 月　頁 62—63

122. 劉郁青　　明星咖啡老友聚，文學地標回味多〔周夢蝶部分〕　民生報　2004 年 5 月 17 日　A13 版

123. 施沛琳　　文學明星，重返明星咖啡屋〔周夢蝶部分〕　聯合報　2004 年 5 月 19 日　A10 版

124. 陳希林　　作家重回明星，找回家的感覺〔周夢蝶部分〕　中國時報　2004 年 5 月 19 日　C8 版

125. 董智森　　明星重開張・明星全到齊〔周夢蝶部分〕　聯合報　2004 年 7 月 5 日　A12 版

126. 小　民　　夢蝶與明星　中國時報　2004 年 7 月 24 日　E7 版

127. 小　民　　隨筆兩則　文學人　第 7 期　2004 年 11 月　頁 42—43

128. 黃筱威　　你見過周夢蝶本人嗎？　印刻文學生活誌　第 15 期　2004 年 11 月　頁 24

129. 陳文芬　　周夢蝶第一口咖啡的滋味（上、下）　中華日報　2005 年 1 月 7—8 日　23 版

130. 丁文玲　　獻給周夢蝶 85 歲生日禮　中國時報　2005 年 3 月 13 日　B1 版

131. 曾進豐　　撒落滿天花雨——編者序　娑婆詩人周夢蝶　臺北　九歌出版社　2005 年 3 月　頁 15—17

132. 許以祺　　懷周夢蝶——一位現代詩的托缽者　娑婆詩人周夢蝶　臺北　九歌出版社　2005 年 3 月　頁 299—304

133. 洛　冰　　那老頭　娑婆詩人周夢蝶　臺北　九歌出版社　2005 年 3 月　頁 321

134. 余光中　　手持蓮花，只剩周夢蝶　聯合晚報　2005 年 4 月 9 日　13 版

135. 〔吳東晟，陳昱成，王浩翔主編〕　　周夢蝶　織錦入春闈：現代詩精選讀

　　　　　　　本　臺中　京城文化公司　2005 年 8 月　頁 23

136. 胡月花　　側寫詩人周夢蝶——趺坐紅塵八十年，捕捉人生況味的詩僧　國
　　　　　　　文天地　第 244 期　2005 年 9 月　頁 92—97

137. 傅月庵　　周公到我家吃粥　天上大風：生涯餓蠹魚筆記　臺北　遠流出版
　　　　　　　公司　2006 年 4 月　頁 106—110

138. 〔蕭蕭主編〕　詩人簡介　優游意象世界　臺北　聯合文學出版社　2006
　　　　　　　年 6 月　頁 25

139. 宋雅姿　　見證時代的文學交響曲——深秋，向資深作家致最敬意——周夢
　　　　　　　蝶一席紅袍行走紅塵　中華日報　2006 年 10 月 28 日　23 版

140. 陳紅旭　　周夢蝶——定慧簡樸，禪味以養生　中國時報　2007 年 1 月 11 日
　　　　　　　E1 版

141. 季　季　　我的明星咖啡館〔周夢蝶部分〕　魂夢雪泥——文學家的私密臺
　　　　　　　北　臺北　臺北市文化局　2007 年 2 月　頁 122—124

142. 許俊雅　　淡水河流域的文化與文學——淡水河流域的文化——文學中淡水
　　　　　　　文本的構成類型的作家群——周夢蝶（一九二一年—）　續修臺
　　　　　　　北縣志・藝文志第三篇・文學（上）　臺北　臺北縣政府　2008
　　　　　　　年 3 月　頁 16—17

143. 隱　地　　夢見周公　中國時報　2008 年 4 月 7 日　E7 版

144. 〔乾坤詩刊〕　大師簡介　乾坤詩刊　第 46 期　2008 年 4 月　頁 1

145. 歐陽柏燕　與夢有約　乾坤詩刊　第 46 期　2008 年 4 月　頁 6—15

146. 〔鹽分地帶文學〕　前輩作家寫真簿——周夢蝶：你向絕處斟酌自己——
　　　　　　　斟酌和你一般浩翰的翠色　鹽分地帶文學　第 16 期　2008 年 6 月
　　　　　　　頁 12

147. 〔封德屏主編〕　周夢蝶　2007 臺灣作家作品目錄　臺南　國立臺灣文學
　　　　　　　館　2008 年 7 月　頁 388—389

148. 顏艾琳　　周夢蝶：深居簡出一詩僧　文訊雜誌　第 276 期　2008 年 10 月
　　　　　　　頁 60

149. 歐陽柏燕　　「夢公」印象　文學人　第 16 期　2008 年 11 月　頁 26—43

150. 封德屏等[4]　　溫柔的文學火花——「作家的忘年情誼」座談紀實——宇文正、樸月談與周夢蝶往來　文訊雜誌　第 277 期　2008 年 11 月　頁 106—107

151. 邱祖胤　　周夢蝶擺書攤・就在騎樓下　中國時報　2009 年 3 月 11 日　11 版

152. 李志銘　　書影人物——銘刻著歷史記憶〔周夢蝶部分〕　中國時報　2009 年 3 月 25 日　4 版

153. 許先施，謝浩然　　純文學的黃金歲月——明星咖啡館　明日風尚　2009 年第 7 期　2009 年 7 月　頁 128—133

154. 曾進豐　　周夢蝶——時間在身上做著夢　北縣文化　第 102 期　2009 年 8 月　頁 34—37

155. 曾進豐　　周夢蝶——時間在身上做著夢　印刻文學生活誌　第 73 期　2009 年 9 月　頁 186—189

156. 曾進豐　　編者弁言　周夢蝶詩文集——孤獨國／還魂草／風耳樓逸稿　臺北　印刻出版公司　2009 年 12 月　頁 10—13

157. 曾進豐　　編者弁言　周夢蝶詩文集——有一種鳥或人　臺北　印刻出版公司　2009 年 12 月　頁 10—13

158. 曾進豐　　編者弁言　周夢蝶詩文集——風耳樓墜簡　臺北　印刻出版公司　2009 年 12 月　頁 10—13

159. 亞　菁　　周夢蝶的無字天書及其他[5]　書海浮生錄　臺北　文史哲出版社　2010 年 1 月　頁 67—78

160. 宋衫山　　明星咖啡館——隱形的臺灣文藝地標　看歷史　2010 年第 4 期　2010 年 4 月　頁 116—121

161. 宋衫山　　明星咖啡館——隱形的臺灣文藝地標　報林　2010 年第 6 期

---

[4]與會者：宇文正、樸月；主持人：封德屏；紀錄：吳丹華。
[5]本文作者回憶少時至周夢蝶的舊書攤找書未果，其後寄明信片回覆作者的往事。

2010 年 6 月　頁 118—123

162. 陳紅旭　　給我一坨土，我便能生根——苦行詩人周夢蝶　臺灣光華雜誌
　　　第 35 卷第 7 期　2010 年 7 月　頁 116—124

163. 何雅雯　　哲人周夢蝶[6]　孤獨詩學：藍星詩人群的自我書寫　臺灣大學中國
　　　文學研究所　博士論文　何寄澎教授指導　2010 年 7 月　頁 30—
　　　41

164. 邱祖胤　　孤獨國國王・禪、佛、儒味性情中人　中國時報　2010 年 12 月
　　　30 日　A16 版

165. 陳傳興，楊佳嫻　　他們在島嶼寫作——文學大師紀錄片（周夢蝶部分）
　　　印刻文學生活誌　第 91 期　2011 年 3 月　頁 48—55

訪談、對談

166. 周夢蝶等[7]　　詩人與歌者　書評書目　第 69 期　1979 年 1 月　頁 26—28

167. 應鳳凰　　「書人」周夢蝶的祕笈　書評書目　第 70 期　1979 年 2 月　頁
　　　67—70

168. 應鳳凰　　「書人」周夢蝶的祕笈　娑婆詩人周夢蝶　臺北　九歌出版社
　　　2005 年 3 月　頁 287—291

169. 陳征毅　　街頭詩人周夢蝶　臺灣新生報　1983 年 4 月 17 日　12 版

170. 吳英女　　仰望蒼天無語人——周夢蝶先生採訪記　幼獅月刊　第 410 期
　　　1987 年 2 月　頁 13—17

171. 姚儀敏　　以詩的悲哀征服生命悲哀的周夢蝶　中央月刊　第 25 卷第 8 期
　　　1992 年 8 月　頁 137—140

172. 翁文嫻，周夢蝶講；唐蕙韻記　　誰能於雪中取火——翁文嫻 VS.周夢蝶　臺
　　　灣詩學季刊　第 10 期　1995 年 3 月　頁 8—17

173. 翁文嫻　　誰能於雪中取火——翁文嫻 V.S 周夢蝶（上、下）　中央日報
　　　1995 年 4 月 12—13 日　18 版

---

[6] 本文自周夢蝶《孤獨國》詩集分析其哲人形象。
[7] 與會者：周夢蝶、鍾鼎文；主持人：簡靜惠，陶曉清。本文為「詩歌之間討論會」，詩人周夢蝶談
論〈行到水窮處〉、〈擺渡船上〉等詩的創作歷程。

174. 翁文嫻　　誰能於雪中取火──與周夢蝶對談　創作的契機　臺北　唐山出版社　1998 年 5 月　頁 283—297

175. 古蒙仁　　人間孤島──尋訪周夢蝶（上、下）　聯合報　1997 年 9 月 27—28 日　41 版

176. 古蒙仁　　人間孤島　周夢蝶：詩壇苦行僧　臺北　時報文化出版公司　1998 年 9 月　203—214

177. 古蒙仁　　人間孤島──尋訪周夢蝶　吃冰的另一種滋味　臺北　九歌出版社　2001 年 12 月　頁 65—75

178. 周夢蝶等[8]　網路・世代・性別──詩現象面面談　中央日報　1998 年 5 月 30 日　22 版

179. 周月英　　探夢蝶　中華日報　2002 年 4 月 27 日　19 版

180. 王保雲　　誰能於雪中取火，且鑄火為雪？──筆訪詩人周夢蝶　洪範雜誌　第 67 期　2002 年 7 月　1 版

181. 王保雲　　雪中取火・鑄火為雪──訪詩人周夢蝶　娑婆詩人周夢蝶　臺北　九歌出版社　2005 年 3 月　頁 294—296

182. 陳文芬　　周夢蝶──文字因緣骨肉深　誠品好讀　第 24 期　2002 年 8 月　頁 64—65

183. 陳　書　　楓葉不是等閒紅起來的──與夢蝶周公對談瑣記　中華日報　2003 年 10 月 1 日　23 版

184. 宋雅姿　　滾滾紅塵的苦行僧──專訪詩人周夢蝶　文訊雜誌　第 221 期　2004 年 3 月　頁 116—121

185. 王偉明　　事求妥貼心常苦──周夢蝶答客問　詩人密語　香港　瑋業出版社　2004 年 12 月　頁 1—12

186. 劉梓潔　　（國中篇）周夢蝶：孤獨國裡的苦行僧　聯合文學　第 256 期　2006 年 2 月　頁 62—66

187. 張　堃　　探訪三位詩壇前輩──商禽、周夢蝶、鍾鼎文　創世紀　第 157

---

[8]與會者：周夢蝶、向明、白靈、羅任玲、顏艾琳；紀錄：余亮。

期　2008 年 12 月　頁 78—84

188. 曾敏雄　神祕的黑膠帶是詩的實驗——詩人周夢蝶　自由時報　2009 年 10
月 27 日　D11 版

189. 陳宛茜　詩壇苦行僧周夢蝶‧也曾為愛癡狂　聯合報　2011 年 4 月 22 日
A8 版

年表

190. 曾進豐　周夢蝶詩作編目、編年（1953—）　臺灣詩學季刊　第 13 期
1995 年 12 月　頁 147—159

191. 曾進豐　周夢蝶生平繫年（1921—）　創世紀　第 106 期　1996 年 3 月
頁 45—52

192. 劉永毅　周夢蝶生平大事年表　周夢蝶：詩壇苦行僧　臺北　時報文化出
版公司　1998 年 9 月　頁 215—220

193. 胡月花　周夢蝶近十年大事補遺　周夢蝶及其詩作研究　淡江大學中國文
學學系　碩士論文　趙衛民教授指導　2003 年　頁 218—220

194.〔趙天儀編〕　周夢蝶寫作生平年表　周夢蝶集　臺南　國立臺灣文學館
2008 年 12 月　頁 134—136

其他

195. 江世芳　首屆國家文化藝術基金會文藝獎揭曉〔周夢蝶部分〕　中國時報
1997 年 8 月 19 日　23 版

196. 于國華　文藝獎得主，驚喜聚一堂〔周夢蝶部分〕　民生報　1997 年 8 月
22 日　19 版

197. 江世芳　文藝獎得主亮相〔周夢蝶部分〕　中國時報　1997 年 8 月 22 日
23 版

198. 李玉玲　文藝獎得主相見歡〔周夢蝶部分〕　聯合報　1997 年 8 月 22 日
18 版

199. 李玉玲　文藝獎，總統親臨頒獎〔周夢蝶部分〕　聯合報　1997 年 10 月 1
日　18 版

200. 江世芳　首屆文藝獎得主，光環身上，責任更重——周夢蝶、鄭善禧、杜
　　　　　黑　中國時報　1997 年 10 月 1 日　23 版

201. 于國華　第一屆國家文化藝術基金會文藝獎，李總統頒獎並一再道賀〔周
　　　　　夢蝶部分〕　民生報　1997 年 10 月 1 日　19 版

202. 蔡榮耀　周夢蝶，進駐中山校園　聯合報　1997 年 10 月 24 日　18 版

203. 林積萍　周夢蝶獲第一屆國家文化藝術獎　1997 臺灣文學年鑑　臺北　行
　　　　　政院文建會　1998 年 6 月　頁 202—203

204. 民生報訊　第四屆詩歌藝術獎揭曉〔周夢蝶部分〕　民生報　1999 年 7 月
　　　　　2 日　6 版

205. 王憲陽　周夢蝶先生的一張明信片　藍星詩學　第 3 期　1999 年 9 月　頁
　　　　　18—20

206. 蔡美娟　周夢蝶千字文，競標者眾　聯合報　2000 年 10 月 1 日　32 版

207. 〔曾進豐編〕　周夢蝶得獎紀錄　娑婆詩人周夢蝶　臺北　九歌出版社
　　　　　2005 年 3 月　〔1〕頁

208. 〔國家文化藝術基金會〕　第一屆國家文化藝術基金會文藝獎「文學類」
　　　　　得主：周夢蝶——主辦單位讚詞　娑婆詩人周夢蝶　臺北　九歌
　　　　　出版社　2005 年 3 月　〔1〕頁

作品評論篇目

綜論

209. 葛賢寧，上官予　近幾年來的新詩壇〔周夢蝶部分〕　五十年來的中國詩
　　　　　歌　臺北　中正書局　1965 年 3 月

210. 〔張默，洛夫，瘂弦主編〕　周夢蝶小評——孤獨即是矜善　七十年代詩
　　　　　選　高雄　大業書店　1967 年 9 月　頁 36—37

211. 洛　夫　試論周夢蝶的詩境[9]　文藝月刊　第 2 期　1969 年 8 月　頁 105—
　　　　　117

---

[9]本文後改篇名為〈試論周夢蝶的詩境——兼評《還魂草》〉。

212. 洛　夫　試論周夢蝶的詩境——兼評《還魂草》　笠　第 32 期　1969 年 8 月　頁 5—11

213. 洛　夫　試論周夢蝶的詩境　從變調出發　臺中　普天出版社　1972 年 1 月　頁 30—48

214. 洛　夫　試論周夢蝶的詩境　洛夫詩論選集　臺北　開源出版社　1977 年 1 月　頁 217—233

215. 洛　夫　試論周夢蝶的詩境　詩的探索　臺北　黎明文化公司　1979 年 6 月　頁 217—233

216. 洛　夫　試論周夢蝶的詩境　現代詩導讀（批評篇）　臺北　故鄉出版社 1979 年 11 月　頁 185—201

217. 蘇其康　情采傳統・低調現代化的周夢蝶　臺大青年　1969 年第 4 期 1969 年 11 月　頁 17—19

218. 蘇其康　情采傳統，低調現代化的周夢蝶　中國文學新詮　臺北　讀書出版社　1971 年 12 月　頁 147—156

219. 蘇其康　情采傳統・低調現代的周夢蝶　娑婆詩人周夢蝶　臺北　九歌出版社　2005 年 3 月　頁 36—45

220. 周伯乃　周夢蝶的禪境　自由青年　第 45 卷第 5 期　1971 年 5 月　頁 112 —123

221. 周伯乃　周夢蝶的禪境　娑婆詩人周夢蝶　臺北　九歌出版社　2005 年 3 月　頁 71—88

222. 季　野　詩贈周夢蝶　幼獅文藝　第 226 期　1972 年 10 月　頁 202—203

223. 魏子雲　魏子雲批評集錦——論周夢蝶　中華文藝　第 57 期　1975 年 11 月　頁 15

224. 唐文標　甚麼時代甚麼地方甚麼人——論傳統詩與現代詩——周夢蝶　現代文學的考察　臺北　遠景出版社　1976 年 7 月　頁 107—110

225. 桑　科〔張曉風〕　評周夢蝶（上、下）　中華日報　1976 年 8 月 23，29 日　12 版

226. 桑　　科　　罵夢蝶周　非非集　臺北　言心出版　1976 年 12 月　頁 145—148

227. 桑　　科　　續罵夢蝶周　非非集　臺北　言心出版　1976 年 12 月　頁 149—152

228. 楊昌年　　現代名家名作抽象析介——周夢蝶　新詩品賞　臺北　牧童出版社　1978 年 9 月　頁 285—292

229. 陳玲玲　　鳥到青天倦亦飛——管窺周夢蝶的詩境　書評書目　第 80 期　1979 年 12 月　頁 27—39

230. 戴訓揚　　新時代的採菊人——周夢蝶其人其詩　幼獅文藝　第 317 期　1980 年 5 月　頁 63—85

231. 戴訓揚　　新時代的採菊人——周夢蝶其人其詩　娑婆詩人周夢蝶　臺北　九歌出版社　2005 年 3 月　頁 112—135

232. 林清玄　　蝴蝶夢裡飛——街頭詩人周夢蝶　難遺人間未了情　臺北　時報文化出版公司　1980 年 9 月　頁 123—132

233. 林清玄　　蝴蝶夢裡飛——街頭詩人周夢蝶　林清玄人物集　臺北　光復書局　1990 年 7 月　頁 65—74

234. 張　　默　　八種風格，八種境界——簡說六十年代八位詩人的詩——周夢蝶，孤寂的風景　無塵的鏡子　臺北　東大圖書公司　1981 年 9 月　頁 89—91

235. 苦　　苓　　誰是大詩人——青年詩人心目中的十大詩人[10]　陽光小集　第 10 期　1982 年 10 月　頁 79—91

236. 苦　　苓　　誰是大詩人？青年詩人心目中的十大詩人　書中書　臺北　希代書版公司　1986 年 9 月　頁 212

237. 張　　健　　自由中國時期——中期——周夢蝶　中國現代詩　臺北　五南圖書公司　1984 年 1 月　頁 93—94

---

[10]本文爲「陽光小集」所舉辦「青年詩人心目中的十大詩人」的票選活動紀錄。十位詩人分別爲：余光中、白萩、楊牧、鄭愁予、洛夫、瘂弦、周夢蝶、商禽、羅門、羊令野，並略述十人作品風格及技巧。

238. 王保雲　圓融智慧的行者——試談周夢蝶其人其詩　文訊雜誌　第 19 期　1985 年 8 月　頁 14—22

239. 王保雲　圓融智慧的行者——試談周夢蝶其人其詩　天地含情　臺北　采風出版社　1987 年 10 月　頁 131—142

240. 葉石濤　50 年代的臺灣文學〔周夢蝶部分〕　文學界　第 15 期　1985 年 8 月　頁 146

241. 葉石濤　50 年代的臺灣文學〔周夢蝶部分〕　臺灣文學史綱　高雄　文學界雜誌社　1991 年 9 月　頁 105

242. 葉石濤　50 年代的臺灣文學〔周夢蝶部分〕　葉石濤全集・評論卷五　臺南，高雄　國立臺灣文學館，高雄市文化局　2008 年 3 月　頁 117

243. 丁　平　尋夢者的低喚——淺析周夢蝶的詩作　中國現代文學作家論（卷一・上）　香港　明明出版公司　1986 年 9 月　頁 145—162

244. 高　準　論中國現代詩的流變與前途方向——結合抒情性與現代技巧的現代抒情派〔周夢蝶部分〕　文學與社會——一九七二—一九八一　臺北　文史哲出版社　1986 年 10 月　頁 77—78

245. 〔張錯主編〕　周夢蝶詩選——周夢蝶（1920—）　千曲之島　臺北　爾雅出版社　1987 年 7 月　頁 127—128

246. 鄭明娳　中國新詩概說〔周夢蝶部分〕　當代文學氣象　臺北　光復書局　1988 年 4 月　頁 174

247. 王志健　周夢蝶　文學四論（上）　臺北　文史哲出版社　1988 年 7 月　頁 278—279

248. 馮瑞龍　周夢蝶作品中的「禪意」　藍星詩刊　第 18 期　1989 年 1 月　頁 114—115

249. 古繼堂　周夢蝶　臺灣新詩發展史　臺北　文史哲出版社　1989 年 7 月　頁 246—254

250. 余光中　一塊彩石就能補天嗎？——周夢蝶詩境初窺　中央日報　1990 年

1月6日　16版

251. 余光中　一塊彩石就能補天嗎？──周夢蝶詩境初窺　藍星詩刊　第 23 期　1990 年 4 月　頁 40─43

252. 余光中　一塊彩石就能補天嗎？──周夢蝶詩境初窺　井然有序：余光中序文集　臺北　九歌出版社　1996 年 10 月 6 日　頁 135─140

253. 余光中　一塊彩石就能補天嗎？──周夢蝶詩境初窺　周夢蝶：詩壇苦行僧　臺北　時報文化出版公司　1998 年 9 月　頁 181─186

254. 余光中　一塊彩石就能補天嗎？──周夢蝶詩境初窺　娑婆詩人周夢蝶　臺北　九歌出版社　2005 年 3 月　頁 136─140

255. 余光中　一塊彩石就能補天嗎？──周夢蝶詩境初窺　約會　臺北　九歌出版社　2006 年 11 月　頁 195─201

256. 余光中　一塊彩石就能補天嗎？──周夢蝶詩境初窺　余光中跨世紀散文　臺北　九歌出版社　2008 年 10 月　頁 294─298

257. 朱雙一　現代主義詩歌運動的第一次高潮〔周夢蝶部分〕　臺灣新文學概觀（下）　廈門　鷺江出版社　1991 年 6 月　頁 123─124

258. 劉登翰　現代主義詩歌運動及其詩人創作──覃子豪、余光中與「藍星」詩人群〔周夢蝶部分〕　臺灣文學史（下）　福州　海峽文藝出版社　1993 年 1 月　頁 157─160

259. 王志健　摘星的與提燈的──周夢蝶　中國新詩淵藪（中）　臺北　正中書局　1993 年 7 月　頁 1658─1682

260. 張俊山　命運遭際與哲理禪思──周夢蝶詩簡評　教育時報　1994 年 5 月 20 日　4 版

261. 張俊山　命運遭際與哲理禪思──周夢蝶詩簡評　開封教育學院學報　第 36 期　1994 年 5 月　頁 18─21

262. 劉登翰　臺灣詩人十八家論札──周夢蝶論[11]　臺灣文學隔海觀：文學香火的傳承與變異　臺北　風雲時代出版公司　1995 年 3 月　頁 260

---

[11]本文後改篇名爲〈於雪中取火，且鑄火爲雪──周夢蝶論〉。

　　　　　　　　—264

263. 劉登翰　　於雪中取火，且鑄火爲雪——周夢蝶論　彼岸的繆斯——臺灣詩
　　　　　　　歌論　南昌　百花洲文藝出版社　1996 年 12 月　頁 150—154

264. 蕭　蕭　　周夢蝶（1921—）　聯合文學　第 128 期　1995 年 6 月　頁 73

265. 〔張默，蕭蕭主編〕　　周夢蝶評鑑　新詩三百首（一九一七—一九九五）
　　　　　　　（上）　臺北　九歌出版社　1995 年 9 月　頁 323—325

266. 曾進豐　　周夢蝶詩研究　臺灣師範大學國文研究所集刊　第 41 期　1997 年
　　　　　　　6 月　頁 831—1129

267. 邱　婷　　周夢蝶孤絕詩域　民生報　1997 年 8 月 28 日　33 版

268. 朱　炎　　周夢蝶的詩藝與氣質（上、下）[12]　中華日報　1997 年 9 月 29—
　　　　　　　30 日　16 版

269. 朱　炎　　周夢蝶的詩藝與人格　情繫文心　臺北　九歌出版社　1998 年 1
　　　　　　　月　頁 301—314

270. 朱　炎　　周夢蝶的詩藝與氣質　周夢蝶：詩壇苦行僧　臺北　時報文化出
　　　　　　　版公司　1998 年 9 月　頁 187—200

271. 朱　炎　　周夢蝶的詩藝與氣質　娑婆詩人周夢蝶　臺北　九歌出版社
　　　　　　　2005 年 3 月　頁 146—156

272. 陳旻志，藍雅慧　　我將自己坐隱成崑——周夢蝶其人其詩　1997 年淡水地
　　　　　　　區藝文、人物誌田野調查研討會　臺北　淡江大學中國文學研究
　　　　　　　所　1997 年 10 月 13 日

273. 紀少陵〔陳旻志〕　　我將自己坐隱成崑——詩話周夢蝶（上、下）[13]　中央
　　　　　　　日報　1997 年 11 月 6—7 日　18 版

274. 陳旻志　　我將自己坐隱成崑——周夢蝶其人其詩　藍星詩學　第 3 期
　　　　　　　1999 年 9 月　頁 21—40

275. 曾進豐　　論周夢蝶詩的隱逸思想與孤獨情懷　中國學術年刊　第 19 期

---

[12] 本文後改篇名爲〈周夢蝶的詩藝與人格〉。
[13] 本文後增補爲〈我將自己坐隱成崑——周夢蝶其人其詩〉一文。

1998 年 3 月　頁 537—569，691—692

276. 曾進豐　論周夢蝶詩的隱逸思想與孤獨情懷　娑婆詩人周夢蝶　臺北　九
歌出版社　2005 年 3 月　頁 157—189

277. 翁文嫻　詩與宗教〔周夢蝶部分〕　創作的契機　臺北　唐山出版社
1998 年 5 月　頁 176—179

278. 陳宛蓉　周夢蝶——建構完整的心靈世界　1997 臺灣文學年鑑　臺北　行
政院文建會　1998 年 6 月　頁 232—233

279. 羅振亞　臺灣現代派詩的思想與藝術殊相〔周夢蝶部分〕　臺灣研究集刊
1998 年第 4 期　1998 年 11 月　頁 94—98

280. 張　健　藍星詩人的成就——周夢蝶　明道文藝　第 274 期　1999 年 1 月
頁 122—123

281. 潘麗珠　周夢蝶　臺灣現代詩教學研究　臺北　五南圖書公司　1999 年 3
月　頁 124—125

282. 方美芬　紅塵中的孤絕隱者——周夢蝶　全國新書資訊月刊　第 8 期
1999 年 8 月　頁 8—9

283. 林淑媛　空花水月——論周夢蝶詩中的禪意　臺灣詩學季刊　第 28 期
1999 年 9 月　頁 38—42

284. 曾進豐　周夢蝶詩導論　周夢蝶・世紀詩選　臺北　爾雅出版社　2000 年
4 月　頁 5—19

285. 許華敏　無根的腳印啊！把憂愁埋藏——豫籍臺胞周夢蝶其人其詩　中洲
統戰　第 5 期　2000 年 5 月　頁 35

286. 鯨向海　在嶄新世代——閱讀周夢蝶　中央日報　2000 年 7 月 1 日　22 版

287. 鯨向海　在嶄新世代閱讀周夢蝶　娑婆詩人周夢蝶　臺北　九歌出版社
2005 年 3 月　頁 311—313

288. 蕭　蕭　佛家美學特質與周夢蝶詩作的體悟　第五屆現代詩學會議　彰化
彰化師範大學國文學系　2001 年 5 月 26 日

289. 蕭　蕭　佛家美學特質與周夢蝶詩作的體悟　臺灣日報　2001 年 6 月 2—3

日　23 版，21 版

290. 蕭　蕭　佛家美學特質與周夢蝶詩作的體悟　第五屆現代詩學研討會論文集——現代詩語言與教學　彰化　彰化師範大學國文學系　2001年11月　頁 167—222

291. 蕭　蕭　臺灣新詩的出世情懷——從佛家美學看周夢蝶詩作的體悟　臺灣新詩美學　臺北　爾雅出版社　2004年2月　頁 99—162

292. 毛　峰　中國現代詩與東方神祕主義——東方微笑：臺灣當代新詩〔周夢蝶部分〕　神祕詩學　臺北　揚智文化公司　2001年5月　頁139—140

293. 陶保璽　〈垂釣者〉走向〈九宮鳥的早晨〉——對周夢蝶晚近詩歌的賞鑒與沉思　藍星詩學　第12期　2001年12月　頁 175—205

294. 陶保璽　〈垂釣者〉走向〈九宮鳥的早晨〉——對周夢蝶晚近詩歌的賞鑒與沉思　臺灣新詩十家論　臺北　二魚文化公司　2003年8月　頁 263—291

295. 陶保璽　〈垂釣者〉走向〈九宮鳥的早晨〉——對周夢蝶晚近詩歌的賞鑒與沉思　娑婆詩人周夢蝶　臺北　九歌出版社　2005年3月　頁205—245

296. 古繼堂　臺灣的藍星詩社——周夢蝶　簡明臺灣文學史　北京　時事出版社　2002年6月　頁 300—301

297. 胡月花　市井大隱、簷下詩僧——周夢蝶的生命、思維以及創作歷程探討　育達學報　第16期　2002年12月　頁 64—91

298. 李立平　以詩的悲哀，征服生命的悲——周夢蝶其人其詩　世界華文文學論壇　2003年第1期　2003年3月　頁 39—42

299. 李立平　以詩的悲哀，征服生命的悲哀——周夢蝶其人其詩　華文文學　2003年第3期　2003年5月　頁 57—61

300. 許士品　周夢蝶的現代詩與中國文學史之聯繫　中國語文　第93卷第3期　2003年9月　頁 90—96

301. 胡安嵐　　一位歐洲人讀周夢蝶　臺灣前行代詩家論　臺北　萬卷樓圖書公
　　　　　　　司　2003 年 11 月　頁 59—77

302. 陳仲義　　禪思:「模糊邏輯」的運作[14]　現代詩技藝透析　臺北　文史哲出
　　　　　　　版社　2003 年 12 月　頁 125—132

303. 胡月花　　論現代詩創作中的意象經營——以周夢蝶的詩作爲例[15]　育達學報
　　　　　　　第 17 期　2003 年 12 月　頁 1—20

304. Lloyd Haft　　人與虛無:周夢蝶詩作中的身體與焦點　臺灣文學研究新途徑
　　　　　　　國際研討會　德國　中央研究院中國文哲研究所,德國波鴻魯爾
　　　　　　　大學中國語文學系主辦　2004 年 11 月 8,9 日

305. 羅任玲　　第三章——周夢蝶:自然中的二元對立與和諧[16]　臺灣現代詩自然
　　　　　　　美學——以楊牧、鄭愁予、周夢蝶爲中心　臺灣師範大學國文學
　　　　　　　系　碩士論文　楊昌年教授指導　2004 年 12 月　頁 160—220

306. 羅任玲　　第三章——周夢蝶——自然中的二元對立與和諧　臺灣現代詩自
　　　　　　　然美學:以楊牧、鄭愁予、周夢蝶爲中心　臺北　爾雅出版社
　　　　　　　2005 年 10 月　頁 265—385

307. 徐開塵　　婆娑詩人周夢蝶,真情融於詩情　民生報　2005 年 3 月 6 日　A7
　　　　　　　版

308. 王德培　　鄭愁予、周夢蝶現代詩古典韻味之比較　伊犁教育學院學報
　　　　　　　2005 年第 2 期　2005 年 6 月　頁 39—42

309. 方忠,于小桂　　論臺灣當代文學中的佛教文化精神〔周夢蝶部分〕　第二
　　　　　　　屆兩岸現代文學發展與思潮學術研討會論文集　臺北　中華發展
　　　　　　　基金管理委員會主辦;佛光人文社會學院文學系承辦　2005 年 10

---

[14] 本文分析周夢蝶詩作中禪思的方法論,認爲周夢蝶大規模的消解既定邏輯,以「模糊邏輯」運作
　成就禪思的成功,並由消解同一律、消解矛盾律、消解排中律、消解充足理由律、消解物我、消
　解自我等 6 個角度深入探討。

[15] 本文由周夢蝶詩作來探析現代詩創作中的意象經營,全文共 4 小節;1.前言;2.心理上的意象;3.
　比喻式的意象;4.象徵式的意象。

[16] 本文以周夢蝶《十三朵白菊花》和《約會》爲主要文本,先從「矛盾美學」的角度探討詩人在對
　立衝突中,如何從悲劇性格走向和諧無礙,同時在「自然形象」的範疇裡,和楊牧與鄭愁予的詩
　作比較。全文分爲 3 小節:1.矛盾美學的實踐;2.自然形象與自我形象;3.小結。

月 28—29 日　頁 242—243

310. 古遠清　藍星詩人群——《中國詩歌通史》之一章——詩僧：周夢蝶　荊
門職業技術學院學報　2007 年第 5 期　2007 年 5 月　頁 37—39

311. 古遠清　臺灣「詩僧」周夢蝶　閱讀與寫作　2007 年第 9 期　2007 年 9 月
頁 1—2

312. 古遠清　亮麗耀眼的「藍星」——「詩僧」周夢蝶　臺灣當代新詩史　臺
北　文津出版社　2008 年 1 月　頁 131—135

313. 羅安琪　舊典與新詩如何約會——以周夢蝶詩作為例　國文天地　第 274
期　2008 年 3 月　頁 56—60

314. 楊　風　晦澀詩的實質美與形式美——以周夢蝶、旅人和林亨泰為中心
臺灣現代詩　第 14 期　2008 年 6 月　頁 46—51

315. 孔佳薇　從詩作中佛家美學體悟看周夢蝶[17]　新詩教學的探究——以現行高
中國文教材為例　臺灣師範大學國文學系在職進修碩士班　碩士
論文　潘麗珠教授指導　2008 年 6 月　頁 135—161

316. 曾萍萍　太陽兀自照耀著：《文學季刊》內容分析——讓戰爭在雙人床外進
行：現代詩及其他文類表現〔周夢蝶部分〕　「文季」文學集團
研究——以系列刊物為觀察對象　中央大學中國文學系　博士論
文　李瑞騰教授指導　2008 年 7 月　頁 120

317. 古遠清　「藍星」詩人群　長江師範學院學報　2008 年第 6 期　2008 年 11
月　頁 13—19

318.〔趙天儀編〕　解說　周夢蝶集　臺南　國立臺灣文學館　2008 年 12 月
頁 120—133

319. 林明理　林明理詩評二章　新世紀文學選刊（上半月）　2009 年第 8 期
2009 年 8 月　頁 58—61

---

[17]本文探究周夢蝶對禪佛的體悟及對生命的關照，藉由詩作中的禪意與佛禮，結合生命教育的課
題。全文共 4 小節：1.現代詩裡的禪意禪境；2.「正、反、合」的思維演繹；3.以禪入詩的現代
詩美學；4.周夢蝶詩裡的體悟。

320. 黎活仁　　上升與下降：周夢蝶有關飛行的想像力研究[18]　周夢蝶與二十世紀華文文學兩岸三地學術研討會　彰化　徐州師範大學、香港大學、武漢大學、明道大學　2009 年 12 月 20 日

321. 黎活仁　　詩歌與上升下降的敘事——周夢蝶的研究　雪中取火且鑄火爲雪：周夢蝶新詩論評集　臺北　萬卷樓圖書公司　2010 年 12 月　頁 217—250

322. 曾進豐　　「今之淵明」周夢蝶——一個思想淵源的考察[19]　高雄師大學報・人文與藝術類　第 28 期　2010 年 6 月　頁 1—23

323. 陳政彥　　周夢蝶詩中的基督教意象探究[20]　彰化師大國文學誌　第 20 期　2010 年 6 月　頁 179—202

324. 史　言　　「水」與「夢」的「禪語」：周夢蝶詩歌「水之動態」與「水之動力」的現象學研究[21]　臺灣詩學（學刊）　第 15 期　2010 年 7 月　頁 41—84

325. 史　言　　「水」與「夢」的「禪語」：周夢蝶詩歌「水之動態」與「水之動力」的現象學研究　雪中取火且鑄火爲雪：周夢蝶新詩論評集　臺北　萬卷樓圖書公司　2010 年 12 月　頁 313—368

326. 沈玲，方環海　雪國的蝶影——周夢蝶詩歌中有關「雪」的物質想像研究[22]　臺灣詩學（學刊）　第 15 期　2010 年 7 月　頁 85—117

---

[18] 本文以巴什拉「四元素詩學」（地、水、火、大氣）中有關「上升與下降」的理論，對周夢蝶的想像力進行研究。全文共 4 小節：1.引言；2.彌陀淨土和蓮花藏世界；3.對宇宙的鄉愁；4.結論。

[19] 本文從數個面向觀察分析周夢蝶其思想淵源，並輔以詩作詮釋。全文共 7 小節：1.前言；2.人淡如菊，恬靜率真；3.詩多素心語，生命皆平等；4.止酒與豪飲之間；5.生死的尊嚴與奧義；6.烏托邦的想像與創造；7.結語。

[20] 本文統計歸納周夢蝶詩中的基督教意象，並進一步討論其意象所代表的意義。全文共 5 小節：1.前言；2.試探周夢蝶的基督教意象接受歷程；3.周夢蝶詩中的基督教意象分類；4.研究周夢蝶詩中基督教意象之啓發；5.結語。

[21] 本文將現象學文學批評方法引入周夢蝶詩作分析，並以詩人筆下「水」的文學意象作爲觀測核心。全文共 5 小節：1.引言：周夢蝶的「以禪入詩」與現有研究的反思；2.概論：「禪語」、「夢」、「水」；3.水之動態：周夢蝶詩歌「表面構成」三例；4.水之動力：周夢蝶詩歌「內在經驗模式」一例；5.餘論：「闡釋的循環」與「經驗模式的網絡」。

[22] 本文旨在分析周夢蝶詩歌中關於雪的物質想像，並對其物質想像進行認知解讀。全文共 4 小節：1.引言；2.巴什拉的詩學元素與周夢蝶對「雪」的物質表達；3.「雪」物質想像的三分世界；4.結語。

327. 沈玲，方環海　雪國的蝶影——周夢蝶詩歌中有關「雪」的物質想像研究　雪中取火且鑄火爲雪：周夢蝶新詩論評集　臺北　萬卷樓圖書公司　2010 年 12 月　頁 3—45

328. 白　靈　偶然與必然——周夢蝶詩中的驚與惑[23]　臺灣詩學（學刊）　第 15 期　2010 年 7 月　頁 119—153

329. 白　靈　偶然與必然——周夢蝶詩中的驚與惑　雪中取火且鑄火爲雪：周夢蝶新詩論評集　臺北　萬卷樓圖書公司　2010 年 12 月　頁 117—161

330. 蕭　蕭　後現代視境下的「蝶道」與「詩路」——以周夢蝶「蝶詩」的空間轉換作爲探索客體[24]　臺灣詩學（學刊）　第 15 期　2010 年 7 月　頁 155—195

331. 蕭水順　後現代視境下的「蝶道」與「詩路」——以周夢蝶「蝶詩」的空間轉換作爲探索客體　雪中取火且鑄火爲雪：周夢蝶新詩論評集　臺北　萬卷樓圖書公司　2010 年 12 月　頁 163—216

332. 何雅雯　物我之喻——自然自適：以周夢蝶、向明爲例　孤獨詩學：藍星詩人群的自我書寫　臺灣大學中國文學研究所　博士論文　何寄澎教授指導　2010 年 7 月　頁 70—76

333. 陳義芝　詩人的「空」義表現：詩心與佛智——周夢蝶的欲界修持　現代詩人結構　臺北　聯合文學出版社　2010 年 9 月　頁 236—239

334. 田崇雪　生命孤獨的自我問答——論周夢蝶的詩[25]　雪中取火且鑄火爲雪：周夢蝶新詩論評集　臺北　萬卷樓圖書公司　2010 年 12 月　頁

---

[23]本文從周夢蝶詩作中所使用的「驚歎號」與「問號」之數量來探析其詩意內涵。全文共 5 小節：1.引言；2.周夢蝶之驚（！）惑（？）與詩性哲學；3.身心靈三態需求能量圖與周夢蝶詩作的關係；4.周氏詩中的驚惑變化與內外時空的關係；5.結語。

[24]本文以不同時期的蝴蝶飛舞、空間有所轉換，作爲周夢蝶詩作風格的轉變依據。全文共 6 小節：1.前言：蓬蓬然周也；2.〈齊物論〉裡的蝴蝶；3.孤獨國境的蝴蝶：新詩革命中的古典堅持；4.孤峰頂上的蝴蝶：現代主義下的自我清醒；5.世間飜飛的蝴蝶：後現代的物我溫潤；6.結語：栩栩然蝴蝶也。

[25]本文從周夢蝶的詩作中探析其生命哲學。全文共 5 小節：1.引言；2.天問：愛情、宗教、哲學、命運；3.詩意：孤獨、反抗、懺悔、自戀；4.詩藝：獨白、對話、潛對話、謙卑；5.結語。

---

[26]本文綜論周夢蝶詩風與其轉折。全文共7小節：1.前言；2.《孤獨國》：冬天裡的春天；3.《還魂草》：唯其不如此，所以如此；4.《十三朵白菊花》：清香兀自襲人；5.《約會》：即事多所欣；6.《有一種鳥或人》：偶爾、果爾，詼諧與從容；7.結語。

[27]本文檢視周詩之引用各種佛教用語，分析其詩作中佛學意涵。全文共8小節：1.前言；2.有關釋迦牟尼用語的引用；3.有關淨土和觀音用語的引用；4.有關禪宗用語的引用；5.有關佛典佛語的引用；6.有關佛教教理術語的引用；7.其他佛教用語的引用；8.結語。

[28]本文以周夢蝶八首「月份詩」為研究對象，藉「元素詩學」、「內在英雄說」等為分析工具觀其詩作。全文共3小節：1.詩學的取捨；2.詩歌的詮釋；3.結語。

[29]本文以巴什拉的「元素詩學」來探看周夢蝶詩作。全文共6小節：1.引言；2.夢想的最初；3.夢想的入口：孤獨；4.夢想的內部：回歸童年；5.夢想的核心：嚮往宇宙；6.結語。

[30]本文以什克洛夫斯基、米勒等眾多學者「重複」的文藝理論來分析周夢蝶詩作中的「重複」。全文共4小節：1.引言；2.「重複」的文藝理論；3.「重複」在周夢蝶詩中的體現；4.結語。

[31]本文從時間意識研究周夢蝶詩歌春天和夏天的特色。全文共6小節：1.引言；2.中國文學對春天的歌詠；3.周夢蝶對春天的歌詠；4.尼采的酒神精神；5.周夢蝶對夏天的歌詠；6.結語。

342. 林明理　澄淨的禪思——談周夢蝶詩與審美昇華——用詩藝開拓美的人之
　　　五　藝術與自然的融合：當代詩文評論集　臺北　文史哲出版社
　　　2011 年 5 月　頁 159—170

分論
◆單行本作品
詩
《孤獨國》

343. 夏　菁　詩的悲哀——《孤獨國》及《雨天書》讀後感　聯合報　1959 年
　　　10 月 2 日　6 版

344. 夏　菁　詩的悲哀——《孤獨國》及《雨天書》讀後感　娑婆詩人周夢蝶
　　　臺北　九歌出版社　2005 年 3 月　頁 21—29

345. 覃子豪　現代中國新詩的特質〔《孤獨國》部分〕　文學雜誌　第 7 卷第 2
　　　期　1959 年 10 月　頁 30—31

346. 覃子豪　現代中國新詩的特質〔《孤獨國》部分〕　論現代詩　臺中　普
　　　天出版社　1976 年 9 月　頁 212—215，219

347. 覃子豪　現代中國新詩的特質〔《孤獨國》部分〕　新詩播種者：覃子豪
　　　詩文選　臺北　爾雅出版社　2005 年 10 月　頁 221—230

348. 魏子雲　周夢蝶及其《孤獨國》　偏愛與偏見　臺北　皇冠出版社　1965
　　　年 8 月　頁 57—70

349. 吳達芸　評析周夢蝶的《孤獨國》　現代文學　第 39 期　1969 年 12 月
　　　頁 19—35

350. 吳達芸　評析周夢蝶的《孤獨國》　娑婆詩人周夢蝶　臺北　九歌出版社
　　　2005 年 3 月　頁 46—70

351. 洪淑苓　橄欖色的孤獨——論周夢蝶《孤獨國》　藍星詩學　第 1 期
　　　1999 年 3 月　頁 175—190

352. 洪淑苓　橄欖色的孤獨——論周夢蝶《孤獨國》　臺灣文學經典研討會論
　　　文集　臺北　行政院文建會，聯經出版公司　1999 年 6 月　頁

184—197

353. 洪淑苓　　橄欖色的孤獨——論周夢蝶《孤獨國》　娑婆詩人周夢蝶　臺北
　　　　　　　九歌出版社　2005 年 3 月　頁 190—204

《還魂草》

354. 葉嘉瑩　　序周夢蝶先生的《還魂草》　還魂草　臺北　文星書店　1965 年
　　　　　　　7 月　頁 1—7

355. 葉嘉瑩　　序夢蝶的《還魂草》　文星　第 93 期　1965 年 7 月　頁 65—66

356. 葉嘉瑩　　序《還魂草》　迦陵雜文集　臺北　桂冠出版社　2000 年 2 月
　　　　　　　頁 137—142

357. 葉嘉瑩　　序周夢蝶先生的《還魂草》　娑婆詩人周夢蝶　臺北　九歌出版
　　　　　　　社　2005 年 3 月　頁 30—35

358. 葉嘉瑩　　葉序　還魂草　臺北　領導出版社　1973 年 10 月　頁 3—7

359. 柳文哲〔趙天儀〕　詩壇散步——《還魂草》[32]　笠　第 9 期　1965 年 10
　　　　　　　月　頁 63—66

360. 趙天儀　　周夢蝶《還魂草》　裸體的國王　臺北　香草山出版公司　1976
　　　　　　　年 6 月　頁 149—158

361. 袁聖梧　　談夢蝶和他的《還魂草》　暮鼓　第 5 期　1966 年 1 月　頁 14—
　　　　　　　15

362. 張　默　　五十五年新春讀詩隨記——《還魂草》與周夢蝶的靜觀　創世紀
　　　　　　　第 24 期　1966 年 4 月　頁 16—19

363. 張　默　　《還魂草》與周夢蝶的靜觀　現代詩的投影　臺北　商務印書館
　　　　　　　1967 年 10 月　頁 81—87

364. 白　萩等[33]　詩創作獎：周夢蝶著《還魂草》　笠　第 31 期　1969 年 6 月
　　　　　　　頁 6

365. 翁文嫻　　看那手持五朵蓮花的童子——讀周夢蝶詩集《還魂草》　還魂草

---

[32]本文後改篇名為〈周夢蝶《還魂草》〉。
[33]評審：白萩、余光中、洛夫、瘂弦、葉泥、趙天儀。

臺北　領導出版社　1973 年 10 月　頁 135—144

366. 翁文嫻　看那手持五朵蓮花的童子——讀周夢蝶詩集《還魂草》　中外文學　第 3 卷第 1 期　1974 年 6 月　頁 210—224

367. 翁文嫻　看那手持五朵蓮花的童子——讀周夢蝶詩集《還魂草》　中國現代作家論　臺北　聯經出版公司　1979 年 7 月　頁 181—196

368. 翁文嫻　看那手持五朵蓮花的童子——讀周夢蝶詩集《還魂草》　創作的契機　臺北　唐山出版社　1998 年 5 月　頁 263—282

369. 翁文嫻　看那手持五朵蓮花的童子——讀周夢蝶詩集《還魂草》　娑婆詩人周夢蝶　臺北　九歌出版社　2005 年 3 月　頁 89—105

370. 向　陽　《還魂》讀夢蝶——路漫漫其修遠　愛書人　第 77 期　1978 年 6 月　2 版

371. 向　陽　《還魂》讀夢蝶——路漫漫其修遠　康莊有待　臺北　東大圖書公司　1985 年 5 月　頁 105—108

372. 蕭　蕭　詩集與詩運（上）——周夢蝶《還魂草》　中央日報　1982 年 7 月 16 日　10 版

373. 蕭　蕭　詩集與詩運——周夢蝶《還魂草》　現代詩縱橫觀　臺北　文史哲出版社　1991 年 6 月　頁 89—90

374. 孟　樊　《還魂草》　錦囊開卷　臺北　國家文藝基金管理委員會　1993 年 6 月　頁 125—127

375. 應鳳凰　周夢蝶詩集《還魂草》　明道文藝　第 301 期　2001 年 4 月　頁 64—69

376. 應鳳凰　周夢蝶的《還魂草》　臺灣文學花園　臺北　玉山社出版公司　2003 年 1 月　頁 194—198

377. 曾馨慧　魂兮歸來——論周夢蝶的紅黑一夢　第六屆青年文學會議　臺北文訊雜誌社主辦　2002 年 11 月 8—9 日　頁 1—20

378. 曾馨慧　魂兮歸來——論周夢蝶的紅黑一夢　文訊雜誌　第 206 期　2002 年 12 月　頁 40

379. 應鳳凰，傅月庵　　周夢蝶——《還魂草》　冊頁流轉——臺灣文學書入門　108　臺北　印刻文學生活雜誌出版公司　2011 年 3 月　頁 62—63

《周夢蝶世紀詩選》

380. 陳耀成　　莊周誤我？我誤莊周？　香港文學　第 190 期　2000 年 10 月　頁 70—73

381. 吳　當　　感情與禪悟的海——讀《周夢蝶世紀詩選》　明道文藝　第 306 期　2001 年 9 月　頁 99—105

382. 吳　當　　感情與禪悟的海——讀《周夢蝶・世紀詩選》　兩棵詩樹　臺北　爾雅出版社　2001 年 12 月　頁 8—12

383. 落　蒂　　孤峰頂上——從《世紀詩選》看周夢蝶的悲苦美學　兩棵詩樹　臺北　爾雅出版社　2001 年 12 月　頁 1—7

384. 鯨向海　　周夢蝶《周夢蝶世紀詩選》　2000 臺灣文學年鑑　臺北　行政院文建會　2002 年 4 月　頁 300—301

《十三朵白菊花》

385. 洪淑苓　　禪意與深情——《十三朵白菊花》評介　文訊雜誌　第 206 期　2002 年 12 月　頁 22—23

386. 洪淑苓　　禪意與深情——周夢蝶《十三朵白菊花》評介　現代詩新版圖　臺北　秀威資訊科技公司　2004 年 9 月　頁 61—63

387. 落　蒂　　投入生活的原野——讀周夢蝶著《十三朵白菊花》　文學人　第 2 期　2003 年 5 月　頁 60—61

散文

《不負如來不負卿》

388. 向　明　　周夢蝶手書《不負如來不負卿》　中央日報　2005 年 9 月 25 日　17 版

389. 夏　行　　《不負如來不負卿》　中央日報　2005 年 9 月 26 日　17 版

文集

《周夢蝶詩文集》

390. 羅任玲　　推薦書：《周夢蝶詩文集》——夢蝶的三段論法　聯合報　2010 年 1 月 30 日　D3 版

391. 高大威　　語文和意念的生態實踐——我讀周夢蝶的《周夢蝶詩文集》　文 訊雜誌　第 293 期　2010 年 3 月　頁 104—105

◆多部作品

《十三朵白菊花》、《約會》

392. 陳文芬　　郭松棻、王文興、周夢蝶——文壇潔癖作家新作誕生　中國時報 2002 年 8 月 15 日　14 版

393. 李奭學　　花雨滿天——詩人周夢蝶的禪與悟　聯合報　2002 年 9 月 1 日 23 版

394. 李奭學　　花雨滿天——評周夢蝶詩集兩種　書話臺灣：1991—2003 文學印 象　臺北　九歌出版社　2004 年 5 月　頁 198—201

395. 李奭學　　花雨滿天——評周夢蝶詩集兩種　娑婆詩人周夢蝶　臺北　九歌 出版社　2005 年 3 月　頁 246—249

396. 奚　密　　修溫柔法的蝴蝶　中國時報　2002 年 9 月 22 日　23 版

397. 奚　密　　修溫柔法的蝴蝶——評周夢蝶新詩集　洪範雜誌　第 68 期　2002 年 12 月　2 版

398. 奚　密　　修溫柔法的蝴蝶——讀周夢蝶新詩集《約會》和《十三朵白菊 花》　藍星詩學　第 16 期　2002 年 12 月　頁 136—140

399. 奚　密　　修溫柔法的蝴蝶——讀周夢蝶新詩集《約會》和《十三朵白菊 花》　娑婆詩人周夢蝶　臺北　九歌出版社　2005 年 3 月　頁 250—254

400. 奚　密　　論兩位現代主義詩人——修溫柔法的蝴蝶——讀周夢蝶新詩集 《約會》和《十三朵白菊花》　臺灣現代詩論　臺北　九歌出版 社　2009 年 7 月　頁 154—158

401.　羅任玲　　雷霆轟發，這靜默　中央日報　2002 年 12 月 30 日　17 版

402.　羅任玲　　雷霆轟發，這靜默　約會　臺北　九歌出版社　2006 年 11 月　頁
　　　　　　　　203—208

403.　羅任玲　　周夢蝶詩中的二元對立與和諧——以《十三朵白菊花》、《約會》
　　　　　　　　為例[34]　國文天地　第 218 期　2003 年 7 月　頁 17—29

404.　羅任玲　　自然中的二元對立與和諧——周夢蝶《十三朵白菊花》、《約會》
　　　　　　　　析論[35]　娑婆詩人周夢蝶　臺北　九歌出版社　2005 年 3 月　頁
　　　　　　　　255—283

405.　洪士惠　　周夢蝶新作問世　文訊雜誌　第 214 期　2003 年 8 月　頁 80

單篇作品

406.　李英豪　　〈孤峰頂上〉：論現代詩人之「孤絕」　批評的視覺　臺北　文星
　　　　　　　　書店　1966 年 1 月 25 日　頁 59—68

407.　張漢良　　〈孤峰頂上〉　現代詩導讀（導讀篇一）　臺北　故鄉出版社
　　　　　　　　1979 年 11 月　頁 39—40

408.　向　陽　　〈孤峰頂上〉賞析　臺灣現代文選　臺北　三民書局　2004 年 5
　　　　　　　　月　頁 163

409.　林錫嘉　　〈樹〉的比較欣賞　青溪　第 15 期　1968 年 8 月　頁 154—157

410.　黃國彬　　周夢蝶的〈樹〉　從菁草到貝葉　香港　詩風社　1976 年 9 月
　　　　　　　　頁 210—224

411.　張　默　　從繁富到清明——六十年代的新詩〔〈樹〉部分〕　文訊雜誌
　　　　　　　　第 13 期　1984 年 8 月　頁 95—96

412.　林明德　　〈樹〉賞析　中國新詩賞析 2　臺北　長安出版社　1987 年 2 月

---

[34]本文節錄自《臺灣現代詩自然美學——以楊牧、鄭愁予、周夢蝶為中心》中第三章〈周夢蝶：自
　然中的二元對立與和諧〉的第一節「矛盾美學的實踐」，並以章名為篇名呈現。全文共 5 小節：1.
　醜與美；2.老與少；3.深悲與深喜；4.寒冷與溫暖；5.禁錮與自由。後改篇名為〈自然中的二元對
　立與和諧——周夢蝶《十三朵白菊花》、《約會》析論〉。

[35]本文為〈周夢蝶詩中的二元對立與和諧——以《十三朵白菊花》、《約會》為例〉之修改，並增第
　六節結語。全文共 6 小節：1.醜與美；2.老與少；3.深悲與深喜；4.寒冷與溫暖；5.禁錮與自由；
　6.結語。

頁 114—119

413. 丁旭輝　　現代詩標點符號之圖象效果研究〔〈樹〉部分〕　中國現代文學
　　　理論季刊　第 20 期　2000 年 12 月　頁 543—544

414. 丁旭輝　　標點符號在現代詩中的圖象與情意暗示〔〈樹〉部分〕　國文天
　　　地　第 198 期　2001 年 11 月　頁 69

415. 丁旭輝　　現代詩中的標點符號〔〈樹〉部分〕　淺出深入話新詩　臺北
　　　爾雅出版社　2006 年 9 月　頁 209—210

416. 仇小屏　　周夢蝶〈樹〉賞析　放歌星輝下——中學生新詩閱讀指引　臺北
　　　三民書局　2002 年 8 月　頁 70—73

417. 趙嘉威　　朝孤寂出發——試析譯幾首新詩〔〈還魂草〉部分〕　師鐸　第 4
　　　期　1976 年 1 月　頁 67—68

418. 黃　梁　　新詩點評（四）——〈還魂草〉　國文天地　第 132 期　1996 年
　　　5 月　頁 90—91

419. 〔游喚，徐華中，張鴻聲編著〕　　〈還魂草〉賞析　現代詩精讀　臺北
　　　五南圖書出版公司　1998 年 9 月　頁 122—126

420. 謝鴻文　　周夢蝶〈還魂草〉　跨國界詩想：世華新詩評析　臺北　唐山出
　　　版社　2003 年 12 月　頁 27—31

421. 〔吳東晟，陳昱成，王浩翔主編〕　　〈還魂草〉導讀賞析　織錦入春闈：
　　　現代詩精選讀本　臺中　京城文化公司　2005 年 8 月　頁 30—32

422. 郭　楓　　禪裡禪外失魂還魂的周夢蝶——解析〈還魂草〉並談說周夢蝶詩
　　　技　鹽分地帶文學　第 4 期　2006 年 6 月　頁 166—181

423. 辛　鬱　　周夢蝶的〈六月〉——讀詩札記之三十三　青年戰士報　1977 年
　　　2 月 14 日　8 版

424. 落　蒂　　周夢蝶〈六月〉賞析　青青草原　雲林　青草地雜誌社　1981 年
　　　4 月　頁 46—47

425. 落　蒂　　〈六月〉賞析　中學新詩選讀　雲林　青草地雜誌社　1981 年 7
　　　月　頁 46—47

426. 劉龍勳　〈六月〉賞析　中國新詩賞析 2　臺北　長安出版社　1987 年 2
月　頁 127—131

427. 洛　夫　〈六月〉賞析　中國新詩鑑賞大辭典　南京　江蘇文藝出版社
1988 年 12 月　頁 836—837

428. 羅　青　周夢蝶的禪理詩〈十月〉　大華晚報　1978 年 6 月 25 日　7 版

429. 羅　青　周夢蝶的〈十月〉　從徐志摩到余光中　臺北　爾雅出版社
1978 年 12 月 31 日　頁 143—150

430. 羅　青　周夢蝶的〈十月〉　娑婆詩人周夢蝶　臺北　九歌出版社　2005
年 3 月　頁 106—111

431. 落　蒂　周夢蝶〈十月〉賞析　青青草原　雲林　青草地雜誌社　1981 年
4 月　頁 49—50

432. 落　蒂　〈十月〉賞析　中學新詩選讀　雲林　青草地雜誌社　1981 年 7
月　頁 49—50

433. 翁光宇　奇想與哲思〔〈十月〉部分〕　文學知識　1985 年第 10 期　1985
年 10 月　頁 21

434. 張漢良，蕭蕭　現代詩導讀（下）〔〈菩提樹下〉部分〕　中外文學　第 8
卷第 3 期　1979 年 8 月　頁 53—55

435. 蕭　蕭　〈菩提樹下〉導讀　現代詩導讀（導讀篇一）　臺北　故鄉出版
社　1979 年 11 月　頁 29—30

436. 蕭　蕭　誰能於雪中取火且鑄火為雪[36]　感人的詩　臺北　希代書版公司
1984 年 12 月　頁 231—234

437. 洪淑苓　周夢蝶詩選：〈菩提樹下〉　國語日報　2003 年 6 月 21 日　4，14
版

438. 張　翔　〈菩提樹下〉作品賞析　星光燦爛的文學花園：現代文學知識精
華：散文・詩歌　臺北　雅書堂文化公司　2005 年 5 月　頁 485
—488

---

[36] 本文旨在討論周夢蝶〈菩提樹下〉中火與雪的意涵。

439. 〔閱讀與鑑賞〕　　〈菩提樹下〉導讀　閱讀與鑑賞（高中版）　2006 年第 8 期　2006 年 8 月　頁 19

440. 蕭　蕭　〈絕響〉導讀　現代詩導讀（導讀篇一）　臺北　故鄉出版社 1979 年 11 月　頁 33—35

441. 古遠清　感情顫抖的記錄——讀周夢蝶的〈絕響〉[37]　語文月刊　1990 年第 5 期　1990 年 5 月　頁 10

442. 古遠清　〈絕響〉賞析　臺港現代詩賞析　鄭州　河南人民出版社　1991 年 3 月　頁 10—12

443. 徐佩雄　〈絕響〉賞析　世界華人詩歌鑑賞大辭典　太原　書海出版社 1993 年 3 月　頁 47—51

444. 高　巍　詩與禪的對坐：評周夢蝶先生的〈絕響〉　名作欣賞　1993 年第 5 期　1993 年 9 月　頁 109—110

445. 蕭　蕭　周夢蝶的詩：〈血與寂寞〉編者按語　七十八年詩選　臺北　爾雅 出版社　1980 年 2 月 25 日　頁 141

446. 文曉村　〈剎那〉評析　寫給青少年的新詩評析一百首（下）　臺北　布 穀出版社　1980 年 8 月　頁 259—260

447. 文曉村　〈剎那〉評析　新詩評析一百首（下）　臺北　黎明文化公司 1981 年 3 月　頁 300—301

448. 蕭　蕭　〈剎那〉鑑賞與寫作指導　中學生現代詩手冊　臺南　翰林出版 公司　1999 年 9 月　頁 98—100

449. 張　默　從〈款步口站〉到〈泡沫〉——「十行詩」讀後筆記〔〈剎那〉 部分〕　小詩・牀頭書　臺北　爾雅出版社　2007 年 3 月　頁 257—258

450. 劉龍勳　〈囚〉賞析　中國新詩賞析 2　臺北　長安出版社　1981 年 4 月 頁 138—142

451. 張　默　〈不怕冷的冷——答陳媛兼示李文〉編者按語　七十一年詩選

---

[37] 本文後改篇名為〈〈絕響〉賞析〉。

臺北　爾雅出版社　1983 年 3 月　頁 44

452. 趙天儀　〈牽牛花〉賞析　當代臺灣詩人選・一九八三卷　臺北　金文圖書公司　1984 年 5 月　頁 18

453. 蕭　蕭　〈第九種風〉——蕭蕭賞析　聯合文學　第 1 期　1984 年 11 月　頁 14

454. 向　明　〈第九種風〉編者按語　七十三年詩選　臺北　爾雅出版社　1985 年 3 月 20 日　頁 185—186

455. 周伯乃　詩的境界〔〈豹〉〕　現代詩的欣賞（一）　臺北　三民書局　1985 年 2 月　頁 144—148

456. 李瑞騰　〈所謂伊人——上弦月補賦〉編者按語　七十四年詩選　臺北　爾雅出版社　1986 年 4 月 10 日　頁 3—4

457. 劉龍勳　〈濠上〉賞析　中國新詩賞析 2　臺北　長安出版社　1987 年 2 月　頁 122—125

458. 楊春蘭　〈濠上〉賞析　世界華人詩歌鑑賞大辭典　太原　書海出版社　1993 年 3 月　頁 51—53

459. 劉龍勳　〈行到水窮處〉賞析　中國新詩賞析 2　臺北　長安出版社　1987 年 2 月　頁 132—135

460. 向　明　〈藍蝴蝶——擬童詩：再貽鷟子〉編者按語　七十五年詩選　臺北　爾雅出版社　1987 年 3 月　頁 184

461. 向　明　〈藍蝴蝶——擬童詩：再貽鷟子〉詩情・聲情　讓詩飛揚起來　臺北　幼獅文化公司　2003 年 8 月　頁 71—72

462. 向　明　藍蝴蝶——擬童詩：再貽鷟子[38]　幼獅文藝　第 595 期　2003 年 7 月　頁 49

463. 張　默　周夢蝶／〈天窗〉　小詩選讀　臺北　爾雅出版社　1987 年 5 月　頁 9—13

464. 陳智弘　周夢蝶的〈天窗〉——讀者回響　人間福報　2003 年 3 月 9 日

---

[38]本文與〈〈藍蝴蝶——擬童詩：再貽鷟子〉編者按語〉為不同作品。

11 版

465. 向　明　〈冬之暝——書莫內風景卡後謝答趙喬〉編者按語　七十六年詩選　臺北　爾雅出版社　1988 年 4 月　頁 106

466. 于慈江　〈偶然作之二〉賞析　中外現代抒情名詩鑑賞辭典　北京　學苑出版社　1989 年 8 月　頁 672—673

467. 蓉　子　〈角度〉賞析　青少年詩國之旅　臺北　業強出版社　1990 年 10 月　頁 51—52

468. 林夏，周夢蝶　角度　語文世界（高中版）　2007 年第 1 期　2007 年 1 月　頁 19

469. 李敏勇　〈角度〉作品導讀　青少年臺灣文庫 2——新詩讀本 4：我有一個夢　臺北　國立編譯館　2008 年 12 月　頁 122

470. 張　默　〈風——野塘事件〉編者按語　七十九年詩選　臺北　爾雅出版社　1991 年 2 月　頁 4

471. 李瑞騰　〈詠雀五帖〉編者按語　八十年詩選　臺北　爾雅出版社　1992 年 4 月　頁 216—217

472. 向　明　〈竹枕〉編者按語　八十一年詩選　臺北　現代詩季刊社　1993 年 6 月　頁 76—77

473. 商　禽　〈癸酉冬集曉女弟句續二帖〉編者按語　八十二年詩選　臺北　現代詩季刊社　1994 年 6 月　頁 208—209

474. 謝輝煌　小黑傘的憂思——周夢蝶〈弟弟呀——十行二首擬童詩〉讀後　臺灣詩學季刊　第 8 期　1994 年 9 月　頁 179—181

475. 蕭　蕭　周夢蝶〈弟弟呀〉賞析　揮動想像翅膀　臺北　聯合文學出版社　2006 年 6 月　頁 22—26

476. 游　喚　創世紀與傳統〔〈露宿二首〉部分〕　創世紀　第 100 期　1994 年 10 月　頁 61—62

477. 向　明　〈三個有翅的和一個無翅的——題畫：戲代小女弟作〉小評　八十三年詩選　臺北　現代詩季刊社　1995 年 5 月　頁 46—47

478. 楊昌年講；汪惠蘭記　　現代詩的創作與欣賞〔〈聞鐘〉部分〕　國文天地　第 126 期　1995 年 11 月　頁 16—17

479. 向　　明　〈七十五歲生日一輯〉小評　八十四年詩選　臺北　現代詩季刊社　1996 年 5 月　頁 17—18

480. 商　　禽　〈垂釣者〉賞析　八十六年詩選　臺北　現代詩季刊社　1998 年 5 月　頁 108—109

481. 林明理　江行初雪——周夢蝶的詩〈垂釣者〉與藝術直覺　創世紀　第 160 期　2009 年 9 月　頁 227—229

482. 林明理　江行初雪——周夢蝶的詩〈垂釣者〉與藝術直覺　新詩的意象與內涵：當代詩家作品賞析　臺北　文津出版社　2010 年 2 月　頁 55—59

483. 蕭　　蕭　〈鴨圖卷〉賞析　八十七年詩選　臺北　創世紀詩雜誌社　1999 年 6 月　頁 113

484. 莫　　渝　寬大的胸懷[39]　國語日報　1999 年 7 月 23 日　5 版

485. 莫　　渝　〈司閽者〉　螢光與花束　臺北　臺北縣文化局　2004 年 12 月　頁 202—203

486. 蕭　　蕭　〈為義德堂主廖輝鳳居士分詠周西麟繪鴨雁圖卷〉解析　天下詩選 2：1923—1999 臺灣　臺北　天下遠見出版公司　1999 年 9 月　頁 77—82

487. 〔文鵬，姜凌主編〕　周夢蝶——〈擺渡船上〉　中國現代名詩三百首　北京　北京出版社　2000 年 1 月　頁 482—483

488. 向　　明　〈斷魂記——五月廿八桃園大溪竹篙厝訪友不遇〉賞析　八十八年詩選　臺北　創世紀詩雜誌社　2000 年 3 月　頁 144

489. 蕭　　蕭　〈斷魂記〉編者按語　八十九年詩選　臺北　臺灣詩學季刊雜誌社　2001 年 4 月　頁 49

490. 朱美黛　偶開天眼覷紅塵，卻歎身是眼中人——周夢蝶〈斷魂記〉評析

[39]本文後改篇名為〈司閽者〉。

國文天地　第 255 期　2006 年 8 月　頁 62—65

491. 劉滌凡　　從語言學看現代詩神思的效用〔〈落櫻後・遊客陽明山〉部分〕
　　　　　　　國文天地　第 186 期　2000 年 11 月　頁 38

492. 孟　樊　　〈落櫻後・遊陽明山〉作品賞析　閱讀文學地景・新詩卷　臺北
　　　　　　　聯合文學出版社　2008 年 4 月　頁 34

493. 楊顯榮〔落蒂〕　　笛為自己吹——析〈所以，睡吧——七五生日感懷〉
　　　　　　　國語日報　2001 年 6 月 3 日　5 版

494. 落　蒂　　笛為自己吹——析周夢碟〈所以睡吧！〉　詩的播種者　臺北
　　　　　　　爾雅出版社　2003 年 2 月　頁 5—8

495. 劉志明　　從「單位元」概念看周夢蝶〈孤獨國〉的修辭　修辭論叢・第三
　　　　　　　輯　臺北　洪葉文化公司　2001 年 6 月　頁 410—437

496. 〔吳東晟，陳昱成，王浩翔主編〕　　〈孤獨國〉導讀賞析　織錦入春闈：
　　　　　　　現代詩精選讀本　臺中　京城文化公司　2005 年 8 月　頁 25—27

497. 向　陽　　〈有一種人或鳥〉編者案語　九十年詩選　臺北　臺灣詩學季刊
　　　　　　　雜誌社　2002 年 5 月　頁 202

498. 孟　樺　　〈漏扈二十九滴〉——講師的話　人間福報　2003 年 2 月 23 日
　　　　　　　11 版

499. 蔡孟樺　　〈漏扈二十九滴〉——編者的話　我有明珠一顆　臺北　香海文
　　　　　　　化公司　2006 年 9 月　頁 337—339

500. 白　靈　　〈在墓穴裡〉編者案語　九十一年詩選　臺北　臺灣詩學季刊雜
　　　　　　　誌社　2003 年 4 月　頁 164

501. 韓松落　　金縷鞋（外一篇）　散文（海外版）　2003 年第 4 期　2003 年 4
　　　　　　　月　頁 14—15

502. 韓松落　　金縷鞋，或言幽深的等待　藝術評論　2005 年第 11 期　2005 年
　　　　　　　11 月　頁 49

503. 陳千武　　臺灣現代詩暗喻的內涵——二〇〇四臺日現代詩研討會演講稿—
　　　　　　　—戰後臺灣現代詩的動向〔〈人面石〉部分〕　文學臺灣　第 53

期　2005 年 1 月　頁 279—280

504. 曾進豐　周夢蝶〈詠野薑花〉賞析　臺灣文學讀本　臺北　五南圖書公司
2005 年 2 月　頁 179—181

505. 陳義芝　〈四月〉賞析　2004 臺灣詩選　臺北　二魚文化公司　2005 年 3
月　頁 61

506. 向　陽　作品賞析：〈蝸牛與武侯椰〉　2004 臺灣詩選　臺北　二魚文化公
司　2005 年 4 月　頁 283

507. 蔡明諺　論《自由中國》文藝欄的新詩〔〈擺渡船上〉部分〕　第二屆全
國臺灣文學研究生學術論文研討會論文集　臺南　國家臺灣文學
館　2005 年 7 月　頁 198

508. 蕭　蕭　〈四句偈〉賞析　2005 臺灣詩選　臺北　二魚文化公司　2006 年
2 月　頁 232

509. 〔向明主編〕　　選詩賞析———一詩一句總關情〔〈時間二見〉部分〕
暖・情詩：情趣小詩選　臺北　聯經出版公司 2006 年 5 月　頁 47
—48

510. 陳允元　命名、記憶與詮釋——戰後臺灣現代詩的「街道命名」書寫——
符旨的追尋與失落〔〈除夜衡陽路雨中候車久不至〉部分〕　臺
灣詩學學刊　第 7 期　2006 年 5 月　頁 65—68

511. 〔蕭蕭主編〕　　〈約會〉詩作賞析　優游意象世界　臺北　聯合文學出版
社　2006 年 6 月　頁 26

512. 陳義芝　〈無題〉賞讀　爲了測量愛　臺北　聯合文學出版社　2006 年 6
月　頁 47

513. 焦　桐　〈以刺蝟爲師〉作品賞析　2006 臺灣詩選　臺北　二魚文化公司
2007 年 7 月　頁 65

514. 陳幸蕙　開至青春頂點的花〔〈絕前十行〉〕　人間福報　2007 年 10 月
16 日　15 版

515. 白　靈　〈急雨即事〉編案　2007 年臺灣詩選　臺北　二魚文化公司

2008 年 3 月　頁 61

516. 王　渝　　與佛有緣——周夢蝶的新作〔〈詠沙瓶——遲奉滿濟上人〉〕
　　　　　　　佛學與文學的交匯　臺北　漢藝色研文化公司　2008 年 7 月　頁
　　　　　　　189—192

517. 向　陽　　〈九行〉作品導讀　青少年臺灣文庫 2——新詩讀本 1：春天在我
　　　　　　　的血管裡歌唱　臺北　國立編譯館　2008 年 12 月　頁 42

518. 向　陽　　〈用某種眼神看多天〉作品導讀　青少年臺灣文庫 2——新詩讀本
　　　　　　　1：春天在我的血管裡歌唱　臺北　國立編譯館　2008 年 12 月
　　　　　　　頁 68

519. 琹　川　　雪中取火且鑄火為雪的人——讀周夢蝶的〈月河〉　秋水　第 140
　　　　　　　期　2009 年 1 月　頁 18—19

520. 楊佳嫻　　我帶我的生生世世來為你遮雨〔〈積雨的日子〉〕　印刻生活文
　　　　　　　學誌　第 5 卷第 8 期　2009 年 4 月　頁 117—119

521. 吳政聲　　評周夢蝶〈除夕〉詩　教育部數位教學資源入口網　2010 年 3 月
　　　　　　　21 日　頁 1—2

522. 隱　地　　詩中的故事　人人都有困境：讀一首詩吧！　臺北　爾雅出版社
　　　　　　　2010 年 9 月　頁 141—146

多篇作品

523. 蕭　蕭　　〈澤畔乍見螢火〉、〈登峰碧山俯瞰臺北〉、〈火與雪〉、〈水與月〉
　　　　　　　編者按語　七十二年詩選　臺北　爾雅出版社　1984 年 3 月　頁
　　　　　　　100

524. 楊昌年　　周夢蝶〈菩提樹下〉、〈聞鍾〉分析　現代詩的創作與欣賞　臺北
　　　　　　　文史哲出版社　1991 年 9 月　頁 296—299

525. 陳義芝　　五十年代名家詩選注——周夢蝶詩選〔〈菩提樹下〉、〈孤峰頂
　　　　　　　上〉〕　不盡長江滾滾來：中國新詩選注　臺北　幼獅文化公司
　　　　　　　1993 年 6 月　頁 143—154

526. 黃　粱　　詩中的「還魂」之思——周夢蝶作品二闋試析〔〈還魂草〉、〈關

著的夜）〕　臺灣詩學季刊　第15期　1996年6月　頁16—18

527. 黃　梁　詩中的「還魂」之思——周夢蝶作品二闋試析〔〈還魂草〉、〈關著的夜〉〕　想像的對話　臺中　高山出版社　1997年5月　頁19—24

528. 黃　梁　詩中的「還魂」之思——周夢蝶作品二闋試析〔〈還魂草〉、〈關著的夜〉〕　娑婆詩人周夢蝶　臺北　九歌出版社　2005年3月　頁141—145

529. 洪淑苓　周夢蝶詩選：〈行到水窮處〉、〈四月〉　國語日報　2003年5月24日　4版，13版

530. 落　蒂　悲苦掙脫與妥協——從周夢蝶三首詩看他的詩情詩境〔〈六月〉、〈想飛的樹〉、〈有一種人或鳥〉〕　藍星詩學　第19期　2003年9月　頁180—182

531. 陳幸蕙　〈角度〉、〈距離〉、〈剎那〉——芬多精小棧　小詩森林：現代小詩選1　臺北　幼獅文化公司　2003年11月　頁50

532. 簡政珍　結構與空隙——臺灣現代詩美學初探〔〈圓鏡〉、〈鳥道〉、〈竹枕〉、〈荊棘花〉部分〕　海峽兩岸現當代文學論集　臺北　臺灣學生書局　2004年2月　頁51—52

533. 〔林瑞明選編〕　〈九行〉、〈約會〉賞析　國民文選・現代詩卷1　臺北　玉山社出版公司　2005年2月　頁187

534. 向　陽　〈山〉、〈擺渡船上〉賞析　臺灣現代文選・新詩卷　臺北　三民書局　2005年6月　頁30—32

535. 曾進豐　隱情・忍情——周夢蝶〈無題〉詩十九首析論[40]　臺灣當代十大詩人學術研討會　臺北　臺北教育大學語文教育系　2005年11月5日　頁1—15

---

[40]本文分析周夢蝶19首〈無題〉詩爲情詩，探索其內容及特色。全文共6小節：1.〈無題〉詩十九首概說；2.愛的綺思與夢幻；3.愛的萌芽與護持；4.愛的暴烈與冷冽；5.愛的懺悔與緬懷；6.愛的放逐與昇華。正文前有〈前言〉，正文後有〈結語〉。

536. 曾進豐　　隱情／忍情——論周夢蝶〈無題〉詩十九首[41]　國文學報（高師大）　第 4 期　2006 年 6 月　頁 195—213

537. 曾進豐　　隱情／忍情——論周夢蝶〈無題〉詩十九首　當代詩學年刊　第 2 期　2006 年 9 月　頁 81—99

538. 陳幸蕙　　小詩悅讀（八家）——周夢蝶〔〈四句偈〉、〈絕前十行〉、〈時間二見之一〉〕　明道文藝　第 368 期　2006 年 11 月　頁 31—32

539. 陳幸蕙　　〈四句偈〉、〈絕前十行〉、〈時間二見之一〉向星輝斑斕處漫溯　小詩星河：現代小詩選 2　臺北　幼獅文化公司　2007 年 1 月　頁 51

540. 陳黎，張芬齡　　〈藍蝴蝶〉、〈九行〉二首：作品導讀[42]　詩樂園：現代詩110 首賞析　臺南　南一出版社　2007 年 4 月　頁 142—145

541. 陳幸蕙　　愛的誓辭及其他〔〈四句偈〉、〈時間二見之一〉〕　人間福報　2007 年 11 月 6 日　15 版

542. 李敏勇　　〈剎那〉、〈距離〉作品導讀　青少年臺灣文庫 2——新詩讀本 3：天門開的時候　臺北　國立編譯館　2008 年 12 月　頁 41—42

543. 張　健　　周夢蝶情詩五式[43]　情與韻：兩岸現代詩集錦　臺北　秀威資訊科技公司　2011 年 9 月　頁 28—50

作品評論目錄、索引

544. 〔張默主編〕　　作品評論引得　感月吟風多少事　臺北　爾雅出版社　1982 年 9 月　頁 258—259

545. 曾進豐　　周夢蝶評論引得　周夢蝶詩研究　臺灣師範大學國文學系　碩士論文　楊昌年教授指導　1996 年 6 月　頁 222—227

546. 曾進豐　　周夢蝶及其作品評論、介紹訪問目錄索引　臺灣詩學季刊　第 19

---

[41]本文為〈隱情‧忍情——周夢蝶〈無題〉詩十九首析論〉修改後呈現。全文共 8 小節：1.前言；2.〈無題〉詩十九首概述；3.愛的綺思與幻夢；4.愛的萌芽與護持；5.愛的暴烈與冷冽；6.愛的懺悔與緬懷；7.愛的放逐與昇華；8.結語。

[42]本篇名〈藍蝴蝶〉詩題全名為〈藍蝴蝶——擬童詩：再貽鶯子〉。

[43]本文將周夢蝶的情詩分為 5 式，以〈焚〉、〈囚〉、〈香頌〉、〈失題〉、〈紅蜻蜓〉5 首詩各代表一式作評析。全文共 5 小節：1.苦戀式；2.追悼式；3.心契式；4.欣賞式；5.臆想式。

期　1997 年 6 月　頁 151—158

547.〔曾進豐編〕　　周夢蝶評論索引　周夢蝶‧世紀詩選　臺北　爾雅出版社
2000 年 4 月　頁 147—151

548.〔張默主編〕　　作品評論引得　現代百家詩選　臺北　爾雅出版社　2003
年 6 月　頁 53—54

549. 胡月花　　周夢蝶詩作評論文獻索引　周夢蝶及其詩作研究　淡江大學中國
文學學系　碩士論文　趙衛民教授指導　2003 年　頁 220—221

550. 胡月花　　周夢蝶傳記文獻編目　周夢蝶及其詩作研究　淡江大學中國文學
學系　碩士論文　趙衛民教授指導　2003 年　頁 221—223

551.〔曾進豐編〕　　有關周夢蝶評論、訪談述介之文章篇目　娑婆詩人周夢蝶
臺北　九歌出版社　2005 年 3 月　頁 360—370

552.〔趙天儀編〕　　閱讀進階指引　周夢蝶集　臺南　國立臺灣文學館　2008
年 12 月　頁 137—139

國家圖書館出版品預行編目資料

臺灣現當代作家研究資料彙編. 18, 周夢蝶 / 曾進豐
編選. -- 初版. -- 臺南市：臺灣文學館, 2012.03
　面；　公分
ISBN 978-986-03-2102-9(平裝)

1.周夢蝶 2.傳記 3.文學評論

863.4　　　　　　　　　　　　　　101004841

【臺灣現當代作家研究資料彙編】18
周夢蝶

發 行 人／　李瑞騰
指導單位／　行政院文化建設委員會
出版單位／　國立台灣文學館
　　　　　　地址／70041 台南市中西區中正路 1 號
　　　　　　電話／06-2217201　　　　傳真／06-2218952
　　　　　　網址／www.nmtl.gov.tw　　電子信箱／pba@nmtl.gov.tw

總 策 畫／　封德屏
顧　　　問／　林淇瀁　張恆豪　許俊雅　陳信元　陳義芝　須文蔚　應鳳凰
工作小組／　王雅嫺　杜秀卿　翁智琦　陳欣怡　陳恬逸
　　　　　　黃寁婷　詹宇霈　羅巧琳
編　　選／　曾進豐
責任編輯／　黃寁婷
校　　對／　陳欣怡　陳逸凡　黃敏琪　黃寁婷　趙慶華　潘佳君
計畫團隊／　財團法人台灣文學發展基金會
美術設計／　翁國鈞・不倒翁視覺創意
印　　刷／　松霖彩色印刷事業有限公司

著作財產權人／國立台灣文學館
本書保留所有權利。欲利用本書全部或部分內容者，須徵求著作財產權人同意或書面授
權。請洽國立台灣文學館研典組（電話：06-2217201）

經銷展售／　國家書店松江門市（02-25180207）
　　　　　　國立台灣文學館─雪芙瑞文學咖啡坊（06-2214632）
　　　　　　文建會員工消費合作社（02-23434168）
　　　　　　南天書局（02-23620190）　　　唐山出版社（02-23633072）
　　　　　　府城舊冊店（06-2763093）　　　台灣的店（02-23625799）
　　　　　　啓發文化（02-29586713）　　　三民書局（02-23617511）
　　　　　　草祭二手書店（06-2216872）　　五南文化廣場（04-22260330）

初版一刷／2012 年 3 月
定　　價／新臺幣 390 元整
　　　　　　第一階段 15 冊新臺幣 5500 元整 第二階段 12 冊新臺幣 4500 元整
GPN／1010100532（單本）
　　　　1010000407（套）
ISBN／978-986-03-2102-9（單本）
　　　　978-986-02-7266-6（套）

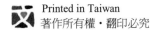